中國語言文字研究輯刊

十一編

許錟輝 主編

第 1 冊

《十一編》總目
編輯部編

《說文解字約注》研究

高 山 著

花木蘭文化出版社

國家圖書館出版品預行編目資料

《說文解字約注》研究／高山 著 -- 初版 -- 新北市：花木蘭
文化出版社，2016〔民 105〕

序 6+ 目 4+272 面；21×29.7 公分

（中國語言文字研究輯刊 十一編：第 1 冊）

ISBN 978-986-404-728-4（精裝）

1. 說文解字 2. 研究考訂

802.08   105013759

ISBN- 978-986-404-728-4

9 789864 047284

中國語言文字研究輯刊

十一編　　　第 一 冊　　　　　ISBN：978-986-404-728-4

《說文解字約注》研究

作　者　高　山

主　編　許錟輝

總 編 輯　杜潔祥

副總編輯　楊嘉樂

編　輯　許郁翎、王筑　美術編輯　陳逸婷

出　版　花木蘭文化出版社

社　長　高小娟

聯絡地址　235　新北市中和區中安街七二號十三樓

　　　　　電話：02-2923-1455 ／傳真：02-2923-1452

網　址　http://www.huamulan.tw 信箱 hml810518@gmail.com

印　刷　普羅文化出版廣告事業

初　版　2016 年 9 月

全書字數　168010 字

定　價　十一編 17 冊（精裝）　台幣 42,000 元

《十一編》總目

編輯部編

《中國語言文字研究輯刊》十一編 書目

《中國語言文字研究輯刊》十一編各書 作者簡介·提要·目次

第一冊　《說文解字約注》研究

作者簡介

　　高山，男，1978 年生，山東臨清人。2009 年至 2012 年就讀於華中師範大學歷史文獻研究所，取得博士學位。現供職於貴州醫科大學醫學人文學院，主攻方向：書法史論、說文學、文字學。曾編著《歷代書法臨習與鑒賞一本全——草書》，參與校點、翻譯中華書局《綱鑒易知錄》，負責校點北京大學《儒藏》專案《高忠憲公年譜》，發表《論黃侃治學的系統精神》,《墨子用民思想初探》等論文，參與撰寫《續修四庫全書總目提要·史部》部分條目。

提　要

　　本文對張舜徽總結的同族詞進行註釋和研究。

　　第一章用腳註的形式對張舜徽生平和著述情況進行一次簡要的整理。

　　第二章的主要內容是張舜徽的文獻學視野。

　　張舜徽治學往往從文獻學的角度出發，這在他的小學研究中體現的淋漓盡致。比如張舜徽重視古籍體例，運用古籍體例訓釋字義；重視文字中的文獻內容，用文字考明古史、闡釋古代文化。

　　第三章，主要運用張舜徽的方式進行詞族研究。

　　張舜徽對詞義的分析，多從人情物理上考慮，這也是一大特色。在他的分析中，故訓的比重並不算大，運用方言、今日民俗等身邊事說字倒是很多。《說文》提供的字義多是本義，這是張舜徽選取《說文》作為詞族研究範圍的一個

原因。

　　張舜徽對語音的分析，重點在於雙聲的廣泛運用。本文第三章第三節分析了《五聲相轉圖》《同類同位通轉表》，這是張舜徽用以分析語音的便捷工具。在得知某字具體切語的情況下，按圖索驥，得到此字語音地位；再與他字進行語音比較。運用這種方法，我們會發現同族字之間往往都具備雙聲關係，而韻的遠近並不是決定性的因素。在語音分析一節末尾，本文用張舜徽的方式分析了孟蓬生、殷寄明分析過的數組詞，相比較，張舜徽的方式簡明易瞭、容易操作，而且較爲準確。

　　本文第四章選取張舜徽總結的四十二組詞進行註釋和分析，對詞義、語音一一進行考量，結論是大部份詞族可信。字數較多的詞族末尾殿以關係圖，作爲總結。

目　次

第二冊　徐國青銅器群綜合研究

作者簡介

孔令遠，男，漢族。

1968 年出生於南京。

1988.10～1997.7　江蘇邳州博物館　考古部主任

1993.9～1995.7　復旦大學文博系

1997.～1999.7　雲南民族學院民族研究中心　民族考古學方向　碩士研究生畢業

1999.9～2002.7　四川大學歷史文化學院　考古學古銘刻與古器物方向　博士研究生　畢業

2004.9～2007.7　四川大學歷史文化學院　考古學博士後

2007.8～2008.8　美國加州大學伯克利分校（UC Berkeley）人類學系訪問學者

2002.7～2011.10　重慶師範大學歷史與文博學院　副院長（2004.5～2006.10）副教授

2011.1～2015.3　盧旺達大學孔子學院　中方院長

2011.10～至今　重慶師範大學歷史與社會學院教授

部分論文簡目：

《試論江蘇邳州市九女墩三號墩出土的青銅器》，《考古》2002 年第 5 期。

《王子嬰次爐的復原及其國別問題》，《考古與文物》2002 年第 4 期。

《徐國都城的考古發現與研究》，《東南文化》2003 年第 11 期

《江蘇邳州九女墩六號墓出土青銅器銘文考》，《考古》2006 年第 11 期。

《江蘇邳州市九女墩三號墩的發掘》，《考古》2002 年第 5 期。

《越王州勾戈銘文考釋》，《考古》2010 年第 8 期。

《徐國青銅器群綜合研究》，《考古學報》2011 年第 4 期

《徐王容居戈銘文考釋》，《文物》，2013 年第 3 期

《徐舒考辨》，《古文字研究》第二十五輯，中華書局，2006 年。

《汪寧生與中國民族考古學》，《中國文物報》2014 年 2 月 21 日第 4 版。

《汪寧生：中國民族考古學的開拓者》，《中國文化遺產》，2014 年第 2 期。

《汪寧生與中國民族考古學》，《考古》，2015 年第 2 期。

Ethnoarchaeology in China, Ethnoarchaeology: Current Research and Field Methods, Edited by Francesca Lugli, BAR International Series 2472, 2013. Published by Archaeopress, Publishers of British Archaeological Reports, Gordon House, 276 Banbury Road, Oxford OX2 7ED, England

Ethnoarchaeology in China, Contesting Ethnoarchaeologies: Traditions, Theories, Prospects_, edited by Arkadiusz Marciniak and Nurcan Yalman, One World Archaeology Volume 7, 2013, pp. 173-188.

專著：《徐國的考古發現與研究》，中國文史出版社，2005 年 9 月。

編著：《汪寧生藏西南民族老照片》，巴蜀書社，2010 年 1 月。

《盧旺達語—英語—漢語詞典》，中國文化出版社，2012 年 12 月。

課題：國家文物局文物保護科研課題，《徐舒青銅器群綜合研究》，5 萬元，2009 年立項，已結題。

重慶科委自然科學基金課題，《三峽地區古代生態與人居環境研究》，3 萬元，2009 年立項，已結題。

國家社科基金課題，《徐國群舒與鍾離的考古發現與研究》，15 萬元，2011 年立項。

提　要

本文主要利用近年來江蘇邳州九女墩徐國王族墓群的出土材料，以及梁王城、鵝鴨城遺址的考古發掘和調查材料，並結合有關文獻記載和當地民間傳說，論證了邳州九女墩大墓群爲徐國王族墓群，梁王城、鵝鴨城遺址爲春秋中、晚期徐國的都城遺址。

本文還參照有相對紀年的具銘徐器，對徐國銅器銘文和徐國青銅器作了較爲系統的收集和整理，並作了初步的分期、斷代工作，對部分典型徐器作了初步的考證，並通過與邳州九女墩大墓群所出器物的對照，對紹興 306 墓、丹徒北山頂春秋墓等國別有爭議的墓葬進行了討論，認爲它們應爲徐人墓葬，還對《余冉鉦鍼》、《巢鍾》、《王子嬰次爐》等國別有爭議的青銅器進行了考證，通過與典型徐國銅器在器物形制、紋飾和銘文風格等方面進行全面比較，得出它們應爲徐國銅器的結論。

本文還對徐國青銅器中所包含的多種文化因素進行了分析，同時又聯繫徐淮一帶有關新石器時代及夏、商、周遺址，對徐文化的淵源作了初步的探討，並初步分析了徐文化的特徵，認爲徐文化是指，商周時期淮海一帶的徐人在當地夷人文化的基礎上，吸取華夏、蠻越、戎狄等文化的精華而創造的具有鮮明地域風格和時代特點的文化。最後對徐舒關係及徐偃王的傳說等問題進行了深入的探討。

目　次

第三冊 秦封泥文字研究

作者簡介

　　朱晨，女，1981 年 6 月生於安徽蕪湖。1998－2005 年在安徽大學中文系學習，先後獲得學士、碩士學位；2007-2011 年在安徽大學中文系學習，獲得博士學位。2005 年 7 月至今，任教於安徽農業大學人文社會科學學院。2008 年 9 月至 2009 年 5 月，2010 年 1 月至 2010 年 5 月兩次赴美國罕布什爾學院任訪問學者，教授中文，並學習語言文化課程。現爲安徽農業大學人文學院講師，主要研究方向爲漢語言文字學、對外漢語，發表相關論文多篇，主持省級科研項目 2 項，校級教科研項目 4 項。

提　要

　　本書主要分爲兩個部分，上編是秦封泥文字研究，二是秦封泥文字編。

　　上編第一章詳細介紹了秦封泥的著錄和研究情況，包括秦封泥的釋讀、秦封泥的時代確認、秦封泥出土地地望的研究、秦封泥與秦漢史研究、與秦封泥相關的其它研究、以及關於秦封泥研究的思考等內容，這讓我們瞭解到已出土秦封泥的著錄、秦封泥的研究情況、秦封泥研究的意義和價值。

　　第二章主要研究秦封泥文字的形體演變，從簡化與繁化、替換與訛變的角度對其進行了分類研究。此外，還將秦封泥文字與《說文》小篆以及古文、籀文、或體等進行了比較。

　　第三章是對秦封泥文字的釋讀，雖然封泥文字比較工整規範，但仍有未釋或誤釋字，其中里耶秦封泥出土數量較少，沒有引起學者太多的注意，故而作者對里耶秦封泥的個別字形進行了一些釋讀，如「鹽」和「陵」；對「洞庭司馬」、「酉陽丞印」封泥進行了簡單的解釋。秦封泥中的一些姓名印，一直不太被重視，我們考釋了兩枚姓名封泥，「上官」和「新癵」。

　　下編秦封泥文字編，按照《說文解字》分了十四卷，另加合文、待考各一卷，共收錄了 480 個左右的字頭，收錄的字形上萬，每個字形列於相應的小篆字頭之下，按照著錄時間的先後排列，並附注了出處和辭例，爲以後各項研究的開展提供了最基礎的資料。

目　次

第四冊 《類篇》編纂問題研究

作者簡介

董家豪，香港人，祖籍廣東廣州，輔仁大學中國文學系學士、碩士，研究興趣爲文字學。

提 要

北宋中葉，剛完成編纂《集韻》工作的翰林學士丁度等人，向仁宗倡議編修能與其「相副施行」的大型字書。經呈准，寶元二年（1039 年）十一月始纂，前後長達二十八年，到治平四年（1067 年）十二月，由司馬光主持續修完成，進呈宋神宗。此書於內容及範圍之上皆本於《集韻》，二書最大的不同是，《集韻》以韻排列，《類篇》仿《說文》，以部首排列，在分部、立部等皆與之相同。此書因爲編纂時間過長，期間曾數易主纂，歷經多人之手才得以成書，從字書編纂的角度視之，當中或存有不少值得深入探討的問題。

本論文一共分爲八章：第一章爲緒論，綜述所發現的問題，說明研究動機、目的、方法、步驟、範圍，以及前人研究成果。第二章爲「《類篇》凡例」探析，探討歸字凡例，與實際歸字情況之間的差異，指出凡例之疏漏不足，論述可以增補之處。第三章探討《類篇》部首字切語的來源，透過與《集韻》、《廣韻》、大徐本《說文》這三本書的對比、歸納與分析，指出其部首字切語的各種不同來源。第四章爲《類篇》處理《集韻》新增字音之探析，主要探討《類篇》是如何處理《集韻》所新增，原本爲《廣韻》所沒有的字音，透過《類篇》與《集韻》二書新增字音切語的比對，找出當中的疏漏。第五章爲《類篇》徵引《說文》之方式，探討此書於釋義之上是如何地引用《說文》字義，包括引用的模式、瑕疵、失當，以及與《集韻》引用《說文》的差異，並作出檢討。第六章爲司馬光「按語」意義之探析，透過對按語的重新分類與深入分析，以此了解司馬光對於此書的眞正貢獻，並且重新審視其與《類篇》之間的關係。第七章考訂《類篇》目錄中的訛誤，全面檢視目錄與正文內容之間的差異，針對當中的各種不當進行討論，指出其中的疏漏，並且加以訂正。第八章爲結論，總論《類篇》一書在編纂上所出現的問題，以及對問題的成因作出解釋。

以上各項問題，皆是在前人研究的基礎上進一步發現並探討，其中受孔仲

溫先生《類篇研究》一書的啟發與研究成果影響最鉅。本文希冀從前人基礎上，對於《類篇》的編纂問題進行更為深入之探討，並且從中延伸字書研究的新課題，由於學識所限，若有疏漏不足之處，敬請專家學者不吝賜教與指正。

目 次

第五冊　上古「飲食類」動詞詞義研究

作者簡介

　　陳燦，女，1980 年 12 月出生，湖南省長沙市望城區人。先後畢業於湖南師範大學、北京師範大學，獲得漢語言文字學碩士、博士學位。2009 年進入北京市海澱區教師進修學校附屬實驗學校工作，主要從事中學教科研及語文教學工作，現為副高職稱。曾參編《中學學科技能體系的建構與應用》、《課程標準校本化實施（中學語文卷）》、《為理解而教——面向未來的課堂》、《話劇，自由的舞臺》等著作；曾發表《「字用學」的構建與漢字學本體研究的「三個平面」——讀李運富先生〈漢字漢語論稿〉》、《〈漢語大字典〉、〈漢語大詞典〉補苴四則》、《〈周易〉形容詞考察》等論文多篇。

提　要

本文屬於漢語詞彙史的研究課題。論文選取上古「飲食類」動詞爲研究對象，採用共時描寫與歷時分析相結合的方法，考察「飲食類」動詞在上古各階段的共時詞義系統和歷時詞義演變、詞彙更替現象，第一次全面展示了「飲食類」動詞的詞彙語義系統，並對「飲食類」動詞詞義演變的原因和規律進行了探討。

在研究思路上，本文將語義場理論和概念場理論相結合，從概念場入手構建詞彙場，進而分析詞彙場各詞彙成員的語義關係，最終達到描寫語義場的目的。在對「飲食類」動詞詞義成分的分析過程中，從訓詁材料出發整理義位，將「飲食類」動詞義位成分描寫爲「類義徵＋表義徵（語義關涉成分：飲食方式＋飲食主體＋飲食對象＋飲食器官＋飲食目的）」，據此建立「飲食類」動詞詞項義徵分析表並繫聯「飲食類」動詞語義場。在此基礎上，從語義屬性、組合屬性、使用屬性三方面對各語義場進行共時詞義系統的描述和歷時詞義演變的研究，同時也考察常見「飲食類」動詞各義位間的引申脈絡及其與語義場之間相互制約、影響的關係。

本研究在以下四個方面具有積極意義：（1）爲詞義成分分析、微觀詞義系統的研究提供了可資借鑒的方法；（2）揭示了「飲食類」動詞的詞義演變的一些規律，驗證並豐富了詞彙語義學的內容；（3）爲建立科學的漢語詞彙史做出了一定貢獻；（4）有利於漢語歷時性語文辭書的編纂。

目　次

第六冊　《十誦律》詞彙研究

作者簡介

　　戴軍平，1973 年 10 月 27 日出生，湖北省荊門市京山縣人。廣州市中山大

學漢語言文字學專業碩士畢業，師從麥耘先生，攻讀音韻學；暨南大學漢語言文字學專業博士畢業，師從曾昭聰先生，攻讀中古漢語。現任職於貴州省貴陽市貴州師範學院外國語學院，副教授，教《中國傳統文化》、《古代漢語》等課程。個人主要研究領域爲漢語史、古代天文曆法等。

提　要

　　魏晉南北朝是中國歷史上社會變動非常劇烈的時期，也是漢語發展史上的關鍵時期。在此期間，漢語詞彙由以單音節詞爲主的格局向以複音詞（尤其是雙音詞）爲主的格局轉化。漢譯佛經在這個轉化過程中起了很大的促進作用。漢譯佛經的出現，是漢語發展史上的一件大事。由於多種原因，東漢以至隋代間爲數眾多的翻譯佛經，其口語成分較之同時代中土固有文獻要大得多，並對當時乃至後世的語言及文學創作產生了巨大的影響。漢譯佛經是研究漢語史，尤其是漢魏六朝詞彙史的寶貴材料，應該引起我們的充分重視。

　　《十誦律》是鳩摩羅什等譯經大師翻譯的一部重要的佛教律典，它的語言在漢譯佛經中具有相當的代表性。目前漢譯佛經的語言研究已經成爲學術研究的熱點之一，在以往的研究中，學者們偏重於經藏（佛教典籍包括經、律、論三藏）的研究，而對律藏則少有人問津。事實上，律藏中很多經文的口語化程度比起經藏有過之而無不及，律藏是研究漢語詞彙史的寶貴語料。本文試圖在這方面略盡綿薄之力。

　　本書分爲六章進行論述：

　　第一章是緒論。介紹《十誦律》及其譯者，該書的研究現狀和研究價值，還有其它相關情況的說明。

　　第二章是《十誦律》的詞彙系統概貌。《十誦律》的詞語可以分爲佛教詞語和一般詞語，而一般詞語又可以分爲舊詞和新詞兩部分。本章將佛教詞語分爲很多類，並分析了佛教詞語的特點。

　　第三章是《十誦律》的新詞新義研究。這是本文關注的重點。新詞和新義都可以分爲兩類。分析了新詞的構詞方式，還把它們和現代漢語的詞彙作了比較。

　　第四章是《十誦律》的同素逆序詞研究。同素逆序詞的大量存在反映了當時漢語複音詞的凝固化程度不高，而現代漢語中的大量消失則體現了語言的經濟性原則。

　　第五章是《十誦律》的異文研究。異文對佛經的整理和語言學的研究都有重要價值。

第六章從五個方面探討了《十誦律》詞彙研究對大型語文辭書的修訂作用，如增補詞條，增補義項，提前書證等。

最後是結語部分。

目　次

第七冊　語言接觸與漢語詞彙、語法問題研究

作者簡介

張文，北京大學博士，中國社會科學院博士後，曾留學美國加州大學聖塔芭芭拉分校，目前在中國政法大學人文學院中文系工作，主要研究領域爲漢語史、法律語言。在《古漢語研究》、《語言教學與研究》、《語言學論叢》、《歷史語言學研究》、《寧夏大學學報》等刊物發表學術論文多篇。主持中國博士後科學基金第 56 批面上資助（2014M561142）和第八批特別資助（2015T80187）等項目。榮獲 2012 年教育部學術新人獎。博士論文入選《清華語言學博士叢書》。

提　要

本研究對語言接觸對漢語詞彙和語法演變所起的作用問題進行了專題研究。在漢語的發展歷程中，主要出現過兩次異質語言的影響。第一次是中古譯經語言的影響，梵文佛典文獻通過譯經者影響漢語，產生了帶有梵文等譯經原典語言特徵的佛經譯文。第二次是金元時期阿爾泰語對漢語的影響，出現了類似阿爾泰語的「漢兒言語」。本研究著重討論這些特殊歷史時期的語言面貌，藉以窺知語言接觸對漢語詞彙和語法演變所起的作用。本書主要討論了如下問題：討論語言接觸對漢語詞彙的影響。選取受語言接觸影響有代表性的歷史時期——魏晉南北朝時期和元代進行具體研究，展現這兩個特殊歷史時期語序的基本面貌。在漢語雙及物構式的歷時演變研究的基礎上，討論賓語居前是 OV 型語言對 VO 型語言影響的主要表現特徵之一。在「來」的個案研究的基礎上，討論動詞居後是 OV 型語言對 VO 型語言影響的主要表現特徵之一。在「除……外」個案研究的基礎上，討論受語言接觸影響的疊加式的重疊與歸一問題。以「V 給」的特殊句法表現爲個案，探究 OV 型語言對漢語「V 給」的句法表現的影響，進一步體現了 OV 型語言對 VO 型語言影響所帶來的語言演變。

目　次

第八、九冊　漢越語和漢語的層次對應關係研究

作者簡介

阮青松（Nguyn Thanh Tùng），來自越南，目前就讀台灣國立中興大學中文

所博士班。留台以前，曾在越南農業部國際合作司外資處擔任副處長。由於熱愛中華文化，於中興大學應用經濟系碩士畢業後轉向中文所。對聲韻方面特有興趣，欲利用越南語的優勢，以它作為基礎研究漢語和越南語之間的關係，希冀對學術界有小小的貢獻。碩論題目為《漢越語和漢語的層次對應關係研究》，內容談及漢越語以外，亦探討古漢越語，初步彌補了國內外在這方面的研究空白。

提　要

漢越語和現代漢語雖然都來源於中古漢語，但是在時空的影響下除了保留一部分中古漢語的特點以外，各有不同層次的音變。本文透過統計法，選擇了8091個漢字作為研究對象，分別進行了漢越語和現代漢語對應關係、漢越語和中古漢語對應關係以及古漢越語和中古漢語對應關係等三大方面的研究，發現了其間在聲韻調上的一些對應規律。掌握了漢越語和現代漢語之間對應關係有助於漢語教學和漢字字音的記憶。通過漢越語和中古漢語的對應關係，我們可以進一步了解漢語在晚唐時期的原貌，為中古漢語的研究工作提供了重要而可靠的證據。至於古漢越語和中古漢語的對應關係，本文繼承王力、阮才謹、王祿等學者的研究成果，繼續鑽研，發現了更多的語料並指出古漢越語不但與上古漢語有關而且還有一部分留痕於漢越語之中。從古漢越語的一些層面，本文也讓大家窺見了上古漢語語音特點，為語言學界提供了寶貴的語音資料。但是由於古漢越語語料的限制，在聲調對應關係的部分，本文沒有得到可觀的進步，只能有待於未來的研究補足。

目　次

第十、十一冊　《同源字典》與《漢字語源辭典》比較研究——以同源詞語音關係爲中心

作者簡介

倪源，1982 年生人，籍貫黑龍江省賓縣，現定居北京。2009 年至 2012 年，首都師範大學文學院漢語言文字學音韻學方向碩士研究生，師從著名音韻學家、中國音韻學研究會理事、首都師範大學文學院漢語言文字學教研室主任、博士生導師馮蒸教授研習音韻學。發表論文《〈王力古漢語字典〉同源字部分指瑕》（《漢字文化》2012 年第 5 期）。

提　要

王力先生的《同源字典》共 3329 個漢字，以王力上古二十九韻部爲綱，三十三聲紐爲目，語音關係採用王力語音通轉理論，繫聯成 1026 組同源詞。日本漢學家藤堂明保先生的《漢字語源辭典》在語音上根據藤堂明保上古三十韻部和三十五聲母，語音關係上採用藤堂明保獨創的形態基理論繫聯了 3335 個漢字，共 223 個單語家族。兩部著作分別代表目前國內外專書形式同源詞字典的最高成就。

《〈同源字典〉與〈漢字語源辭典〉比較研究——以同源詞語音關係爲中心》一書收錄和比較兩部字典所有同源詞，對兩部字典所有同源詞及其語音關係進行了梳理和精確的數據分析，並以《同源字典》語音關係爲根據，系統梳理和比較闡述兩部字典同源詞的收字、上古音差別和語音關係，更詳細配有擬音、聲母韻部歸屬、在原字典中的整體編號—組數—頁碼，是對同源詞代表著作材料的系統整理，既總結同源詞既有研究成果，又可以促進上古音相關問題的探討。

目　次

第十二、十三、十四、十五冊　《通鑑音註》語音研究

作者簡介

馬君花（1969.09），女，回族，寧夏惠農人，文學博士。1993 年畢業於陝西師範大學中文系漢語言文學（教育）專業，獲學士學位；2005 年畢業於寧夏大學漢語言文字學專業，獲碩士學位；2008 年畢業於首都師範大學漢語言文字學專業，獲博士學位。同年進入北方民族大學文史學院工作，主要研究領域爲漢語史。現任北方民族大學文史學院教授，碩士研究生導師，中國音韻學研究會會員。在國內公開刊物上發表論文十餘篇，獲得國家社科基金項目兩項，省部級科研項目兩項。

提　要

宋末元初天台人胡三省於 1285 年完成的《〈資治通鑒〉音注》，是從中古音到近代音過渡階段的音韻文獻。

胡三省的《音注》被注字約 3805 個，語音材料約共 75645 條，其中包括反切、直音、假借、如字以及紐四聲法等。通過考察反切和直音，我們揭示了《通鑒音注》音系的特點，構擬了它的音值，並與宋元語音特點進行了對比研究。研究的結論是：

聲母有 31 個，其中全濁聲母有 9 個，它們是 b、v、d、ʤ、ʒ、ʣ、z、g、ɦ。韻部有 23 個，韻母有 61 個，其陽聲韻尾有-m、-n、-ŋ 三個，入聲韻尾有-p、-t、-k 三個。聲調有 8 個：平、上、去、入各分陰陽。

《通鑒音注》是反映宋末元初共同語讀書音的文獻材料，其音系是承襲自五代、宋初、南宋讀書人遞相傳承的雅音系統。但由於地域、時代的因素，語音材料中偶或表現出吳語的特點。

目　次

第十六冊 《南華眞經直音》研究

作者簡介

　　黃佩茹，苗栗縣通霄人。畢業於國立嘉義大學中國文學研究所，目前於國立中正大學博士班就讀。曾任國中國文教師，現爲專科學校國文科兼任講師。主要研究領域爲聲韻學、語言學。碩士論文爲《《南華眞經直音》研究》，另發表有單篇論文〈敦煌變文鷰子賦甲本語言特色探析〉、〈從重疊詞的詞彙語法運用看臺灣閩南語歇後語的多樣表現〉。大學時期獲科技部大專學生研究計畫補助，計畫名稱：〈臺灣閩南語歇後語研究〉。亦曾獲中華民國聲韻學會大專生聲韻學優秀論文獎，論文名稱：〈臺灣閩南語諧音類歇後語的音韻與結構表現特色〉。

提　要

　　《南華眞經直音》是北宋道士賈善翔爲《莊子》所作之音釋，收錄在《道藏》之中。內容依《莊子》各篇章而分列，並以「直音」作爲標音方式，也是目前所見第一本以標音方式「直音」爲書名的韻書。

　　雖名爲「直音」，但音注中前後字之關係有時會有「釋義」、「分化字」、「版本異文」等的情況出現。欲了解其前後字之聯繫，亦必需透過與陸德明《莊子音義》及北宋道士陳景元之作品《南華眞經章句音義》相互交叉比對後才能釐清。比較結果也顯示《南華眞經直音》許多音注實源於《莊子音義》，《南華眞經章句音義》同樣也是如此。

　　《南華眞經直音》雖有許多音注引自《莊子音義》，但有部分音注仍然具有鮮明的語音特色。刪去與《廣韻》、《莊子音義》標音相同之語料後，其他語料所顯示的語音系統反映出濁音清化、全濁上聲歸去聲、韻目合併成韻攝的形式等，深具宋代語音演化特色。

目　次

第十七冊　工業化進程中的語言接觸──江西上饒鐵路話調查研究

作者簡介

楊文波，男，1986 年生，山東兗州人，現爲上海大學國際交流學院教師。上海大學文學院中文系漢語言文字學專業碩士畢業，師從薛才德教授；復旦大學語言學及應用語言學專業博士畢業，師從游汝傑教授。近期研究方向爲漢語方言學、社會語言學。現已在國內外刊物發表學術論文十餘篇，主要發表在《語言教學與研究》、《語言學論叢》、《中國語學研究：開篇》（日本）、《當代修辭學》、《語言研究集刊》等刊物上。

提　要

目前，漢語方言學界對漢語方言尤其是方言島的調查和研究已經取得了豐碩的成果，但對路話和新興工業社區方言的調查仍處在初創階段。上饒鐵路話

就兼有這兩方面的特徵，是研究路話和新興工業社區方言的典型案例；此外，上饒鐵路話對於研究語言接觸、語言變異及語言的柯因內化也有很大價值。

本文首先對上饒鐵路語及其語言本體作了概要性介紹。第一章爲前言，主要介紹與本文研究相關的國內外研究成果以及本文選題的意義和創新點；第二章介紹上饒鐵路話的背景知識，包括其地理位置、通行區域、形成歷史、人口來源、年齡分層及語言性質等等；第三章介紹上饒鐵路話的音系，包括聲母、韻母、聲調三部分。

鑒於例外音變對於研究語言接觸和語言變異的重要價值，第四章以中古聲母爲綱研究上饒鐵路話聲母的演變規律及其音變例外，其中著重點是聲母例外字的解釋；第五章以中古十六韻攝爲綱研究上饒鐵路話韻母的演變規律及其音變例外，並著重對上饒鐵路話韻母的舒聲促化和入聲舒化例外進行了解釋。

語言比較也是研究語言接觸和語言變異的重要一環，故而第六、七、八章將上饒鐵路話、杭州話和上饒市區話作了比較。第六章是三者的語音比較，包括聲調比較、聲母比較、韻母比較及例外讀音比較等四部分，語音比較的結論是上饒鐵路話近於杭州話，遠於上饒市區話；第七章是三者的詞彙比較，包括二百詞比較、封閉類實詞比較（親屬詞、時間詞、身體詞）和特色詞比較（上饒市區話特色詞和杭州話特色詞）三部分，詞彙比較的結論是上饒鐵路話的絕大多數普通詞彙都已被普通話所替代，而在封閉類實詞和特色詞方面則以上饒市區話的影響占憂；第八章是三者的語法比較，涉及詞法和句法兩個層面，比較的結果是上饒鐵路話的語法近於上饒市區話，遠於杭州話。

本文第九章最後以上饒鐵路話爲例探討語言接觸的類型及柯因內化，提出上饒鐵路話語言接觸基本框架：詞彙＞語法＞語音，即語言發生接觸時，詞彙最容易被借貸，其次是語法，最後是語音。此外，就下位系統的借貸而言，一般詞彙的借貸先於基礎詞彙（如封閉類實詞和特色詞），句法的借貸先於詞法。

目　次

圖表目錄

《說文解字約注》研究

高山 著

作者簡介

高山，男，1978 年生，山東臨清人。2009 年至 2012 年就讀於華中師範大學歷史文獻研究所，取得博士學位。現供職於貴州醫科大學醫學人文學院，主攻方向：書法史論、說文學、文字學。曾編著《歷代書法臨習與鑒賞一本全——草書》，參與校點、翻譯中華書局《綱鑑易知錄》，負責校點北京大學《儒藏》專案《高忠憲公年譜》，發表《論黃侃治學的系統精神》，《墨子用民思想初探》等論文，參與撰寫《續修四庫全書總目提要·史部》部分條目。

提　要

本文對張舜徽總結的同族詞進行註釋和研究。

第一章用腳註的形式對張舜徽生平和著述情況進行一次簡要的整理。

第二章的主要內容是張舜徽的文獻學視野。

張舜徽治學往往從文獻學的角度出發，這在他的小學研究中體現的淋漓盡致。比如張舜徽重視古籍體例，運用古籍體例訓釋字義；重視文字中的文獻內容，用文字考明古史、闡釋古代文化。

第三章，主要運用張舜徽的方式進行詞族研究。

張舜徽對詞義的分析，多從人情物理上考慮，這也是一大特色。在他的分析中，故訓的比重並不算大，運用方言、今日民俗等身邊事說字倒是很多。《說文》提供的字義多是本義，這是張舜徽選取《說文》作爲詞族研究範圍的一個原因。

張舜徽對語音的分析，重點在於雙聲的廣泛運用。本文第三章第三節分析了《五聲相轉圖》《同類同位通轉表》，這是張舜徽用以分析語音的便捷工具。在得知某字具體切語的情況下，按圖索驥，得到此字語音地位；再與他字進行語音比較。運用這種方法，我們會發現同族字之間往往都具備雙聲關係，而韻的遠近並不是決定性的因素。在語音分析一節末尾，本文用張舜徽的方式分析了孟蓬生、殷寄明分析過的數組詞，相比較，張舜徽的方式簡明易瞭、容易操作，而且較爲準確。

本文第四章選取張舜徽總結的四十二組詞進行註釋和分析，對詞義、語音一一進行考量，結論是大部份詞族可信。字數較多的詞族末尾殿以關係圖，作爲總結。

說文解字約注研究

鍾明善題

序

劉韶軍

　　在高山的《〈說文解字約注〉同族詞註釋研究》正式出版之際，作爲他的博士階段的指導老師，能爲他這部著作寫序，感到非常高興。在我指導的博士生之中，能專門研究我的老師張舜徽先生的學術著作，並且是張先生一生花費時間和耗費心血最多的《說文解字約注》的，高山還是第一人。張先生一生中的著作多達 20 多種，而《說文解字約注》這部巨著，可以說是他的著作中最爲專門、最爲深入的一部著作。高山能以張先生的這部著作作爲自己的研究題目，是讓我非常感慨的。在張先生逝世之後，我們也曾多次開會，紀念和討論張先生的學術成就，我也曾對張先生的《說文解字約注》寫過一篇文章，對張先生此書的學術特點與方法，做了初步探討。但限於時間與篇幅，還遠遠談不上深入和專門。高山則用三年時間，專門研究了張先生這部著作中的同族詞問題，可以說是對張先生此著的一個重要的研究成果。

　　張先生一生學術研究，特別重視清代乾嘉學派所擅長的小學方法。小學是古人的名詞，與今天的概念不同，它是指以文字、音韻、訓詁三者爲一體的學術知識與技能。這三者在今天的學術分科體系中被劃分到中國語言文學學科內，而且被分爲三門學問，即文字學、音韻學和訓詁學。這種分科與劃分，與古人概念中的小學又有不同。最根本的不同在於，今天的三門學問主要研究古人在文字學、音韻學和訓詁學中所使用的方法以及所取得的成就，而不是像古人那樣把這三者統一爲一種研究古籍文獻中的文本及其內容的工具與方法。簡言之，在古人那裡，小學合三者爲一體，主要用來考證古代文獻的文本中的疑

難問題，以求通過小學的方法證明古代文獻中的有關文本的疑誤與本義的解釋。可以說，古人的小學是學術研究的一種重要方法與工具，今人分為三門則是為了研究古人在這個三個方面都有哪些方法、觀點與成就。只要認真閱讀清代乾嘉學派學者們的著作，就可以發現，在他們對古代文獻的考證研究中，所謂的文字、音韻、訓詁之學的方法無處不在。可以說，沒有這三者的幫助，清代乾嘉之學就不可能做出那麼大而多的貢獻，我們今天閱讀古代文獻就還會存在著太多的困難與疑惑。

　　正因為如此，所以清代乾嘉學派的學者們都非常重視《說文解字》的研究與利用，從而形成了《說文解字》的專門學問，出現了一批有關《說文解字》的研究專著，為後來的學者研究和利用《說文解字》奠定了堅實的基礎。但《說文解字》本身並不只是文字學，而是包括文字、音韻、訓詁三者為一體的綜合之學。王念孫在為段玉裁《說文解字注》所作的序中開頭即說：「《說文》之為書，以文字而兼聲音、訓詁者也。」而段氏《說文解字注》之所以有突出的學術成就和重要的學術價值，就在於他把文字、音韻、訓詁三者貫通為一了。正如王念孫所說：段氏的《說文解字注》的貢獻在於它對《說文解字》中的文字進行專門的研究之時，又使「聲音之道大明」、「訓詁之道大明」，如果研究《說文解字》只「知有文字而不知有聲音、訓詁」，那就不能說是真正的《說文解字》研究，「其視若膚之學，淺深相去為何如邪？」乾嘉學派都知道小學為研究古代文獻的基礎之基礎，所以王念孫說：「訓詁、聲音明而小學明，小學明而經學明。」所以清人都公認小學為一切學問的基礎，如張之洞在《書目答問·清代著述諸家姓名略》〔註1〕的小序中說：「由小學入經學者，其經學可信。由經學入史學者，其史學可信。由經學、史學入理學者，其理學可信。以經學、史學兼詞章者，其詞章有用。以經學、史學兼經濟者，其經濟成就遠大。」張之洞並不是專門的學問家，但他熟悉清代學者們的成就之根柢全在於小學。反過來可以說，不通小學，所談經學、史學、文學乃至治國經邦之學，都是沒有根基的牆頭蘆葦。而小學的根基又在《說文解字》一書，段玉裁的《說文解字注》是貫通文字、音韻、訓詁三者的綜合之學，王念孫、王引之的各種著作也無非是用以《說文解字》為基礎的小

〔註1〕范希曾：《書目答問補正》，中華書局，1963年版。

學方法研究更多經史文獻的成果之匯聚。在現代學者之中，明白這一道理的還有著名的學者黃侃，他在《文字聲韻訓詁筆記》〔註2〕中說：「小學必形、聲、義三者同時相依，不可分離，舉其一必有其二。〔註3〕」而他說的小學，仍然是以《說文解字》爲根基的。

　　現代學科分科之後，對於古代文獻的研究也分在了歷史、文學、哲學等不同的學科之下，如此割裂之後，學者們往往不能從小學開始著手來建立自己的學術研究的基礎。所以對《說文解字》的關注也就不大重視了。張舜徽先生繼承了清代乾嘉學派治學的路數，一生從幼至老，一直用心研究說文解字，到他老年才把《說文解字約注》用小楷一筆一字全部抄清，在文革之後才得以正式出版，成爲清代《說文解字》研究及小學研究的後繼之作。這與一般談文獻學和文字學的學者關於《說文解字》的認識是大不一樣的。

　　高山正是在建立了這樣的學術史觀的基礎上來對張先生《說文解字約注》中的同族詞進行研究的。他的研究一方面重視張先生的文獻學觀念，不是把文獻學狹隘地理解爲對一些古書的作者、體例、流傳、成就等問題的一般性論述，而是真正理解了張先生所說的文獻學乃是對文獻的文本內容進行深入研究的學問；另一方面他也重視張先生的《說文》學觀念，不是把《說文解字》狹隘地理解爲文字學著作〔註4〕，而是把《說文解字》視作文字音韻訓詁三者爲一體的綜合性著作。

　　在這種認識的基礎上，他來研究張先生在《說文解字約注》中關於同族詞的分析與考證。而且高山的研究也繼承了前人從實際內容出發而不空談原理的特點，所以，他的研究是對《說文解字約注》中每一組同族詞的註釋細心而具體地分疏、歸併、合類、系聯。這樣的研究，初看起來沒有什麼理論性的闡述，但卻是一個個具體切實的分析論證所組成的整體性研究。這種研究的精神，正可以用《史記・太史公自序》中引述董仲舒解釋孔子爲什麼作《春秋》時所引孔子的話：「我欲載之空言，不如見之於行事之深切著明也〔註5〕」來說明，即與其空言，不如切實地見之於具體的內容爲深切著明。所

〔註2〕黃侃：《文字聲韻訓詁筆記》，上海古籍出版社，1983年版。

〔註3〕上書第48頁。

〔註4〕很多人把《說文解字》定性爲中國古代現在最早的字典，即是這種觀念的表現。

〔註5〕司馬遷：《史記・太史公自序》，中華書局，1963年版，第3297頁。

以，高山的研究是從《說文解字約注》中選取了張先生總結的 42 組詞進行註釋和分析，對這 42 組詞的詞義、語音一一進行考證，最後得出的結論是：張先生總結的 42 組詞的大部份詞族是可信的。更對其中字數較多的詞族，在末尾加上了說明詞族中各字的關係圖，作爲對這一組同族詞的可視性總結。在此基礎上，又附上了張先生的《漢語語原聲系》所總結的更多的詞族，以便讀者用來與《約注》中所總結的同族詞進行對比，這也是爲高山所研究的 42 組同族詞提供有力的旁證。

高山研究《說文解字約注》中的同族詞，是考證字詞義的相互關係，這屬於訓詁學的範疇，但這種研究要能成立，必須利用音韻學的方法，所以高山的研究中又對張先生關於《說文解字》字詞的語音分析加以研究。他認爲張先生的語音研究的重點是對雙聲的廣泛運用，而張先生這種研究方法的工具就是《五聲相轉圖》和《同類同位通轉表》。從某字的具體反切用語就可知道此字的語音地位，再與其他字進行語音比較，就會發現同族字之間往往具備雙聲關係，而這些字的韻的遠近並不是決定性的因素。爲了證明張先生這種語音分析方法的高明，高山又用張先生的語音分析方法來分析孟蓬生、殷寄明等學者分析過的幾組詞，通過比較，高山證明了張先生的語音分析方法是簡明易瞭、容易操作的，而且較爲準確。

這種具體切實的研究，將音韻與訓詁結合起來，也證明了清代乾嘉學派重視雙聲關係以求字詞之間的訓詁關係的方法是可行的，這與一般性的談論音韻學原理和訓詁學方法的研究，是大爲不同的。它可以讓學者知道怎樣分析古代文獻中的字詞的含義以及不同的字詞之間的相互關係，由此得到廣泛的字詞含義關聯體系，從而確認古代文獻在使用這些字詞時所賦予的種種含義以及它們之間的相互關係。

這樣的研究所總結出來的方法以及許多實例，就可以讓人們得其要而掌握之，成爲自己閱讀和研究古代文獻文本內涵的有力工具與方法，使人們得以實現張之洞所說的從小學入經學、入史學、入理學並進而講求經世之學的可信之學的目標。

從這個意義上看，高山這一研究通過總結張先生《說文解字約注》中的同族詞的方法與實證，就有了切實有效的學術價值，對於更多的想切實研究歷史文獻並進而深入研究歷史、文學、哲學甚至是政治學、經濟學、社會學等一切

與中國古代有關的種種學問的人們來說，就不啻提供了一個便捷有效的工具與
途徑。所以我看到高山這一研究完成之後並得以出版問世，就是非常為之高興
的了。而且他的研究也為我今後的文獻學研究提供了一種有用的工具與方法，
這也正是古人所說的「教學相長」吧，更希望這一研究成果能為更多的學者提
供有益的參考與幫助。

劉韶軍

2016 年 5 月 11 日

目次

引　言

1、目的與任務

張舜徽古文字研究自成體系，乃是以《約注》為中心，以《廣文字蒙求》《說文諧聲轉紐譜》《唐寫本玉篇殘卷校說文記》《說文解字導讀》《漢語語原聲系》《字義反訓集證》及《張舜徽學術論著選》《訒庵學術講論集》等文章合集中所收短文為輔翼的整體。這些著作涵蓋張舜徽關於古文字的諸多觀點與成果。

本文擬對張舜徽上述成果中關於中國古代語言中的同族詞研究的方式、方法進行研究，探討張舜徽在同族詞性質、判定標準、訓釋方法上的成就，同時探討同族詞研究的若干問題。

本研究主要以《五聲相轉圖》《同類同位通轉表》《切語上字表》作為判斷同族詞語音關係的標準，結合《約注》，對《漢語語原聲系》所列同族詞詞組進行分析。

除張舜徽系列著作外，又須與段玉裁《說文解字注》、王筠《文字蒙求》、章太炎《文始》、黃侃《說文》諸成果以及王力等前輩學者的成果進行對比研究，藉以揭示張舜徽在古文字學研究上的獨到之處。

2、理論和方法

本文結合當今學術界流行的理論，對《約注》及《聲系》所述進行探討。

本文主要依據《聲系》所示方法，并參照現代學者的相關方法。

具體內容參見第三章相關部份。

3、《約注》同族詞研究的價值

文明的基礎在語言。語言的基礎在文字。自來聖哲，往往是文字的專家。文明的傳承與推廣，離不開文字，所以前哲多重視研究文字。對漢語漢字的研究，自古以來素未中斷，其與中華文明的發展同步進行，二者存在不可分割的內在關系。文字及語言不斷傳承，奠定中華文明發展的穩固基礎，遂使中華民族能自立於世界民族之林。

從傳說的倉頡整理文字，到漢代的《急就篇》《爾雅》《說文解字》，到宋代右文說，再到清代段、王、朱、桂四大家《說文解字》之研究……前人對漢文字的研究悠久而深入，成果十分豐富，研究《說文》實爲研究中國漢文字必由之路。

段玉裁爲清代《說文》研究高峰，王力在《中國語言學史》中說：「段氏寓作於述，其成就已遠超註釋家的成就之上。對《說文》來說，段注可以說是青出於藍而勝於藍。」[1]94 可知段氏研究《說文》的成就超邁前輩學者及同時代人，已爲世所公認。然而段注《說文》仍有不足，爲後來學者所詬病，王力曾列舉段氏的不足：沒有充分證據而擅改《說文》；拘泥於小篆的字式；拘泥本字；談字形有穿鑿的地方；談引申有許多不恰當的地方。[1]96

張舜徽對段注也有批評，如謂「金壇段氏窮三十年之力以注許書，然言及雙聲往往而謬。」[2]2「段玉裁以識斷勝，然好逞己意改字，故論者多病其輕率武斷。」[2]3 可知段《注》雖在清代已達到高峰，然《說文》研究并非已到極致，後人學習、研究仍大有可爲。張舜徽以爲段《注》最可供取法者，在乎以聲音系聯字義，是以初識文字多以此爲入門途徑。〔註1〕張舜徽研究《說文》自王筠《文字蒙求》始，自述云：「我在幼學之初，父親即授以王氏《文字蒙求》，我反復臨摹，興趣盎然，一生篤好文字之學，大約在這時候已經開始了。」〔註2〕自古以來文字學必須啓蒙，故張舜徽受其啓發，作《廣文字蒙

〔註1〕《霜紅軒雜著》：「余於段氏之注，誦習最早，服膺最深，粗解文字，實受益於段書。」[3]342

〔註2〕《舊學輯存》5頁。幼兒學字，興趣第一，試想今日之教育，孩童習字苦不堪言，

求》，嘉惠後學良多，亦爲研究《說文》不可缺之一環。

近代以來，研究《說文》者以章太炎、黃侃爲最著，章太炎《文始》、黃侃《說文同文》《說文箋識四種》《字正初編》《文字聲韻訓詁筆記》等，足以代表當時研究《說文》之最高成就。但是掌握了西方語言學理論與方法的王力等人，仍認爲「章氏的研究還是很粗糙的」，如謂《文始》中提出的「初文」之說，問題更大。[1]138 那麼如何在前人基礎上進一步研究《說文》及古代文字，仍有後學可以努力者。《約注》充分吸收總結前人相關成果，又以簡約爲特點，後輩研究學習《說文》，由之必多有獵獲。由近及遠，由淺而深，且與張舜徽文獻學理論與實踐結合，探討古文字與歷史文獻之關係，重要而有意義。

《約注》是受了今人訓詁方法影響的、全面繼承古代學術方式的著作。以《說文》爲範圍提煉的四百餘組同族詞〔註3〕是《約注》的重要成就，值得我們認眞學習和分析。其次，《約注》對待韻母的態度值得我們重視。最後，《約注》體現出的圓融的思維方式，完全異於西化的學術思維，這一點更應促使我們反思。

張舜徽的《說文》研究不是單獨的文字學、音韻學、訓詁學研究，他強調歷史文獻學，在歷史文獻學前提下從事《說文》系列研究，因此要說明張舜徽如何從歷史文獻學角度進行《說文》研究，以及通過《說文》研究如何與歷史文獻學結合起來，這一問題，是本研究的另一個創新點。

4、研究前史

歷代《說文》研究成果甚多，因本文并非專門研究《說文》，故省略對此類研究成果的介紹。

關於張舜徽小學研究的文章，有碩博論文三篇，即：

許剛《張舜徽的漢代學術研究》，王波《張舜徽〈說文解字約注〉綜論》，牛尚鵬《〈說文解字約注〉同源詞研究》。

其他各類學術論文若干篇：

蔣人傑《評〈說文解字約注〉》，班吉慶《建國五十年來的〈說文解字〉研

多苦字之歎。善加利用《文字蒙求》一類書籍，於引導幼兒學習漢字有重要作用。

〔註3〕 此以《聲系》所收爲標的，見附錄一。

究》，〔註4〕劉韶軍《〈說文解字約注〉學術價值初探》，朱志先《近十五年來張
舜徽學術思想研究綜述》，許剛《張舜徽先生小學研究中的人民觀》《張舜徽先
生〈說文解字約注〉學術成就析論》《張舜徽先生論讀書與治學──以〈說文解
字〉爲中心》《張舜徽先生「雅學」研究述論》《張舜徽先生〈唐寫本玉篇殘卷
校說文記〉的學術價值》《張舜徽先生小學研究中的方法論》，韋順莉《張舜徽
「小學」研究淺論》，侯立睿《張舜徽〈說文解字約注〉的編輯思想》，鄭連聰
《張舜徽先生〈說文解字〉研究初探》，陶生魁《〈說文解字約注〉成就述略》，
等等。

　　許剛博士論文《張舜徽的漢代學術研究》第一章《以〈說文解字約注〉
爲代表的漢代小學研究》，論述《約注》「致詳雙聲之理」、「揭櫫許書體例」、
「資料來源廣泛」、「以生活證字義」、「以古文字證史」等五個方面的問題，
并對《約注》作出評價。限於彼文框架構思，未能充分深入討論對張先生的
古文字學及同族詞的內容。許文談及張舜徽對雙聲的運用，論證清晰深入，
使人易瞭。舉《約注》「祕」字爲例，以爲張先生所說「雙聲語轉、孳乳相生，
而衍爲字群」是「張舜徽運用雙聲之理探求語言文字發展軌跡的典型手法」，
[7]59 然僅點到爲止，沒有從音韻學角度繼續深入分析雙聲如何在不同的字之間
發揮作用、字群又如何因雙聲而形成等問題。又，《約注》中涉及音韻學的內
容很多，不僅雙聲一條，其他如疊韻、古今音變、聲轉、聲義相關、發音部
位等問題《約注》亦有涉及。運用雙聲之理以求文字之義，雖是《約注》最
關注的方法，但僅談雙聲仍不夠全面。再者，如果從更廣泛的角度研究張舜
徽的音韻學，《說文諧聲轉紐譜》《漢語語原聲系》中亦包含豐富的相關內容，
且與《約注》有深刻聯繫和對應關係，值得深入發掘。此外，《約注》中包含
豐富的文字學、訓詁學內容，都可以單列一章詳加論述，《約注》的文化觀、
《約注》與前輩著作的聯繫和區別等，亦應有所涉及。

　　王波《張舜徽〈說文解字約注〉綜論》，論述《約注》體例及內容，但限於
篇幅，以評論爲主，對《約注》體例及內容均有介紹，但未作深入探討。

　　牛尙鵬《〈說文解字約注〉同源詞研究》分析了《約注》的同源詞類型、
《約注》所用理論、方法、術語，並且舉例說明張說可從與錯誤之處，下了

〔註4〕文中提到《約注》。

一定的功夫。然而該文雖然分析和解釋了張舜徽的方法，卻沒有運用到具體的詞例分析過程之中，完全以現代學者的方法和眼光審視《約注》及《約注》歸納和總結的同源詞。這樣做恐怕還不是真正理解張舜徽的正確途徑。

劉韶軍《〈說文解字約注〉學術價值初探》，從博觀約取擇善論定、重視通例兩個方面，闡述《約注》的主要內容，高屋建瓴、提要鉤玄，可視為全面研究《約注》之框架，但限於篇幅，亦未詳細研究《約注》及同族詞。

蔣人傑《評〈說文解字約注〉》，指出《約注》明顯有誤之處，可供參考。陶生魁《〈說文解字約注〉成就述略》，從校勘、註釋兩方面闡明《約注》的成就。侯立睿《張舜徽〈說文解字約注〉的編輯思想》，從編輯角度論述《約注》所體現的思想，角度獨特，思路新穎。鄭連聰《張舜徽先生〈說文解字〉研究初探》，提出可將《約注》視為「系統的《說文》學術史」，[59]思路頗新。

以上研究，均以單章或單篇論文為主，各有一定見解，概論成就與體例及學術特點等，多有啟示。然皆未能就《約注》及同族詞展開綜合研究，故本文欲以張舜徽同族詞研究為目標，對其中的文字學、音韻學、訓詁學、文化觀、理解文字的思路等問題展開全面的研究。

圖 0.1　論文結構圖

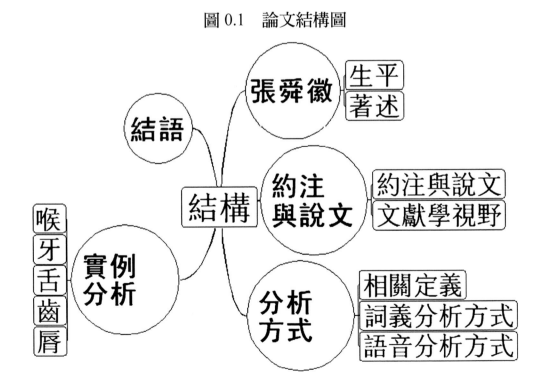

第一章　張舜徽生平及著述

本部份擬對張舜徽生平、著述情況作一個簡單的梳理和評價。

張舜徽（1911～1992），[註1] 湖南沅江人，著名歷史學家、文獻學家。張舜徽一生治學勤奮，博涉四部，在傳統學術的諸多領域均有精深造詣，留下大量論著，影響深廣，沾漑後學甚多。

張舜徽是一流的大學者，但僅僅將他看作學者則稍顯狹隘。在更高的意義上說，張舜徽是一位儒者，一位立身學術、心懷天下的大儒。年輕時的張舜徽常懷報國之志，爲學的目的亦在於匡濟天下，[註2] 所以他的學問往往從大處著眼，強調通人之識，這種風格也保持終生。這一點從他的諸多著作中即可窺豹一斑：他有《中國文獻學》，乃在於存故訓、保舊典；他又有《中華人民通史》，[註3] 則是爲人民大衆解讀中國歷史，期以接文脈、續往行；此

〔註1〕《訒庵學術講論集》710 頁（以下簡稱《講論集》）稱，「後君（筆者按，君指張舜徽夫人金詠先女士）之歿三日（8 月 10 日，即陰曆七月初一），爲余八十誕辰。」筆者按，1991 年 8 月 10 日爲陰曆七月初一，1911 年 8 月 10 日爲陰曆閏六月十六日，8 月 24 日爲陰曆七月初一。

〔註2〕《張舜徽壯議軒日記》於此多有表露，以下簡稱《日記》。

〔註3〕於此書，學界有異議。劉夢溪發表於 2011 年 6 月 20 日《光明日報》的《學兼四部的國學大師》一文認爲，「晚年則有創體變例之《中華人民通史》的撰寫。……直是大史家功力，其嘉惠讀者也大矣。而史標『人民』，復以『廣大人民』爲閱讀對

外如《說文解字導讀》《四庫提要敘講疏》等，皆非單純爲學術而作者。張舜徽立身處世讀書問學，皆是爲天下計。

一個人的秉性應當會在日記中深層流露，我們看張舜徽日記也有這樣的體會。一九四三年二月初七日的《張舜徽壯議軒日記》〔註4〕有言：

> 暇念近年教士，自覺亦深有禪於來學。開宗明義，即以《儒行》《西銘》《六家要旨》三篇爲教。此三篇實垂諸日月不刊之典，立己立人，悉由乎此。……丁喪亂之世，不能膏澤斯民，恥固厚矣；苟能磨礪多士，底於有成，抑亦所以報國也。舊思於此三篇撰成《衍義》以播之國人，可及早圖之。

教學之際處處不忘報國，期以載籍立己立人，這恐怕是張舜徽爲學的動力。由此我們不難明白張舜徽何以能寫出等身的著作。《儒行》，是儒者的行爲規範；《西銘》則詳細闡述了天地與人的關係、人與人的關係，是對自然和社會的一個高度概括。表面上看《六家要旨》是在褒貶六家，若以立己立人視角觀之，實可視之爲勸人向善的風向標。張舜徽選擇此三篇爲教，包含了他對社會秩序和人倫的美好願望。這樣看來，大儒才是對張舜徽最好的稱呼。

一九四三年二月十四日至三十日的《日記》〔註5〕有言：

> 余雅不欲與共事者周旋，下帷之後閉戶讀書而已。……余夙志不欲爲明師。……余於問學一途志不在小，將欲理統群言、挈其綱要，俾能施之當世，以宏匡濟之效，安能鬱鬱久事筆研間。故十年以來學凡數易。往者致力於雅詁經訓至勤苦矣，斐然欲有所著述，既乃大悟，以爲敦古不暇、無勞自造，好弄柔翰，徒自曠日廢業，甚無益也。故於《玉篇》撰有《斠注》，屬稿甫就而燬於火；於《爾雅》邵疏撰有《訂補》，條列早定而未成書。此時皆罷去不復爲。若

象，用心不謂不良苦。但以舜徽先生之史識史才，倘不如此預設界域，也許是書之修撰，其學術價值更未可限量。」但是，若能從史學的教化意義上理解，此書竟是超越學術範疇的用心良苦之作。結合本文第二章《約注與說文》第一節所引章太炎之語來理解這部著作，更會有深入體會。

〔註4〕陽曆三月十二日。《日記》325頁。

〔註5〕《日記》336頁。

竭數月之力，非不可繕爲清本以刊行於當世。誠不欲獵崇朝之名，
與時流競旦夕短長耳。

特立獨行，心中有堅定目標可守；志在高遠，身外無擾攘俗務能奪。這
段日記是張舜徽眞實性格的寫照。《周秦道論發微》《周秦政論類要》等書就
是「志不在小」的結晶，此二書均有裨於政教。然而此外何以又有《約注》
一類的小學專著？此仍爲「志不在小」的結晶。下文所引章太炎「夫國於天
地，必有與立，所不與他國同者，歷史也，語言文字也，二者國之特性，不
可先墜者也」〔註6〕之語便可解此疑問。故以今之眼光看，《玉篇斠注》《爾雅
邵疏訂補》無緣面世甚爲可惜。張舜徽讀書著書，能爲世所用是主要動力，
興趣則是促成其宏大學術體系的次要因素。

《講論集》708 頁《八十自述》一文粗略的概括了張舜徽的生平、學術及
性格等。下面以腳註形式對此文略加擴充，不煩綴以冗語。

家世學業，祖若父〔註7〕皆喜聚書。兩世所藏，四部常見之籍
略備。〔註8〕幼時讀書家中，先君子親授經傳及文字、訓詁諸書。
早在童稚，即聞雞而興，嗜學不怠，一生早起之習，實起於此時。
年十有七，遽傾嚴蔭，於是負笈出遊，求師覓友。〔註9〕及旅居燕
薊、〔註10〕博訪通人，公私藏書，得觀美富。弱齡還湘，〔註11〕爲
中學師，講授之餘，伏案不輟，教學相長，期於積微末以至高大。

〔註6〕此句轉引自萬獻初《章太炎的說文講授筆記及其文化闡釋》18 頁，萬引此段於臺
　　　北《中國一周》555 期潘重規《章太炎先生之氣節》。

〔註7〕張舜徽祖父張聞錦，清道光十三年進士，歷官至山東司郎中，後卒於任。叔祖父張
　　　聞銳，光緒初年秀才，後絕意科名，以教授終身，博通經義，於《易》最有心得。
　　　父張淮玉，自少不與科考，專力樸學、天文、數學，對張舜徽治學道路影響至爲深
　　　遠。

〔註8〕王余光有《張舜徽先生藏書考略》一文，其中「舊藏」一節所言備矣。

〔註9〕1929 年，張舜徽出遊長沙，尋師訪友。從孫文昱先生受聲韻學。

〔註10〕1930 年，張舜徽應姑父余嘉錫先生之邀，旅居北京。博訪通人，多識長者，左右
　　　採獲，爲益無方。自朝達暮赴北海圖書館讀書，日有定程，爲一生讀書進展最速
　　　之時。

〔註11〕1932 年秋至 1940 年自京還湘，入長沙文藝中學任文史教員。後又在兌澤、雅禮等
　　　中學任教。

未幾而倭寇入侵，流離轉徙，生資蕩然。從行惟骨肉數口，舊書一囊耳。身歷百艱，僅得不死。年過三十，始都講上庠，四方奔走，由是歷丁壯迄乎耄耋，以教學終其身。〔註12〕生平無他事可述，講習之外，惟讀書數十年，著書數十種耳。

余之治學，始慕乾嘉諸儒之所爲，潛研於文字、聲韻、訓詁之學者有年。後乃進而治經，於鄭氏一家之義，深入而不欲出。即以此小學、經學爲基石，推而廣之，以理群書。由是博治子、史，積二十載。中年以後，各有所述。爰集錄治小學所得者，爲《說文解字約注》〔註13〕；集錄治經學所得者，爲《鄭學叢著》〔註14〕；集錄治周秦諸子所得者，爲《周秦道論發微》〔註15〕《周秦政論類要》〔註16〕；集錄治文集筆記所得者，爲《清人文集別錄》〔註17〕《清人筆記條辨》。〔註18〕而平生精力所萃，尤在治史。匡正舊書，則於《史通》《文史通義》皆有《平議》〔註19〕；創立新體，則晚年嘗獨

〔註12〕1941 年至 1943 年，張舜徽任國立師範學院（即藍田國師）中文系講師；1944 年～1946 年，任北平民國學院（後南遷至湖南寧鄉）中文系教授；1946 年秋～1948 年，應蘭州大學校長辛樹幟先生之邀，至蘭州大學中文系任教，旋任系主任。兼任西北師範學院教授；1949 年，任教於中原大學教育學院，後隨學校併入華中大學；1950 年，入華北人民革命大學政治研究院學習一年；1951 年，至華中師範學院（即今華中師範大學）歷史系任教，直至終老。

〔註13〕有中州書畫出版社 1983 年影印作者手稿版、華中師範大學出版社繁體字排印版。相關論文，有王余光《張舜徽早年著述述略》、李國祥《治學嚴謹著述宏富——張舜徽教授三十五年來論著編年及介紹》等可參考。

〔註14〕有齊魯書社 1984 年版、華中師範大學出版社 2005 年版。

〔註15〕有中華書局 1982 年版、華中師範大學出版社 2005 年版，此版與《史學三書平議》合爲一冊。

〔註16〕此書全稱《周秦諸子政論類要》，收入《舊學輯存》中。有齊魯書社 1988 年版、華中師範大學出版社 2008 年版。

〔註17〕有中華書局 1963 年版、華中師範大學出版社 2004 年版。

〔註18〕有中華書局 1986 年版、華中師範大學出版社 2004 年版。

〔註19〕此兩種與《通志總序平議》合刊於《史學三書平議》。《史學三書平議》有中華書局 1983 年版、華中師範大學出版社 2005 年版。

撰《中華人民通史》〔註20〕以誘啟初學。至於辨章學術，考鏡源流，平生致力於斯，所造亦廣。若《廣校讎略》〔註21〕《中國文獻學》〔註22〕《漢書藝文志通釋》〔註23〕《漢書藝文志釋例》〔註24〕《四庫提要敘講疏》〔註25〕諸種，固已擁彗前驅，導夫先路。此特就平生著述中較廢心力者，約略言之。〔註26〕至於薄物小書〔註27〕，不暇

〔註20〕有湖北人民出版社 1989 年版、華中師範大學出版社 2008 年版。

〔註21〕有 1945 年長沙排印本、中華書局 1963 年增訂本、華中師範大學出版社 2004 年版（與《漢書藝文志通釋》合刊。

〔註22〕有中州書畫社 1982 年版、華中師範大學出版社 2004 年版、上海古籍出版社 2005 年版。

〔註23〕有湖北教育出版社 1990 年版、嶽麓書社 1994 年版《二十五史三編》（第三分冊）本、華中師範大學出版社 2004 年版（與《廣校讎略》合刊）。

〔註24〕附於 1946 年蘭州開元印書館《積石叢稿》、1963 年中華書局版《廣校讎略》及華中師範大學出版社 2004 年版《廣校讎略》、嶽麓書社 1994 年版《二十五史三編》第三分冊。

〔註25〕最初收錄於齊魯書社 1988 年版《舊學輯存》，2002 年由臺北學生書局出版單行本，2005 年有雲南人民出版社單行本，2008 年華中師範大學出版社版《舊學輯存》中亦收。

〔註26〕張舜徽著作，收入華中師範大學出版社《張舜徽集》的有：
《中國文獻學》《中國古代史籍舉要·中國古代史籍校讀法》《廣校讎略·漢書藝文志通釋》《清人文集別錄》《清人筆記條辨》。（第一輯）
《清代揚州學記·顧亭林學記》《清儒學記》《周秦道論發微·史學三書平議》《鄭學叢著》《愛晚廬隨筆》。（第二輯）
《中華人民通史（上下）》《舊學輯存（上下）》《訒庵學術講論集》。（第三輯）
《說文解字約注（一至四冊）》《霜紅軒雜著》。（第四輯）
此外還有 1946 年蘭州開元印書館排印本《積石叢稿》、湖北人民出版社 1955 年版《中國歷史要籍介紹》、湖北人民出版社 1956 年版《中國史論文集》、湖北人民出版社 1957 年版及中華書局 1963 年版《顧亭林學記》、中華書局上海編輯所 1962 年版《中國古代史籍校讀法》、上海人民出版社 1962 年版《清代揚州學記》、湖北人民出版社 1980 年版《中國古代史籍舉要》、華中工學院出版社 1984 年版《中國古代勞動人民創物志》、陝西人民出版社 1985 年版《文獻學論著輯要》、巴蜀書社 1990 年版《說文解字導讀》、湖南教育出版社 1991 年版《愛晚廬隨筆》、齊魯書社 1991 年版《清儒學記》、嶽麓書社 1992 年版《訒庵學術講論集》、國家

悉數也。

張舜徽一生主要貢獻在爲學，著作等身，桃李滿天下。於所涉文獻學、史學、哲學、小學等領域皆有高深造詣，終爲一代宗師。其中可深入發掘者，往往有之。本文粗略記敘張舜徽生平、著作等，供覽者曉其大概而已。

圖書館出版社 2010 年版《張舜徽壯議軒日記》等。

〔註27〕張舜徽單篇論文，多收入《訒庵學術講論集》《張舜徽學術論著選》中，此兩本未收之作有《〈湖北舊聞錄〉序》《又次草堂文稿》等。

第二章　《約注》與《說文》

　　《約注》是對《說文》進行全面、深入註釋的著作。

　　《說文》是東漢許慎的作品，由唐李陽冰改動後傳至趙宋，經徐鉉、徐鍇兄弟整理方能流傳至今。《說文》以闡明文字本義、分析文字結構爲主要目的，爲東漢以後的小學研究奠定了基礎，指明了方向；《說文》包羅萬有，內容涵蓋古代歷史與文化諸多方面，是研究古代社會的必備文獻。

　　《約注》成於上世紀八十年代，是張舜徽一生學術功力的彙集和展示，也是他畢生心血之一端。《約注》主要從文字、音韻、訓詁等方面對《說文》進行詳細的解說，有闡發許慎原意的用心，不是簡單的借許慎說漢字。《約注》一個主要的研究方向是同族詞，本文即著力於闡發此點。

第一節　張舜徽說文學框架和《約注》的主要內容

　　小學，於文化之傳承、種姓之存亡，有極大關係，這絕不是危言聳聽。而《說文》又是研求小學之權輿。張舜徽作爲歷史學家、文獻學家，如此重視小學，實有其深意在。重視小學，可以說是通人大儒的共識。〔註1〕章太炎曾說：

　　　　《說文》之學，稽古者不可不講。時至今日，尤須拓其境宇，

───────────────

〔註1〕王夫之作《說文廣義》，並不一定是出於喜好文字之學。

舉中國語言文字之全，無一不應究心。清末妄人，欲以羅馬字易漢
字，謂爲易從；不知文字亡而種姓失，暴者乘之，舉族胥爲奴虜而
不復也。夫國於天地，必有與立，所不與他國同者，歷史也，語言
文字也，二者國之特性，不可先墜者也。昔余之講學，未斤斤及此，
今則外患孔亟，非專力於此不可。余意凡史皆春秋，凡許書所載及
後世新添之字足表語言者皆小學。尊信國史，保全中國語言文字，
此余之志也。[9]18

　　章太炎此種識見超越學術層面，以民族家國之立場理解小學，所以有至高
之成就。語言、歷史關乎種姓之存亡，正不可先墜者也。現代支持漢語漢字拼
音化的學者，亦當用心思考章氏此語。姚孝遂亦說：

語言和文字是人類最偉大的系統工程之一。這是人類所有一切
文明的基礎，其中蘊藏著無窮無盡的奧秘。[10]19

　　既然是一切文明的基礎，一旦某種文明的文字動搖，勢必造成該種文明的
崩潰，古巴比倫文明的消亡即有此原因。張舜徽學涉四部，而以小學著作爲最
重，實有此原因在；他於小學、《說文》用力之勤、之久、成果之豐碩，直可上
追段王，下啓來學。《約注》可以說是張舜徽一生學術功力所粹，值得我們認眞
學習研究。

　　張三夕在《張舜徽先生學述》一文中說：「筆者曾有幸目睹張先生在線裝
本《說文》上所作的批語筆記，每一頁上都佈滿了密密麻麻的蠅頭小楷。《約
注》正式出版時已達二百多萬字，張先生實際所寫劄記的字數遠遠超過此數。」
[11]215《約注》從草創到成書，前後約計十年；若是算上知識積累的時間，可
以說，《約注》的創作從張舜徽識字發蒙時已開始了。研求小學，貫穿張舜徽
一生，「深含其生命精神」。[12]111

　　張舜徽讀書識字都是在父親指導下進行的，在其學術發展過程中遠離現
代學術中心，繼承漢人、清人學術成果較多，對近現代學者的關注不算太多。
熊鐵基在《〈張舜徽與清代學術史研究〉序言》中說，「《說文解字約注》就是
在清人研究基礎上的進一步發展。」[13]3《約注》的舊學氣息濃厚，承用或者
反駁清人觀點的字例較多。《約注》成書於上世紀七十年代，而行文以文言爲
主，豎式排版，全是舊學的風格，讀來感覺甚是醇正。

一、張舜徽說文學框架

統觀張舜徽傳統語言文字學研究，可以認爲是以《約注》爲中心，以《漢語語原聲系》《廣文字蒙求》《唐寫本玉篇殘卷校說文記》《說文解字導讀》《說文諧聲轉紐譜》等書文爲輔翼，以散見於《張舜徽學術論著選》《訒庵學術講論集》等文集中的論文〔註2〕爲補充的、成系統的一個整體。這些著述從文字、音韻、訓詁三方面充分體現了張舜徽的學術思想、方法和水平。

二、《約注》的內容

《約注》則在簡要註釋的基礎上進一步對《說文》未能言明的問題作了深入探討，這些問題有文字、聲韻、訓詁、版本、校勘、目錄、同族詞、文化、歷史、地理等；上古社會之內容靡不涵蓋，可視作百科全書。〔註3〕

但從一定意義上講，《約注》是以探求語原爲最高目的的著作，主要工作是在《說文》範圍內系聯同族詞。

三、《約注》系聯同族詞的總體特點

先秦經典中的聲訓，可以認爲是系聯同族詞。如《易》「乾，健也；坤，順也」，〔註4〕《荀子·王制》「君者，善群也」，都是以聲近或聲同的字作爲訓釋詞。《說文》也曾系聯同族詞，如《說文·句部》收拘、笱、鉤三字，同從句聲而部首不一，就應當是許慎將同族詞收在一個部首之下。〔註5〕東漢劉

〔註2〕　《張舜徽學術論著選》中的相關文章有：《〈說文解字約注〉自序》《我是怎樣研究、整理〈說文解字〉的》《談撰著〈說文解字約注〉的經過答友人問》《聲論集要》。《訒庵學術講論集》中的相關文章有：《談〈說文解字〉的研究及其疑義舉例》《我是怎樣研究、整理〈說文解字〉的》《〈說文解字〉在古文字研究工作中的地位和作用》《解釋帝字受義的根源答友人問》《談撰著〈說文解字約注〉的經過答友人問》。

〔註3〕　此內容可與本文第二章第二節第一部份參看。

〔註4〕　其中「乾健也」是雙聲爲訓之例。《霜紅軒雜著》11 頁：「循雙聲以說字，經傳早已萌芽。如《周易·說卦》所云：『乾，健也；離，麗也。』《孟子·滕文公上》所云：『庠者養也，校者教也。』皆其明證。」

〔註5〕　《霜紅軒雜著》8 頁：「許慎作《說文解字》時，雖以『據形系聯』爲主，然如句部收拘、笱、鉤三字而不分歸於手、竹、金諸部；即已示人以義原於聲之理。」

熙的《釋名》，主要用聲訓的辦法來探求漢字得名之由，往往多臆解；〔註6〕
然而由於去古未遠，上古音的語感尚存，所以仍然是具有極高參考價值的文
獻。張舜徽的許多訓釋，就是沿用劉熙的方法。〔註7〕鄭玄的注經實例中，亦
有很多原始的系聯同族詞的工作。〔註8〕

　　降至趙宋，有王聖美首倡右文之說，如金小爲錢、水小爲淺、貨幣少爲
賤等宋人的說法，便是右文說極好的例子。然而右文說仍然只是萌芽階段的
事物，當時人們的理論儲備並不充分，所以有荊公說字之誤。南宋戴侗作《六
書故》，集中且有意識的運用右文說來分析漢字。書中「凡某者皆曰某」等術
語，可以說是發凡起例，直接爲清代段玉裁所用。《六書故・六書通釋》：「聲
之相通也，猶祖宗眾姓之相生也。其形不必同，其氣類一也。」[15]22 用孫雍
長的話說，是「義存於聲的相對穩定性」。〔註9〕

　　有清爲古代小學之高峰，清以後便轉入近現代學術環境。段王小學成果
之中已有了系聯同族詞的清醒意識和自覺方法，段氏的「凡從某聲多有某
義」、王氏的《廣雅》之學，便是較爲成熟的訓詁實例；他們所系聯的同族詞，
多半是可信的；他們使用的方法，已經非常接近近現代學者公認有效的方法。
不過，清人的工作仍然需要完善。西方語音學傳入中土，吾人治學方式大變。
章太炎、黃侃、沈兼士、錢玄同、高本漢等人可以劃入由清人向現代學者過
渡的階段，留洋歸來的王力等人則登上同族詞系聯的高峰。在王力的基礎上，
後輩學者使同族詞的系聯進一步規範化、科學化，有了很大的提升，無論是
理論的總結還是同族詞系聯的實踐，都逐漸向完美靠近。

　　張舜徽在這樣的學術背景之下，努力探索自己的道路。我們從他的著作中
可以看出許多與主流學術方式差別甚大的內容。《約注》2 頁自序有一語可明：

〔註6〕周海霞《漢語同源詞研究歷史綜述》49 頁：「《釋名》中有很多訓釋帶有任意性、
　　　　主觀附會性、及源流倒置的現象。」

〔註7〕如《約注》458 頁斷字下云：「創者，傷也。古韻模唐對轉，故斷義通於創。」480
　　　　頁踳字下云：「踳之言脊也。」此類例子甚多，參見附錄。

〔註8〕《周禮・廛人》「總布」鄭注：「總讀如租穗之穗。」《儀禮・士冠禮》「青約繶純」
　　　　鄭注：「約之言拘也。」

〔註9〕孫雍長《訓詁原理》15 頁：「如果說意義附於形體相對的顯得比較靈活，那麼，意
　　　　義寓於聲音則要相對穩定得多，牢固得多。」

約一名而含三義。自宋以來疏釋許書之作，無慮數十百家，約取其義之精者而論定之，一也；汰陳言之瑣碎，祛考證之冗繁，辭尚體要，語歸簡約，二也；文字孳乳相生，悉原於聲。苟能達其語柢，則形雖萬殊，而義歸一本。今闡明字義，約之以雙聲之理，三也。

句中的「聲」，乃指聲紐，非泛指聲音。這是張舜徽最爲強調的一點，也是《約注》的特色之一。詳細內容我們會在本文「語音分析」部份看到。

如能求得「語柢」則不泥於字形，這一點則繼承了王念孫、章太炎等前輩學者的思路，也爲當今學者廣泛認同。此外，對每個字的解釋儘量下一個結論、疏釋語言力求簡約，這兩點也是《約注》的重要目的。

「達其語柢」是張舜徽文字、聲韻、訓詁之學的最終目標之一。《聲系》[3]3 自序：

治語言文字之學，必至乎探求語原，以聲爲綱，從而部居條理，得其義例，始有眞正訓詁之學可言。

以聲爲綱是方法，得義例、求語原是目的。求得語原及義例，掌握一種宏觀的理解字義的方法，這才是張舜徽最爲關心的事情，也是處處體現在《約注》及相關著作中的內容之一。如前所述，漢儒以至於現代學者都非常關注這一論題，取得了非凡的成就。沈兼士《廣韻聲系·編輯旨趣》亦云：

吾人欲建設漢語學，必須先研究漢語之字族；欲作字族之研究，又非先整理形聲字之諧聲系統不可。《廣韻》一書，爲記載中古文字之總匯。……故《廣韻》實爲承前啓後之中心字典，凡漢語語根及語辭之縱橫衍變，均可由其諧聲系統爲出發點以推求之。[17]2

沈兼士這一看法與張舜徽不謀而合，也可以說是古今學者的共識。只是諧聲的同族詞僅是系聯同族詞的一部份，我們從張舜徽《聲系》歸納的四百餘組詞中便可發現這一點。張舜徽正是在前哲的研究基礎之上展開了自己的工作。

第二節　《約注》的歷史文獻學視野

1979 年，張舜徽與學界同仁一道發起成立中國歷史文獻研究會，後又向教育部提議建立歷史文獻學學科，使文獻學與歷史學合而爲一，促使它進入

新的發展時期。那時國內各大學以歷史文獻學命名的學科點尚如鳳毛麟角，不受人重視。但二十一世紀以來，各大學紛紛建立歷史文獻學學科點，開闢相關課程，招收碩博研究生。在此背景下回顧八十年代張舜徽之創意，始知其眼光之長遠，意義之重大。張舜徽一生治學遍及四部，不以此疆彼界爲意，然非泛濫無際，而是以通史撰述爲依歸。綜覽張舜徽著作，無不既有文獻學之深沉，又有歷史學之眼光，從而使文獻學與歷史學相結合，這正是超乎常人的識見。

歷史文獻學的倡立，既標明文獻學爲歷史學服務的目的，又使歷史學重視文獻學基礎而有根基。於是文獻學不再單純爲文獻而文獻，爲考據而考據；歷史學亦可免於空泛粗疏，可袪放言不羈之弊。

一、歷史文獻學視野與《約注》的關係

文獻學以整理研究古代各類文獻爲職責，校勘學、版本學、目錄學及文字學、訓詁學、音韻學等，無不爲文獻學之用。文字、音韻、訓詁爲解讀古代文獻的基礎，而校勘、版本、目錄，則必博覽文獻以知源流門徑，比勘異同以辨是非，離六者無以論文獻整理與研究。然以文獻學爲專家者，或專事校勘，或獨考版本，或著錄目錄，不是十分重視文字、音韻、訓詁。而此三科又被列入語言文字之學，劃歸中國語言文學學科，與歷史學漸行漸遠。文獻一門如此細分劃隔，亦一時之趨勢，似不可逆轉。然亦如黃宗羲所言，析之愈精者逃之愈巧，雖有專精之作，終乏融通之功。專家日多，而通人漸少。

張舜徽倡立歷史文獻學，則以歷史研究爲根本宗旨，以文獻學爲基礎，所研究者是一切與歷史有關之文獻，涵蓋甚廣，不泥於所謂史部。故歷史文獻學又與別家文獻學不同。歷史學爲一級學科，歷史文獻學爲其下屬二級學科；中國語言文學爲一級學科，其下亦設有文獻學，專力研究中國語言學史及文學史相關文獻，偏重小學及文學文獻之整理研究；圖書館學爲一級學科，其下亦有文獻學，著重研究古籍文獻的版本目錄，爲圖書館館藏文獻服務。比照而言，歷史文獻學以歷史研究爲終極目標，故整理研究各類文獻皆以歷史學研究爲歸宿。另外兩種文獻學則分別爲中國語言文學及圖書館學服務，所涉範圍與關注重心均與歷史文獻學不同。

歷史概念包涵極廣，語言文學史、古代圖書史乃至哲學、思想、法律、經

濟、社會、軍事、藝術、科技諸史等皆在範疇之內，故歷史學又設專門史為二級學科，專門史皆有專門文獻，是以各類專門史文獻皆可視為歷史文獻學研究對象。然歷史研究及歷史文獻研究又須分工，一個學者不能研究所有專門學科及其文獻。且語言、文學、圖書、哲學、法律、軍事、藝術、科技等又有與歷史學並列之學科，故此類專門史及其文獻之研究，又在此等專門學科範疇之內。對待此種重迭部分，亦應以博通眼光觀照各類歷史文獻，不當畫地為牢。關注歷史事物之間的內在聯繫，以廣博浩翰之文獻為研究對象，為歷史學研究不斷挖掘文獻的豐富內容，使歷史學與文獻學的結合日益深入，真正成為密不可分之整體，則張舜徽倡立之歷史文獻學學科方能有所發展，不辱此學之使命。

明白張舜徽倡立歷史文獻學的意義，則於《約注》會有一種新理解。《說文》向來被視為研究語言文字的重要文獻，研究歷史的學者往往不太關注，而張舜徽卻對此書下很大工夫，前後費時數十年完成《約注》。張舜徽治學雖然強調以小學為根柢，但與專門研究文字、音韻、訓詁的學者又有不同，不以一門學問為專業，更不受學科分割之限制。故他與文字學家注許不同，並非僅僅考釋文字的形音義；凡涉及文獻與歷史之處，均不惜筆墨加以闡述。《約注》中處處可見歷史文獻學特有識見，再與張舜徽其他著作所論歷史文獻之說相對照，更可發現其中脈絡。研讀《約注》，不僅可以了解文字之形音義，更可廣泛獲知由眾多文字凝聚濃縮的古代社會、生活之歷史及相關文獻知識，故《約注》不啻為了解古代社會生活之小百科全書。

要而言之，人們通常視《說文》為字典。但《說文》所收乃古代文字，至少是至漢代文字，產生於古代社會生活及其歷史、文化背景之中，這些文字實為古代社會生活及其歷史和文化的忠實反映。今人欲研究古代社會生活及其歷史和文化，則不能僅僅把《說文》視為字典，而應意識到此書所收文字及許慎所作說解包含了解古代社會生活及其歷史與文化的諸多信息。通過《約注》，我們可以從多方面了解這些信息，進而認識古代社會及歷史的諸多細節。德國人 J. Grimm 也認為，「我們的語言——這同時也是我們的歷史」。〔註10〕

〔註10〕Grimm 在他的《德語史》中寫道，「有一種比骨骸、武器和墓穴更為生動的東西可以證明民族的歷史，那就是他們的語言。……就古代史而言，這種保留下來的遺物使我們惶惑莫解，而別的史料又付闕如。這時除了詳細研究我們的語言和土語親屬關係中的千絲萬縷的聯繫之外，就再也沒有什麼辦法可以幫助我們了」，因此

從這個意義上說，研究歷史的學者不能忽略《說文》及《約注》，而張舜徽對於此種信息與內涵的揭示，也正是他以歷史文獻學識見研究《說文》的具體表現。另一方面，正是因爲能夠從廣博的歷史文獻學視野研究《說文》，《約注》對《說文》文字的字形及字義就形成更加深刻而獨到的解釋，這往往比單純就字而言字的注釋和理解更有說服力。

歷史文獻學識見，一方面來自張舜徽作爲歷史學家所具有的廣博視野，一方面則來自他作爲文獻學學者所擁有的紮實功力。具有歷史學的廣博視野，可以讓研究者發現一個個獨立的文字包含的各種歷史文化信息；具有文獻學的紮實功力，則能讓研究者不僅僅關注某部書中的具體文字，而能從辨章學術、考鏡源流的角度考察這部著作在文獻學上的各種問題，而這些都是只關注文字之形音義的學者難以想像的。

總而言之，可以說張舜徽的全部學問都以歷史文獻學爲核心，以歷史學統率文獻學，以文獻學支撐歷史學。這是他爲學的特點之一。

文獻學和歷史學的著述有種種樣式，不可一概而論。有善於論說者，有善於考辨者，有善於吸收歸納者，有善於細致追究者，有善於專治一事者，有博考眾事者，不一而足，因人而異。然而對於歷史學研究來說，不管學者善於以哪種形式研究和著述，但凡有眞見解和深功夫者均不離基本文獻而治學。沒有對文獻的深沉工夫在前，絕不會有高明的著述在後。張舜徽初以乾嘉學派紮實的文獻學方式爲楷模，以小學爲根柢，以博通爲進路，以司馬遷、劉向、鄭玄、許慎、鄭樵爲榜樣，長年孜孜不倦用力不止；後又接受馬克思主義史學理論與方法，所以能使歷史學與文獻學密切結合、最終倡立歷史文獻學，並以博大宏通的《中華人民通史》爲一生全部學問之歸結。由此背景綜觀《約注》，自然不能簡單以文字音韻訓詁之學論之，其中的學術研究之內涵，需要我們深入發掘。

本文欲從歷史文獻學角度解讀《約注》，簡單歸納其中基於歷史文獻學的識見而作的分析與闡述，以求加深對張舜徽歷史文獻學思想及其學術實踐的理解。同時也想借此闡明一個想法，即須藉助歷史文獻學的眼光研究各類文獻，

要「從語言研究中取得對於闡明歷史的好處」。此文及正文中此人之語皆轉引自徐志民《歐美語言學簡史》96 頁。

既不局限於史部，更不滿足於基本整理，盡量運用文獻學的方法廣泛、深入的研究各類文獻，從中探討更多的歷史文化內容。僅以《說文》而言，它不單單是一部古代文字學的重要文獻，更是一部研究古代歷史和文獻的重要著作，《約注》已為我們揭示了這一點。篇幅有限，略舉幾例，稍示其端。

二、《約注》中的歷史文獻學識見

歷史文獻學研究歷史文獻，自有其特定的關注對象。對《說文》這部歷史文獻而言，出於歷史文獻學的特定識見，《約注》重視的問題自然與單純的古文字學不同。以下就《約注》中出於歷史文獻學的特定識見所作的注說內容加以論述，以闡明《約注》的歷史文獻學特色。

《約注》卷首 10 頁首先列出《說文解字標目》。張舜徽為《標目》作的注語與文字學無關，主要論說古代書籍篇目問題：

> 今本許書開卷即為《標目》，非許書原本如此，乃北宋徐鉉校定此書時所補，故宋刻本均有之。古人自著一書既畢，然後總錄全書篇目，乃其所以著此書之意，撰成一篇，以殿全書之末。如《太史公自序》《漢書敘傳》及許書自《敘》，皆其明例。後世學者勢不能改易卷第，移《敘篇》以冠書首，於是為別增目錄於前，以便檢覽。今《史記》《漢書》《說文解字》，開卷即為目錄，悉後人所增立也。推之其他古書，莫不如此。然沿用既久，甚便學者。故今新注許書，仍依宋本錄《標目》以冠全書之首。

這一段是說書籍目錄的形成，實為後人所增，非古書原有。這在古籍中為通例，不過後人為便於省覽，多在古籍前為之增加目錄，雖有一定的方便，卻非古籍原貌。今之學者於此應該知道其來由，不能以為古書原本如此。關於古籍目錄與自敘，《中國古代史籍校讀法》〔註11〕所言是張舜徽重要的歷史文獻學見解之一。這種問題與文字學研究無關，張舜徽在《約注》開篇第一段注釋中就專門論說此事，充分說明他研究《說文》與一般文字學家的不同。從歷史文獻學的角度看，學者讀古籍以治學，對這種問題不可忽視，應該知道古籍體式的通例及演變，始能不為後人增改的古籍體式迷惑，這種情況實際上也會影響

〔註11〕以下簡稱《校讀法》。

今人對古籍內容的理解。此段所言《說文》標目問題又可與《校讀法》所說通例相對照，加深對張舜徽談到的歷史文獻學相關知識的認識。如果熟視無睹，則不會意識到古代書籍的歷史演變，不能認清古今書籍的變化，這種變化不僅是書籍形式的問題，更是全部歷史不可缺少的細節。

《約注》書首《略例》的第七條說明許書卷數的演變，以及《約注》採用的分卷法，這也屬於古籍體式問題。其言曰：

> 許書共十五篇，一至十四爲解字正文，最後一篇爲敘目。其時篇卷無分，故許沖上表，即稱「凡十五卷」。宋初徐鉉校定此書，每卷各分上下，釐爲三十卷，今寫定《約注》，仍用其例。[2]2

這裏專門針對原書篇目與後來分卷的不同加以說明，是文獻學學科重視古人著書體例的表現。古書分卷出現較晚，先秦及漢代著作往往不分卷、只分篇，這是當時編纂著作的通例。先秦著作如《詩》《書》《孟子》《荀子》《莊子》《韓非子》等、漢代著作如《呂氏春秋》《淮南子》《太玄》《法言》《說苑》《爾雅》《禮記》等都是如此。不便分篇者則根據內容來分，如《左傳》按年分，《周易》按卦分（十翼又是分篇），《周禮》《儀禮》按官職體系或禮儀內容分，《老子》按章分（大概也是漢代人的分法，竹簡本《老子》似乎還沒有分章）。《漢書·藝文志》記錄當時及以前的著作，多是此類。現存古籍的各種版本都分卷，這是後人在古籍原有分篇或分章的基礎上重新編排的結果，已非古籍原貌。許書也不例外，如此段注釋所說。張舜徽一方面說明古書本來的樣貌，同時也不泥古，適應古籍演變的現狀，採用後來的分卷法。這就好比既要知道甲骨文、金文、篆文的寫法，而又不必在日常書寫中運用。知古而適今才是最好的做法，正所謂「何必易彫宮於穴處，反玉輅於椎輪者乎」。[19]5

張舜徽在《約注》卷三十也論及此事，指出《說文》有所謂「十四」和「十五」的篇卷問題。在現行大徐本的卷三十之下，張舜徽先注釋說：「原書第十五篇之下」，又詳細解釋正文所說「此十四篇，五百四十部，九千三百五十三文」一段：

> 許君所云「此十四篇」乃承上文敘列五百四十部目既竟而總結之辭，故其所言，不計《敘篇》在內。後其子沖上此書於朝，自必

合《敘篇》數之，而云「十五卷」也。篇與卷，漢人多通稱。觀於《漢書‧藝文志》著錄經籍或稱卷，或稱篇，而每種之後，各題上事云：凡若干家若干篇。至末復總結其數曰：「凡書六略三十八種，五百九十六家，萬三千二百六十九卷。」其明徵已。許沖不云「十五篇」，而云「十五卷」者，以其時篇與卷本無分耳。[2]3714

之下又就許書《敘篇》所言全書字數問題進行闡述，說明古書原初所標字數與後世傳本字數不相符是古書普遍現象，《說文》如此，《史記》也是如此，其言曰：

至於許《敘》中所稱文、字之數，與後世傳本不符，亦不足怪。蓋古人書皆手寫，始用竹簡木牘，後益之以縑帛，而紙最晚出，凡幾變矣。歷經傳寫，訛誤衍奪滋甚。書之失真，亦固其所。況許書收字有偶遺者，後人則補之；解說之辭有繁複者，後人則省汰之。故至篆文多於本始，說解少於厥初。《太史公自序》稱所著「凡百三十篇，五十二萬六千五百字」，迨史公身後，篇有佚闕，字多損減，舊所標記，早成虛數。今以許書方之《史記》，書有訛奪，殆無不同。世遠年湮，已鮮完帙。今日讀古人書，本未可求字數之與原書相合也。[2]3714

諸如此類，皆是從文獻學角度對古書傳承過程中發生的篇卷、字數變化進行專門的解說，與純文字學專注於解釋字形字義完全不同。

古代歷史文獻作為古代學者的著述，編纂體式與今人著作形式有很大差異，研究古代書籍的著述體式是歷史文獻學的重要工作。《約注》對這種工作非常重視，不少地方對此類問題進行專門的闡述與分析，這正是張舜徽的歷史文獻學識見在《約注》中的具體表現。

除以上提到的幾個例子之外，還可以在《約注》中找到許多具體實例。如許書以「一部」為五百四十部的第一部，而「一」字又是「一部」的第一字，因此以「一」字作為全書的開端，而以亥部「亥」字作為全書的結束，這一點就非常能體現許慎的學術思想。如果只就「一」字和「亥」字本身及許氏的說解進行注釋，可能不會注意到「始一終亥」的文獻學意義。張舜徽對此則有專門的解說，不僅只對「一、亥」兩字的形音義進行注釋，而是更

爲深入地分析了其中的豐富內涵，讓我們明白許慎這樣布局的用心，以及由此反映的古代歷史文化的側面。許書對「一」字的說解爲：

> 惟初太始，道立於一，造分天地，化成萬物。[20]7

《約注》對此做了如下的解釋：

> 説解四句用韻，〔註12〕乃許君自道著此書時所以用「一」冠首之意。此書五百四十部，九千三百五十三文，始「一」終「亥」，有條不紊。本書《敘篇》所云「立『一』爲耑，畢終於『亥』」是也。「亥」篆下説解云：「古文『亥』爲『豕』，與豕同。亥而生子，復從一起。」末二句亦用韻。古人屬辭，每喜於散文中夾以韻語，以形容其自得之意。昉於《易》之《文言》，漢人文字中，如《太史公自序》論及道家，亦用斯體。其他類此者甚多，不足怪也。[2]1

此段闡明許書以「一」爲全書開端而以「亥」爲全書結束的用意所在。其實「子」與「亥」正是地支的終始二支，所以至亥又回到子，表示終而復始之義，而這是古代文化的重要觀念。人們都知道從子到亥再從亥到子，如此不斷循環，但往往不太清楚「子」又代表「一」，所以至「亥」復由「子」始，也正是復始於一的意思。張舜徽通過說明許書怎樣安排眾部諸字，並且解釋《敘篇》「立一爲耑，畢終於亥」的用意，將「始一終亥」的意義解釋的非常清楚。這是理解古代學者著書良苦用心的好例，啓發我們對待古代文獻要做綜合的理解，只有不放過這樣的細節始能加深對古代文獻諸多含意的理解。同時，張舜徽又專門說明古人喜歡在散文中夾以韻語。他指出的這些內容都成爲今天學習歷史文獻學不可缺少的知識，而這與純粹的文字學沒有太大的關係。

根據張舜徽這樣的注說，我們還可以進一步理解以一爲開端的文化內涵。「一」也是文字的開始，所有的漢字，可以說都起源於一。「一」是漢字最基本的筆劃和單位，所有的漢字正是由「一」而生，孳乳成爲龐大的漢字體系。古人以「一」代表萬物之始，甚至賦予它深刻的哲學內涵。所以許慎對於「一」字，不是僅從字形上解釋，而是視其爲「太始」，認爲「道」與天地、萬物均起於「一」。有些學者根據小徐《繫傳》及《韻會》引《說文》此

〔註12〕四句用韻，前人已經指出。張舜徽引嚴章福注：「許槤謂……四語乃隔句用韻法。」

句並作「太極」，因疑當作「太極」而不作「太始」。〔註13〕張舜徽不同意這種觀點，他說：

> 《易緯・乾鑿度》云：「太始者形之始也。」《説文解字》乃據
> 形系聯之書，而以「一」居首，故曰「惟初太始，道立於一。」[2]1

因「一」與「始」有內在關聯，故知當作「太始」而非「太極」。據形系聯是《説文》的基本特點，而文字都由一劃開端，所以「一」是所有文字之「始」，故稱爲太始。這個始不僅是文字之始，又是道與萬物之始，所以「一」代表「始」是古代對一字的深刻理解，而許慎正是基於這種文化認識，以「一」字爲全書之「始」，而以干支最後的「亥」字爲全書之終，首尾相應，終始循環，也完全合乎古代哲學觀念。古代以干支紀數，干與支相比，干爲主支爲輔，所以支排在干之後，而最後一支「亥」，理當成爲紀數之名的最後一位，因此它也就代表萬物之終。與代表太始、爲道與萬物之始的「一」相比，「亥」的這一層含義也就由此而凸顯。張舜徽對「始一終亥」內涵的解釋尚未結束，他又說：

> 《老子》云：「道生一，一生二，二生三，三生萬物。」《淮南
> 子・原道篇》云：「道者一立而萬物生矣。」皆許君撰述此書「立一
> 爲耑」之所本，故綴爲韻語以形容之。[2]2

以一爲萬物之始是古代哲學的重要觀念，故許慎基於這一觀念「立一爲耑」，把「一」排在全書之首，列爲眾字之始。也可以說，這是從文字產生的角度對《老子》思想的一個具體解釋，由此亦可知張舜徽對許慎「立一爲耑」的解釋已經不再限於文字學範疇，而推廣到了古代哲學的領域。而這種基於歷史文獻學廣博視野的注說，使我們對於古文字學及其文獻的理解，也相應地進入更高更廣的視域。若僅就文字學的角度來注說「一」字，可能就會覺得不必把「一」與「太始」、「道」、「天地」、「萬物」這一類哲學概念聯繫起來，甚至會覺得許慎對於「一」字的這種說解有些誇張。而張舜徽出於歷史文獻學視野的這種注說，就不僅能讓人體會到許慎說解的必然性，更會由此認識到許慎說解的深刻內涵。這種對許書的注解又非單純文字學所能闡釋。以此爲例，我們就更能看出張舜徽獨特歷史文獻學識見的意義。

〔註13〕段注本即云「太極」。

　　至於古人在散文中使用韻語的現象，前面已有注說加以解釋，但張舜徽又從歷史文獻學考鏡源流的角度對這種現象做了更爲深入的闡釋：

　　　　今人有疏證許書者，疑此四句爲呂忱所增，非許書原文，失之矣。[2]2

　　之所以會有此「失」，正是因爲有些學者只從純粹文字學角度來疏證許書，以爲《說文》既是文字解說之書，不應說到什麼太始、道、天地、萬物等觀念，因此產生懷疑。張舜徽於是以歷史文獻學的常識來祛惑：

　　　　許君以前字書，若《倉頡篇》《急就篇》之流，悉爲歌括體，便於學僮誦習之書，與後世《雜字》《千字文》《百家姓》《三字經》相類。至於網羅古近文字，分別部居，據形系聯，不相雜廁，則實自許書始。[2]2

　　《說文》成書之前，已有多種解釋文字之書，其特點之一是採用歌訣體，以便誦讀。發展到《說文》則成爲分出部首、據形系聯的專門字典，這是歷史文獻學常識，就像許氏說解中出現「太始」、「道」、「天地」、「萬物」一類的哲學概念以解釋某字的特定含義一樣，都是歷史文獻學題中應有之義。對張舜徽這樣的歷史文獻學家來說，不會覺得《說文》中出現此種情況奇怪，也不會無端生疑，進而能對前人的疑惑給出令人信服的解釋。這正是歷史文獻學識見在文字學研究中的特殊作用。

　　張舜徽對「一」字及許氏說解的解說有如此豐富的內容，這就給我們很大的啓示，使我們認識到不能單純以文字學著作來看待《約注》，而應視之爲一部充滿歷史文獻學識見的古文字研究著作。

　　又如在「一部」各個文字的解說之後，有「文五，重一」四字，段玉裁稱此四字「蓋許君所記也，每部記之以得其凡若干字也」。[21]1 張舜徽針對此事又作注釋，稱此於古籍爲「題上事之例」：

　　　　古書有題上事之例，余早歲所著《廣校讎略·著述標題論》已詳舉之。許書每部之末題「文幾，重幾」，與《詩》三百篇篇末悉題「幾章幾句」爲例正同。顧《詩》篇所題，出編詩者之手，許君效其體而自記之耳。許書五百四十部，散在十四篇，每篇之末，又總計若干部，文幾、重幾，凡若干字。十四篇後，而以《敘篇》終焉。

皆所謂題上事也。[2]5

　　題上事之例亦是古籍特有樣式之一。段玉裁只是說明此處字數統計是許君自記，沒有進一步從文獻學角度來論述古籍的題上事之例，而張舜徽從文獻學角度專論此事，即是他與文字學家的不同之處。此處的「題上事」是就一部之總結，更有就一卷進行總結者，亦為「題上事」，如卷二之終，先生再次闡明古人著書題上事之例：

　　　　古人為書，每於紛繁事物比敘既竟，而後總題上事。許書於每部每篇以及全書之末，皆有總計之辭。此與《漢書·藝文志》每類每略以及終篇均記都數於尾，為例正同。後世傳寫許書者，乃妄移每篇末所記於每篇之首，違於古書體例矣。段氏注本改復其舊是也，今從之。[2]257

　　此指一篇終結時的「題上事」，與一部結束時的「題上事」又有不同。今大徐本卷一和卷二，原是許書第一篇。許書原本每一篇被後人分為二卷，所以原本第一篇就成了第一、二卷，而許氏對第一篇末的題上事，又被後人移到第一篇之首，段氏已經指出這種移動不合乎許書舊例，故改復其舊。但他沒有從漢代著書體例的角度加以說明，段氏偏重於校勘，而張舜徽則完全出於歷史文獻學的識見。

　　張舜徽在卷一玉部後的「文一百二十五，重十六」之下，又專門用一段文字注釋說明許書的一個體例。段玉裁曾對玉部諸字的排列次序做過專門的說明，以為先列玉名諸字，又列言玉之成瑞器者，以玉為飾者、言玉色者、治玉愛玉者、玉聲者、石之次玉者、石之似玉者、石之美者、珠類者、送死玉者、異類而同玉色者、能用玉之巫者諸字等，然後總結說：「通乎說文之條理次第，斯可以治小學。」[2]89 這一分疏對於《說文》諸部諸字的排列自有發凡起例之意義，並且揭示了研究小學文獻的一個重要方法。張舜徽則在此基礎上把歸納總結古籍中的種種條例作為歷史文獻學的普遍方法，而不僅僅局限於《說文》：

　　　　段氏斯言，闡明許書敘次之例，至為清晰。此顏之推所謂「檃栝有條例」也。其他各部收字較多者，莫不如此。段氏特於此發其凡耳，學者可推類以求之。[2]89

發凡起例，在歷史文獻的研究過程中具有重要意義，段氏發一凡，學者則當推廣其類，用於研究其他的歷史文獻。

古代文獻傳承既久不免殘闕，這種情況應該如何處理，也有通例，不可隨意違犯。如卷一「旁」字許愼的說解爲：「溥也，從二，闕，方聲。」[20]7 上對這個「闕」字，段氏說：「《自序》云：『其於所不知，蓋闕如也。』凡言闕者，或謂形，或謂音，或謂義，分別讀之。」[2]8 仍將說解中的「闕」字立一凡例，張舜徽更引申之，闡明此爲古代學者治學謹愼之例：

> 昔賢治學，知之爲知之，不知爲不知，於所不知，不逞臆見以誤後人，則姑闕疑以俟知者，此猶不失矜愼之意。許書中云「闕」者凡四十六見，嚴可均概謂爲校者所加，斷非許語，非也。[2]8

張舜徽的目的不是說明「闕」字字義，而是闡明古代學者著書遇有不知時，以「闕」字代表己所不知、以俟後之知者，這是古之學者治學的通例。這也是歷史文獻學常識，知此，則知此類「闕」字非必爲校者所加，否則就會出嚴可均所犯的錯誤。由此可見，張舜徽此處所說，已屬歷史文獻學之事。

重視古籍體式體例，又表現在作者著書時首先要確定自己所著書的特定體例。首先是要對這部古籍的版本進行溯本清源的整理，以求知最善版本以及可參考諸本，作爲寫定其文本的依據。清理版本的目的是爲寫定全書文本尋找最可靠的資料，然而再好的善本也會存在文字上的各種異同，所以需要在版本基礎上對原文進行校勘，校出文字的異同再進行考證以勘定是非。因此歷史文獻學非常重視古籍的版本清理與文字校勘，目的都是爲了求得最可靠的古籍文本，這是研究古籍的基礎。

《約注》通過《略例》以確定體例，其中的第一、二、三條有關許書的版本校勘問題。第一條說明所用許書以宋刻大徐本爲主，大徐本顯有訛脫則據小徐本補正，二徐本均有訛脫，則據清人校訂本寫定。第二條說明如何處理段注對許書原文改動問題，張舜徽以爲段注於正文次第多有移易，於說解有損益，於正篆則有增刪，此類改動有當有不當，不當者多出於臆斷，所以不敢苟從。因此確定要依大徐本寫復其舊，但對段氏獨得之言仍要加以擇取。

許書原本只有文字和說解，沒有注音，而今本《說文》在每個字的說解之後附有反切，張舜徽並不因爲這些反切爲許書原本所無而不錄。他在《略

例》第一條中說明：「反切依大徐本，用孫恆《唐韻》。」[21] 張舜徽一貫重視小學，認爲文字、音韻、訓詁三門實爲一體。這門學問的特點是三門綜合爲用、融會貫通，根本目的都是研究古代文字的義訓並以之閱讀古書、準確理解其內容。若是把三者分成三門，往往會讓人忘記小學的根本任務。後人爲《說文》所附的注音，是小學的重要文獻，是研究眾多中古上古文獻的寶貴資料。《唐韻》成於唐人之手，是《切韻》的增修本之一，比晚出的《廣韻》等書更能反映中古及上古音韻的情況，故爲研究古代文字、音韻、訓詁的重要資料。但原書已佚，故《說文》中保留的《唐韻》資料更顯珍貴。張舜徽在《略例》中特別說明保存《唐韻》的注音，正是出於歷史文獻學綜合爲用的識見，這與視文字、音韻、訓詁爲專門學問的學者根本不同。

在具體的注解中，張舜徽也常常提及反切之事。如他在「一」字的注釋中說：「許書原無音切，今本說解下所注，乃徐鉉依孫恆《唐韻》記之。」[2]2又在 77 頁的「玜」字下注明：「許君著書標明音讀，至精至密，惟善讀者能解其微意耳。」「許君標明音讀」是指許氏在說解中常常注明此字的讀音，如玜字說解：「石之似玉者，从玉厶聲，讀與私同。」[20]13 上《說文》中的文字大都有「从某某聲」或「讀若某」的說解，這一類本來是指明該字的音讀，但特定的字又加上一句「讀與某同」，就使讀音更爲確定。這一類就是張舜徽所說的「標明音讀，至精至密」。雖然都是《唐韻》的反切，但畢竟與漢代的讀音不同，如玜字下所附反切爲息夷切，就與私字音讀有所不同，這反映了不同時代漢字讀音的變化。對於這類情況，張舜徽說「惟善讀者能解其微意」，所謂微意正是指讀音的微妙變化。對於此類資料及其微意，如果能善讀而解之，則在小學上必深有所得，而在此基礎上研究歷史文獻，則會更爲精微細密。《約注》立有針對反切的條例，正是歷史文獻學家在著書論說時嚴謹嚴密的表現。

《約注》是對許書的全面注釋，其中必有各種不同的情況，爲此必須事先立有清晰的體例規定，這是歷史文獻學整理研究古籍的基本規則之一。

《略例》中的第四、五、六、八條，都是關於注釋的規定。第四、五條，是對前人的注釋研究成果如何取捨和引用的體例。《約注》1 頁第四條說：

清人犖治許學，於歷朝說文之家，見有與許立異者，輒相輕蔑，不復齒論。其實尺短寸長，何容抹殺。披沙揀金，往往見寶。即如

唐之李陽冰，宋之戴侗，元之周伯琦，明之趙宧光，皆於字學深造
有得，不無可取。戴氏《六書故》精義尤多，足以埤益許說。今並
擇其言之善者，收入注中。

《約注》2 頁第五條說：

> 自唐宋以來，疏釋許書或解說文字者多矣，引用時按時代先後
> 爲次。其或彼此雷同，則必標舉首創此義者。如小徐《繫傳》，往往
> 片言居要，勝於繁辭考證遠甚。段氏爲《說文注》，多陰本其說而掠
> 爲己有，今一一表而出之，所以尊首創之功也。愚見所及，有與昔
> 賢暗合者，亦舍己從人，悉標前人之說。

研究歷史文獻，必須全面了解前人成果並擇善而從、加以吸收。前人已言
者不得隱其姓名而掠美，又不能以一般評價爲標準加以取捨，而要由自己對相
關著作認眞研讀以知其價值所在，在此基礎上披沙揀金，充分吸收前人的研究
心得。又要注意尊重首創，這也是考鏡源流的意思。自己的思考所得有時會與
前人見解相同，此時不能強調自己，而應舍己從人，明示前人之說。這是張舜
徽爲《約注》所定的體例，也是爲後學立下的學術規範，實有普遍意義。

《略例》2 頁第六條對三個問題做了規定，一是自己的獨到之見，二是關
於前人的爭論，三是聲訓方法的應用：

> 余究心許書，博求其義，偶遇昔人所未道或道之而仍未憭者，
> 仰屋以思，間有發悟。其或兩造之爭未息，則粗舉理據以平亭之。
> 亦有昔人闕所不知，存而未論者，則稽覈其義而補苴之。至於發明
> 雙聲相衍之理，則區區寸心，頗謂盡力。疏謬之處，勢所難免。自
> 知材識駑下，無以踰越前人，聊綴所聞，以待知者定之。

前人雖有諸多研究，但自己仍有獨到之見。對於此類，則注明爲自己的
看法，以與前人諸說相區別。前人還會對不少問題存有不同看法，甚至相互
爭論，對於此類也不回避，而要根據自己的分析做出判斷，這也是自己的獨
到見解。至於重視聲訓方法以解釋字義，這是張舜徽繼承清代學者的方法而
特別加以提倡者。清代學者對於上古音韻的研究專深非常，但也有墜入音韻
而不能自拔的傾向，張舜徽於此能保持清醒頭腦，不忘記音韻與文字、訓詁
三者密不可分，最終目的是解讀古代文獻，據以研究更多的歷史問題。故張

舜徽在清人音韻研究成果中選取並應用聲訓方法，把雙聲相衍之理應用到對古代文獻的訓詁之中，以求準確地通其義。本條所説三個問題，實質上都是張舜徽的獨到之處，故專門列爲一條，作爲本書的體例之一。我們今天研究歷史文獻，除了廣泛吸收前人成果之外，也應有自己的思考和發明，要有自己的方法，而這種方法也應是在前人成果基礎上有所發展和革新者，並且在學術研究中得到證明者。將這些綜合起來，則盡力而爲，言己所知，亦可以使相關的學術研究得以成立，而不至於流弊叢生，不堪入目。

2 頁第八條説明《約注》只是注許，而不是廣義的古文字學研究著作，所以「時賢説字之作而與許義無關者，則多未採用」。[2]2 這一體例也反映了《約注》與一般古文字學著作的不同所在，即視許書爲重要的歷史文獻而加以研究，並不像文字學家只研究文字學而忘記文獻學的特點。張舜徽何以特別注明這一條，我們應該好好體會。

研究歷史文獻，必然會遇到如何對待古人引書的問題。《略例》的第三條，就是關於如何對待前人各種書籍所引《説文》資料的規則。如顏師古注《漢書》、玄應和慧琳編《一切經音義》、李善注《文選》、李賢注《後漢書》時，都曾大量引用《説文》；類書如《初學記》《北堂書鈔》《太平御覽》等，也都大量引用《説文》。對於這些書籍所引之《説文》，張舜徽以爲前人的引用並不嚴謹，多有刪節，有時還會在《説文》的基礎上續申其意，故與原書相比，並非完全相合。《略例》1 頁説：「觀於在同一書中，一字之訓，數見徵引，而彼此往往不同，即其明證。」所以對待這一類資料，應保持謹慎的態度，不要再犯清代學者的錯誤：

> 清人據類書舊注以校《説文》，多據前人所引，擅加改正，自是通人一蔽。今校勘是書，惟於注中記其同異，苟無確證，未敢輕改。[2]1

《約注》對此類情況多有專門説明，如第 65 頁的「玭」字，張舜徽在注中引述前人對此字的説解有誤奪之字後，繼續闡釋説：「古人引書，未必字字與原書合。」此類説法在《約注》中隨處可見，如第 182 頁的「葦」字注中，張舜徽説：「前人引書，未必字字與原文相合，學者宜審辨之。」第 67 頁的「璊」字，許氏説解中有「言璊玉色如之」一句，張舜徽説：「《詩・大車》《釋

文》引《說文》，但作『玉色如之』。」以實例說明古人引書未必字字與原書合，後人若據此類書以校古籍而不知古人引書的通例，則常會犯錯誤。此類注解已不僅僅是對《說文》原書的校勘訂正，它已經涉及古人引書的普遍現象，已屬於歷史文獻學視野。張舜徽在注釋中時時提醒學者不要迷信古書的引文，不能不加辨別就用作校勘的證據。

前人引書不一定字字與原書相同，時有增減。如第 1267 頁「餕」字，許氏說解曰：「食臭也。」張舜徽引周雲青語：「唐寫本《玉篇》『餕』字下引《說文》：『食而臭之也』，蓋古本如是。今二徐本奪『而之』二字，宜補。」張舜徽對此作了進一步說解：

> 唐人寫書，每多筆誤。或增其字，或損其句，偏旁省減，常易原文。若慧琳、玄應《音義》引書皆有此病，未可盡據。不獨唐寫本《玉篇》然也。

周氏所說，僅就一字一書而言；張舜徽所言，則推而廣之，成為歷史文獻學關於古人引書的通例，已超出對具體文字的注釋。

古人引書除了隨意減損文字外，有時還會在所引書的內容之外復加引申，這也是研究歷史文獻時經常會遇到的情況，故張舜徽將它列為歷史文獻學的基本知識之一。如第 157 頁「薟」字，許氏說解云：「薟，白薟也」，張舜徽引沈濤語：「玄應《一切經音義》卷十七引《說文》：『薟，白薟也。蔓生於野者也。』下六字當是庾氏注中語。」對此張舜徽解釋說：「昔人引書，亦有續申之辭，非原書所有者，此類是矣。王筠據《音義》補下六字於說解，非也。」王筠犯這種錯誤，就是因為他忘記了歷史文獻學強調的這種古人引書時有引申發揮的情況。

古人引書還有一種情況，即誤以他書為此書。如第 158 頁「芩」注中，張舜徽說：「唐人引書，多以《字林》為《說文》，學者又不可不辨。」第 174 頁「菀」字注中亦云：「唐人引書，亦多誤以《字林》為《說文》，未可盡據以為許書原文也。」

古人在書寫所引內容時還會以同義字擅改原文。第 205 頁「苛」字，沈濤據《後漢書·宣秉傳》注引「苛，細草也」，以為今本《說文》「苛」字說解「小艸也」有誤。又據玄應《一切經音義》引「苛」有「尤劇也」、「煩擾也」、「剋

急也」三訓，以爲古本《說文》「苟」字說解中當有「一曰尤劇也」五字，而「煩擾以下，則未必皆許氏本文。」對此，張舜徽說：「唐人引書，多有以同義之字更易舊文者，亦有用晚出之書而誤標《說文》者，若《後漢書・宣秉傳》注所引，乃更易舊文之例也。證之《光武紀》注所引，仍作『小艸』，則今本許書作『小艸』者不誤矣。若玄應《音義》所引三訓，皆展轉引申之義，疑出呂忱《字林》、顧野王《玉篇》，而誤目爲《說文》耳。自未可據以增補許書。」[2]205

　　諸如此類的例子，都說明張舜徽以歷史文獻學識見糾正了前人校勘古籍時迷信古人引書而據以改動古籍原文的錯誤，這也說明歷史文獻學可以爲不少專業研究提供更爲可靠的基礎。而《約注》具有這種識見，也正是張舜徽研究《說文》的高明之處。

　　張舜徽所以能如此，在於他所指稱的歷史文獻學，強調通人治學所特具的博大氣魄，而不拘於一隅、不以「析之愈精，逃之愈巧」的「專家」自居。《約注》之所以處處閃現歷史文獻學識見，就在於張舜徽撰述《約注》，不是只就《說文》研究《說文》、只就古文字學研究《說文》，而是在數十年的時間裏，不斷博覽各類古籍，逐步形成歷史文獻學所必須具備的博大氣象。張舜徽曾說：「我在撰著《說文解字約注》的過程中，除涉覽了一百多家研究《說文》的專著外，還參考到許多有關水道、地理、生物方面的科學書籍，以及近三百年間文集、筆記中有關釋字明制、考證名物的記錄，然後才敢下筆。」[22]630

　　這種治學方法，亦來自許慎。許氏在第 82 頁「批」字的說解中引用了宋弘的說法，張舜徽說：

> 《後漢書》卷五十六：「宋弘，字仲子，京兆長安人，哀帝時爲侍中，建武二年爲大司空，封栒邑侯。」許君《敘》篇所謂「博采通人，至於小大，信而有證，稽撰其說。」此處引宋氏語，亦其一也。

　　第 159 頁「淺」字注中，張舜徽云：

> 許書立訓或闡發經義，或原本師說，或雜採方俗之所傳，或博訪通人之所述。其所取者多矣，不必《爾雅》《方言》所有而後見之於書。即此一字之說，足徵其甄錄之廣也。」

許氏博採通人之說以說解字義，在張舜徽看來這就是研究歷史文獻學的基本方法，必須繼承。所以綜觀張舜徽的學術研究，無處不體現這種博採通人、以通人爲標準的特點，這也是值得我們深刻體會與繼承的學術精神。

張舜徽研究歷史文獻學的一大特點是強調博通。《說文》記錄古代諸多文字，文字之中則保存諸多歷史信息，故張舜徽研究《說文》，不是僅從小學角度出發解釋字形字音字義，而是具有歷史學家的視野，從中考察諸多與古代歷史有關的內容，這也是文獻學與歷史學緊密結合的特點所在。如果沒有這種歷史學家的視野，則文獻學也不能稱爲歷史文獻學。

《約注》中通過具體文字考察古史的例子特別多，如果匯聚而分類，加以疏理，完全可以看作張舜徽在古史研究上的一部內容極爲豐富的專著。以下略舉幾例以見其概，目的是要讓人們明白張舜徽之學並不限於文獻學一端，這也是張舜徽倡立「歷史文獻學」一科的微意所在。如第 257 頁的「葬」字，許氏說解云：「藏也，從死，在草中。一其中，所以薦之。《易》曰：『古之葬者，厚衣之以薪。』」張舜徽注說：

> 本書人部「弔，問終也。古之葬者，厚衣之以薪，從人持弓，會毆禽。」合「葬」字篆說解觀之，可知太古無棺斂深埋之制，人死但棄之原野，用草覆薦之而已。又恐遽見殘於禽獸，故問終者必持弓以往，爲守候焉。今日籀繹許書，亦可從文字以考明古史，此類是也。

所謂「今日籀繹許書，亦可從文字以考明古史，此類是也」，就是明確地揭示了張舜徽研究《說文》的一個特點：「從文字考明古史」。始終保持對於古史的考察之意，這是歷史學家研究《說文》時與文字學家的不同之處，所以《約注》中有諸多內容涉及古史之考察。如 7 頁「帝」字，許氏說解以爲：「王天下之號也」，張舜徽對此有大段注釋：

> 帝爲王天下之號，自是借義。其本義當別有所指。自鄭樵《通志・六書略》謂帝象華蒂之形，假爲帝王字，後之說者如迮鶴壽、吳大澂、馬敍倫皆從之，而其實非也。考「帝」字最初受義，當與「日」字同原。帝字……最初古文乃象日之光芒四射狀。天地間最審諦之物莫如日，日與帝止舌上、舌頭之分，音本相近，蓋本爲一

字也。其後人群有統治者出，初民即擬之於日，故以帝稱之。古稱
「天無二日，民無二王」，又稱「時日曷喪」，皆指君天下者而言。
《易》云：「帝出乎震」，震謂東方，帝即日也。

對「帝」字的考釋，實際上考察了上古帝王所以出現以及所以如此命名
的社會原因，所釋當爲遠古之事，但這種觀念卻在中國傳統文化中存留甚久
而未息，我們用紅太陽稱頌毛主席即此種文化觀念遺存的表現。張舜徽在《約
注》中找到這一現象的源頭，極好的證明文字考釋與歷史學之相關。

示部所收諸字，多與古代社會禮制風俗有關。如 10 頁「禮」字，許氏說
解云：「禮，履也，所以事神致福也。」張舜徽注說：

《禮記‧禮運》篇云：「夫禮之初，始諸飲食。其燔黍捭豚，汙
尊而抔飲，蕢桴而土鼓，猶若可以致其敬於鬼神。」然則太古之祭，
自以飲食爲先。豊之所盛，乃飲食之物耳。自其器言謂之豊，自其
事言則謂之禮，本一字也。後世專用禮字而豊廢矣。《爾雅‧釋言》：
「履，禮也」，二字雙聲，故許君即以履訓禮。

中國號稱禮儀之邦，而這個「禮」就來自上古的祭祀習俗，由此產生出一
套複雜繁瑣的禮節儀式及觀念，成爲中國人社會生活的基本準則，張舜徽對禮
字的闡釋，考明了這種歷史。可以說《約注》中的這一類注釋，都是對古代社
會歷史的研究，且有根有據，言之成理，既是文獻學的研究，又是歷史學的研
究，由此亦可知歷史文獻學的學術特點。

通過文字考察歷史，張舜徽又不限於書本，而能聯繫各地風俗。其實各地
風俗往往形成於特定的歷史過程中，是歷史的另一種表現。將書本與地方風俗
結合起來研究文獻，這也是歷史文獻學的重要方法之一。第 3594 頁的「辯」字，
許氏說解云：「治也。从言在辡之間。」張舜徽引徐鍇說：「察言以治之也。」
徐灝說：「《周禮》『鄉士辯其獄訟』，謂審察而判斷之也。引申爲口辯之稱。」
二徐說都沒有從根本上解釋清楚辯與治獄的關係，因此張舜徽進一步解釋說：

辯从言在辡之間，而訓爲治，自當以治獄爲本義。湖湘
間稱治獄爲「辦案」，又稱加有罪者以重罰爲「辦人」，皆用辯之本義。引
申爲治事之通稱，今語所稱「辦事」，謂治事也。辦即辯之語轉耳。
又通作班，《荀子‧君道》篇云：「善班治人者也」，古言班治，猶今

言辨理也。[2]3594

　　從《約注》中可以看出，研究文字以究其義爲根本目標，文字的形和音最終必須統於義、爲訓其義服務。而字義不是抽象之義，又必然與具體的社會事物以及歷史文化的方方面面密切相關，如果只從文字學、音韻學或訓詁學角度來考察字形、字音、字義，而不與歷史學聯繫起來，就會產生偏狹之弊。張舜徽讀書治學，一以博通的歷史文獻學爲準，文獻學又是爲歷史學服務的，以歷史學統率文獻學，以小學爲文獻學的基本功，如此結合起來，才使《約注》一書充滿歷史文獻學的特色，諸多注釋都有豐富的歷史學和文獻學內涵，這是我們今天閱讀《約注》時必須注意的。

第三章　張舜徽同族詞分析方式

第一節　相關定義

首先設定本文所使用的定義。

現代學者使用最多的術語是「同源詞」。其次有同族詞、同源字、字群、詞族等等。本文傾向於選擇「同族詞」作爲論說的基礎。

一、同源詞・同族詞

張博認爲，同源詞（cognate）「指親屬語言中由原始共同語的某　詞源形式（etymon）派生出來的在語音、形態和意義上相關的詞。這種相關是指同源詞的語音異同必須符合親屬語言之間的語音對應規律；構詞要素（即詞根、詞綴、詞尾）有規律的對應；詞的意義要相同或相近。」[23]9 這個定義，專指印歐語系語言；她所指稱的「同源詞」概念，也產生於印歐語系語言的歷史比較研究。其中「構詞要素有規律的對應」，可以對應「右文」的研究；此外「派生」、「語音相關」、「意義相關」三點則完全符合漢語同源詞判定的要求，這三點也是近現代學者堅持的基本觀點。實際上，在其他語系之中也必然有同源詞；而由張博的定義可知，同源詞著重強調詞和詞之間特徵上的相同或近似，而不是同族詞所強調的族屬關係。這也是本文選取「同族詞」的原因之一：本文更看重族屬關係。在這個定義的基礎上，我們再來看看其他學者的不同定義。

章太炎《文始》是公認的同源詞系聯的開山之作。他的做法是,搜集「初文、準初文」以「討其物類,比其聲均」。[24]2 物類即是字詞意義上的相關,聲均指字詞語音方面的相關。初文和準初文,相當於詞根,在這些根的基礎上討論字和字之間的關係,討論的方法,是考察物類和聲均。但是,章太炎並未明言物類和聲均如何,才能使系聯成立。

林語堂曾說,「凡音變義變或音同義同,皆語根分化詞」。[25]179 林語堂同源詞的定義極簡潔,較章太炎更進一步,提出音義的變化和相同〔註1〕都是考察同族詞時要注意的問題。

張世祿認為,「所謂同源詞,是指音近義通或音同義近,可以認為同一詞源,即表示相關意義的因素所派生出來的詞。」[26]26 「相關意義的因素所派生出來的詞」,「相關意義的因素」可緊可鬆,並不一定要符合嚴格的公式。

王力認為:「凡音義皆近,音近義同,或義近音同的字,叫做同源字。這些字都有同一來源。」〔註2〕在這裏,「同一來源」是附加說明,沒有包含在定義之中;或許王力認為不需要強調字詞的衍變來源在判定同源詞過程中的作用,因為很多詞來源無法判定,或者無法判定誰孳生出誰。〔註3〕那些能夠做出判斷的,也只是邏輯上可以自洽:語言發展和使用的實際情況只能是合理推測的條件,詞語產生時的實際使用情況並不能夠精確得知。

王寧認為,「由同一根詞直接或間接派生出來,因而有音近義通關係的詞叫同源詞」,[27]49 主要強調了根詞和派生,音近義通只是同源詞的特點。

于智榮給出的定義是:「以一個義素為中心,以語音的相同相近或變易轉化,表示幾個相近相關概念的、又同出於一語源(或在語源上有親源關係)的一組詞就是同源詞,或者定義為:音同音近,意義相同相近或相關,又由同一語源滋生出來的一組詞為同源詞。」[28]115 〔註4〕

〔註1〕 章太炎並未明確提出這一點。

〔註2〕 《同源字典》3 頁。王力所說的同源字實指同源詞。裘錫圭在《古代文史研究新探》183 頁的《談談〈同源字典〉》一文中說:「應該說,王先生定的同源的字,在語音上都是有同源的可能的。不過在韻母的關係上,旁轉、旁對轉、通轉這類稍嫌疏遠的關係,出現的次數似乎還是多了一些。」

〔註3〕 王力《同源字典》1 頁:「有時候某兩個字,哪個是源,哪個是流,很難斷定。」

〔註4〕 這兩個定義,第一個較為精彩,第二個稍顯常見,與普通的定義沒有差別。

這些定義，都著眼於詞之間同源關係的判斷，確有必要。不過本文更看重詞的族屬關係，故僅借鑒以上定義中的判斷同源詞的方法。一旦同源關係可以確定，那麼這些詞即可劃歸同族。

此外尚有甚多散見於各處的定義，皆大同小異，不煩悉錄。

在共識之外，部份學者還強調系聯同源詞的範圍。

張博認爲：「同源詞的『源』指的是原始共同語中最早派生出親屬語言間其他詞的那個根詞，即詞源形式，同源詞則指由詞源形式派生出來的而又不包括詞源形式在內的一組詞。這樣，同源詞這個概念的使用就應限定在同出於一種基礎語的語系、語族或語支的若干親屬語言之間。」[23]9 這也比較容易理解。現代許多學者在漢藏語之間系聯同源詞，亦有用域外方言（日語、朝鮮語、越南語等）作爲證據的；這樣一來就擴大了同源詞系聯的範圍，那麼同源詞概念的使用就要慎重。這也是本文選用「同族詞」的原因之一。

嚴學宭「用『同源詞』專指漢藏語系親屬語言間來源同一的詞，而另用『同族詞』這個術語指漢語內部具有同一來源的聲近義通的詞。」[23]9 復旦大學唐七元博士論文《漢語方言同源詞研究》就是這方面的例子。[61]這種治學的廣度，和在故訓範圍內系聯漢字的傳統做法不一樣。

而張舜徽身體力行的，是在《說文》內部系聯同源詞，絕少涉及漢藏語系問題，是歷史文獻學視野的體現。由《聲系》所列四百餘組同族詞看，張舜徽是重視認定詞和詞之間的族屬關係，這是他在確定詞的親源關係後更進一步的工作。

綜上所述，本文主張並且使用的是「同族詞」。任繼昉認爲同族詞是同一詞族中的詞，有同一音義來源。[29]13 同源詞的範圍可以很大，同族詞則相對狹小，一般認爲是處於同一語言內部的。而這一點，非常符合張舜徽的做法，他正是在漢語內部（甚至將範圍縮小到《說文》）進行這項工作的，所以本文採用「同族詞」這一術語。

顧名思義，同源詞強調詞和詞之間有同一來源，同族詞則強調族屬關係。雖然，同族詞也可以包括根詞；張舜徽在《聲系》中一一指出四百餘組同族詞的源流關係，這樣做也是符合同族詞定義的。

一旦搞清楚定義，那麼同族詞的判定也就容易操作了。張舜徽對這一問題的看法與以上諸位基本相同，但是在具體的處理方式上卻有一定的差別。

這就是如何對待聲韻的問題。如《約注‧龠部》龤字下即稱：「（啫、諧、驔、湝）並與龤聲同義近，語原一耳。」[2]495 這裏的「聲」，主要指字的聲母，〔註5〕「聲同」也就是張舜徽強調的雙聲；「義近」則是字和字之間意義上的關聯；從字面上看，張舜徽沒有明確強調啫、諧、驔、湝是否同出一源，但此四字同從皆聲，亦暗含同出一源的關係。這樣的例子不勝枚舉，詳細內容見本文第三章第二節。

本文沿用諸位前輩學者的說法，不給出自己的定義。判斷同源詞亦不例外，從音、義、是否同源這三個角度出發。

二、詞　族

在同族詞概念之上，可以提出詞族概念。高本漢（Klas Bernhard Johannes Karlgren）有《漢語詞族》（Word Families in Chinese，1934）一書，故而我國學者往往用之。王寧的定義是：「同源詞包括根詞和同源派生詞，形成一個詞族。詞族是一個有系統的音義關係群。」[27]49 張博給出的詞族定義：「漢語內部某一根詞和由該根詞直接或間接派生出來的所有的詞的總和」。[23]10 我們可以稱這個定義爲「完全詞族」，相應的有「不完全詞族」（王寧的定義沒有涉及總和的問題，似也可歸入此類）。王寧認爲同源詞包括根詞（或源詞），同源詞就是一個詞族；而張博則認爲，同源詞不包括詞源形式（根詞），詞族則包括詞源形式。外延上的這一差異，表明在同源詞問題上學術界並未達成一致，這種情況也是本文選取「同族詞」的原因之一。

系聯同族所有的詞是不可能做到的〔註6〕，所以目前學者所系聯的基本都是不完全詞族，那麼，本文擬用「詞族」代替「不完全詞族」。既然詞族概念沒有將源詞排除在外，那麼用「詞族」代替「不完全詞族」不影響論述的展開。

三、聲始‧語根

張舜徽的同族詞研究，有自己的一套術語。這些術語包括語根、同類、同

〔註5〕 張舜徽偶爾涉及韻母的問題，這一點會在後文簡要闡述。

〔註6〕 古代文獻中出現的詞似乎已不能窮盡，更何況那些在文獻記載之外存在過、現在已經消失的詞彙。詞彙又有口語、書面語之分，口語文獻也是難以窮盡的。諸多因素導致所有的系聯、推源、系源，都是不完全的。

位等。同類、同位等概念見本章第三節。

語言的興起，必有其本，正所謂「呼馬而馬，呼牛而牛，此必非恣意妄稱也」。[32]31《雜著》5 頁稱：「語必有根，由根而發爲多枝。先民每以一自然之聲以狀事物之情態，由此而孳乳焉，造爲文字以紀其聲。形雖萬殊，語歸一本。此本可謂之聲始，亦可謂之語根，亦可謂之語原。」《雜著》3 頁稱：「語根者，最初表示概念之音，爲語音形式之基礎，亦即構成語詞之要素，語詞乃由語根漸次分化而成者也。」此說當本沈兼士語：「語言必有根。語根者，最初表示概念之音，爲語言形式之基礎。」[註7] 最初形容事物情態的聲音，這就是沈兼士、張舜徽對「聲始」、「語根」、「語原」等概念下的定義。「聲始」一詞不若「語根」淺顯明白，故本文選用三者中的「語根」作爲常用術語行文。

既然是聲音，則可以脫離字形而存在；相應的，字形只能作爲對聲音的一種反映，而非決定因素。根和枝，正是組成詞族的完整成份。所以，張舜徽認爲，「探求語原，必以語言爲主，而不以字形爲主。」[3]4 語根是某種聲音，而代表這個聲音的文字則是作爲符號而存在。在行文過程中，則會直接指稱某字爲語根，「實指其音」這一點不能一一指出，需要讀者留心。

王寧對語根有較爲細緻的思考。她說：「根詞指最早派生其他詞的總根，它的音與義是按約定俗成的規律結合起來的，這種詞我們稱作原生詞。原生詞的音與義是它所派生的同源詞音義的源淵。[27]49」這裏「根詞」的含義和張舜徽所提語根的定義是一致的。「先民每以一自然之聲以狀事物之情態」的方式是約定俗成，張舜徽雖未明言這一點，但它卻是言內應有之義（「先民」自非一人，既非一人則必約定而後俗成）。「在同源詞中，直接派生他詞的詞稱作源詞。……在詞族中，根詞只有一個，源詞可以有很多。」[27]49 將根詞和源詞區分的如此仔細大可不必。兩者都能派生出其他詞，很多情況下，不可

〔註7〕《沈兼士學術論文集》168 頁《應用右文以探尋語根》。殷寄明在《聲符義概說》中寫道：「可以說這（筆者按：指沈氏的定義）是最早從理論上探討『語源』內涵的嘗試，其基本内核的合理性亦當充分肯定。所憾者，概念與語詞不能劃等號，虛詞非概念但也有語源。再者，按沈氏的定義很容易推導出『同源詞即同音詞』的結論。語源的音、義二要素是同樣重要的，沈氏的定義有偏頗。」殷氏理解有偏頗。沈氏所說是「語根爲表示概念之音」，虛詞非有實指，卻並非沒有概念。沈氏的概念，不能推出「同源詞即同音詞」之結論。

能知道某個詞是否最早產生，也就是說，不可能知道推源上限之所在。強生分別，只能使問題變得複雜而難解。

張舜徽又說道：「其〔註8〕存於文字間者，悉在象形、指事、會意三類之中。此三類之聲，與形俱來，非如形聲字之形外附聲也。有是形即有是聲，此以聲狀其形也。此聲即文字之元音，亦即語言之根柢。」據此可知，張舜徽認爲語根有「不存於文字間者」及「存於文字間者」。語言的產生綿歷久遠，可達上百萬年，而文字的產生則不過萬年。其間必有無數可作爲語根的聲音未能以文字形態記錄下來，此爲不存於文字間者。我們所能見到的，只是少部份存於文字間的語根。在這樣少的範圍內，大致應從象形、指事、會意三類之中選取可以作爲語根的對象，而大多數形聲字則作爲孳乳之字存在。其中提到的「元音」，指最初的聲音，不是語音學概念。

由《聲系》來看，張舜徽常用的是「聲始」，這個術語強調語言最初形式是聲音；但是一則不如語根淺顯，二來現代學術環境少用，所以本文採取折中的方式，用「語根」作爲行文常用語。

四、附論：字・詞

字和詞本有區別，詞在通常意義上講，指的是表達一定含義、且有語音支撐的概念，本不一定要和某固定的字形相匹配〔註9〕；而字則專指某一詞彙概念的書面形態。同族字和同族詞的差別也就在這裏，簡便起見，本文統一使用「同族詞」以涵蓋同族字和同族詞，對「同族字」、「同族詞」兩個概念不作區分。

另外，需要簡單說明同源字和同源詞之別。于智榮對同源詞〔註10〕和同源字有較爲明確的區分，認爲同源字是爲同源詞而造的書寫符號。[28]115 從于智榮的理解上看，兩個概念實際也就是字和詞的差別。

〔註8〕《雜著》5頁。「其」指代上文提到的聲始、語根、語原。

〔註9〕如「蛋」字，漢字是「蛋」，英語寫成 egg，這可以說明字形是根據不同文化而定的，是約定俗成。但是，在某一文化範圍內，字形卻有固定的作用。比如漢字，用英文書寫，則不成其爲漢字。字形的可有可無是相對的，所以文字存則文化存，文化存則種族存。

〔註10〕王力《同源字典》用的就是「同源字」，實際所指亦有詞的含義。

第二節　詞義分析方式

張舜徽對同族詞的系聯體現在多部著作之中，而代表著作是《約注》。《約注》中系聯同族詞的方法有音義結合法、右文法、聲訓法、音轉法等，但這些方法的運用都是組合的，或者說是隱現的，張舜徽對一些術語的使用可以表明他探索詞族的努力。

在這些顯見的術語之上，張舜徽有自己的一套理論和方法。

《雜著》4頁云：

> 苟能從人情物理上取得依據，以推究其聲始，立一爲嵩，以貫穿之。雖不取證於經傳群書，無妨也。

《雜著》25頁云：

> 探求語原，首必從人情物理乃至方言俚語及謠言習俗中取得依據，由一聲而推衍至數字或數十字，而皆可貫通其義，始得立一爲嵩，以確定其孰爲語根，孰爲由此而孳乳之字群以論定之。固不必繁徵博引經傳群書而後可以取證也。古今雖有時代之變，而人情物理乃至方言俚語及謠言習俗，有歷數千年而猶未變者，取以證今日之語言，固多符合無間。以視專致力於經傳群書之搜討，固事易而功多也。

張舜徽主張語言的研究、詞族的系聯，首先應當從人情物理來確定根據，而他的分析也多從生活中來。這段話是張舜徽研究同族詞的核心思想，處處體現在《約注》之中。一般的思路則與此相異，往往是以故訓爲主，取人情物理爲佐證。

從《聲系》來看，《約注》總結出四百餘組同源詞。我們讀《約注》的時候，可以結合判斷同源詞的三個標準，對解說中出現語原同、聲義近、之言、孳乳初文、雙聲語轉、猶、聲義受諸等術語的字進行分析。

一、語原同

這是最直接體現《約注》語原探索的術語。有「語原同、受義同原」等形式，表示詞和詞之間有相同語原。這一術語多數情況下表示所系聯的詞是並列、同族的關係，一般不能判定誰是語根。

　　《說文・艸部》:「芔,艸之總名也。」《約注》236 頁芔字下云:「艸之總名爲芔,猶蟲之總名爲虫,皆狀其繁雜叢聚之辭,語原同也。」《約注》3254 頁虫字下云:「物之微細者,恒叢聚不散,因謂之虫;猶雜艸繁生謂之芔耳。虫、芔同音許偉切,聲義固同原也。」芔、虫二字解說互相印證,均表明語原同(同原)。芔虫《說文》〔註 11〕皆爲許偉切,喉音曉紐,同類雙聲;二字均狀小物叢聚之貌。芔字由三個屮構成,虫字象其屈曲之狀、爲蟲之構件,二字皆當出於人類最初對於「小而多」印象的概括和描述,且聲義相似度高,同原,同族。

　　《說文・言部》:「讀,恚也。」《約注》603 頁讀字下云:「本書口部『嗔,盛氣也』,目部『瞋,張目也』,與讀聲義皆近。蓋怨恚之所積,發而爲怒。形之於口則爲嗔,形之於目則爲瞋,形之於言則爲讀,三字義實相通,語原同也。」《約注》316 頁嗔字下云:「凡从眞聲字多有張大充實之意。……推之如張目謂之瞋,肉起謂之膜,腹張謂之瘨,塞謂之窴,亦謂之塡,其受義皆同原也。」讀字下用「語原同」,嗔字下用「受義同原」,皆是此類明確表徵字和字之間同原關係的術語。讀《說文》昌眞切〔註 12〕,齒音穿紐;嗔《說文》待年切〔註 13〕,《廣韻》有徒年、昌眞二切,在盛氣義上當取後者,亦爲齒音穿紐,二字同紐雙聲。恚怒必盛氣,意象所指一致。從「凡从眞聲字多有張大充實之意」中,我們也可看出二字以「眞」爲源,從字形上說是在眞字基礎上添加形符而成,從作用上說都是「張大充實」義的區別字,是「眞」的孳乳。

　　《說文・骨部》:「髀,股也。」《約注》985 頁髀字下云:「髀之聲義,實受諸丿,謂分在兩偏也,猶手上謂之臂矣。髀臂雙聲,語原同也。」髀《說文》〔註 14〕并弭切,脣音幫紐;丿《說文》〔註 15〕房密切,脣音奉紐;同類雙聲,僅送清、送濁之不同。髀在人體爲左右分立,丿亦爲分在兩偏,髀當以丿爲語根。

〔註 11〕芔,《說文》25 下;虫,《說文》278 下。郭錫良《漢字古音手冊》(以下簡稱郭《手冊》)虫 228 頁,上古音曉微;芔 229 頁,曉物。

〔註 12〕《說文》56 下。郭《手冊》364 頁,昌眞。

〔註 13〕《說文》32 下。郭《手冊》335 頁作徒年切,是。

〔註 14〕《說文》86 下。郭《手冊》136 頁,並支。

〔註 15〕《說文》265 下,《約注》3100 頁。郭《手冊》70 頁,滂月。

二、聲義近（同）

這個術語揭示了詞和詞之間聲、義兩方面的關係，因爲聲義近的字不一定同源同族，所以只能起到提示同原關係的作用。表述方式有「音義近、音義同、聲義近、聲義同」等。

《說文・口部》：「噫，飽食息也。从口，意聲。」《約注》302 頁噫[註16]字下云：「經傳中多用爲嗟歎之聲。本書心部『愁[註17]，痛聲也』，疒部『癔[註18]，劇聲也。』皆與噫音義近。」此處用了「音義近」。噫《說文》於介切；愁《說文》於豈切；癔，《說文》於賣切，三字皆爲喉音影紐，同紐雙聲。噫爲嗟歎聲、愁爲痛聲、癔爲劇聲，皆爲負面聲音，三字意義相關。噫、愁、癔同爲擬聲詞，必出一源。可以認定此三字有同原關係，同族。

《說文・言部》：「詮，具也。」《約注》553 頁詮[註19]字下云：「本書車部輇下云『讀若饌』，可知巽聲全聲古通。……（詮字）聲義並與譔近，說詳譔下。」《約注》531 頁譔[註20]字下云：「本書廾部巽下云『具也』，因之凡从巽聲字多有具義。……譔之本義，自有具言之意。」《約注》此處用「聲義並近」一語。詮譔《說文》皆爲此緣切，齒音清紐；詮爲具，譔爲具言，義類亦近。可以認定此三字有同原關係，同族。

《說文・言部》：「讋，失气言。一曰，不止也。」《約注》600 頁讋字下[註21]云：「本書心部『慴[註22]，懼也』，『懾[註23]，失氣也』，並與讋音義同。」此處用了「音義同」。讋慴懾《說文》皆爲之涉切，齒音照紐，是同音字。慴爲懼，懼則失氣，則三字又同義。可以認定此三字有同原關係，同族。

〔註16〕《說文》31 下。郭《手冊》99，影之。

〔註17〕《說文》222 上。《約注》2611 頁。郭《手冊》99 頁，影微。

〔註18〕《說文》156 上。《約注》1842 頁。郭《手冊》195 頁，影脂。

〔註19〕《說文》53 上。郭《手冊》357 頁，清元。

〔註20〕《說文》51 下。郭《手冊》347 頁，士戀切，崇元。

〔註21〕《說文》56 上。郭《手冊》29 頁，章葉。

〔註22〕《說文》223 上。《約注》2622 頁。郭《手冊》29 頁，章葉。

〔註23〕《說文》223 上。《約注》2621 頁。郭《手冊》29 頁，章葉。

三、之　言

之言是訓詁常用術語，漢人已用之。《鄭學叢著》70 頁云：「漢人依聲爲訓之法，復有用『某之言某也』以通其義者，與『讀如』、『讀若』之例實相類。」在《約注》中基本的表述方式有「之言、之爲言」兩種，用法基本一致。〔註 24〕格式是「被釋詞之言解釋詞」〔註 25〕，主要用於釋義，亦有明示語原的作用。〔註 26〕齊佩瑢認爲，「凡云『之言』者有兩種，一種是言其假借，如丱礦，寺侍之屬是也；一種是言其語根，如祼灌、禋煙、腊夕之類是也。」[34]226 郭在貽認爲之言必然是聲訓，聲訓的方式有同音，雙聲或疊韻。〔註 27〕張舜徽亦認爲之言和聲訓相關，稱「漢人依聲爲訓之法，復有用『某之言某也』以通其義者，與『讀如』、『讀若』之例實相類」。[35]70 如此則被釋詞和解釋詞之間，是通過聲音來訓釋詞義，可以將多數出現之言的地方視爲系聯同源字之處。

《說文・示部》云：「禠，福也。」《約注》禠〔註 28〕字下云：「禠之言徙〔註 29〕也，謂自此移之彼也。」禠《說文》息移切；徙《說文》斯氏切，二字皆齒音心紐，同紐雙聲。徙用來解釋禠，那麼我們可以將禠字「福」的含義理解爲動詞，即賜福，由此處向彼處的賜予，如此則二字意義亦相關。由此可見術語「之言」的特點：釋字和被釋字語音相近、詞義相關。

《說文・足部》：「䠛，跳也。」《約注・足部》䠛〔註 30〕字下云：「䠛之言搖〔註 31〕也，謂足跳動也。足動謂之䠛，猶樹動謂之榣耳。」[20]119 上䠛、搖同从䍃聲，並有動義。䠛、搖《說文》並余招切，榣《說文》余昭切，喉音

〔註 24〕齊佩瑢《訓詁學概論》226 頁：「傳注中『某之爲言某也』亦同『之言』，如《射義》曰：『射之爲言繹也』，此釋其語根也。」

〔註 25〕郭在貽《訓詁學》49 頁：「（之言、之爲言）格式是『甲之言乙也』、『甲之爲言乙也』。」

〔註 26〕周大璞《訓詁學初稿》273 頁：「（之言、之爲言）這兩個術語的作用主要是說明被釋詞的語源。」

〔註 27〕郭在貽《訓詁學》49 頁：「使用這兩個術語時，必然是聲訓，除了釋義之外，釋者與被釋者之間有時是同音的關係，有時是雙聲或疊韻的關係。」

〔註 28〕《說文》7 下，《約注》12 頁，郭《手冊》95 頁，心支。

〔註 29〕《說文》40 下，字形作辿。郭《手冊》122 頁，心支。

〔註 30〕《說文》47 上，《約注》478 頁。郭《手冊》256 頁，王力《同源字典》209 頁。

〔註 31〕《說文》254 上，《約注》2972 頁。郭《手冊》256 頁。

喻紐，同紐雙聲；蹻謂足跳動；搖謂「動也」，从手，故爲手動；榣爲樹木之動。蹻、搖、榣三字音義近、同原，同族。《約注》此處說解用「之言」即點出蹻、搖二字之間同源同族關係。

《說文·足部》：「蹇，跛也。」《約注·足部》蹇〔註32〕字下云：「蹇之言越〔註33〕也，謂行進之難也。引申爲蹇屯。」蹇《說文》九輦切，牙音見紐；越《說文》去虔切，牙音溪紐；二字同類雙聲。蹇謂跛，越謂蹇行越越，皆指行進之難，音近義同，亦爲同源、同族。

《說文·足部》：「朔，斷足也。」《約注·足部》朔〔註34〕字下云：「朔之爲言櫱也，本書木部『櫱〔註35〕，伐木餘也，古文作𣎵，从木無頭』，櫱與朔雙聲，古韻又同部也，語原一耳。人之軀幹，以手足爲支，猶樹木之有枝，斷去其足，猶木枝之被戕伐也。……古初造字，聲同者，其受義之原恒同。」「之爲言」用法同「之言」。朔《說文》魚厥切，櫱《說文》五葛切，二字皆爲牙音疑紐，同紐雙聲。朔爲斷足，櫱爲伐木餘，人之四肢同木之旁枝，事類相近。所以《約注》明言二字「語原一」。

四、孳乳·初文

王寧的定義：「在詞的派生推動下，記錄源詞的字分化出新形而產生新字，叫做孳乳。……沒有詞的派生推動，而僅僅是文字筆劃的更改從而產生新形，或由方言音變而產生新形，叫做變易。……孳乳產生同源字。」[27]50「孳乳」即張舜徽所說之「孳乳」、「變易」或可等同於「後增體」。〔註36〕

這組術語能在較大程度上反映字和字之間的源流關係。章太炎在《文始》2 頁的《敘例》中說：「音義相讎謂之變易，義自音衍謂之孳乳。」陸宗達、王寧對此解釋說，「（章太炎所提孳乳）也是反映字的同源現象，而《文始》

〔註32〕《說文》47 下，《約注》483 頁。郭《手冊》323 頁，見元。

〔註33〕《說文》37 下，《約注》370 頁。郭《手冊》326 頁，溪元。

〔註34〕《說文》48 上，《約注》487 頁。郭《手冊》72 頁，疑月。

〔註35〕《說文》125 上，《約注》1493 頁。郭《手冊》22 頁，疑月。

〔註36〕後增體爲《約注》常用術語，標明某字是在另一字基礎上添加聲符或義符而成。如《約注》407 頁邐字下云：「邐乃麗之後起增偏旁體。」「後增體」即「後起增偏旁體」之縮寫。

正是對同源字進行全面系統的系聯和整理之作。」[38]82 陸、王對同源字、同義詞的概念分的很清，這裏用「同源字」，說明《文始》在系聯字源方面的功績。對此，張舜徽肯定這一說法，認爲「其所闡論，乃字原而非語原，號曰《文始》，名實相符矣。」[3]3

《約注》裏的術語「初文」，大部份等同於字根。

《說文·艸部》：「蒔，更別種。」《約注·艸部》蒔〔註37〕字下云：「蒔乃士之孳乳，其聲義受之於士，說詳士部。」《說文·士部》士〔註38〕字下云：「士，事也。」《約注》士字下引吳承仕之說：「許訓士爲事，古以士稱男子，事謂耕作也。《釋名·釋言語》云：『事，傳也；傳，立也。青徐人言立曰傳。』……《漢書·蒯通傳》云：『不敢事刃於公之腹者。』李奇注：『東方人以物插地中爲事。』蓋耕作始於立苗，所謂插物地中也。」張舜徽按語稱「吳說妙達神恉，得其語柢，不可易也」，則可認「士」爲「蒔」之語根。《約注》在解釋「蒔」字時用了術語「孳乳」，在解釋「士」字時指明「士」爲語柢，則可知「士」孳乳出「蒔」。蒔《說文》時吏切，齒音禪紐；士《說文》鉏里切，齒音牀紐，二字同類雙聲。而二字又皆有插義，故可認爲同原、同族。

《說文·口部》：「唫，口急也。」《約注》〔註39〕云：「唫訓口急，乃今之孳乳。」《約注》今〔註40〕字下云：「今、急亦雙聲字，實一語之轉耳。……蓋出言爲曰，不能言爲今〔註41〕，乃唫之初文。今之爲言緊也，謂口緊閉不能言也。」張舜徽認爲「今」爲「曰」字倒文，故字義亦相反，爲不能曰、口急說不出話。不能曰則急，故與「唫」字義同，「今」爲「唫」之初文。唫《說文》巨錦切〔註42〕，牙音羣紐；今《說文》居音切，牙音見紐，二字同類雙聲。這樣看來，二字亦可歸爲同族。

〔註37〕《説文》23 上，《約注》204 頁。郭《手册》88 頁、90 頁，禪之。

〔註38〕《説文》14 下，《約注》92 頁。郭《手册》90 頁，崇之。蒔、士二字皆爲之韻，故疊韻

〔註39〕《説文》31 下，《約注》307 頁。郭《手册》377 頁、373 頁，羣侵。

〔註40〕《説文》108 下，《約注》1277 頁。郭《手册》375 頁，見侵。

〔註41〕此處兩個篆字《約注》原書均作手寫，一爲曰字古文，一爲曰字古文之倒寫。本文爲書寫方便計，一律用篆書代替。

〔註42〕《説文》又音牛音切，可備參校。

五、雙聲·語轉

　　雙聲是張舜徽最爲強調的研究語原及文字的利器，在《約注》等著作中多有體現。張舜徽認爲，「古今語言的變化、文字的孳乳，大抵由於雙聲的多，由於疊韻的少。不同韻的字，由於聲紐相同而得通轉的往往而是，這本與韻無關。」[39]48 這是張舜徽在長期研究文字、聲韻的過程中總結出來的結論，不同於學術界主流觀點。強調雙聲，也是張舜徽文字學研究最重要的特色之一，詳見下文。

　　而對於術語「語轉」，周大璞認爲，「因爲時地不同或其他原因以致音有轉變的詞語叫轉語，有音轉而義不變的，……有音轉義變而分化爲不同的詞的。……音轉義變，遂成爲不同的詞，但其音義仍有聯繫，結爲一個詞族。」[37]281 據此，我們知道語轉在一定意義上可以簡單的說是語音的流轉，在這個過程中有語音變化、詞義擴張或縮小等現象發生，都是語言文字之學研究的內容。張舜徽對「語轉」一語的使用，多和「雙聲」配合，是各種術語中出現頻率較高的。我們往往可以將該術語作爲線索，據以判斷、系聯同族詞。《約注》中「語轉」的其他形式有「一語之轉」、「語之轉」等。

　　《說文·一部》：「吏，治人者也。」《約注》吏〔註43〕字下云：「治人者謂之吏，猶治玉者謂之理耳。吏與理雙聲，一語之轉也。」《說文·玉部》：「理〔註44〕，治玉也。」從此處說解可以看出，「雙聲」和「一語之轉」組合使用，這種情況在後面的字的說解中也常出現。吏《說文》力置切，理《說文》良止切，二字皆爲舌音來紐，同紐雙聲；一爲治人，一爲治玉，治人治玉皆治也，二字義類相近。可以據此判斷二字同族。

　　《說文·示部》：「祕，神也。」《約注》祕〔註45〕字下云：「祕、閟雙聲，受義固同原也。神謂之祕，猶愼謂之懿耳。推之安謂之宓，閉門謂之閟，無聲謂之謐，山如堂者謂之密，蔽不相見者謂之覕，義並相近矣。求其語根，皆當受義於丏。丏者不見也，雙聲語轉，孳乳相生，而衍爲字群耳。」《說文·門部》：「閟〔註46〕，閉門也」，「閉〔註47〕，闔門也」。《約注》閟字下云：「閟閉雙聲，

_____

〔註43〕　《說文》7 上，《約注》5 頁。郭《手冊》132 頁，來之。

〔註44〕　《說文》12 上，《約注》69 頁。郭《手冊》132 頁，來之。

〔註45〕　《說文》8 上，《約注》17 頁。郭《手冊》137·144 頁，幫質。

〔註46〕　《說文》248 下，《約注》2911 頁。郭《手冊》137 頁，幫質。

〔註47〕　《說文》248 下，《約注》2914 頁。郭《手冊》138 頁，幫質。

實一語耳。」閟字下云:「閟、閱雙聲義同,直一語耳。」祕《說文》兵媚切,閟《說文》博計切,二字皆爲脣音幫紐,是同紐雙聲;祕謂神,言其不爲人所習見,即派生今語「神秘感」,而閟爲關門、關門則不見,二字音義相關,皆由「稀見」受義,同原、同族。《約注》下面又舉宓、閟、謐、密、覗等五字,以爲由丙字派生,這段論述亦可視爲《約注》在解釋祕閟何以受義同原。

《說文·示部》:「祈,求福也。」《約注》祈〔註48〕字下云:「求福祭謂之祈,因引申爲凡求之稱。祈、求〔註49〕雙聲,實一語耳。」「祈」《說文》渠稀切,牙音羣紐;「求」爲《說文》裘字古文,巨鳩切,牙音羣紐,二字同紐雙聲;「祈」爲求福,則祈、求二字義類相近,「祈」爲縮小範圍之「求」,「祈」、「求」實爲求索的同一種說法。同原,同族。

《說文·玉部》:「璙,玉也。」《約注》璙〔註50〕字下云:「下文琳,美玉也;玬,石之有光璧玬也;並與璙雙聲義近。」《說文》雖釋璙爲玉,然徐鍇《繫傳》云:「《爾雅》『金美者謂之鐐』,然則璙亦美玉也。」[85]5 下《說文·玉部》:「琳〔註51〕,美玉也。」《說文·玉部》:「玬〔註52〕,石之有光,璧玬也。」璙《說文》洛蕭切,琳《說文》力尋切,玬《說文》力求切,三字皆爲舌音來紐,同紐雙聲;璙、琳爲美玉,有光璧玬亦是上佳之石,故三字義近;三字皆爲玉,屬同一物種,自然同出一源,然則此三字宜爲同族字。

六、猶

又有「亦猶、猶之」等形式。周大璞認爲,猶是用來「說明被釋詞和解釋詞不是同一含義,只是某一方面詞義相當,或引申可通,即段玉裁所說『義隔而通之』;猶還可以用本字釋借字、用今語釋古語,也有用作解釋同義詞、近義詞的。」[37]272 郭在貽是這樣解釋「義隔而通之」的:「所謂義隔而通之,就是說釋者與被釋者是同義詞或近義詞之關係。」[36]49 王力則認爲,用「猶」

〔註48〕《說文》8 下,《約注》29 頁。郭《手冊》115 頁,羣文。

〔註49〕《說文》173 下。郭《手冊》289 頁,羣幽。

〔註50〕《說文》10 上,《約注》44 頁。郭《手冊》269 頁,來宵。

〔註51〕《說文》10 下,《約注》51 頁。郭《手冊》380 頁,來侵。

〔註52〕《說文》13 下,《約注》86 頁。郭《手冊》291 頁,來幽。

時「釋者與被釋者往往就是同義或近義的關係」。[40]617 這幾個說法都是從意義方面陳說術語「猶」的定義，《約注》中「猶」的用法也不出此。然而，就許多例子來看，用「猶」時，前後字例之間往往也有聲音上的聯繫，現就《約注》所示，略舉數例。

《說文・示部》：「祪〔註53〕，祔祪祖也。」《說文・土部》：「垝〔註54〕，毀垣也。」《約注》祪字下云：「祪訓祖者，《玉篇》云：『毀廟之祖也。』毀廟謂之祪，猶毀垣謂之垝耳。」《約注》垝字下云：「垝从土，自以毀垣爲本義。」祪垝《說文》皆過委切，牙音見紐；祪从示爲毀廟，垝从土爲毀垣，義類相同；二字同爲「危」的增偏旁體、同出一源，同族，偏旁示、土起意義上的區別作用。這裏用「猶」，可以看出它系聯同源字的作用。

《說文・玉部》：「瑜〔註55〕，瑾瑜，美玉也。从玉，俞聲。」《約注》瑜字下云：「瑜字單言之，則玉之白潤者謂之瑜，亦猶白粉謂之楡〔註56〕耳。」《說文・木部》：「楡，楡白粉，从木，俞聲。」此處用「亦猶」，和「猶」作用相同。瑜楡《說文》皆爲羊朱切，喉音影紐，同音；瑜从玉爲玉白，楡从木爲白粉（樹皮色白），義類相同；二字同從俞聲，同出一源，故可判定爲同源、同族。

《說文・玉部》：「琳〔註57〕，美玉也。从玉，林聲。」《約注》琳字下云：「青碧玉謂之琳，猶染青艸謂之藍耳。琳藍雙聲，語原同也。琳字古讀，蓋與藍近。」《說文・艸部》：「藍〔註58〕，染青艸也，从艸，監聲。」琳《說文》力尋切，藍《說文》魯甘切，二字皆爲舌音來紐，同紐雙聲；琳謂青碧玉，藍是染青艸，皆有青義，義類相同，所以張舜徽直言「語原同」。二字同族。

《說文・玉部》：「璜，半璧也，从玉，黃聲。」《約注》璜〔註59〕字下云：

〔註53〕　《說文》8上，《約注》21頁。郭《手冊》223頁，見支。

〔註54〕　《說文》288下，《約注》3360頁。郭《手冊》223頁，見支。

〔註55〕　《說文》10下，《約注》46頁。郭《手冊》177頁，餘侯。

〔註56〕　《說文》118上，《約注》1394頁。郭《手冊》177頁，餘侯。

〔註57〕　《說文》10下，《約注》51頁。郭《手冊》380頁，來侵。

〔註58〕　《說文》16下，《約注》116頁。郭《手冊》310頁，來談。

〔註59〕　《說文》11上，《約注》53頁。郭《手冊》415頁，匣陽。

「半璧謂之璜,猶木弓謂之弧,皆言其形半圓也。古韻模、唐對轉,故璜、弧受義同原。二字本雙聲也。」《說文·弓部》:「弧〔註60〕,木弓也,从弓,瓜聲。」璜《說文》戶光切,弧《說文》戶吳切,二字皆爲喉音匣紐,同紐雙聲;《約注》所謂「模唐對轉」是指中古音。半璧爲半圓形,木弓若是拉開亦爲近似半圓,二者義類相近,所以張舜徽直言「受義同原」。二字同族。

　　從以上例子可以看出,猶或亦猶所揭示的,是字義方面的聯繫,然而其中並非沒有聲音的關聯。我們是可以從「猶」這個術語來推斷《約注》是否在系聯同族詞的。

七、聲義受諸

　　這一術語亦與探究語原極爲相關,它可以表明張舜徽在探究詞源。和「聲義受諸」相近的術語有「受義於、聲義當受諸、聲義實受諸」等。

　　《說文·示部》:「祺,吉也。」《約注》祺〔註61〕字下云:「祺當受義於丌,謂如薦物之丌,安定不動也。……人之堅定有守,不爲外物所動者,類能成事致吉,故引申祺有吉義。」《說文·丌部》:「丌,下基也,薦物之丌,象形。」《約注》丌〔註62〕字下云:「凡平而有足,可以薦物之具,即爲所薦物之基矣。」《聲系》也稱,「(丌)孳乳爲基,牆始也。與丌同音,實即一字。」[3]58 祺《說文》渠之切,牙音羣紐;丌、基〔註63〕《說文》皆爲居之切,牙音見紐;三字爲同類雙聲。《說文·土部》:「基,牆始也。从土,其聲。」祺,《說文》訓爲「吉也」,《約注》稱「人之堅定有守,不爲外物所動者,類能成事致吉,故引申祺有吉義」,則祺之得義,乃由根詞丌出發,謂內心堅定不動則吉,丌源祺流的關係較爲明晰。基亦爲丌之孳乳,則三字同族。

　　《說文·玉部》:「環,璧也,肉好若一謂之環。从玉,睘聲。」《約注》環〔註64〕字下云:「環之聲義,當受諸丸。」《說文·丸部》:「丸,圓傾側而轉

〔註60〕　《說文》269 下,《約注》3149 頁。郭《手冊》151 頁,匣魚。

〔註61〕　《說文》7 上,《約注》14 頁。郭《手冊》115 頁,群之。

〔註62〕　《說文》99 下,《約注》1161 頁。郭《手冊》106 頁,見之。

〔註63〕　《說文》287 上,《約注》3338 頁。郭《手冊》106 頁,見之。

〔註64〕　《說文》11 上,《約注》52 頁。郭《手冊》345 頁,匣元。

者。」《約注》〔註65〕云：「丸之言還也，謂其圓轉可還復也。」環《說文》戶關切，丸《說文》胡官切，二字皆爲喉音匣紐；環爲圓形玉，自然可如輪轉動，丸也取其圓轉之義。二字聲同義近，當屬同原、同族。

《說文・玉部》：「瓅，玉英華羅列秩秩。从玉，栗聲。」《約注》瓅〔註66〕字下云：「瓅之聲義實受諸呂。謂其層次分明，比列有序也。瓅从栗聲，乃以雙聲借栗爲呂耳。字義悉本於聲。凡字所从之聲，不能即見義者，多爲借聲，此類是已。」《說文・呂部》：「呂，脊骨也。象形。」《約注》呂〔註67〕字下云：「呂象脊骨之形，……脊骨多節，其形排列層累而下，故凡从呂聲孳乳之字，多有比敘義。」瓅《說文》力質切，呂《說文》力舉切，二字皆爲舌音來紐，瓅字聲義受諸呂，皆有比敘之義，二字當有同源關係，同族。

以上術語皆是訓詁術語，同時又能表明《約注》在何處做了系聯同族詞的工作，具有指示作用。張舜徽對它們的使用，未必全部準確，但大部份都是合乎傳統用法，是規範的。在使用這些術語的同時，張舜徽也在用特有的方式疏釋字義。其一是緊密結合文獻學和小學的方法以考明古史、闡發古代文化。詳細的分析參見本文第二章第二節。其二是對具體字詞的分析，常常結合人情物理進行，我們在《約注》中隨處可見「今俗、今湖湘間」等術語既是明證。張舜徽幾乎將它和經典故訓放到同等重要的位置。這樣的兩個特點，尤其值得我們記取和運用，否則，任何學問都會成爲沒有社會價值的、沒有靈魂的東西。

第三節　語音分析方式

張舜徽小學研究的一大特徵，是極爲重視雙聲。〔註68〕張舜徽治《說文》，秉持的方式也是雙聲爲主，韻的分析爲輔。《約注》自序說的已很明白：

〔註65〕《說文》194上，《約注》2293頁。郭《手冊》342頁，匣元。

〔註66〕《說文》12上，《約注》66頁。郭《手冊》133頁，來質。

〔註67〕《說文》152上，《約注》1793頁。郭《手冊》193頁，來魚。

〔註68〕《說文解字導讀》48頁：「古人稱發音部位相同的字爲雙聲，收音部位相同的字爲疊韻。」簡單的說就是兩個字的切語上字同紐。譬如，乳《說文》而主切（246頁下），孺《說文》而遇切（310頁上），二字同屬舌音日紐，即同紐雙聲。此外尚有同類雙聲等等不同形式。

約一名而含三義。……文字孳乳相生，悉原於聲。苟能達其語柢，則形雖萬殊，而義歸一本。今闡明字義，約之以雙聲之理，三也。[2]2

而這樣的認識，來自張舜徽少年時的學習經歷。《雜著》24 頁云：

余少時讀《說文》，嘗以古韻爲經，聲紐爲緯，成《說文聲韻譜》六冊；後治《廣韻》，復依聲紐系列之，成《廣韻譜》二厚冊。比類而觀，深悟由韻部以推字義，不如由聲類以求字義之尤可依據，而雙聲之理，爲用甚弘。蓋聲音在文字之先，而韻部乃後人所定。人生而有喉牙舌齒脣之音，發之自然，此最直接簡單易喻，不似韻部之糾紛複雜而難記也。

《訒庵學術講論集》74 頁亦云，張舜徽「二十四歲時，便以古韻分部爲經，聲紐爲緯，將《說文》九千餘文按類塡表，撰成《說文聲韻譜》，裝爲六冊（此稿本保存至今）。經過這一次有系統地分析研究，深深認識到文字受義的根源和文字運用的通轉，由於雙聲者多，但從雙聲關係以說字，自可迎刃而解，不必糾纏於古韻分部的離合異同」。此稿並未出版，使人不易得見。故本該依張舜徽的辦法再塡一遍表格，以論證其說之可行性，這當是張說成立的最爲重要的基礎工作、前提條件；然受時間精力之限，此事容當後做，本文暫以其說爲論證之出發點。

《說文解字導讀》48 頁也說：

古今語言的變化、文字的孳乳，大抵由於雙聲的多，由於疊韻的少。不同韻的字，由於聲紐相同而得通轉的往往而是，此本與韻無關。〔註69〕

錢玄同亦有相近的觀點。《錢玄同文集》第五卷48頁：

此外言古韻通轉者，又有「旁轉」之說。謂同爲陰聲，或同爲陽聲，或同爲入聲，彼此比鄰，有時得相通轉（如豪蕭咍、唐東冬、曷屑沒之類）。然韻部之先後排列，言人人殊，未可偏據一家之論，

〔註69〕 《雜著》23 頁也有類似的觀點：「古今語言之變，由於雙聲者多，由於疊韻者少。不同韻之字，以同紐之故而得通轉者往往而是。此本與韻無涉，不用強相比合。」

以爲一定不易之次第。故「旁轉」之説，難於信從。竊謂古今語言
之轉變，由於雙聲者多，由於疊韻者少。不同韻之字，以同紐之故
而得通轉者往往有之，此本與韻無涉，未可便據以立「旁轉」之名
稱也。

張舜徽在自己的經驗之外，又搜集前人論述雙聲重要性的言論，成《聲
論集要》〔註70〕，以爲己説佐證。雖然重聲輕韻不是主流的學術觀點，但未嘗
不是一條可行之路。「韻部乃後人所定」，故人言人殊，難有一定之規；依據
自然發聲之理，則可事少而功多，不必糾纏於古韻分部。「由於疊韻者少」，
對於韻部異同，張舜徽的態度是不糾纏也不完全否定；「此本與韻無關」，應
當從上下文來理解，是重視聲紐的意思；在《約注》中，如遇雙聲且疊韻的
字例，張舜徽也一一指出，並不避諱。

一、五聲相轉圖

從《約注》《聲系》等著作來看，在系聯同族詞的過程中，有三個幫助分
析、釐定詞與詞之間關係的工具，分別是《五音相轉圖》《同類同位通轉表》
《切語上字表》。

《切語上字表》見附錄。

根據聲母發音部位的不同，可以劃分爲喉、牙、舌、齒、脣五大聲類。這
裏所說的牙，乃是靠近喉部之處。〔註71〕而舌面前與齒音、脣音又近，需要仔
細分辨脣齒。在喉部形成的語音即喉音，依此類推。在五大聲類之外，常然有
少量鼻音。五大聲類的概念不涉及韻的問題。《雜著》14 頁提出聲類的概念：「發
聲相同者，謂之聲類；收聲相同者，謂之音類。」聲類是從聲母角度劃分的；
相應的，音類則根據聲母之外的部份亦即音類劃分。

聲類相同的字，多有相近之含義。《雜著》10 頁稱，

在喉、牙、舌、齒、脣五大聲類中，凡喉音之字，多會合之義；
牙音之字，多高廣義；舌音之字，多重大義；齒音之字，多纖小義；

〔註70〕《論著選》《講論集》都收有此文。

〔註71〕《説文・牙部》45 下：「牙，牡齒也。象上下相錯之形。」《説文・齒部》44 下：
「齒，口齗骨也。象口齒之形。」析言之，齒爲門齒，牙爲大牙，一前一後；統
言無別。此處所言齒牙，乃是借齒牙指代發音部位。牙音靠近喉部。

脣音之字，多數布義〔註72〕；此特就其大較言之耳。

這是五聲之間能夠相轉的一個證明，也是張舜徽的雙聲說成立的一個證明。五大聲類之間，存在互通的雙聲關係，因而形成五聲相轉。聲類相同，自然是雙聲；聲類之間存在相轉關係的，也可劃為雙聲一類。對此，黃侃《聲韻通例》歸納雙聲條例如下：

> 凡同紐者，為正紐雙聲；凡古音同類者，為旁紐雙聲；凡古音喉、牙，有時為雙聲；舌、齒有時為雙聲；舌、齒、脣有時與喉、牙為雙聲。[53]145

其中「同紐」指切語上字相同或同為一紐，「同類」指發音部位相近（同屬牙音等等），這兩項是正例。後三項是變例，出於偶然，不是普遍情況。此處所言喉牙、舌齒、舌齒脣與喉牙相轉，正是《五音相轉圖》所本。黃侃的五音相轉，分類不如張舜徽《五音相轉圖》細緻；然其正紐雙聲、旁紐雙聲之定義，則或為張舜徽承用。《雜著》5 頁稱：「凡同一聲母之字，皆為雙聲；聲母相近者，為旁紐雙聲；五大類中每類之字義多相通者，為同類雙聲。」

《雜著》17 頁所云即是張舜徽的修正案：

> 「喉牙舌齒脣之音，除同類可以相轉〔註73〕外，五音又可通轉。喉可與牙舌齒脣相轉，牙可與喉舌齒脣相轉，舌可與喉牙齒相轉，齒可與牙喉舌相轉，只有脣音，但與喉牙相轉。」

圖 3.1　五聲相轉圖

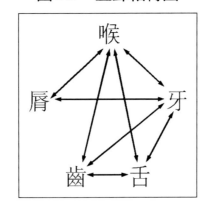

〔註72〕《約注》此類例證較多，如 880 頁蒚字下云「織蒻席而名為蒚席者，凡脣聲字，多有細微之義，亦猶靡、摩、塺、靡，諸文俱從麻聲，同有纖碎之訓耳」。

〔註73〕同類之字即有雙聲關係。

此圖正是對黃侃之說的一個總結和繼承，在本文詞例分析部分多有所用。

圖示脣舌本不相轉，孟蓬生《上古漢語同源詞語音關係研究》116 頁說：「結合《說文》讀若及諧聲來看，脣音與舌音確有通轉現象。」該書 117 頁又說：「但脣舌相通的例子實在太少了，所以陸志韋說：『我懷疑舌齒音可以跟脣音直接通轉。』我們同意陸志韋的意見。」脣舌相通的例子既然少見，則張舜徽認爲脣舌不可通亦有道理。《五音相轉圖》可以應用到實際的系聯同族詞之中。

二、同類同位通轉表

五聲的下一級概念是聲紐。關於上古聲紐，張舜徽採用黃侃的說法。《說文解字導讀》52 頁云：

> 大抵古代聲寬，絕不會像後世這樣密。雖經黃侃考定古聲只有影、曉、匣、見、溪、疑、端、透、定、泥、來、精、清、從、心、幫、滂、並、明等十九紐，用來印證周秦兩漢時書，固多應合。如果推論到遠古語言文字最初興起之時，還是嫌其過密。

古聲十九紐之說，可參《黃侃國學文集》62 頁；又經張舜徽考證，江永《四聲切韻表》實發此說之端。〔註 74〕此言後半段反映了古今音變的情況。遠古未有文字之時已有語音，經數十萬年之衍變流轉，自會與上古音有較大區別。而這十九紐也基本適用於隋唐時語音，可以放心使用，更可與《切語上字表》相參看。《聲系》17 頁云：

> 凡此四百五十二字〔註 75〕，不獨《廣韻》常用之，即隋唐以前諸書切語皆常用之。可知此等字實孫炎以來師師相傳以爲雙聲之標目，無異後世之字母。若熟記之，亦審聲定紐之捷徑也。

也就是說，《切語上字表》和《同類同位通轉表》可以運用在對隋唐前字詞的語音分析上。《同類同位通轉表》是對上古聲紐的表格化，易於看出聲紐

〔註 74〕《雜著》11 頁言及此點。江永《四聲切韻表》：「音韻有四等：一等洪大，二等次大，三、四皆細，而四尤細。一等有牙，有喉：有舌頭，無舌上：有重脣，無輕脣：有齒頭，無正齒：有半舌，無半齒。而牙音無羣，齒頭無邪，喉音無喻，通得十九位。見、溪、疑、端、透、定、泥、幫、滂、並、明、精、清、從、心、曉、匣、影、來也。」

〔註 75〕指《切語上字表》中字。

之間的同類、同位關係。《雜著》19 頁載有此表，可名爲《同類同位通轉表》，有灰色標記之字即黃侃所定古音十九紐。

表 3.1　同類同位通轉表

	喉	牙	舌	齒	脣
發清	影	見	端知	精莊照	幫非
發濁	喻爲				
送清	曉	溪	透徹	清心初疏穿審	滂敷
送濁	匣	羣	定澄	從邪牀神禪	並奉
收濁		疑	泥來娘日		明微

此表橫行各紐爲同位，豎行各紐爲同類（類指聲類大限，亦即喉牙舌齒脣五音）。關於同位和同類的定義，《雜著》18 頁云：

> 戴震《轉語二十章序》，嘗謂「凡同位則同聲，同聲則可以通乎其義。位同則聲變而同；聲變而同，則其義亦可以比之而通」。所謂同位者，聲不外喉、牙、舌、齒、脣五位，凡在同位者，互爲雙聲，不分正紐與旁紐也。同位相轉，是爲正轉。所謂位同者，聲之清濁及發送收，其位相同，得互相轉。位同相轉，是爲變轉。戴氏所提「同位」，謂聲類大限相同者也；所謂「位同」，謂清濁及發送收之位相同者也。二名易淆，可改爲「同類」與「同位」，則昭然辨析矣。

張舜徽更改戴震所定名稱之後，易知，同類者（豎行）互爲雙聲，不分正紐與旁紐，是正轉；同位（橫行）相轉是變轉。

關於此表，《戴東原集》73 頁《轉語二十章序》是這樣說的：

> 夫聲，自微而之顯，言者未終，聞者已解，辨於口不繁，則耳治不惑。人口始喉下底脣末〔註76〕，按位以譜之，其爲聲之大限五，小限各四，於是互相三五而聲之用蓋備矣。三五之法〔註77〕，台、余、予、陽，自稱之詞，在次十有五章。截四章爲一類，類有四位。三與十有五，數其位皆至三而得之，位同也。凡同位爲正轉，位同爲變轉。爾、汝、而、戎、若，謂人之詞。而、如、若、然，義又

〔註76〕這是張舜徽常常談及的自然發聲之理，人發聲時氣流由喉抵脣，形成聲音。

〔註77〕此法，參看何九盈《中國古代語言學史》367 頁表格即可一目了然。

交通，並在次十有一章。《周語》：「若能有濟也。」注云：「若，乃也。」《檀弓》：「而日然。」注云：「而，乃也。」《魯論》：「吾未如之何。」即「奈之何」。鄭康成讀「如」爲「那」。曰乃、曰奈、曰那，在次七章。七與十有一，數其位亦至三而得之。若此類，遞數之不能終其物，是以爲書明之。凡同位則同聲，同聲則可以通乎其義。位同則聲變而同，聲變而同則其義亦可以比之而通。更就方音言，吾鄉歙邑讀若「攝」（失叶切），唐張參《五經文字》、顏師古注《漢書·地理志》已然。「歙」之正音讀如翕，翕與歙，聲之位同者也。用是聽五方之音及少兒學語未清者，其輾轉訛溷，必各如其位。斯足證聲之節限位次，自然而成，不假人意厝設也。

可以看出，張舜徽承用戴震之說，對名稱稍加改動，並且做成《同類同位通轉表》。

附：何九盈對戴震之說的評價

下表來自何九盈《中國古代語言學史》367 頁，稍加改造。是書 368 頁云：「因爲『位同』、『同位』只是轉語的條件之一，談『轉語』而置韻部於不顧，勢必難以行得通。就同位與位同而言，同位正轉的可信程度要高一些，而位同變轉卻沒有什麼說服力。……（戴氏將疑母歸在齒類，將微母歸在喉類，不可信。）」本文列此說於此，可與《同類同位通轉表》對看，僅供參考。辨析同族詞語音的方法，一依《同類同位通轉表》。

表 3.2　戴氏同類同位通轉表

發　音　部　位			發　音　方　法			
聲類	章數	聲位	清	次清	濁	次濁
喉	1	一	見			
	2	二		溪	羣	
	3	三	影			喻微
	4	四	曉		匣	
舌	5	一	端			
	6	二		透	定	
	7	三				泥
	8	四			來（實爲次濁）	

	9	一	知照		
腭	10	二		徹穿	澄牀
	11	三			娘日
	12	四	審		禪
齒	13	一	精		
	14	二		清	從
	15	三			疑
	16	四	心		邪
脣	17	一	幫		
	18	二		滂	並
	19	三			明
	20	四	非敷		奉

三、語音分析實例

孟蓬生《上古漢語同源詞語音關係研究》21 頁寫道：

> 同源詞的語音關係既可以指有直接派生關係的同源詞之間的語音關係，也可以指有間接派生關係的同源詞之間的語音關係，也可以指同一詞族的所有成員之間的關係。……如 341 頁以「剛」爲起點系聯起來的一組同源詞中，「剛」的擬音是 kang，「鍇」的擬音是 khei，除聲母同類之外，可以說毫無共同的地方。178 頁以「無」爲起點系聯起來的一組同源詞中，「亡」的擬音是 miuang，「勿」的擬音是 miuət，二者雖然有共同的聲母和韻頭，但它們所屬的韻部卻是王力先生自己認爲相遠不能發生音轉關係的陽部和物部。

孟蓬生所舉兩例，均爲雙聲；所糾纏的，都是韻的問題。那麼，我們按照張舜徽的方式來看一看：

剛，[20]91上《說文》古郎切，牙音見紐；鍇，[20]293下《說文》苦駭切，牙音溪紐。二字同類雙聲。結合王力對詞義的分析〔註78〕，直接判定二字同源，同族。

亡，[20]267下《說文》武方切，脣音微紐；勿，[20]196上文弗切，脣音微紐。

〔註78〕詞義分析與本節主題無關，略去不表。下面的例子準此。

二字同類、雙聲。結合王力對詞義的分析，可判定二字同源，爲同族詞。

　　當然，下結論還需要大量的實例分析，但此二例皆沒有出現孟蓬生所說的問題，說明張舜徽的方式有合理性。

　　殷寄明在《論同源詞的語音親緣關係類型》〔註79〕一文中，對同源詞的語音親緣關係類型作了劃分，有兩點重合型、兩點成一線型、三角型、鏈條型四種。他對後兩種進行了實例分析，我們現在對他所舉例子的語音關係作進一步思考。

　　精、粹、眞。「考『精』字《廣韻》子盈切，其上古音可推爲精紐耕部；『粹』字《廣韻》雖遂切，心紐物部。精、心旁紐，耕物二部不通。『精、粹』不得云同源。然則『眞』字章紐眞部，耕、眞通轉，眞、物旁對轉，『精、粹、眞』三字之音皆相通。……此皆足證『精、粹、眞』義僅微別，語原同。」[46]98 殷寄明名此組爲「三角型」，然因精、粹不通，僅有「人字型」之實。韻雖不通，三字雙聲無可否認，殷寄明認定三字同源；那麼是否可以拋開韻之分析，直接通過雙聲確定同源關係呢？

　　精[20]147 上，《說文》子盈切，齒音精紐；粹[20]148 上，《說文》雖遂切，齒音心紐；眞[20]168下，《說文》側鄰切（齒音莊紐），《廣韻》職鄰切（齒音照紐）。精、粹、心三字皆爲齒音，同類、雙聲。按照張舜徽的方式，結合殷寄明對詞義的分析，直接通過雙聲判定三字同源，同族。

　　輐、軒、卷、鉤。「上述四字之音爲：輐，疑紐元部；軒，匣紐候部；卷，群紐文部；鉤，見紐候部。其聲紐均爲牙音（舌根音）；四韻部可依次連接成一線：文、元旁轉，元、魚通轉，魚、候旁轉。」[46]100 也就是說，殷寄明認爲四字雙聲；卷、輐旁轉，軒、鉤通過中介魚韻與卷、輐發生韻部聯繫，這樣的情況稱爲「鏈條型」。十分的麻煩。

　　輐〔註80〕，《集韻》五管切，牙音疑紐；軒[20]61下，《說文》羽俱切，喉音爲紐；卷[20]187上，《說文》巨員切，牙音群紐；鉤[20]50下，《說文》古侯切，牙音見紐。輐、卷、鉤同爲牙音，同類雙聲，軒與輐、卷、鉤爲喉牙通轉，亦爲雙聲。結合殷寄明對詞義的分析，可以判定四字同源，同族。

〔註79〕刊載於《復旦學報（社會科學版）》1998 年 2 期。

〔註80〕《說文》似無此字。

殷寄明這篇文章中還有不少例子，無法一一細說。他的思路是很好的，認為「在以往的同源詞研究中，對同源詞族的語詞之語音分析大都採取『分而治之』的辦法，切割成一對對語詞考察其聲韻關係。我們認為應該用聯繫、發展、全面的眼光看待這個問題，對同源詞族中的語詞的語音親緣關係應有一個同角度、概括性的理論表述，在同源詞族的考釋實踐中，更準確的判定同源語詞。」[46]134 但，若是依照張舜徽的方式來分析、系聯同族詞，避免考證韻部的異同，省去不少不必要的環節，應當可以避免南轅北轍、做到事倍功半。

當然，本文用張舜徽的眼光對孟蓬生、殷寄明二家的分析進行剖析，尚是粗淺的，有待改進。不過，就上述幾例來看，也算是沒有遇到不通的情況。

第四章　詞族實例註釋分析

　　這一章主要是對《漢語語原聲系》歸納的部份同族詞詞族進行註釋和分析。《聲系》歸納同族詞的範圍是《說文》，也就是在《說文解字約注》的基礎上整理而成。可以說，《約注》提到的全部同族詞已經囊括在《聲系》歸納的四百餘族之中，但是其中仍有可以補充的字例。查漏補缺的工作可以放到今後完成。

　　本章從這四百餘族詞中選取若干族，做一個簡單的註釋和分析。希望能從中得到有益的內容。

凡　例

一、格　式

　　1、此章分析每族詞之方式：首列單字分析，次爲整族之音韻關係分析，殿以《漢語語原聲系》的總結性分析及按語。

　　2、此章單字分析處理方式：先列《說文》訓釋，再錄故訓，《約注》中如有利於說明字義及字族關係的註釋，附於末。

　　3、語料的取捨與擇定。此章需要用到的詁訓：從時間上講，首重先秦兩漢，次則魏晉隋唐，前二者皆無則少量引用唐後文獻；從內容上講，以文字的故訓爲主，少引例字的用例，對於後人疏釋《說文》的文章（如段玉裁《注》、桂馥

《義證》等）亦少量引用，附於《說文》原文之下。

如召族「呼」字，先引【《說文・口部》：「呼，外息也。从口，乎聲。」】，這是《說文》原文，「从口，乎聲」亦照錄；再引【段玉裁《注》：「外息，出其息也。」】等，這是對《說文》文句的疏釋之語；再引【《素問・離合眞邪論》：「候呼引鍼。」王冰注：「呼，謂氣出。」】等，這是故訓，主要引用對象；再引【《莊子・刻意》：「吹呴呼吸，吐故納新，熊經鳥申，爲壽而已矣。」】，這是用例，偶爾涉及；最後引《約注》對此字說解之語，作爲一種總結。

二、引 文

1、注、疏書名，如《經典釋文》簡稱《釋文》，用書名號。

2、引文標點格式如下：《國語・晉語二》：「汪是土也。」韋昭注：「汪，大貌。」

三、圖 表

1、各族關係圖均用思維導圖軟件 MindManager 做成。

2、字族末的關係圖中，字最大的方框中是根詞，圓圈裏是義項，橢圓形中是可加入字族或從字族中去掉的字。

3、關係圖中每個字的迻錄格式如「皇：大・匣」，皇是字頭，大爲說文義項，匣爲聲紐。

4、帶尖的圈是附注，用以說明一些重要信息。

5、圖表編號依章節次序，如第四章第二節第一部份的圖，標號爲 4.2.1。

6、字數在三個或以下的詞族，不製作圖表。

四、字

1、本文全文對於隸定字形，多取與通行篆書相近者；對於不確定的字，用篆書。

2、本文全文引用甲金字形選自《約注》及《漢語大字典》。

五、音 韻

1、單字的音韻地位記錄格式爲「弦，胡田切，喉音匣紐。【匣眞，胡田切（匣先）】」。

【　】前之反切錄自陳昌治版大徐本《說文》，依《切語上字表》確定音韻地位。

【　】中是郭錫良《漢字古音手冊》音韻地位，僅作參考。「匣眞」爲上古音聲紐韻部，「胡田切」爲《廣韻》反切，「（匣先）」是中古音聲紐韻部。

2、在單字音韻地位之後，對字族整體音韻關係作一個簡單分析，基本給出是否雙聲、同類、同位等信息，依據是《五聲相轉圖》《同類同位通轉表》《切語上字表》。分析音韻關係所用方式，是張舜徽所倡導的。

六、其　他

由行文簡潔計，本文均直接稱引古今學者姓名，不加先生之類敬語，非不敬也。

第一節　喉音類詞族

一、皇族

皇

【說文】《王部》：「皇，大也。从自，自，始也。始皇者，三皇大君也。自，讀若鼻，今俗以始生子爲鼻子。」[20]10上

【故訓】《書・湯誥》「惟皇上帝」孔安國傳〔註1〕、《詩・小雅・楚茨》「先祖是皇」毛傳[63]168、《廣雅・釋詁一》[64]4 同《說文》。

吳大澂《古籀補》：「皇，大也。日出土則光大，日爲君象，故三皇稱皇。」[62]2

【約注】：「皇字在金文中作 𡈼，或作 𡉀，皆象日出土上光芒放射形。皇之本義爲日，猶帝之本義爲日耳。」[2]42【按】據金文字形知此字爲會意，《說文》所云乃引申之義。

〔註1〕　清阮元校刻本《十三經注疏》162頁《尚書正義・湯誥》「大」作「天」，非是，今正。

煌

【說文】《火部》：「煌，煌煇也。从火，皇聲。」[20]209 下

【故訓】玄應《一切經音義》卷十二「焜煌」注引《說文》：「煌，煇也。」[65]144 下

《玉篇·火部》：「煌，光明也。」[66]81 下【按】《說文》訓皇爲大，則煌爲火大之皃，火大則其光必明。

【約注】：「煌之言晄也，晄者明也。火之明謂之煌，猶日之明謂之晄耳。煌、晄雙聲，語原一也。煌字从火，本謂火之光明，引申爲凡明之稱。」[2]2473

【按】皇、煌義通；煌又从皇聲，則煌爲皇之同族字無疑。

晄

【說文】《日部》：「晄，明也。」[20]137 下【按】晄俗作晃。

【故訓】《廣雅·釋詁四》[64]111《廣韻·蕩韻》[50]90 下同《說文》。

《玉篇·日部》：「晃，光也。」[66]76 下【按】光、明一也。

《文選·郭璞〈江賦〉》：「或爆采以晃淵。」李善注引《廣雅》曰：「晃，暉也。」[68]185《廣韻·蕩韻》：「晃，明也，暉也，光也，亦作晄。」[50]90 下暉〔註2〕从日軍聲，乃指日光遍佈，亦光明之謂。

【約注】晄字下云：「晄蓋即曠之異體。古光廣聲通，《尚書·堯典》『光被四表』，猶云廣被四表耳。本書糸部纊，或从光作絖，其例證也。」[2]1628【按】晄本義爲光之明，因光易搖，故引申爲晃動。

旺

【說文】《日部》：「旺，光美也。从日，往聲。」[20]139 上

【故訓】慧琳《一切經音義》卷九十「旺旺」注引《說文》：「旺，光美皃也。」又引《考聲》：「旺，日光美皃。」[67]545 下【按】上古之世，光之源無非火與日，故光美亦即日光之美。光美與光大，其意象一也，故旺、皇、煌義近。

《玉篇·日部》：「旺，美也。」[66]76 下【按】旺从日，自當指日光之美，亦即光美。

〔註2〕《說文·日部》：「暉，光也。从日，軍聲。」

【約注】：「晄即今俗所稱旺盛之旺，其初文本但作坒。从日之晄，从舜之斖，皆後增體也。屮部：『坒，艸木妄生也。从屮在土上，讀若皇。』舜部斖下亦云：『讀若皇。』而或體作堻。是坒、皇聲通，說詳屮部、舜部。」[2]1642

斖（斖）

【說文】《舜部》：「斖，華榮也。从舜，生聲，讀若皇。《爾雅》曰：『斖華也。』堻，斖或从艸、皇。」[20]113 上

【故訓】《爾雅・釋草》：「蔈、芛、堻、華，榮。」[69]127 邢昺疏：「堻亦華也。」[70]267

《玉篇・艸部》：「堻，堻榮，亦花之美也。」[66]54 上 《玉篇・舜部》：「斖，草木華榮也。」[66]56 上

《廣韻・唐韻》：「斖，榮也。」[50]52 上

【約注】：「斖、堻皆後起字，其初文當為坒。」[2]1330

曠

【說文】《日部》：「曠，明也。从日，廣聲。」[20]137 下

【疏釋】段玉裁《注》：「曠，廣大之明也。」[21]302 上

【故訓】《廣雅・釋詁四》[64]111、《文選・顏延之〈陶徵士誄〉》「亦既超曠」張銑注[71]卷五十七 24 下同《說文》。

《楚辭・招魂》：「幸得而脫，其外曠宇些。」王逸注：「曠，大也。」[72]卷九第 3 頁下【按】與《說文》皇字同訓。

【約注】曠字下云：「明之廣且遠者莫如日，故曠字从日。因引申又有久遠之義。」[2]1628

語音分析

皇，胡光切，喉音匣紐、送濁。【匣陽，胡光切（匣唐）】

煌，同皇。【郭同皇】

晄，胡廣切，喉音匣紐、送濁。【匣陽，胡廣切（匣蕩）】

晄，于放切，喉音為紐、發濁。【匣陽，于放切（雲漾）】

斖，戶光切，喉音匣紐、送濁。【郭同皇】〔註3〕

〔註 3〕郭《手冊》字形作斖。

曠，苦謗切，牙音溪紐、送清。【溪陽，苦謗切（溪宕）】

皇、煌、晄、旺、韹五字爲喉音，同類；旺（爲紐）與其他四字僅爲發濁、送濁之別；雙聲，正轉。曠、晄爲牙喉通轉，清濁不同；在喉爲晄，在牙爲曠。

《雜著》：「皇字在金文中作𝌺，或作𝌺，象日出土上光芒四射狀。吳大澂謂日出土上則光大，是也。皇之本義爲日，猶帝之本義爲日耳。日爲君象，故用爲帝王之稱。自小篆變其體爲皇，從自從王，《說文》解爲：『自，始也；始皇者，三皇大君。』其說非也。胡光切。孳乳爲煌，輝也，音與皇同。爲晄，明也，胡廣切。爲旺，光美也，于放切。爲韹，華榮也，讀若皇，戶光切。」[3]47【按】如下圖所示，皇在「日」這一意義上孳乳出煌、晄、旺、韹、曠。此族所以可加曠字者，曠、晄義同且喉牙通轉也。

圖4.1.1　皇族關係圖

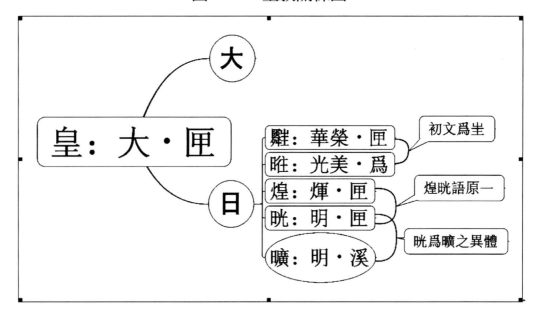

二、坒族

坒

【說文】《之部》：「坒，艸木妄生也。從之在土上。讀若皇。」[20]127上

【疏釋】《約注》引張文虎之語：「妄生謂得土即生，不擇地也。」[2]1513
【按】此字會意，「從之在土上」即艸木在土地之上亂生之象，任其所之也。此族與皇族極相關。

篁

【說文】《竹部》：「篁，竹田也。从竹，皇聲。」[20]95下

【故訓】《戰國策・燕策二》：「薊丘之植，植於汶篁。」鮑彪注：「竹田曰篁。」[73]1105《漢書・嚴助傳》「篁竹之中」顏師古注[74]913同鮑注。

《文選・張衡〈西京賦〉》：「篠簜敷衍，編町成篁。」李善注引薛綜曰：「篁，竹壚名也。」[68]44【按】竹壚即竹田。

【約注】：「篁之言生也，本書生部：『生，艸木妄生也。从生在土上，讀若皇。』凡生竹之地，篠盛茂密，望之汪汪也。本書水部：『𤄷，深廣也。从水，生聲。』今俗作汪，與篁音義俱近，語原同耳。」[2]1113【按】然則此族可加汪字。

莞

【說文】《艸部》：「莞，艸也，可以作席。从艸，完聲。」[20]17下

【疏釋】段玉裁《注》：「莞之言管也。凡莖中空者曰管。莞蓋即今席子艸，細莖，圓而中空。」[21]27下《約注》：「此即今俗所稱席草也。莞本作席之艸，古人因名其席亦曰莞。」[2]131

【故訓】《詩・小雅・斯干》：「下莞上簟。」陸德明《釋文》：「莞，草，叢生水中，莖圓，江南以爲席，鄭云『小蒲席也』，形似小蒲而實非也。」[75]79下

《爾雅・釋草》：「莞，苻蘺，其上蒚。」郭璞注：「今西方人呼蒲爲莞蒲……今江東謂之苻蘺，西方亦名蒲，中莖爲蒚，用之爲席。」[69]119

𤄷（汪）

【說文】《水部》：「汪，深廣也。从水，生聲。一曰汪，池也。」[20]229下

【疏釋】《約注》：「此篆自以水之深廣爲本義。其訓池者，乃通汪於潢耳。」[2]2700

【故訓】慧琳《一切經音義》卷五十五「汪洋」注引《文字典說》同《說文》[67]233。

《玉篇・水部》：「汪，水深廣也。」[66]70下【按】汪從水，本義自指水之深且廣。《廣韻・唐韻》[50]52上同《玉篇》。

《國語・晉語二》：「汪是土也，茍違其違，誰能懼之。」韋昭注：「汪，大

貌。」[76]288【按】水深廣則大，引申爲一切事物之大皃。

《左傳》桓公十五年：「尸諸周氏之汪。」杜預注：「汪，池也。」[77]119【按】杜注與《説文》一曰義同。

語音分析

㞷，戶光切，喉音匣紐。【匣陽，《集韻》胡光切（匣唐）】

篁，同㞷。【匣陽，胡光切（匣唐）】

莞，胡官切，喉音匣紐。【見元，古丸切（見桓）】

洼，烏光切，喉音影紐。【影陽，烏光切（影唐）】

㞷、篁、莞爲同類、雙聲。㞷、篁、莞與洼爲同類，有送濁、發清之不同，亦爲雙聲。四字同類正轉。

《雜著》：「《説文》：『㞷，艸木妄生也。从㞷在土上。讀若皇。』戶光切。孳乳爲篁，竹田也，與㞷同音。爲莞，艸也。可以做席，其艸叢生。胡官切。」[3]48【按】莞本義爲席艸，所以入此族者，以其艸叢生，即如㞷妄生之態。「席艸」與「席艸妄生」二義雖隔，然相通也。此族所以可加洼字者，妄生、竹田、席艸叢生、深廣四義皆有深廣之態也。

關係圖略。

三、弦族

弦

【説文】《弦部》：「弦，弓弦也。从弓，象絲軫之形。」[20]270下

【疏釋】段玉裁《注》：「弓弦以絲爲之，張於弓，因之張於琴瑟者亦曰弦。……象古文絲而系於軫，軫者系弦之形。」[21]642上

【故訓】《玉篇・弓部》[66]65上《廣韻・先韻》[50]37上同《説文》。

《文選・任昉〈王文憲集序〉》：「無待韋弦。」李善注：「弦，弓弦，喻急也。」[68]653下

《儀禮・鄉射禮》：「有司左執弣，右執弦而授弓。」[63]999

【約注】：「弦以緊促爲功，故有急義。推之很謂之伭，有守謂之妶，急走謂之趹，牛百葉謂之胘，皆从弦得聲得義。𢆶象絲糾合形，與糸下丞者異。」[2]3157

趨

【說文】《走部》：「趨，急走也。从走，弦聲。」[20]36上

【疏釋】段玉裁《注》：「形聲包會意。从弦有急意也。」[21]64上

【故訓】《玉篇・走部》[66]39下同《說文》。

《廣韻・先韻》：「趨，疾走。」[50]37上《篇海類編・人事類・走部》同《廣韻》[78]280上。

【約注】：「弦爲弓弦，張之則急。古人性緩者，佩之以自促。故凡从弦聲之字，亦多有急義。人部伭，很也。心部慈，急也。女部娹，有守也。皆聲同義近。」[2]358《約注》唲字下云：「小兒吐乳，其出口甚速，因謂之唲，猶急走謂之趨矣。唲趨雙聲，義相近也。」〔註4〕[2]324

胘

【說文】《肉部》：「胘，牛百葉也。从肉，弦省聲。」[20]89上

【故訓】《玉篇・肉部》[66]29下《廣韻・先韻》[50]37上同《說文》。

由牛百葉引申指胃。《廣雅・釋器》：「胃謂之胘。」[64]246上

又指胃之厚處。胘字《段注》引李時珍語：「胘即胃之厚處。」[21]173上《集韻・先韻》：「一曰，胃之厚肉爲胘。」[51]40上

李賀《惱公》：「腸攢非束竹，胘急是張弓。」王琦注引《韻會》：「胘，胃之厚肉，今俗言肚胘。」[79]147【按】《惱公》即以張弓喻胘急，二者意象近。

【約注】：「胘从弦省聲，亦从弦得義。弓弦以緊促爲用，故凡从弦聲之字，多有急義。本書走部：『趨，急走也。』心部：『慈，急也。』皆是已。胃乃緊束之物，故謂之胘。」[2]1029

伭

【說文】《人部》：「伭，很也。从人，弦省聲。」[20]166上

【疏釋】桂馥《義證》：「很也者，謂很戾也。」[80]704上

〔註4〕　《說文・口部》唲字下云：「唲，不嘔而吐也。从口，兒聲。」玄應《一切經音義》卷十四「唲出」注：「唲，今謂小兒吐乳爲唲之也。」《廣韻・銑韻》：「唲，小兒歐乳也[51]83上。」小兒吐乳，或快或慢，並無一定，義近之說稍顯勉強，故唲字不宜加入弦族，《霜紅軒雜著》亦未錄此字。

【故訓】《玉篇・人部》：「伭，很也。」[66]12 上【按】很同很。《玉篇・人部》：「很，戾也。本作很。」[66]14 上

《集韻・先韻》：「伭，《說文》狠也。」[51]40 上【按】人之情志如弓弦般緊繃即很戾，二者意象近。

【約注】：「很戾與急迫義實相成。弓弦爲物甚急，故凡從弦聲字，多有急義。走部：『趍，急走也。』與伭、慈聲義並同。」[2]1971

慈

【說文】《心部》：「慈，急也。从心，从弦，弦亦聲。」[20]219 下

【疏釋】段玉裁《注》：「人性急也。」[21]508 下桂馥《義證》：「慈，趙宧光曰『《內經》有慈脈』，通借弦字。」[80]907 下王筠《句讀》：「慈，謂人性急也，走部『趍，急走也』是其例。」[81]405 上

【故訓】《玉篇・心部》[66]33 下同《說文》。

【約注】：「走部趍訓急走，與慈訓急，皆聲中寓義。慈字从心，謂心急也。」[2]2584【按】慈同胘、伭、趍、媙等字，亦從弦得聲義。

媙

【說文】《女部》：「媙，有守也。从女，弦聲。」[20]264 上

【疏釋】朱駿聲《通訓定聲》：「媙，謂婦嫠守志。」[82]853 下

【故訓】《廣韻・先韻》：「婆，婦人守志。」[50]37 上【按】婆即媙。此亦即婦人心志堅定，如弦之緊。

【約注】：「守志之說，非其本義。蓋媙之言弦也，弦爲物緊不鬆懈，人能如之，即有守之謂，猶今語所侔抓緊不鬆勁耳。」[2]3086

嬛

【說文】《女部》：「嬛，材緊也。从女，睘聲。」[20]261 下

【疏釋】桂馥《義證》：「材緊也者，本書懁、獧竝云『急也』，徐鍇曰：『張衡賦所謂嬛材也。』」[80]1089 上

【約注】：「凡性急者多慧，以其感事接物恒敏捷也。本書譞、儇並訓『慧也』，與嬛音同義近，語原一耳。」[2]3055

譞

【說文】《言部》：「譞，譞慧也。从言，圜省聲。」[20]53下

【疏釋】徐鍇《繫傳》：「譞，察慧也。」[85]31上

【故訓】《廣韻・仙韻》：「譞，智也。」[50]39上

【約注】：「《玉篇》譞下云：『慧也。』許書說解衍譞字，當刪。人部：『儇，慧也。』與譞音義皆同。譞字从言，蓋指察辨；儇字从人，蓋指捷利也。譞之聲義，與圜同原，蓋謂智之圜耳。」[2]562【按】《雜著》34頁口組下收圜字。圜謂形之圜；譞謂言之察辨，亦即圓滑而無缺漏突兀之意。察辨義與疾義無關，譞及圜當刪。

趮

【說文】《走部》：「趮，疾也。从走，睘聲。讀若讙。」[20]37上【按】趮字从走，本義自指走之疾。

【故訓】《玉篇・走部》：「趮，疾行也。」[66]39下

《廣韻・仙韻》：「趮，疾走皃。」[50]39上

【約注】：「女部嬛，材緊也；轘，車裂人也；皆有急義。」[2]365【按】然則此組可加轘字，見下。轘為車裂，五馬成圜，亦有圜義。

懁

【說文】《心部》：「懁，急也。从心，睘聲。讀若絹。」[20]219下

【故訓】《莊子・列禦寇》「有順懁而達」成玄英疏[103]1049、《史記・貨殖列傳》「民俗懁急」裴駰《集解》引徐廣語[88]1170上同《說文》。

《玉篇・心部》：「懁，……又古縣切，心急也。」[66]32上【按】懁字从心，自當指心急。

【約注】：「推之言部譞、人部儇，並訓為慧，亦取敏疾義也。」[2]2583

儇

【說文】《人部》：「儇，慧也。从人，睘聲。」[20]162上

【疏釋】徐鍇《繫傳》：「謂輕薄、察慧、小才也。」[85]95下

【故訓】《玉篇・人部》[66]12上《廣雅・釋詁一》[64]38上《廣韻・仙韻》[50]39上同《說文》。

《廣韻・仙韻》:「儇,智也。」[50]39上《資治通鑒・唐紀七十九》「其間復有性識儇利」胡三省注[90]8595同《廣韻》。

【約注】:「儇之言懁也,懁者急也。大抵輕薄察慧有小才之人,言動多急躁。急躁之人謂之儇,猶疾行謂之趮,疾跳謂之獧耳。言部:『譞,慧也。』與儇〔註5〕音義俱同,疑本一字。」[2]1914

圜

【說文】《口部》:「圜,天體也。从口,睘聲。」[20]129上

【故訓】《玉篇・口部》[66]106下《廣韻・仙韻》[50]39下同《說文》。

《廣雅・釋詁三》:「圜,圓也。」[64]84下《文選・張衡〈西京賦〉》:「圜闕竦以造天。」李善注引《字書》曰:「圜,亦圓字也。」[68]40下

【用例】《周禮・考工記・輿人》:「圜者中規,方者中矩。」[63]910

【約注】:「許君習聞周秦兩漢諸儒緒論,以天體釋圜,猶以天道釋圓耳。此乃詮說道論之精英,非以闡明文字之本恉也。推原造字之初,則口、圓、圜皆雙聲字。口乃初文,其初形為○,而圓、圜、圓,悉其後起增聲字也。」[2]1532【按】此即指圜之本義為圜口。

獧

【說文】《犬部》:「獧,疾跳也。一曰急也。从犬,睘聲。」[20]205上

【故訓】《廣雅・釋詁一》[64]34下同《說文》一曰義。

《玉篇・犬部》:「獧,跳也。」[66]89下【按】獧从犬,自指犬跳。《廣韻・霰韻》:「獧,躍也。」[50]118上

《廣雅・釋詁一》:「獧,疾也。」[64]21下

【約注】:「獧之言懁也,謂其心急躁也。犬性多急,故取義焉。《玉篇》獧、狷同字。」[2]2418

轘

【說文】《車部》:「轘,車裂人也。从車,睘聲。」[20]303下

【故訓】《玉篇・車部》[66]69下《廣韻・諫韻》[50]117下同《說文》。

〔註5〕 此字中州本、華師本均作獧,誤。當為儇,今正。

《左傳・襄公二十二年》：「轘觀起於四竟。」杜預注：「轘，車裂以徇。」[63]1975

《釋名・釋喪制》：「車裂曰轘。轘，散也，肢體分散也。」[100]122

【約注】：「轘之言渙也，謂支體散解也。車裂爲古之酷刑，縛人體於車上而曳裂之，古亦俑支解。」[2]3533【按】車裂之車馬，必成圓狀而後可行刑，故轘當有圓義；其事必緊而後成，故轘又有緊義急義。

語音分析

弦，胡田切，喉音匣紐。【匣眞，胡田切（匣先）】

趍，同弦。【郭同弦】

胘，同弦。【郭同弦】

佷，同弦。【郭同弦】

悇，同弦。【郭同弦】

妶，胡田切，喉音匣紐。【匣眞，《集韻》胡千切（匣先）】

嬛，許緣切，喉音曉紐。【曉元，許緣切（曉仙）】

譞，同嬛。【郭同嬛】

趄，況袁切，喉音曉紐。【曉元，《集韻》許元切（曉元）】

慣，古縣切，牙音見紐。【見元，古縣切（見霰）】

儇，許緣切，喉音曉紐。【曉元，許緣切（曉仙）】

圜，王權切，喉音爲紐。【匣元，王權切（雲仙）】

獧，古縣切，牙音見紐。【見元，古縣切（見霰）】

轘，胡慣切，喉音匣紐。【匣元，戶關切（匣刪）】

弦、趍、胘、佷、悇、妶屬匣紐，嬛、譞、趄、儇屬曉紐，圜屬爲紐，同爲喉音，同類，雙聲，正轉。慣、獧屬牙音見紐，與喉音諸字爲喉牙相轉。

《雜著》：「《說文》：『弦，弓弦也。从弓，象絲軫之形。』胡田切。弓弦以緊急爲用，故弦字自有緊義急義也。孳乳爲趍，急走也；爲胘，牛百葉也；爲佷，很也；爲悇，急也；爲妶，有守也；並胡田切。爲嬛，材緊也；爲譞，慧也；並許緣切。爲趄，疾也，況袁切。爲慣，急也，古縣切。」[3]48【按】《約注》弦字下云「佷妶趍胘皆从弦得聲義」，悇爲弦聲、急義，亦當从弦得聲義。

圖 4.1.3　弦族關係圖

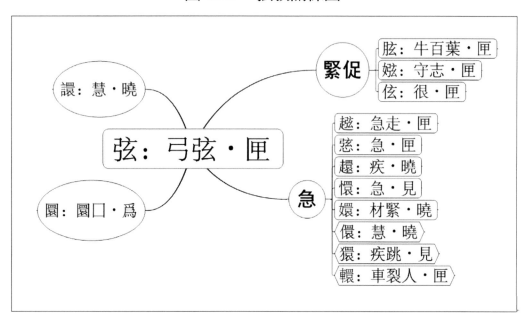

四、後族

後

【說文】《彳部》：「後，遲也。从彳幺，夊者後也。」[20]43下

【疏釋】《漢語大字典》：「夊、彳同意，从彳爲複，亦猶复、復之例。後字本義謂行而遲在人後也。」[49]822

【故訓】《國語・晉語六》：「君之殺我也後矣。」韋昭注：「後，晚也。」[76]397《廣雅・釋詁三》[64]87 上同韋昭注。《左傳・定公八年》：「臣聞命後。」杜預注：「後猶晚。」[63]2143

后

【說文】《后部》：「后，繼體君也。象人之形。施令以告四方，故厂之，从一、口。發號者，君后也。」[20]186下

【疏釋】段玉裁《注》：「后之言後也，開刱之君在先，繼體之君在後也。析言之如是，渾言之則不別矣。」[21]429下【按】后字甲文作 𦥎（前二・二四七），象婦女產子之形，引申爲繼承人、後代，亦即繼體君之意。繼體君泛指繼承人。

【故訓】《詩・大雅・文王有聲》：「王后烝哉。」毛傳：「后，君也。」

[63]526《爾雅・釋詁上》[69]3《書・舜典》「班瑞于羣后」孔安國傳[63]126、《詩・商頌・玄鳥》「商之先后」鄭玄箋[63]623同毛傳。

《左傳・文公十八年》：「使主后土。」孔穎達疏：「后訓君也。」[63]1862

【約注】：「后之得名，與後同原。」[2]2212

語音分析

後，胡口切，喉音匣紐。【匣侯，胡口切（匣厚）】

后，同後。【郭同後】

二字同屬喉音匣紐，同類、雙聲。

《雜著》：「《說文》：『後，遲也。从彳幺夂〔註6〕者，後也。』胡口切。孳乳爲后，繼體君也，與後同音。古者后乃君之通名，初不必繼體君而後謂之后也。后之得名，實原於後。古之言君道者，皆主於任人而不任智，無爲而無不爲。《管子・心術上篇》所云：『毋先物動，以觀其則。』《淮南子・詮言篇》所云：『聖人內藏，不爲物先倡。』皆即此旨。余昔著《周秦道論發微》，已暢論其理矣。古之言君道者，萌芽甚早，故造字者即拈出君道之要，寓乎君名之中耳。觀於《說文》解司字云：『臣司事於外者，从反后。』即寓臣先君後之旨。所謂『君臣異道』也，其旨微矣。」[3]48【按】此說或有牽強之處。甲文司、后同字。司甲文作 (菁二・一)、 (後下九・一三)，后甲文作 (齊叔夷鎛)、 (吳王光鑑)，皆象手治理器皿之形，左右不別。器經治理而後成，故有後義；因治理之事，故又有掌控、管理、治理之義，后二義分化，通行於今乃爲二字。然后、後同原、同族，實無異議。

關係圖略。

五、㫄族

㫄

【說文】《㫄部》：「㫄，厚也。从反言。」[20]111 上

【故訓】《玉篇・㫄部》[66]61 下同《說文》。

【疏釋】㫄即厚。段玉裁《注》：「今字厚行而㫄廢矣。凡經典㫄薄字皆作

〔註6〕　《雜著》作夊，誤。當作夂，今正。

厚。」[21]229 下段玉裁《注》「𥑑」字下云：「𣆪厚古今字。」[21]229 下清高翔麟《說文字通》：「厚，山陵之厚也。从𣆪，从厂。按，𣆪即厚也。」

【約注】：「𣆪之本訓，當謂孰物高積，與豐字象豐盛之形同意。……𣆪、厚古今字，許君以厚釋𣆪，乃以通行之字釋本字，欲使人易曉耳。」[2]1306

厚

【說文】《𣆪部》：「厚，山陵之厚也。从𣆪，从厂。」[20]111 上

【疏釋】王筠《句讀》：「𣆪是飲食之𣆪，厚則山陵之厚，各有專義也。」[81]188 下【按】《說文》、王筠所談皆本義。厚从𣆪，从厂，亦即合山崖高聳二義於一字。

【故訓】引申爲凡厚薄之稱。《廣韻·厚韻》：「厚，厚薄。」[50]93 下玄應《一切經音義》卷十四「親厚」注：「厚者，不薄也。」[65]161 下

《詩·小雅·正月》：「謂天蓋高，不敢不局。謂地蓋厚，不敢不蹐。」[63]443

哻

【說文】《后部》：「哻，厚怒聲。从口后，后亦聲。」[20]186 下

【疏釋】朱駿聲《通訓定聲》：「哻，俗作吼，作吽。」[82]350 下

【故訓】《玉篇·口部》[66]22 下《廣韻·厚韻》[50]94 上同《說文》。【按】厚怒，即聲音之高亢而深遠，與山崖高聳、食物高積意象同。

【約注】：「哻乃詬之或體，猶詠或作咏，諩或作咅之比，不當入后部也。厚怒之聲爲哻，猶虎聲爲唬，哻、唬本雙聲，語之轉耳。」[2]2213【按】本族或可加入唬字。

語音分析

𣆪，胡口切，喉音匣紐。【匣侯，《集韻》很口切（匣厚）】

厚，同𣆪。【匣侯，胡口切（匣厚）】

哻，呼后切，喉音曉紐。【曉侯，呼后切（曉厚）】

三字同屬喉音，同類、正轉；𣆪厚與哻僅清濁不同，三字雙聲。

《雜著》：「《說文》：『𣆪，厚也。从反亯。』胡口切。𣆪之本訓，乃謂食物高積，與豐字象豐盛形同意。孳乳爲厚，山陵之厚也，與𣆪同音。爲哻，厚怒聲，呼后切。」[3]48【按】厚爲𣆪之孳乳，二字當屬同族；哻爲厚怒聲，是聲

音的高積，音義皆與髙厚相關，同族亦可確定。

關係圖略。

六、丁族

丁

【說文】《上部》：「丁，底也。指事。下，篆文丁。」[20]7 下

【故訓】《廣韻・馬韻》[50]88 下同《說文》。

《呂氏春秋・功名》：「出魚乎十仞之下。」高誘注：「下猶底也。」[101]112

《周禮・天官・屨人》：「赤舄黑舄。」鄭玄注「複下曰舄」[63]693 賈公彥疏：「下謂底。」[63]694

【用例】《史記・李將軍列傳》：「諺曰：桃李不言，下自成蹊。」[88]1026 下

【約注】：「許書無低字，底即低也。低則在下，高則在上，故許君以高低說上下。下字古音當與芐同，讀侯古切也。」[2]9

芐

【說文】《艸部》：「芐，地黃也。从艸，下聲。」[20]19 下

【故訓】《爾雅・釋草》[69]124《玉篇・艸部》[66]52 下《廣韻・姥韻》[50]76 下同《說文》。

《爾雅・釋草》：「芐，地黃。」郭璞注：「（地黃）一名地髓，江東呼芐。」[69]124《約注》：「此即俗所稱生地也。……故又名地髓，猶人參稱地精耳。」[2]156

跢

【說文】《足部》：「跢，足所履也。从足，叚聲。」[20]47 下

【故訓】《玉篇・足部》[66]28 上同《說文》。

《廣韻・麻韻》：「跢，腳下。」[50]47 下【按】足在人身為下，足所履又在下也。

胡

【說文】《肉部》：「胡，牛頷垂也。从肉，古聲。」[20]89 上

【疏釋】徐鍇《繫傳》：「胡，牛頷垂也。」[85]49 下王筠《句讀》：「胡，牛頷垂也，謂牛頷垂下者也。」[81]147 上

【故訓】引申又指他物之頸下垂肉。《漢書・郊祀志上》：「鼎既成，有龍垂胡頡下迎黃帝。」顏師古注：「胡，謂頸下垂肉也。」[74]428 上

【約注】：「胡之言下也。古讀下爲侯古切，胡實受聲義於下耳。」[2]1029【按】古音參見本族語音分析。

湖

【説文】《水部》：「湖，大陂也。从水，胡聲。」[20]232 下

【故訓】《玉篇・水部》[66]71 上同《説文》。

慧琳《一切經音義》卷十二「陂湖」注引《説文》：「大陂曰湖。」[67]425 上

《風俗通・山澤》：「湖者都也，言流瀆四面所猥都也。」[107]480《廣雅・釋地》：「湖，池也。」[64]292 下

《書・禹貢》：「三江既入，震澤底定。」孔傳：「震澤，吳南大湖名。」孔穎達疏：「大澤畜水，南方名之曰湖。」[63]148

【約注】：「湖之言下也，謂其地低下也。水性就下，因名水之所歸而廣大者爲湖耳。地之低下可蓄水者謂之湖，猶頤下下垂者謂之胡矣。下字古讀矦古切，本書艸部芐从下聲，可證也。」[2]2734

喉

【説文】《口部》：「喉，咽也。从口，侯聲。」[20]30 下

【故訓】《廣雅・釋親》[64]203 下《玉篇・口部》[66]21 上同《説文》。

慧琳《一切經音義》卷七十五「著喉」注：「喉，咽喉也。」[67]423 下

《急就篇》卷三：「肺腴腎脇喉咽髑。」顏師古注：「喉，即喉嚨。」[110]44

【約注】：「自頤至頸下垂之肉謂之胡，喉即胡之語轉也。今語稱喉嚨，亦有稱胡嚨者。」[2]293【按】咽喉所處，正當胡下垂之處，故喉、胡語轉。喉爲頭部之末。

翭

【説文】《羽部》：「翭，羽本也。一曰羽初生兒。从羽，矦聲。」[20]75 上

【疏釋】段玉裁《注》：「謂入於皮肉者也。」[21]139 上

【故訓】《方言》卷十三：「翭，本也。」郭璞注：「今人以鳥羽本爲翭。」[49]3352

《廣雅・釋器》：「䍐，羽也。」[64]251上

【約注】：「羽莖中空而圓長，拔其本而中空始見，因謂之䍐，猶咽端謂之喉耳。」[2]845【按】依段注，則羽之末端爲䍐，非以其拔本而中空始見。此字入丁族者，乃以其爲羽之末、亦羽之下也。

語音分析

丁，胡雅切，喉音匣紐。【匣魚，胡雅切（匣馬）】

苄，侯古切，喉音匣紐。【匣魚，侯古切（匣姥）】

跘，乎加切，喉音匣紐。【匣魚，胡加切（匣麻）】

胡，戶孤切，喉音匣紐。【匣魚，戶吳切（匣模）】

湖，戶吳切，喉音匣紐。【郭同胡】

喉，乎鉤切，喉音匣紐。【匣侯，戶鉤切（匣侯）】

䍐，乎溝切，喉音匣紐。【同喉】

七字皆爲喉音匣紐，同紐雙聲，同類。

《雜著》：「《說文》：『丁，底也。指事。』胡雅切。古音讀侯古切。孳乳爲苄，地黃也。羅願云：『苄以沉下爲貴，故字从下。』侯古切。爲跘，足所履也，乎加切。爲胡，牛頷垂也，戶孤切。爲湖，大陂也，戶吳切。爲喉，咽也，乎鉤切。爲䍐，羽本也，乎溝切。」[3]49【按】此六字皆在丁字「低」的含義上孳乳，關係較爲簡單。

圖 4.1.6　丨族關係圖

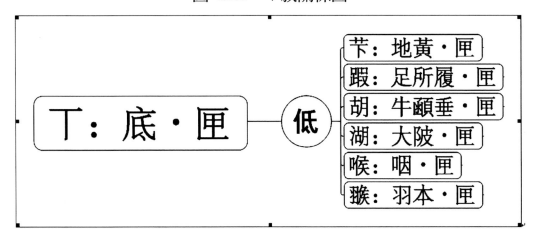

七、夅族

夅

【說文】《夊部》：「夅，服也。从夊、夂相承，不敢竝也。」[20]114上

【疏釋】徐鍇《繫傳》：「夅，服伏也。會意。」[85]63上桂馥《義證》：「夅，通作降。」[80]463下段玉裁《注》：「上从夊，下从反夊。『相承不敢竝』，夅服之意也。凡降服字當作此，降行而夅廢矣。」[21]237上

【故訓】《廣韻·江韻》[50]9上同《說文》。

《玉篇·夊部》：「夅，伏也。今作降。」[66]39上

【約注】：「夅从夊夂相承，實象二人相鬥，一伏在下之形。……一伏在下，是降服之意也。」[2]1341【按】夅當是會意字，為兩隻向下的腳丫組成，意即由上向下走。

洚

【說文】《水部》：「洚，水不遵道。一曰下也。从水，夅聲。」[20]229上

【疏釋】段玉裁《注》：「《孟子·滕文公》篇：『《書》曰：洚水警予。洚水者，洪水也。』《告子》篇：『水逆行謂之洚水。洚水者，洪水也。』水不遵道，正謂逆行；惟其逆行，是以絕大。洚、洪二字，義實相因。……洚與夅、降音義同。」[21]546上王筠《句讀》[81]428上有版本校勘之語可參。

【故訓】《廣韻·絳韻》：「洚，水流不遵道。」[50]99上

《玉篇·水部》：「洚，水不遵其道。又，洚，潰也。」[66]72上

【約注】：「本書𨸏部：『降，下也。』洚、降同从夅聲而義同。」[2]2692【按】洚為水之下流，降為人之下行。

降

【說文】《𨸏部》：「降，下也。从𨸏，夅聲。」[20]305上【按】此正與洚一曰義同。

【疏釋】《約注》：「古金文降字作𨽍，象兩足從阜而下之形。與陟字作𨽯者正相反也。降之本義，謂人自高阜下至平地，因引申為凡下之稱。」[2]3548

【故訓】《詩·召南·草蟲》：「我心則降。」毛傳：「降，下也。」[63]286【按】《說文》或當本此。《爾雅·釋言》[69]28《書·大禹謨》「德乃降」孔安

國傳[63]135、《詩・小雅・出車》「我心則降」鄭玄箋[63]416同毛傳。

《穀梁傳・莊公三十年》：「降，猶下也。」[63]2388

《爾雅・釋詁上》：「降，落也。」[69]7

愩

【說文】《心部》：「愩，戰慄也。从心，共聲。」[20]223上

【故訓】《廣韻・腫韻》[50]68下同《說文》。

《廣雅・釋詁二》：「愩，懼也。」[64]61下《玉篇・心部》：「愩，恐也。」[66]32上

【約注】：「恭訓肅，與愩訓戰慄義近。二字同从共聲，而皆受義于廾。廾訓竦手，即有肅敬畏懼意。」[2]2623【按】肅敬畏懼，意謂人心之卑下也。

惶

【說文】《心部》：「惶，恐也。从心，皇聲。」[20]223上

【疏釋】《約注》：「惶謂急迫也，即今語所稱心中緊張。」[2]2624

【故訓】《戰國策・燕策三》「時惶急」鮑彪注[73]1139〔註7〕、《廣韻・唐韻》[50]51下同《說文》。

《玉篇・心部》：「惶，憂惶也，恐也。」[66]32上《廣雅・釋詁二》：「惶，懼也。」[64]61下

《潛夫論・卜列》：「孟賁狎猛虎而不惶。」[102]300《廣雅》：「惶，懼也。」【按】惶亦意謂人心之卑下也。

語音分析

夅，下江切，喉音匣紐。【匣冬，下江切（匣江）】

洚，戶工切〔註8〕，喉音匣紐。【見冬，古巷切（見絳）】

降，古巷切，牙音見紐。【郭同洚】

愩，戶工切〔註9〕，喉音匣紐。【見東，居悚切（見腫）】

惶，胡光切，喉音匣紐。【匣陽，胡光切（匣唐）】

〔註7〕此本作「時怨急」，鮑彪本作「時惶急」，今從鮑本。

〔註8〕《說文》229上，又音下江切。

〔註9〕《說文》223上，又音工恐切。

夆、浲、㭁、惶同爲匣紐，喉音、送濁；降見紐，牙音、發清。夆、浲、㭁、惶與降屬喉牙通轉之例。

《雜著》：「《說文》：『夆，服也。从夂、半相承，不敢竝也。』下江切。孳乳爲浲，下也，與夆同音。爲降，下也，古巷切。爲㭁，戰栗也，戶工切。爲惶，恐也，胡光切。」[3]49【按】浲、降爲夆在高低義上之孳乳，服即心理之低也；㭁、惶爲夆在服、不敢義上之孳乳，不敢即恐也。

圖 4.1.7　夆族關係圖

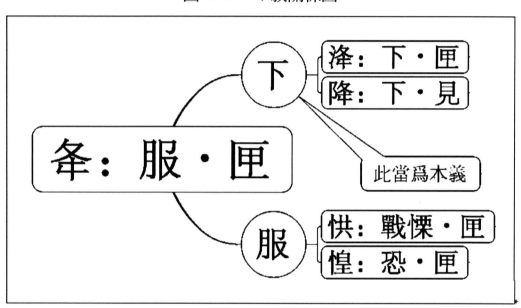

八、曶族

曶

【說文】《日部》：「曶，出气詞也。从日，象出氣形。春秋傳曰：鄭太子曶。一曰佩也。象形。」[20]100 下

【疏釋】段玉裁《注》：「出气者，其意也，曶者，其言也。意內言外謂之詞。……《羽獵賦》：『蠁曶如神。』傅毅《舞賦》：『雲轉飄曶。』漢《樊敏碑》：『奄曶滅形。』皆出氣之意。」[21]202 下

【約注】：「今試閉口鼓气而出其音爲曶，此即曶字所从得義。」[2]1175【按】出气爲本義，出气詞爲後起引申義。曶字所从得聲，當即擬閉口鼓气而出之音。

呼

【說文】《口部》：「呼，外息也。从口，乎聲。」[20]31下

【疏釋】段玉裁《注》：「外息，出其息也。」[21]56上王筠《句讀》引《韻會》：「出息爲呼。」[81]47上

【故訓】玄應《一切經音義》卷七「嗚呼」注[65]78引《字林》同《說文》。

《玉篇·口部》[66]21上引《說文》之語：「呼，外息也。」

《素問·離合眞邪論》：「候呼引鍼。」王冰注：「呼，謂氣出。」[92]170

【用例】《莊子·刻意》：「吹呴呼吸，吐故納新，熊經鳥申，爲壽而已矣。」[103]535

【約注】：「呼之聲義，實受諸智，智者，出气詞也。从日，象出气形。此乃初文，呼則後出形聲字也。」[2]304

嘑

【說文】《口部》：「嘑，唬也。从口，虖聲。」[20]32下

【疏釋】徐鍇《繫傳》：「嘑，號也。」[85]18下

【故訓】《玉篇·口部》：「嘑，《周禮》云『雞人掌大祭祀，夜嘑旦以嘂百官』，亦大聲也。」[66]21下

《類篇·口部》：「嘑，謼也。」[104]44上

【約注】：「古人造字不厭其分；後世用字，務求其簡。故呼、謼、嘑諸字，雖各有專屬，而下筆之頃，皆止作呼。約定俗成，呼行而他體皆廢矣。……呼與嘑殆即一字，猶評之與謼耳，故許君直以呼訓號。」[2]317【按】嘑即虖之增偏旁體，有無口旁皆是其字。

虖

【說文】《虍部》：「虖，哮虖也。从虍，乎聲。」[20]103上

【疏釋】段玉裁《注》：「《通俗文》曰：『虎聲謂之哮唬。』疑此『哮虖』當作『哮唬』。」[21]209下

【故訓】《玉篇·虍部》[66]91下同《說文》。

《廣韻·虞韻》：「虖，虎吼。」[50]19下

《漢書·武帝紀》：「嗚虖，何施而臻此與！」顏師古注：「虖讀曰呼。嗚呼，歎辭也。」[74]64下

【約注】：「古人造字，區別人禽，故人之外息爲呼，獸吼之聲爲虖。然其聲義同原，實一語耳。」[2]1210

評

【說文】《言部》：「評，召也。从言，乎聲。」[20]53下

【疏釋】徐鍇《繫傳》：「評，召許也。」[85]31上段玉裁《注》：「《口部》曰：『召，評也。』後人以呼代之，呼行而評廢矣。」[21]95上《約注》：「古从言从口之字多通。」[2]566【按】言由口出，故二旁渾言不別，从言从口之字多通。然口部字，亦有與飲食相關者，此言、口二部之別也。

【故訓】《玉篇·言部》：「評，喚也。」[66]34下

《廣雅·釋詁二》：「評，鳴也。」王念孫《疏證》：「虖、嘑、謼、評並通，亦通作呼。」[64]44上

歔

【說文】《欠部》：「歔，欷也。从欠，虛聲。一曰出氣也。」[20]179下

【疏釋】徐鍇《繫傳》：「歔欷者，悲泣氣咽而抽息也。」[85]104下王筠《句讀》：「二字雙聲，許君不以爲連語，而用轉注者，二字亦或單用。」[81]327上【按】歔欷亦即出氣也，是呼吸的一種形態。

【故訓】《玉篇·欠部》：「歔，歔欷也，又，啼兒。」[66]37上《廣韻·魚韻》[50]18上同《玉篇》。

《廣雅·釋詁三》：「歔，悲也。」王念孫《疏證》：「歔與嘘亦通。」[64]89下【按】从口从欠之字多通。

【約注】：「口部：『嘘，吹也。』吹即出气，歔、嘘實一字耳。猶歔之與嘑矣。」[2]2136

嘘

【說文】《口部》：「嘘，吹也。从口，虛聲。」[20]31下

【故訓】《文選·木華〈海賦〉》「嘘嗡百川」李周翰注[71]卷十二3同《說文》。

《玉篇·口部》：「嘘，吹嘘。《聲類》曰：『出氣急曰吹，緩曰嘘。』」[66]21上

慧琳《一切經音義》卷八十六「噓氣」注引《說文》云：「噓，吹噓。」
[67]520上《廣韻・魚韻》[50]18上同慧琳《音義》。

《莊子・齊物論》：「南郭子綦隱几而坐，仰天而噓。」陸德明《釋文》：
「吐氣爲噓。」[75]362上

《漢書・王襃傳》：「呴噓呼吸如僑松。」顏師古注：「呴、噓皆開口出氣
也。」[74]927下【按】呴欨同。

【約注】：「本書欠部：『欨，吹也。』況于切。與噓雙聲，實即一語。」
[2]304

謼

【說文】《言部》：「謼，評謼也。从言，虖聲。」[20]53下

【疏釋】段玉裁注本據《韻會》引作「謼，評也」[21]95上，王筠《句讀》
[81]83下、張舜徽《聲系》[3]49同段注。

【故訓】《廣韻・暮韻》：「謼，號謼。」[50]106下

《玉篇・言部》：「謼，大叫也。」[66]36上【按】這是口語說法，大叫即號
謼。

《爾雅・釋言》：「號，謼也。」邵晉涵《正義》：「謼、呼、嚤音義同。」
[105]三冊56T

《漢書・賈山傳》：「一夫大謼，天下響應者，陳勝是也。」顏師古注：「謼
字與呼同。謼，叫也。」[74]773上

朱駿聲《通訓定聲》：「（謼）當爲評之或體。」[82]399《約注》：「許書原本
評謼本爲一字，朱說近之。」[2]566

欨

【說文】《欠部》：「欨，溫吹也。从欠，虖聲。」[20]179上

【故訓】《廣韻・模韻》：「欨，溫吹氣息也。」[50]22下

《玉篇・欠部》：「欨，出氣息也。出曰欨，入曰哈。」[66]36下

【約注】：「口部『呼，外息也』，凡吹必外息，義實相成也。呼、欨即象
外息與溫吹之聲，而皆受聲義於丂，丂即象口出气形。欨與嚤、謼音義皆同。」
[2]2126

欻

【說文】《欠部》：「欻，有所吹起，从欠，炎聲。讀若忽。」[20]179下【按】有所吹起即因風（或其他外力）突然起也。

【疏釋】段玉裁《注》：「此篆久譌，从炎非聲。蓋本从羍聲，而譌爲炎。」[21]411下【按】此備一說。

《文選·張衡〈西京賦〉》：「欻從背見。」薛綜注曰：「欻之言忽也。」[71]卷二32上【按】此即本之《說文》「讀若忽」。

《玉篇·欠部》：「欻，忽也。」[66]37上

慧琳《一切經音義》卷七十二「欻然」注引《文字典說》：「欻者，忽起兒也。」[67]396上【按】是書該處亦引《說文》。

【約注】：「欻从炎聲而讀若忽，此猶盇从有聲，讀若灰；臧从或聲，讀若恤；賊从戉聲，讀若滅；皆由喻紐轉入曉紐之例，不必疑也。上文『歔，溫吹也；歈，吹气也』；並與欻雙聲，語原一也。歈字《玉篇》一音火麥切，固亦曉紐字，此皆受聲義於召。」[2]2132【按】然則此組可加歈。

欨

【說文】《欠部》：「欨，吹也。一曰笑意。从欠，句聲。」[20]179上

【疏釋】朱駿聲《通訓定聲》：「欨，字亦作呴。」[82]356下【按】从欠从口之字多通。徐灝《注箋》：「戴氏侗曰：欨，溫吹也。凡歙、歈、呷、欱皆內氣也，欶、歔、欨、呼、呵皆出氣也。廣陿輕重象其聲。欨、呵爲陽，吹、呼爲陰。欲暖者欨之，欲涼者吹之，以氣暖物爲欨。」

【故訓】《類篇·欠部》：「欨，氣以溫之也。」[104]308下

《玉篇·欠部》：「欨，吹欨，又，笑意也。」[66]36下

【約注】：「口部『呴，吹也』，與欨雙聲義同。」[2]2126

歈

【說文】《欠部》：「歈，吹气也。从欠，或聲。」[20]179上

【故訓】《玉篇·欠部》：「歈，吹氣也。」[66]36下《廣韻·屋韻》[50]134下同《玉篇》。

【約注】：「本書川部惑，亦从或得聲。《唐韻》或、惑並音于逼切，則聲

同在喻紐。今或讀爲胡國切，則由喻轉匣。歍从或聲，讀於六切，則入影紐；讀火麥切，則入曉紐，此皆喉聲內轉，其例至多，不必疑也。」[2]2126

語音分析

曶，呼骨切，喉音曉紐。【曉物，呼骨切（曉沒）】

呼，荒烏切，喉音曉紐。【曉魚，荒烏切（曉模）】

嘑、虖、評《說文》荒烏切；謼《說文》荒故切；歔《說文》虎烏切；皆喉音曉紐。【郭手冊嘑、虖、評、謼、歔同呼】

歔，朽居切，喉音曉紐。【曉魚，朽居切（曉魚）】

噓，同歔。【郭手冊同歔】

欻，許物切，喉音曉紐。【曉物，許勿切（曉物）】

欨，況于切，喉音曉紐。【曉侯，況于切（曉虞）】

歍，於六切，喉音影紐。【影職，於六切（影屋）】

此數字皆喉音曉紐，同類、雙聲。

《雜著》：「《說文》：『曶，出气詞也。从日，象出气形。』呼骨切。孳乳爲呼，外息也；爲嘑，唬〔註10〕也；爲虖，哮虖也；爲評，召也；並荒烏切。爲歔，出气也；爲噓，吹也；並朽居切。爲謼，評也，荒故切。爲歔，溫吹也，虎烏切。爲欻，有所吹起也，許勿切。〔註11〕爲欨，吹也，況于切。」[3]49

圖 4.1.8　曶族關係圖

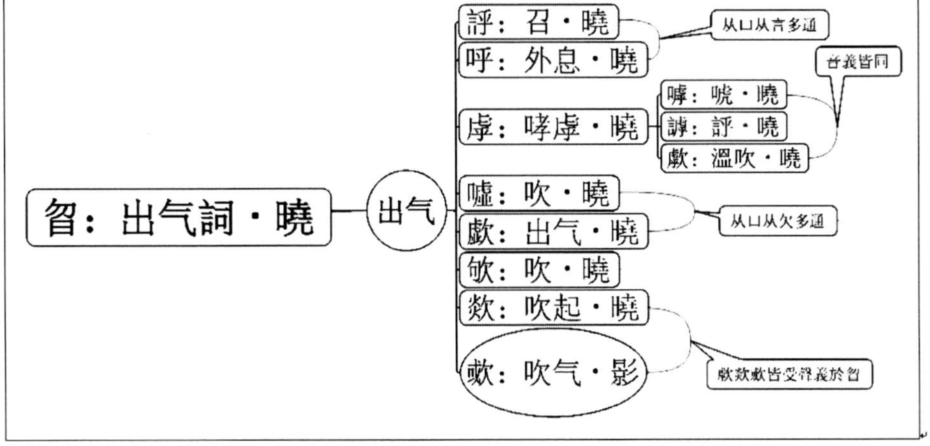

〔註10〕今本《說文》32下作唬，與此異，或當以唬爲是。

〔註11〕《說文》179下作許物切。

九、好族

好

【說文】《女部》：「好，美也。从女子。」[20]261上

【疏釋】段玉裁《注》：「好，本謂女子，引申爲凡美之稱。」[21]618上

【故訓】《國語・晉語一》「不可謂好」韋昭注[76]256、《廣韻・晧韻》[50]87上同《說文》。

《爾雅・釋言》：「媄，好也。」邢昺《疏》：「好，謂美好。」[70]94《方言》卷二：「自關而西秦晉之間，凡美色或謂之好。」[106]100

【用例】《戰國策・趙策三》：「鬼侯有子而好，故入之於紂。」[73]707

【約注】：「好爲喉聲字，由喉轉脣則爲保。保者養也。好與保，實即一語。好之从女，猶保之从人，皆謂母也。許訓好爲美，乃引申義。」[2]3049【按】此族可加保字。由甲金字形可知，保字本義爲養育嬰兒。如 🜲（父丁簋）、🜲（癸爵）、🜲（乙七七八二）。好字甲金字形：🜲（婦好甗）、🜲（前七・三〇・四）。从人从女，無甚差別，故好字本義亦當爲養育嬰兒，由此引申出美好之義。

嫿

【說文】《女部》：「嫿，靜好也。从女，畫聲。」[20]261上

【疏釋】《約注》：「嫿之言畫也，謂行止凝靜，如有定限，不越規範也。」[2]3051《說文・畫部》：「畫，界也，象田四界，聿所以畫之。」[20]65下【按】由劃分界限之義引申，畫字又有繪圖、裝飾之義。嫿从女，自然指女子容貌有裝飾、舉止有定限，是傳統社會理想女性形象。

【故訓】

《廣雅・釋詁一》：「嫿，好也。」[64]25上據此知嫿、好可互訓。

《文選・宋玉〈神女賦〉》：「既姽嫿於幽靜兮，又婆娑乎人間。」李善注：「《廣雅》曰：『嫿，好也。』」[68]268上【按】李善以嫿形容女子容態之好。

《廣韻・麥韻》：「嫿，分明好皃。」[50]151下

孝

【說文】《老部》：「孝，善事父母者。从老省，从子，子承老也。」[20]173下

【故訓】《釋名・釋言語》：「孝，好也，愛好父母，如所說好也。」[100]50

《漢書・武帝紀》：「初令郡國舉孝廉各一人。」顏師古注：「孝，謂善事父母者。」[74]64上

《周禮・春官・大司樂》：「中和祗庸孝友。」鄭玄注：「善父母曰孝。」[63]787

《詩・小雅・六月》：「張仲孝友。」毛傳：「善父母爲孝。」[63]425《爾雅・釋訓》[69]43同毛傳。

【約注】：「孝、好二字雙聲，故《釋名》即以好訓孝。」[2]2068【按】好字本義爲保育嬰兒，孝《說文》義爲善事父母，此正一事之兩端也，故孝可訓好。

秏

【說文】《禾部》：「秏，稻屬。从禾，毛聲。伊尹曰：『飯之美者，玄山之禾，南海之秏。』」[20]144下【按】許書所引伊尹之說少見。秏亦有減、損之義，至唐代字形變爲耗，故經籍中之耗字多爲秏之譌。此點由唐人注疏始見對秏字之說解可知。容待考證。

【故訓】《廣韻・号韻》：「秏，稻屬。」[50]121下《廣韻・隊韻》：「秏，稻名，出南海。」[50]112上

《玉篇・禾部》：「減也，敗也。《詩》云：『秏斁下土。』又，稻屬。」[66]59下

【約注】：「秏訓稻屬，經傳罕見。竊疑秏乃毛之後增體，毛之爲言冒也，凡冒在外皆謂之毛。冒在皮膚之外者，鬚髮是也；冒在土地之外者，艸木是也，古人皆以毛稱之，故穀亦謂之毛。……古人既以毛爲穀，蓋至漢世又增禾旁爲秏。雖不見經傳而許君錄之者，以其時已有此字也。字从毛聲，古讀同毛。由脣轉喉，則爲呼到切矣。」[2]1708【按】張舜徽此說有義理依據，足成一說。

弞（哂）

【說文】《欠部》：「弞，笑不壞顏曰弞。从欠，引省聲。」[20]179上

【疏釋】段玉裁《注》：「哂，笑不壞顏曰哂，各本篆作弞，今正。今按，《曲禮》『笑不至矧』注云『齒本曰矧，大笑則見此』，然則笑見齒本曰矧，大笑也；不壞顏曰哂，小笑也。」[21]411上朱駿聲《通訓定聲》：「弞字亦作哂、

作吲、作嗔。」[82]842下王筠《句讀》:「弞字又作哂，亦借矧。」[81]326上【按】笑不壞顏，亦即儀容合乎規範，是好兒也。

【故訓】慧琳《一切經音義》卷八十二「哂尒」注:「哂，俗用字，古文作弞。《考聲》云:『笑不破顏曰弞。』意與哂同，小笑兒也。」[67]489下

《玉篇·欠部》:「弞，笑不壞顏也。」[66]37上《廣韻·軫韻》〔註12〕[50]79上同《玉篇》。

【約注】:「弞乃哂之本字，非哂之本字也。」[2]2128

保

【說文】《人部》:「保，養也。从人，从釆省。」[20]161下

【故訓】《國語·周語上》「事神保民」韋昭注同《說文》[76]5。【按】保字本義爲養育子女，詳見好字下說解。

【約注】:「保以養子爲本義，與好字意同。蓋在喉爲好，轉脣爲保，實一語也。」[2]1905

語音分析

好，呼晧切，喉音曉紐。【曉幽，呼晧切（曉晧）】

嫭，呼麥切，喉音曉紐。【匣錫，胡麥切（匣麥）】

孝，呼教切，喉音曉紐。【曉宵，呼教切（匣効）】

秏，呼到切，喉音曉紐。【曉宵，呼到切（曉号）】

改（弞），式忍切〔註13〕，齒音審紐。【書眞，式忍切（書軫）】

保，博裒切，脣音幫紐。【幫幽，博抱切（幫晧）】

好、嫭、孝、秏與弞皆爲喉音曉紐，同類、同位、雙聲。好嫭孝秏與改爲同位、變轉。好嫭孝秏與保爲脣齒相轉，同爲清音。

《雜著》:「《說文》:『好，美也。从女子。』呼晧切。孳乳爲嫭，靜好也，呼麥切。爲孝，善事父母也，呼教切。爲秏，稻屬之美者也，呼到切。爲改，笑不壞顏也，呼來切。」[3]49

〔註12〕《廣韻》字作弞。

〔註13〕段玉裁《注》改爲呼來切。

圖 4.1.9　好族關係圖

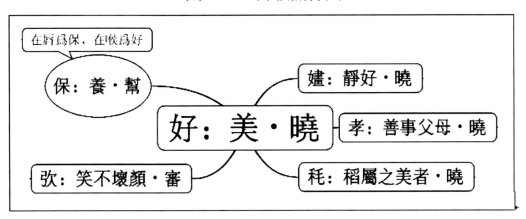

第二節　牙音類詞族

一、乂族

乂

【說文】《五部》：「五，五行也。从二。陰陽在天地間交午也。……乂，古文五省。」[20]307 下

【疏釋】林義光《文源》：「五，本義爲交午，假借爲數名。二象橫平，乂象相交，以二之平見乂之交也。」[116]135 朱芳圃《殷周文字釋叢》：「乂象交錯形，二謂在物之間也。當以交錯爲本義。自用爲數名後，經傳皆借午爲之。」[49]11

【約注】：「五當以乂爲初文，而乂又以交午爲本義，實象交錯之形。……日行中天謂之午，則又借午爲乂也。乂、午音同，故相通假。」[2]3575 【按】借午爲乂，故一日中由陽轉陰之時稱午時。

午

【說文】《午部》：「午，啎也。五月陰氣午逆陽，冒地而出。此予矢同意。」[20]311 上

【疏釋】朱駿聲《通訓定聲》：「午，叚借又爲啎。」[82]396 下

【故訓】《玉篇·午部》：「午，啎也，分布也，交也。」[66]109 下

《周禮·秋官·壺涿氏》：「壺涿氏掌除水蟲。……若欲殺其神，則以牡橭午貫象齒而沈之。」賈公彥疏：「以橭爲榦，穿孔，以象牙從橭貫之爲十字，

沈之水中。」[63]889 孫詒讓《正義》:「段玉裁云:『古文五作×,則尤一縱一
橫之狀也。』」[117]2939

《儀禮·大射》:「若丹若墨,度尺而午。」鄭玄注:「一從一橫曰午,謂畫
物也。」[63]1034

【約注】:「本書臼部舂篆下朙云:『擣粟也。从収持杵臨臼上。』則午即
杵之古文,確然無疑。……凡云午貫、交午,皆當以×爲本字。」[2]3612

伍

【說文】《人部》:「伍,相參伍也。从人,从五。」[20]164下

【疏釋】徐鍇繫傳:「五人相雜謂之伍。」[85]96下 段玉裁《注》:「參,三
也;伍,五也。《周禮》曰『五人爲伍』,凡言參伍者,皆謂錯綜以求之。」
[21]373下

【故訓】《國語·齊語》:「參其國而伍其鄙。」韋昭注:「伍,五也。」
[76]219 《易·繫辭上》「參伍以變」孔穎達疏[63]81同韋昭注。

【約注】:「參之言參雜也,伍之言交×也,×爲古文五字,亦即五與伍
之初文。」[2]1947

遇

【說文】《辵部》:「遇,逢也。从辵,禺聲。」[20]40上

【故訓】《文選·孔融〈薦禰衡表〉》:「遭遇厄運。」李善注[68]515下同《說
文》。

《爾雅·釋言》:「遇,偶也。」郭璞注:「偶爾相值,遇。」郝懿行義疏:
「遇者,逢也,言不期而相值。」[87]527

《書·胤征》:「入自北門,乃遇汝鳩、汝方。」孔傳:「不期而會曰遇。」
[63]159 【按】然則遇有不期然而然之義。

【約注】:「《爾雅·釋言》:『遇,偶也。』二字並从禺聲,故義相通。《史
記·佞幸列傳》:『善仕不如遇合。』徐廣曰:『遇一作偶。』是二字本同。遇
之訓逢,與迎之訓逢同。遇、迎,又雙聲也。」[2]401

寓

【說文】《宀部》:「寓,寄也。从宀,禺聲。庽,寓或从广。」[20]151下

【疏釋】《約注》：「《爾雅‧釋木》有寓木，謂木之寄生者也；《釋獸》有寓屬，謂獼猴之類寄寓木上者也；皆以寓爲寄。今俗猶稱士夫失職以後寄居在外者爲寓公。」[2]1787

【故訓】《詩‧邶風‧式微序》「黎侯寓于衛」鄭玄箋[63]305、《左傳‧僖公二十八年》「得臣寓目焉」杜預注[63]1825、《廣雅‧釋詁三》[64]82下同《說文》。

《方言》卷二：「寓，寄也。齊衛魯宋陳晉汝潁荊州江淮之間曰庽或曰寓。」[106]136

《後漢書‧張衡傳》：「怨高陽之相寓兮。」李賢注：「寓，居也。」[91]778上

【用例】《孟子‧離婁下》：「無寓人於我室。」[63]2731

牾

【說文】《午部》：「牾，逆也。从午，吾聲。」[20]311上

【疏釋】徐鍇繫傳：「牾，相逢也。」[85]168下

【故訓】《呂氏春秋‧明理》「長短頡牾百疾」高誘注[101]363、《漢書‧嚴延年傳》「莫敢與牾」顏師古注[74]1205上同《說文》。

《玉篇‧午部》：「牾，相觸也，逆也。」[66]109下

《文選‧宋玉〈高唐賦〉》：「陬互橫牾，背穴偃蹠。」李善注：「許慎《淮南子注》曰：『牾，逆也。』路有橫石，逆當其前。」[68]266上

【約注】：「逢乃夆之後增體。本書夂部『夆，牾也。』乃用牾〔註14〕之本義。此訓牾爲逆，逆者，迎也，即相逢之意。牾从吾聲，古讀吾爲牙，牾之訓逆，猶訝之訓迎耳。凡人相逢，必面相對，故引申有敵對義。因之倆不順亦曰牾逆也。今通作忤。」[2]3613

寤

【說文】《㝱部》：「寤，寐覺而有信曰寤。从㝱省，吾聲。一曰晝見而夜夢也。」[20]153下【按】「寐覺而有信」與「晝見而夜夢」正相反之事，又相成也。

【故訓】玄應《一切經音義》卷三「覺已」注引《倉頡篇》：「覺而有言曰寤。」[65]32上【按】段注本即據此改許書「有信」爲「有言」。

慧琳《一切經音義》卷五「寤寐」注引《考聲》：「寤寐中有所見，覺而信

〔註14〕中州本前一牾字及此字作牾，誤，今正。

也。」[67]357

語音分析

乂，疑古切，牙音疑紐。【疑魚，疑古切（疑姥）〔註15〕】

午，同乂。【郭同乂】

伍，同乂。【郭同乂】

遇，牛具切，牙音疑紐。【疑侯，牛具切（疑遇）】

寓，同遇。【郭同遇】

悟，五故切，牙音疑紐。【疑魚，五故切（疑暮）】

寤，同悟。【郭同悟】

七字皆牙音疑紐，同類、雙聲。

《雜著》：「乂為五之古文，自以交午為本義。日行中天謂之午，亦得義於交乂也。《說文》以陰陽五行之說解之，失其實矣。乂讀疑古切，孳乳為伍，相參伍也；音與乂同。為遇，逢也；為寓，寄也；並牛具切。為悟，逆也，五故切。逆者迎也，即相逢之意。古讀吾為牙，悟之訓逆，猶訝之訓相迎耳。為寤，晝見而夜夢也，五故切。見猶遇也，謂人晝間所遇之物之事，夜則夢之也。《釋名·釋姿容》云：『寤，忤也，謂與物相接忤也。』是已。」[3]73【按】寤字訓寄，寄亦相交之狀態也。

圖 4.2.1　乂族關係圖

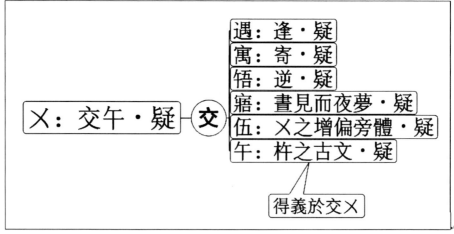

二、垚族

垚

【說文】《垚部》:「垚，土高也。从三土。」[20]290 上

【疏釋】徐鍇《繫傳》:「垚，土之高也。」[85]158 下段玉裁《注》:「垚，土高皃。」[21]694 上徐灝《注箋》:「《白虎通・號篇》:『堯，猶嶤嶤也，至高之貌。』垚、堯古今字。」

【故訓】《廣韻・蕭韻》[50]41 上同《段注》。

【約注】:「垚與高，聲之轉耳。《韻會》:『垚，積纍而上，象高形。』《廣韻》:『垚，土高皃。』許意則以會意說之。」[2]3373【按】《韻會》之說不確，垚爲土之累積，當是會意字。

堯

【說文】《垚部》:「堯，高也。从垚在兀上，高遠也。」[20]290 上

【疏釋】王筠《句讀》:「垚、兀皆訓高，堯合爲一，則彌高矣。」[81]553 下《說文・儿部》:「兀，高而上平也，从一在人上。」[20]176 下【按】垚、兀皆訓高，則堯亦會意字。

【故訓】《廣韻・蕭韻》:「堯，至高之貌。」[50]41 上

《風俗通義・皇霸》引《書大傳》:「堯者，高也，饒也。」[107]10

【約注】:「垚、堯實即一字。古但作垚，益兀爲堯，又加山爲嶢，皆後增體。」[2]3374

顤

【說文】《頁部》:「顤，高長頭。从頁，堯聲。」[20]182 下《頁部》:「頁，頭也。」[20]181 下【按】頁本義爲頭，則顤爲高長頭，會意。

【故訓】《玉篇・頁部》:「顤，高長頭皃。」[66]17 上《廣韻・蕭韻》:「顤，頭高長皃。」[50]41 上

《文選・王延壽〈魯靈光殿賦〉》:「胡人遙集於上楹，儼雅跽而相對，仡欺猥以鵰䀠，顪顤顟而睽睢。」李善注:「顪顤顟，大首深目之貌。」[68]171 上【按】大首即頭高長也。

【約注】:「堯本訓高,因之凡从堯聲之字,多有高長義。高長頭爲顤,猶之尾長毛爲翹,山高爲嶢,良馬爲驍,狾犬爲獟耳。」[2]2162

獟

【說文】《犬部》:「獟,狾犬也。从犬,堯聲。」[20]205下【按】狾犬即狂犬。

【故訓】《玉篇·犬部》:「獟,狾狗也,誑狗也。」[66]89下《說文·犬部》:「狾,狂犬也。」[20]205下

《廣韻·嘯韻》:「獟,狂犬。」[50]120上【按】犬發狂,即情志高也。

【約注】:「獟、驍並从堯聲,堯者高也,聲中兼義矣。狾犬謂之獟,良馬謂之驍,皆謂其形體之高也。」[2]2425

驍

【說文】《馬部》:「驍,良馬也。从馬,堯聲。」[20]200上

【故訓】《玉篇·馬部》[66]87下、《文選·顏延之〈赭白馬賦〉》「臨廣望,坐百層。料武藝,品驍騰」李善注引《說文》同《說文》[68]205下。

【約注】:「驍訓良馬,亦取其高峻也。良馬謂之驍,猶狾犬謂之獟,山之高者謂之嶢,高長頭謂之顤耳。諸字同从堯聲,並有高義,以堯字本訓高也。凡字从某聲,有直从其聲得義者,此類是已。」[2]2355【按】馬之良,可指其高、壯、快、美。獨取其高,以高義將其納入垚族,並無不妥。

趬

【說文】《走部》:「趬,行輕皃。一曰趬,舉足也。从走,堯聲。」[20]36上

【疏釋】朱駿聲《通訓定聲》:「趬,今蘇俗語有言輕趬者、有言翹腳者皆此字。」[82]307上王筠《釋例》:「即《國策》之翹足。」

【故訓】《後漢書·馬融傳》:「或輕𦙫趬悍。」李賢注:「趬,《說文》曰:『趬,行輕貌。』」[91]785下【按】行輕與舉足義實相成,舉足即有高義。行輕與步履沉重,實相對之意象也。

《集韻·笑韻》:「趬,行輕皃,一曰舉足高。」[51]134上

翹

【說文】《羽部》:「翹,尾長毛也。从羽,堯聲。」[20]75上【按】尾長毛即

指尾羽長於他處之羽，亦有高義。

【故訓】《文選・潘岳〈射雉賦〉》：「班尾揚翹。」李善注引《說文》：「翹，尾之長毛也。」[68]140下《玉篇・羽部》：「翹，尾長羽也。」[66]98下

【用例】曹植《鬬雞詩》：「群雄正翕赫，雙翹自飛揚。」[108]76

【約注】：「本書垚部『堯，高也』，翹从堯聲，因之亦有高義。尾長毛謂之翹，亦猶高舉足謂之趬，高長頭謂之顤耳。」[2]845

嶢

【說文】《山部》：「嶢，嶕嶢，山高兒。从山，堯聲。」[20]191上

【故訓】《廣韻・蕭韻》：「嶢，嶕嶢，山危。」[50]41上【按】嶢从山，本義當指山高。引申而為高。

《方言》卷六、《廣雅・釋詁四》[64]125下《文選・張協〈七命〉》「爾乃嶢榭迎風」李善注引《方言》[68]492下皆云：「嶢，高也。」《玉篇・山部》：「嶢，高峻兒。」[66]83下【按】此皆引申義。

【約注】：「嶢、高雙聲，直一語耳。嶕嶢為疊韻連語，山高謂之嶕嶢，人短則謂之焦僥，語同而義相反，所謂相反相成，美惡不嫌同名也。」[2]2260

蟯

【說文】《虫部》：「蟯，腹中短蟲也。从虫，堯聲。」[20]279上

【故訓】《史記・扁鵲倉公列傳》：「臣意診其脈曰蟯瘕。」張守節《正義》：「蟯，人腹中短蟲。」[88]1001下

【約注】：「腹中短蟲謂之蟯，猶南方短人謂之僥，語原同也。」[2]3258

僥

【說文】《人部》：「僥，南方有焦僥，人長三尺，短之極。从人，堯聲。」[20]167下

【故訓】《國語・魯語下》：「僬僥氏長三尺，短之至也。」韋昭注：「僬僥，西南蠻之別名。」[76]203

《玉篇・人部》引《山海經》「僬僥國，在三首國東」郭璞注曰：「僬僥氏，長三尺，人短之至也。」[66]13下《廣韻・蕭韻》：「僬僥，國名。人長一尺五寸，一云三尺。」[50]41上

【用例】《列子・湯問》：「從中州以東四十萬里，得僬僥國，人長一尺五寸。」[99]155

【約注】：「人之短小者名僬僥，猶鳥之小者名鷦鷯耳。」[2]1994

語音分析

垚，吾聊切，牙音疑紐。【疑宵，五聊切（疑蕭）】

堯，同垚。【郭同垚】

嶢，古僚切，牙音見紐。【郭同垚】

僥，五聊切，牙音疑紐。【郭同垚】

顤，五弔切，牙音疑紐。【郭同垚】

獟，同顤。【疑宵，五弔切（疑嘯）】

驍，古堯切，牙音見紐。【見宵，古堯切（見蕭）】

趬，牽遙切，牙音溪紐。【溪宵，去遙切（溪宵）】

翹，渠遙切，牙音羣紐。【羣宵，渠遙切（羣宵）】

蟯，如招切，舌音日紐。【日宵，如招切（日宵）】

前九字皆為牙音，同類、雙聲。蟯為舌音，可由舌轉牙。

《雜著》：「《說文》：『垚，土高也。從三土。』吾聊切。孳乳為堯，高也，與垚同音。為顤，高長頭；為獟，狂犬也；並五弔切。為驍，良馬也，古堯切。為趬，舉足也，牽遙切。為翹，尾長毛也，渠遙切。諸字皆從堯聲，俱有高義。反之，從堯聲者，亦有短義。如蟯，腹中短蟲也，如招切。又如嶢下云：『焦嶢，山高兒。』古僚切。而僥下云：『南方有焦僥，人長三尺，短之極也。』五聊切。此乃美惡不嫌同名，相反相成之例耳。」[3]73

圖 4.2.2 垚族關係圖

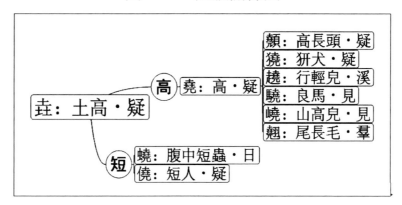

三、月族

月

【說文】《月部》：「月，闕也，大陰之精，象形。」[20]141上

【疏釋】徐鍇《繫傳》：「月，闕也。十五稍減，故曰『闕也，大陰之精』。」[85]80下

【故訓】《廣雅・釋言》：「月，闕也。」[64]168上《釋名・釋天》：「月，缺也，滿則缺也。」[100]2

《白虎通義・日月》：「月之爲言闕也，有滿有闕也。」

【用例】《詩・小雅・十月之交》：「彼月而食，則維其常。」[63]446

【約注】：「月之形闕多圓少，故漢人以闕解之。其初形蓋本作　，後以圖繪繁難，乃外作Ｄ形，中注一點爲Ｄ以象之。」[2]1668【按】月即不滿之象。

外

【說文】《夕部》：「外，遠也。」[20]142上

【疏釋】俞樾《兒笘錄》：「此云『外，遠也』，是外之本義爲疏外字。」[111]578

【故訓】《廣韻・泰韻》[50]110上同《說文》。

【約注】：「許云『於事外矣』，猶今人言例外也。本書門部開，從門從月，古文作閞；二部恛，古文從月作丕；足證月與外實即一字，猶日與入爲一字耳。」[2]1679

《約注》：「本書門部開，從門從月，古文作閞；二部**冊**，古文從月作丕，足證月與外實即一字，猶日與入爲一字耳。」[2]1679【按】一字異形，亦是同源，則屬同族。

刖

【說文】《刀部》：「刖，絕也。從刀，月聲。」[20]92上

【故訓】《書・呂刑》「刖」字陸德明《釋文》[75]51下、《廣韻・月韻》[50]140下同《說文》。【按】刖從刀，月聲，會以刀使闕之義。

《左傳・莊公十六年》：「殺公子閼，刖強鉏。」杜預注：「斷足曰刖。」[63]1772

《玉篇・刀部》：「刖，斷足也。」[66]66上

慧琳《一切經音義》卷七十五「刖耳」注引《考聲》云：「刖，刑名也。」
[67]426下

【約注】：「刖从月聲，實亦从月得義。月之爲言闕也，五官百體去其一，皆得謂之刖，言於人身有所闕失也。故截手足謂之刖，去鼻亦謂之刖。刖者，斷絕之通稱耳。後人專用爲刖足字，而本義廢。」[2]1072

抈

【說文】《手部》：「抈，折也。从手，月聲。」[20]256下

【疏釋】章太炎《新方言·釋言》：「今人謂以手折物曰抈。」[109]67

【故訓】《廣雅·釋詁一》[64]38上《玉篇·手部》[66]25下《廣韻·月韻》[50]140下同《說文》。

《札樸》卷九：「手折曰抈。」[112]392【按】抈字从手，本義當爲手折，會用手折斷之義。

《國語·晉語八》：「其爲本也固矣，故不可抈也。」韋昭注：「抈，動也。」[76]429

【約注】折字下云：「折謂之抈，猶絕謂之刖，斷足謂之跀，斸耳謂之明，聲義並受于月，謂殘闕也。古月聲、兀聲相通，故《國語》以抈爲扤。抑扤、抈二篆相聯，疑本一字，猶足部跀，或从兀作跀耳。則《國語》韋注，乃其本義矣。況扤之聲義既通于刖〔註16〕，刖亦从舟从刖省也。」[2]3000

《約注》扤字下云：「動謂之扤〔註17〕，猶船行不安謂之刖耳。刖，讀若兀，與扤同音，語原一也。」[2]3000

《約注》刖字下云：「張文虎曰：『……疑字本作航，聲義並从兀。……』林義光曰：『兀字古或作𠁁，與刀形近。此篆蓋从舟兀聲，字譌从刀。』舜徽按：兩家說是也。航之言扤也，本書手部：『扤，動也。』航謂舟行播動不安也。出部𡳞下云：『𡴎𡳞，不安也。』𦣻部：『隉，危也。』𡳞、隉並與航雙聲，語原一耳。」[2]2092【按】扤、抈疑本一字，扤、航語原一，航又與𡳞、隉語原一，然則此組可加𡳞、隉。

〔註16〕《說文·舟部》：「刖，船行不安也。从舟，从刖省。讀若兀。」

〔註17〕《說文·手部》：「扤，動也。」

跀

【說文】《足部》：「跀，斷足也。从足，月聲。趴，跀或从兀。」[20]48上

【疏釋】徐鍇《繫傳》：「足見斷爲跀，其刑名則刖也。」[85]26下【按】會足斷之義。

【故訓】《玉篇・足部》：「跀，司寇掌跀罪五百。跀，斷足也，亦作刖。」[66]28上【按】然則跀、刖義通。

【約注】：「跀之爲言櫱也。本書木部：『櫱，伐木餘也。古文作𣎵，从木無頭。』櫱與跀雙聲，古韻又同部也，語原一耳。……古初造字，聲同者，其受義之原恒同。趴之與荆，跀之與刖，並字形之異體。」[2]487【按】然則此組可加櫱字。

聉

【說文】《耳部》：「聉，𣃲耳也。从耳，月聲。」[20]250下【按】會耳墮之義。

【疏釋】《方言》卷六：「聾之甚者，秦晉之間謂之䎳。吳楚之外郊凡無耳者亦謂之䎳。其䎳言者，若秦晉中土謂墮耳者聉也。」[106]417錢繹《箋疏》：「𣃲耳謂之聉，猶斷足謂之跀。」[106]420

【約注】：「此訓墮耳，猶云斷耳也。墮耳謂之聉，猶斷足謂之跀耳。推之絕謂之刖，折謂之捋，皆此音此義。」[2]2930

劓

【說文】《刀部》：「劓，刑鼻也。从刀，臬聲。《易》曰：『天且劓。』劓，劓或从鼻。」[20]92下

【疏釋】徐鍇《繫傳》：「劓，刖劓也。」[85]51上段玉裁《注》：「劓，刖鼻也。」[21]182上【按】劓或作劓，自是會以刀削鼻之義。

【故訓】玄應《一切經音義》卷十五「聑劓」注引《說文》：「劓，決鼻也。」[65]179上

《玉篇・刀部》：「劓，同劓。」[66]66上《玉篇・刀部》：「劓，割也，截鼻也。」[66]66上

【約注】：「刖从月聲，實即从闕得義，說已詳前刖篆下。小徐本劓篆說解作刖鼻，是也。」[2]1076【按】依小徐本，則大徐本說解刑字誤，當作刖。

聉

【説文】《耳部》：「聉，吳楚之外凡無耳者謂之聉，言若斷耳爲盟。从耳，闋聲。」[20]250 上

【故訓】《廣韻·黠韻》：「聉，無耳，吳楚語也。」[50]144 下《玉篇·耳部》：「聾之甚者曰聉。吳楚無耳者謂之聉。」[66]20 下《廣雅·釋詁三》：「聉，聾也。」[64]85 下

【約注】：「桂馥曰：『盟當爲明。《方言》卷六：「聾之甚者，秦晉之間謂之聉。吳楚之外郊，凡無耳者亦謂之聉。其言聉者，若秦晉中土言墮耳者明也。」明，俗本譌作明。』舜徽按：《方言》郭注，明音五刮反，是與聉同讀矣。二字音義全同，實即一字。」[2]2929 【按】墜耳必至聽力減弱，亦即失聰之義。

語音分析

月，魚厥切，牙音疑紐。【疑月，魚厥切（疑月）】

刖，同月。【郭同月】

抈，同月。【郭同月】

跀，同月。【郭同月】

明，同月。【疑月，《集韻》魚厥切（疑月）】

劓，魚器切，牙音疑紐。【疑月，《集韻》魚器切（疑至）】

外，五會切，牙音疑紐。【疑月，五會切（疑泰）】

聉，五滑切，牙音疑紐。【疑物，五滑切（疑黠）】

此八字皆牙音疑紐，同類、雙聲。

《雜著》：「《説文》：『月，闋也，象形。』魚厥切。月之形闋多圓少，故造字者取象焉。《説文》夕部：『外，遠也。卜尙平旦，今夕卜，於事外矣。』五會切。而門部開，从門从月，古文作闋；二部恆，古文作丞，从月；足證月與外實即一字，猶日與入爲一字耳。月之形常闋，故事物之殘損者多從之受聲義。孳乳爲刖，絕也；五官百體去其一，皆得謂之刖，刖乃殘闋之通名也。爲抈，折也；亦折殘之通名也。爲跀，斷足也；爲明，墻耳也；並魚厥切，與月同音。爲劓，刑鼻也，或从鼻作劓，魚器切。爲聉，吳楚之外，凡無耳者謂之聉，言若斷耳爲盟，五滑切。聉讀五滑切，猶刖字徐邈讀五刮切耳。」[3]74

圖 4.2.3　月族關係圖

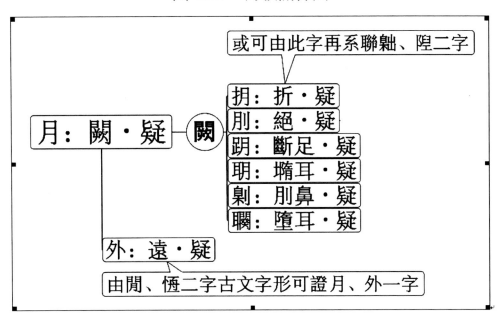

四、谷族

谷

【說文】《谷部》：「谷，泉出通川為谷。从水半見出於口。」[20]240上【按】此為本義。

【故訓】《急就篇》卷四：「輸屬詔作谿谷山。」顏師古注：「泉出通川曰谷。」[110]66

玄應《一切經音義》卷九「谿谷」注引《說文》：「泉之通川者曰谷。」[65]102上【按】玄應之說可減省為「泉曰谷」，即山間水流。

《爾雅・釋水》：「水注谿曰谷。」[69]104《公羊傳・僖公三年》：「無障谷。」何休注：「水注川曰溪，注溪曰谷。」[63]2248《楚辭・招魂》：「川谷徑復。」王逸注：「流源為川，注谿為谷。」[72]卷九四頁【按】泉出通川即水注谿也。由本義引申，谷又有山間流水道之義。如《古今韻會舉要・屋韻》引《書》注：「谷是兩山間流水之道。」

【用例】《韓非子・五蠹》：「山居而谷汲者，膢臘而相遺以水。」[94]1041【按】谷汲即汲谷，汲谷之水也。

【約注】：「泉出通川為谷，猶水瀆謂之溝耳。谷、溝雙聲，義相通也。」[2]2818【按】然則此組可加溝。

轂

【說文】《車部》:「轂,輻所湊也。从車,殼聲。」[20]302 上

【故訓】《戰國策・秦策一》「古者使車轂擊馳」鮑彪注[73]81 同《說文》。

《急就篇》卷三:「輻轂輨轄輮輇轈。」顏師古注:「轂,謂輻所湊也。」[110]47

【用例】《六書故・工事三》:「輪之中爲轂,空其中,軸所貫也,輻湊其外。」[15]648 上

【約注】:「輻所湊謂之轂,猶水注谿謂之谷耳。轂之聲義,實受於谷。」[2]3512

語音分析

谷,古祿切,牙音見紐。【見屋,古祿切(見屋)】

轂,同谷。【郭同谷】

二字皆爲牙音見紐,同類、雙聲。

《雜著》:「《說文》:『谷,泉出通川爲谷,从水半見出於口。』古祿切。孳乳爲轂,輻所湊也,與谷同音。《老子》云:『三十輻共一轂。』輻所湊謂之轂,猶水注谿謂之谷耳。」[3]74【按】輻條相間之結構,同於兩山夾水之結構,此二事意象近。

關係圖略。

五、皛族

皛

【說文】《白部》:「皛,際見之白也。从白上下小見。」[20]161 上

【疏釋】徐鍇《繫傳》:「皛,際見之皃。」[85]93 上段玉裁《注》:「際者,壁會也。壁會者,隙也。見讀如現。壁隙之光,一線而已,故从二小。」[21]364 上王筠《句讀》:「言壁之際會之處,或上或下,小露白光,則是有孔皛也。」[81]289 下

【故訓】《玉篇・白部》:「皛,壁際見白也。」[66]76 上

《正字通・小部》:「皛,別作隙。」

【約注】:「白有明義,際見之白,猶云際見之明也。本書𨸏部:『隙,壁

際孔也。』當即岕之後增體。」[2]1898

隙

【說文】《𨸏部》：「隙，壁際孔也。从𨸏，从岕，岕亦聲。」[20]306下【按】據「岕亦聲」知岕、隙聲義相關。《說文・𨸏部》𨸏字下云：「𨸏，大陸山無石者，象形。」[20]304下從𨸏之字，有屬山石之類者如陵、陸，有屬宮室之類者如際、階；隙从𨸏从岕，自指牆壁之岕。

【故訓】《玉篇・阜部》：「隙，壁際也。」[66]87上《漢書・魏豹傳》：「如白駒之過隙。」顏師古注[74]615上同《玉篇》。【按】壁際孔在壁際處，二義實相成。

《荀子・禮論》：「若駟之過隙。」楊倞注：「隙，壁孔也。」[113]373 希麟《一切經音義》卷四「隙光」注引《考聲》、《廣韻・陌韻》同楊倞注。[86]2435【按】壁際有孔則白光透現，隙、岕義實相成。

【約注】：「壁際有孔，則光可見，因謂之隙；猶葛布之粗者，織未密耳見光，因謂之綌耳。雙聲相轉，語原同也。」[2]3565

綌

【說文】《糸部》：「綌，粗葛也。从糸，谷聲。」[20]277上

【故訓】《玉篇・糸部》[66]102上同《說文》。《儀禮・燕禮》：「冪用綌若錫。」賈公彥疏：「葛之粗者曰綌。」[63]1015

《論語・鄉黨》「綌」字陸德明《釋文》：「綌，麤葛。」[75]350上《儀禮・士昏禮》「綌冪加勺」鄭玄注：「綌，麤葛也。」[63]963《急就篇》卷二：「綌紵枲緼裏約纏。」顏師古注：「綌謂葛之麤者。」[110]29

《詩・周南・葛覃》：「為絺為綌。」毛傳：「精曰絺，麤曰綌。」[63]276《論語・鄉黨》「袗絺綌」邢昺疏[63]2494同毛傳。【按】此處綌即指葛布。

朱熹《論語集注》：「葛之精者曰絺，麤者曰綌。」[83]卷五11頁下《小爾雅・廣服》[98]37下同朱注。

【約注】：「粗葛謂之綌，綌之言岕也，謂縷際有空可見白也。」[2]3239

語音分析

岕，起戟切，牙音溪紐。【溪鐸，綺戟切（溪陌）】

隙，綺戟切，牙音溪紐。【郭同臬】

綌，同隙。【郭同臬】

三字皆牙音溪紐，同類、雙聲。

《雜著》：「《說文》：『臬，際見之白也。从白，上下小見。』起戟切。孳乳爲隙，壁際孔也；爲綌，粗葛也；並綺戟〔註18〕切。壁際有孔，則見白；粗布不密，持以照之明處，亦見有細孔也。」[3]74《雜著》：「綌是粗葛織成之布，而从合聲，何以其音讀不與其他从合聲之字相同，而必讀爲綺戟切？此由綌之經緯稀疏，縷際有空可見白也。與壁際有孔而名爲隙相同，並受聲義於臬，臬乃際見之白耳。」[3]25【按】然則壁際有孔可見白，與縷際有孔可見白，事類同。

關係圖略。

第三節　舌音類詞族

一、屍族

屍

【說文】《尸部》：「屍，髀也。从尸下丌居几。脽，屍或从肉隼。臀，屍或从骨殿聲。」[20]174下

【疏釋】桂馥《義證》引《聲類》：「屍，尻也。」[80]737上段玉裁《注》：「屍者，人之下基[21]400上。」朱駿聲《通訓定聲》：「屍，字亦作臀。」[82]807下

【故訓】《廣韻‧霰韻》[50]118上同《說文》。《玉篇‧尸部》：「屍與臀同。」[66]45下

【約注】：「許云『屍从尸下丌居几』者，謂人體當坐處。」[2]2076【按】篆體屍乃象人坐於几凳之形，此或爲本義，引申指人體與几凳接觸之處。由此引申義孳乳以下幾字，則豁然明矣，屍股著几即安定也。

簸

【說文】《竹部》：「簸，榜也。从竹，殿聲。」[20]98上

〔註18〕此戟字即戟。《篇海類編‧器用類‧戈部》：「戟，亦作戟。」

【疏釋】朱駿聲《通訓定聲》：「所以檢柙弓弩者，以木爲之曰柲，曰檠，曰榜；以竹爲之曰簸，曰閉，《詩·小戎》『竹閉』是也。通名曰弝。」[82]808上段玉裁《注》：「檢柙弓弩必攷擊之，故《廣雅》曰『榜，擊也』〔註19〕，引申之義也。」[21]196下【按】簸爲揉製弓弩使成形的工具，依此工具再經攷擊之類的程序以使弓弩定型。

【故訓】《廣韻·魂韻》[51]33上同《說文》。《廣雅·釋詁三》：「簸，擊也。」[64]87上

【約注】：「簸從殿聲猶從臀聲，聲中固有義也。許訓簸爲榜，謂爲榜臀之專字耳。」[2]1148【按】由《說文》知臀即尻之或體，然由「從殿聲猶從臀聲」推出尻孳乳出簸，恐無實據。因故訓無榜臀之義，此說從疑。

𡪡

【說文】《血部》：「𡪡，定息也。從血，甹省聲。讀若亭。」[20]105上

【疏釋】段玉裁《注》：「喘定曰𡪡。」[21]214上王筠《句讀》：「𡪡者，休息之詞；亭，民所安定也，則亦休息之所，故云讀若亭，言其可借也。」[81]176上【按】「定息」即停下休息。

【故訓】《廣韻·青韻》[51]55下同《說文》。

【約注】：「今俗行遠負重，稍事休息，均曰停。實即𡪡字，許書無停字，古作𡪡。」[2]1231【按】停，從人亭聲，即會人定之意，借以代𡪡，久之則𡪡廢矣。

亭

【說文】《高部》：「亭，民所安定也。亭有樓。從高省，丁聲。」[20]110下

【疏釋】桂馥《義證》引《增韻》：「亭，道路所舍。」[80]447下段玉裁《注》：「云『民所安定』者，謂居民於是備盜賊，行旅於是止宿也。」[21]227下

【故訓】《玉篇·高部》：「亭，民所安定之，爲除害也。」[66]85上

《釋名·釋宮室》：「亭，停也，亦人所停集也。」[110]81【按】此即以亭爲人所停集之宮室，即張舜徽所謂「坐下休息之所」。

〔註19〕《後漢書·章帝紀》：「掠者唯得榜笞立。」李賢注引《廣雅》曰：「榜，擊也[91]55下。」

【約注】:「本書立部:『竫,亭安也。』血部:『盵,定息也,讀若亭。』皆足與亭篆說解互證。」[2]1298

定

【說文】《宀部》:「定,安也。从宀,从正。」[20]150下

【故訓】《詩・小雅・六月》「以定王國」鄭玄箋[63]424、《國語・晉語二》「定身以行事謂之信」韋昭注[76]284、《廣韻・徑韻》[51]126上同《說文》。

《玉篇・宀部》:「定,安也,住也,息也。」[66]44上

《爾雅・釋詁下》:「貉,定也。」郭璞注:「定,靜定。」[69]22【按】靜定即安。

《詩・邶風・日月》:「胡能有定,寧不我顧。」毛傳:「定,止也。」[63]298《爾雅・釋詁下》[69]15同毛傳。【按】止即安止於此。

【用例】《易・家人》:「正家而天下定矣。」[63]50

【約注】:「定之言盵也。……人終日動作,至夜始得靜止休息,此乃定字本義。因引申爲一切安定之稱。」[2]1774【按】盵者定息也。

倓

【說文】《人部》:「倓,安也。从人,炎聲。讀若談。剡,倓或从剡。」[20]162上【按】倓定同訓。

【故訓】《廣雅・釋詁一》[64]12下《廣韻・感韻》[51]95上同《說文》。

【約注】:「本書心部『憺,安也』;水部『淡,薄味也』;與倓音義並近,今皆以淡爲之。」[2]1915【按】然則此組或可加憺、淡。

語音分析

屍,徒尟切,舌音定紐。【定文,徒渾切(定魂)】

籈,徒魂切,舌音定紐。【郭同屍】

盵,特丁切,舌音定紐。【定耕,特丁切(定青)】

亭,同盵。【郭同盵】

定,徒徑切,舌音定紐。【定耕,徒徑切(定徑)】

倓,徒甘切,舌音定紐。【定談,徒甘切(定談)】

屍、籈、定、倓皆爲舌音定紐,盵、亭亦爲舌音定紐。六字雙聲。

　　《雜著》：「《說文》：『屍，髀也。从尸下丌居几。』或作脾，作臋。徒魂切。孶乳爲簸，榜也，謂笞擊其臀也，與屍同音。爲丏，定息也；爲亭，民所安定也；並特丁切。人坐下休止，則息定矣。亭乃坐下休息之所也。爲定，安也，徒徑切。爲倓，安也，徒甘切。」[3]98【按】脾、臋皆爲《說文》所列屍字或體。

圖 4.3.1　屍族關係圖

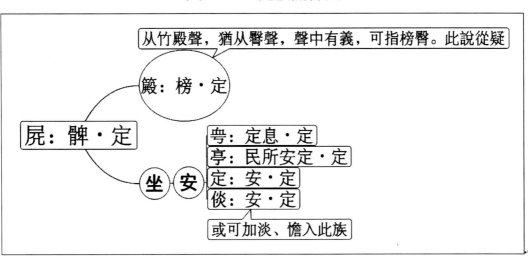

二、宓族

宓

　　【說文】《宀部》：「宓，安也。从宀，心在皿上。人之飲食器，所以安人。」[20]150下

　　【疏釋】段玉裁《注》：「此安寧正字。今則寧行而宓廢矣。」[21]339上朱駿聲《通訓定聲》：「經傳皆以寧爲之。」[82]868上

　　【故訓】《玉篇·宀部》：「宓，安也。今作寧。」[66]44上

寧

　　【說文】《丂部》：「寧，願詞也。从丂，宓聲。」[20]101上

　　【疏釋】徐鍇《繫傳》：「今人言寧可如此，是願如此也。」[85]55下段玉裁《注》：「其意爲願，則其言爲寧。是曰意內言外。」[21]203下【按】徐、段之言或爲張舜徽之所本。

《漢語大字典》：「宭，甲骨文象居所有食具，是安寧的會意字。」[49]949

【按】宭字甲文如 （前四·三一·四）、（牆盤）。據此，安寧當是寧的本義，那麼願詞則是其引申義。

【故訓】《玉篇·万部》[66]36 上同《說文》。

《詩·周南·葛覃》：「害澣害否，歸寧父母。」毛傳：「寧，安也。」[63]277《詩·周頌·載芟》：「有椒其馨，胡考之寧。」[63]602【按】鄭玄箋同毛傳。

《詩·大雅·生民》：「上帝不寧，不康禋祀。」鄭玄箋：「康、寧，皆安也。」[63]529

《論語·八佾》：「禮，與其奢也，寧儉；喪，與其易也，寧戚。」[63]2466

【按】如此用例，是連詞，表示選擇；但其中正有徐鍇所說之「願如此」也。

【約注】：「本書用部：『甯，所願也。』與寧音義俱同今亦罕用。寧、甯並受聲義於宭，宭者，安也。凡心之所安，則所願也，義實相成。」[2]1181

甯

【說文】《用部》：「甯，所願也。从用，寧省聲。」[20]70 上

【疏釋】徐鍇《繫傳》：「甯，猶寧也。」[85]40 上段玉裁《注》：「此與万部寧音義皆同，許意『寧』爲願詞，『甯』爲所願，略區別耳。」[21]128 下

【故訓】《篇海類編·宮室類·宀部》：「甯，音寧，義同。」[78]172

《漢書·禮樂志》：「穰穰復正直往甯。」顏師古注：「甯，願也。」[74]378 下

《玉篇·用部》：「甯，所欲也。」[66]69 下【按】所欲即願。

【約注】：「寧从宭聲，訓願詞也，甯从寧省聲，訓所願也：凡所謂願者，乃心之所安，實安宭之引申義也。甯字从用，自當以安定爲本義。」[2]779

語音分析

宭，奴丁切，舌音泥紐。【泥耕，奴丁切（泥青）】

寧，同宭。【郭同宭】

甯，乃定切，舌音泥紐。【泥耕，乃定切（泥徑）】

三字同爲舌音泥紐，同類、雙聲。

《雜著》：「《說文》：『宭，安也。从宀，心在皿上。人之飲食器，所以安

人。」奴丁切。孳乳爲寧，願詞也；與窗同音。凡心之所安，則固情之所願也。爲寯，所願也，乃定切。」[3]98【按】寧字與窗發生聯繫，恐怕還是從安定這一義項上來的，願詞或許只是寧字安定義項的引申。

關係圖略。

三、麤族

麤（塵）

【說文】《麤部》：「麤，鹿行揚土也。从麤，从土。」[20]203 上

【疏釋】段玉裁《注》：「（鹿）羣行則揚土甚，引申爲凡揚土之偁。」[21]472 上

【故訓】《廣韻·眞韻》：「塵，《說文》本作麤。」[51]28 下【按】塵土本難言明，古人以鹿行揚土比況，甚得造字之妙。鹿行揚土或至於遮天蔽日，有陰沉之象；亦可理解爲鹿所過處之物皆沉於揚土也。

《玉篇·麤部》：「麤，埃麤也，今作塵。」[66]91 上

沈

【說文】《水部》：「沈，陵上滈水也。从水，尤聲。一曰濁黕也。」[20]234 上

【疏釋】徐鍇《繫傳》：「沈，陵上滴水也。」[85]131 上【按】小徐作「滴水」似誤，當作滈。《說文·水部》：「滈，久雨也。」[20]234 上段玉裁《注》：「謂陵上雨積停潦也。……黕、沈同音通用。」[21]558 上

【約注】頁：「小徐本說解『滈』作『滴』，蓋由形近而誤。許以陵上滈水訓沈，謂高處爲水所沒也。……高處爲水所沒，乃沈字本義。引申爲一切沉默之稱，故其義又通于湛。古尤聲、甚聲之字，音義多近。如諶之與訦、黮之與黕、覘之與眈、媅之與酖，音義並同，無殊一字。湛之與沈，亦若是矣。沈字今讀直深切，古無舌上音，讀入舌頭，與黕音近。一曰義，乃借沈爲黕也。」[2]2757【按】然則此組似可加黕。滈水、濁黕皆狀水爲物所沉，昏暗不明兒。

霃

【説文】《雨部》:「霃,久陰也。从雨,沈聲。」[20]241 下

【疏釋】段玉裁《注》:「沈即霃之假借也,沈行而霃廢矣[21]573 上。」王筠《句讀》:「霃,亦省作沈。」[81]454 下

【故訓】《廣韻·侵韻》[51]63 上同《説文》。

《玉篇·雨部》:「霃,陰也。」[66]75 上

《篇海類編·天文類·雨部》:「霃,久雨。」[78]583 下【按】久陰、久雨皆長期不見日,其義相成。

【按】字亦作霃。唐王仁昫《刊謬補缺切韻·侵韻》:「霃,久陰。」[49]4066

【約注】:「霃之言塵也,謂風起揚塵、日色昏晦也。……塵、霃雙聲,義相因耳。」[2]2833【按】久陰久雨則天陰暗,與揚塵、濁黮意象皆近。

語音分析

鷓,直珍切,舌音澄紐。【定真,直珍切(澄真)】

沈〔註20〕,同鷓。【定侵,直深切(澄侵)】

霃,同鷓。【郭同沈】

此三字皆爲舌音澄紐,同類、雙聲。

《雜著》:「《説文》:『鷓,鹿行揚土也。从鷓,从土。』直珍切。孳乳爲沈,濁黮也;爲霃,久陰也;並直深切。」[3]99【按】鹿行揚土則天日暗,濁黮亦狀黑色不明之態,久陰亦天日暗;三字皆狀不明之態,其義一也。

關係圖略。

四、奎族

奎

【説文】《止部》:「奎,機下足所履者。从止,从又,入聲。」[20]38 上

【疏釋】段玉裁《注》:「奎者,躡也。」[21]68 上《漢語大字典》:「(奎即)舊式織機提綜的踏板。」[49]2749

〔註20〕《説文》又音尸甚切。

【故訓】《字林考逸・止部》：「耸，機下所履。」

《廣韻・葉韻》：「耸，織耸。」[51]158上

【約注】：「戴侗曰：『耸辵實一字。』……舜徽按：戴氏謂耸辵實一字，是也。耸乃織布之事，上象織機高張之形。非入聲，亦非屮聲。讀爲疾葉切者，乃織機之聲如此也。蓋耸之言躡也，謂足在機下蹋蹋不止也。」[2]380【按】此字難解。

躡

【說文】《足部》：「躡，蹈也。从足，聶聲。」[20]46下

【故訓】《淮南子・覽冥》「縱矢躡風」高誘注[121]474、《戰國策・秦策四》「躡其踵」鮑彪注[73]230同《說文》。

慧琳《一切經音義》卷十四「躡金屣」注引《說文》：「躡，踏也。」[67]448下【按】蹈、踏之義一也，或傳寫之譌。

慧琳《一切經音義》卷十三「蹈躡」注引《倉頡篇》云：「躡，蹀也。」[67]439上《文選・張衡〈南都賦〉》：「羅襪躡蹀而容與。」李善注引許慎《淮南子》注曰：「蹀，蹈也。」[68]72【按】然則躡訓蹀、蹀訓蹈，自與《說文》躡訓蹈不矛盾。

【用例】《史記・淮陰侯列傳》：「張良、陳平躡漢王足，因附耳語。」[88]931

【約注】：「躡即蹋之語轉。躡字舊音徒頰切，見《文選・南都賦》注。與蹋雙聲，古韻又同部也。」[2]471【按】此張舜徽不廢韻之明證。此族或可加入躡字。

蹋

【說文】《足部》：「蹋，踐也。从足，弱聲。」[20]46下

【疏釋】段玉裁《注》：「蹋俗作踏。」[21]82上

【故訓】《玉篇・足部》[66]27下、慧琳《一切經音義》卷十五「腳蹋」注引《考聲》同《說文》[67]454上。《史記・司馬相如列傳》「糾蓼叫奡蹋〔註21〕以艐路兮」司馬貞《索隱》：「《三倉》云：『踏，著地』。」[88]1091上

〔註21〕　《漢書・司馬相如列傳下》作踏[74]855上。

《廣雅・釋詁一》:「蹋,履也。」[64]28 上

【約注】:「蹋之言聑也,謂足踐其上安重不輕躁也。……推之下平缶謂之
鈺,語原亦同。今俗作踏。」[2]472

騽

【說文】《馬部》:「騽,馬步疾也。从馬,耴聲。」[20]201 上

【疏釋】朱駿聲《通訓定聲》:「騽,字亦作驅。」[82]149 下

【故訓】《廣韻・葉韻》同《說文》[50]158 上。【按】馬步疾則見其躡蹋之
力。

《玉篇・馬部》:「騽,馬行也,疾也。」[66]88 上

【約注】:「騽之言躡也,謂足踏地有聲也。……馬步疾謂之騽,猶機下足
所履者謂之夐也。二字音同,語原一耳。」[2]2369

語音分析

夐,尼輒切,舌音娘紐。【泥葉,尼輒切(泥葉)】

躡,同夐。【郭同夐】

騽,同夐。【郭同夐】

蹋,徒盍切,舌音定紐。【定葉,徒盍切(定盍)】

前三字皆爲舌音娘紐,同類、同紐雙聲;蹋與之同爲舌音,同類、雙聲。

《雜著》:「夐〔註22〕字象女工織布之事,上象機之高張,織者足躡於下,
手應於上,乃具體象形字。《說文》解爲从止从又,入聲,非也。尼輒切。孳
乳爲躡,蹋也;爲騽,馬疾步也,並與夐同音。」[3]99【按】踩踏之事所起當早
於女工織布,先民見馬步疾亦當甚早。故夐孳乳躡、騽似不足信。然三字爲同
族之詞,或無異議。

〔註22〕夐字《雜著》作走,非是。今正。

圖 4.3.4　　辻族關係圖

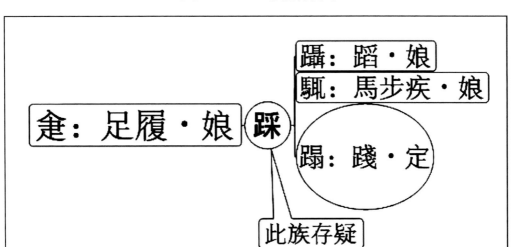

五、喦族

喦

【說文】《品部》：「喦，多言也。从品相連。春秋傳曰：『次於喦北。』讀與聶同。」[20]48下

【疏釋】段玉裁《注》：「喦，此與言部囁音義皆同。」[21]85上徐灝《注箋》：「喦从三口，而山以連之，即絮聒之義。」

【故訓】《廣韻·葉韻》：「喦，多言。」[50]158上

《玉篇·品部》：「喦，曳喦，爭言也。」[66]36下【按】爭言必多，亦即多言；惟一重爭，一重多。

李富孫《春秋三傳異文釋》卷三：「僖元年經：『齊師宋師曹伯次於聶北。』《說文·品部》引作『次於喦北』，云：『讀與聶同。』《說文》讀若之字可通用，是古文經當作喦，後通用聶字。」[114]116

【約注】：「本書言部『囁，多言也』，與此篆音義並同。蓋喦〔註23〕為初文，囁為後起字，囁行而喦廢矣。」[2]492

聶

【說文】《耳部》：「聶，附耳私小語也。从三耳。」[20]250下

〔註23〕此字中州本及華師本皆作喦，非是。當作喦，今正。

【疏釋】徐灝《注箋》：「愚謂聶从三耳者，審聽之意耳。」【按】三耳相聚，意即強調聽力之彊。會意。

【故訓】《莊子・大宗師》：「瞻明聞之聶許，聶許聞之需役。」成玄英疏：「聶，登也，亦是附耳私語也。」[103]256 章太炎《新方言・釋言》：「蘄州謂附耳私語爲聶。」[109]56

【約注】：「本書品部：『喦，多言也。从品相連，讀與聶同。』二字音同義又近也。」[2]2931

<h2 style="text-align:center">讘</h2>

【說文】《言部》：「讘，多言也。从言，聶聲。」[20]56下

【疏釋】桂馥《義證》引韓非《姦劫弑臣》「讘詍多誦先古之書」注云：「讘，多言貌。」[80]215下

【故訓】《玉篇・言部》[66]35上同《說文》。

【約注】：「本書品部『喦，多言也』，从品相連，讀與聶同。讘乃喦之後起形聲字。讘字今讀之涉切，則由舌轉齒矣。」[2]603

語音分析

喦，尼輒切，舌音娘紐。【日葉，而涉切（日葉）】

聶，同喦。【泥葉，尼輒切（泥葉）】

讘，之涉切，齒音照紐。【郭同喦】

喦聶同爲舌音娘紐，同類、雙聲；知紐、照紐同爲發清，同位，屬變轉。

《雜著》：「《說文》：『喦，多言也。从品相連。讀與聶同。』尼輒切。孳乳爲聶，附耳私小語也，與喦同音。爲讘，多言也，之涉切。」[3]99

關係圖略。

六、疒族

<h2 style="text-align:center">疒</h2>

【說文】《疒部》：「疒，倚也。人有疾病，象倚箸之形。」[20]154上

【疏釋】于省吾《甲骨文字釋林・釋疒》：「疒爲疒病之疒，（甲骨文）象人臥床上。」《約注》：「疒之籀文，本當作𤕫，象人臥在床上形，橫看之自得。

……疒之初形，本自作𠂤，或作𠂤，自篆體變而爲疒而旨晦矣。」[2]1815

【故訓】倚爲本義，病則爲引申義。北周衞元嵩《元包經‧困卦》：「疒罹于憂。」李江注：「疒，病也。」[49]2659《廣韻‧陽韻》[50]50上同李注。

饕

【說文】《臥部》：「饕，楚謂小兒嬾饕。从臥、食。」[20]170上

【故訓】《玉篇‧臥部》：「楚人謂小嬾曰饕。」[66]62下《廣雅‧釋詁二》：「饕，嬾也。」王念孫《疏證》引《說文》[64]62下。

【約注】：「饕即嬾之語轉。女部：『嬾，懈也；怠也。一曰，臥也。』今讀嬾字聲在來紐，饕在娘紐，並屬舌聲，同類相轉耳。饕之聲義，實受諸疒。疒象人臥在牀之形，與饕同音，實一語也。」[2]2015

語音分析

疒，女厄切，舌音娘紐。【泥錫，尼厄切（泥麥）】

饕，尼見切，舌音娘紐。【郭同疒】

二字同爲舌音娘紐，同類、雙聲。

《雜著》：「《說文》：『疒，倚也。人有疾病，象倚箸之形。』女厄切。孳乳爲饕，楚謂小兒嬾爲饕也，从臥食。與疒同音，實一語也。」[3]99【按】二字皆爲擬態之詞，均狀人稍顯病態之慵懶倚牀狀。於此二字不宜追究其義素是否相近相同，即《雜著》所言：「苟能從人情物理上取得依據，……雖不取證於經傳群書，無妨也。」[3]4

關係圖略。

第四節　齒音類詞族

一、先族

先

【說文】《先部》：「先，前進也。从儿，从止。」[20]177上

【疏釋】楊樹達《積微居小學述林》：「古之與止爲一文。龜甲文先字多从止。……止爲人足。先从儿（古人字），从止，而義爲前進，猶見从人目而義

爲視，企从人止而義爲舉踵。」[115]85【按】然則先字从人而強調人之止（趾），
即寓人前行之義。

【故訓】《類篇・先部》[104]306 上同《説文》。

《儀禮・大射》：「大史釋獲，小臣師執中，先首坐設之。」鄭玄注：「先，
猶前也。」[63]1036

《玉篇・先部》：「先，前也。」[66]108 上【按】此前即不行而進之義。《説
文・止部》：「前，不行而進謂之前。从止在舟上。」[20]38 上前先互訓。《禮記・
中庸》：「至誠之道，可以前知。」鄭玄注：「前，亦先知。」[63]1632

【約注】：「本書足部：『跣，足親地也。』當即先之後增體。人部：『侁，
行兒。』水部：『洗，洒足也。』並从先聲，聲中固兼義也。」[2]2105【按】先
字已強調人之止，跣再加足，似有結構上之重複。侁爲人身之先，洗字則會止
（趾）在水中之意。

兟

【説文】《先部》：「兟，進也。从二先。贊从此。闕。」[20]177 上【按】先
爲進，兟則較先更甚，將先字並列起彊調之意。

【故訓】《玉篇・先部》：「兟，進也。」[66]108 上《廣韻・臻韻》[51]30 上同《玉
篇》。

【約注】：「兟从二先，猶甡从二生耳。甡、兟皆有眾義，推之二山爲屾，
木多爲森，馬多爲驫，魚多爲鱻，木盛爲槮，皆雙聲義近字也。」[2]2105【按】
此族可加屾、森、鱻。另，《聲系》歸森字入森族[3]118。

侁

【説文】《人部》：「侁，行兒。从人，先聲。」[20]164 下

【故訓】《廣韻・臻韻》[50]30 上同《説文》。

玄應《一切經音義》卷七「侁侁」注：「《説文》侁侁，往來行兒也，亦行
聲也。」[65]84 上【按】往來行兒亦即行兒也。

《玉篇・人部》：「侁，往來侁侁，行聲。」[66]12 下

【用例】傅咸《皇太子釋奠頌》：「濟濟儒生，侁侁胄子。」[84]344【按】形
容胄子之多。

【約注】：「侁之言駪也，駪，進也，謂眾人行進之皃也。眾人行進為侁，猶馬眾多為駪也。推之眾生並立為甡，木多為森，二山為屾，盛皃為燊，並雙聲義近，語原同耳。」[2]1945

駪

【說文】《馬部》：「駪，馬眾多皃。从馬，先聲。」[20]201下

【故訓】《詩·小雅·皇皇者華》：「駪駪征夫，每懷靡及。」毛傳：「駪駪，眾多之貌。」[63]407 馬瑞辰《傳箋通釋》：「駪駪、莘莘，皆侁侁之同聲假借。」

《廣雅·釋詁三》：「駪，多也。」王念孫《疏證》：「《小雅·皇皇者華》篇『駪駪征夫』，《晉語》引《詩》作莘莘，《楚辭·招魂》注引作『侁侁』。」[64]93下

《玉篇·馬部》：「駪，馬眾皃，又作甡、駪。」[66]88上《廣韻·臻韻》：「駪，馬多。」[50]30上

【約注】：「馬眾多皃為駪，猶盛皃為燊，人行為侁，並進為駪，並立為甡，二山為屾，木多為森，積柴聚魚為罧也。皆雙聲義近，語原同耳。」[2]2381

燊

【說文】《焱部》：「燊，盛皃。从焱在木上。讀若《詩》『莘莘征夫』。一曰役也。」[20]212下【按】此處稱「讀若莘莘征夫」，則燊、莘音義近。

【故訓】《玉篇·焱部》：「燊，炎盛和皃。」[66]82上【按】此處即指炎之盛且和。

《廣韻·臻韻》：「燊，熾也。」[50]30下【按】熾即火盛，亦是盛皃。

【約注】：「段玉裁曰：『木部㜽下云：「眾盛也。」此與同意。』舜徽按：……木之盛者為燊，猶二山為屾，木多為森，人行為侁，並進為駪，眾生並立為甡，馬眾多皃為駪，魚游水皃為𣲛，積柴水中以聚魚為罧，並一語之轉。非特㜽訓眾盛，與燊同意也。」[2]2499【按】然則此族可加㜽。

筍

【說文】《竹部》：「筍，竹胎也。从竹，旬聲。」[20]95上

【故訓】《爾雅·釋草》：「筍，竹萌也。」[69]116 陸德明《釋文》：「筍，竹

初生也。」[75]425上《詩・大雅・韓奕》「其蔌維何，維筍及蒲」鄭玄箋[63]571、《玉篇・竹部》[66]56上《廣韻・準韻》[50]79下同《爾雅》。【按】若依《釋文》，則「竹胎」同於「竹初生」，亦即胎字爲動詞，「筍」狀竹初生之態；然今日常用筍字爲名詞，指代幼竹，此或古今語言之異也。

《周禮・考工記・梓人》：「梓人爲筍虡。」賈公彥疏：「筍，謂竹初生，則《醢人》筍菹者也。」[63]924

【約注】：「筍之爲言芛也，芛者，驚詞也。竹胎出土，不數日輒挺立高數尺，長者乃至丈餘，人見之而驚異，因名爲筍。」[2]1108【按】筍之生，快且多，從此點理解，筍似與狣、侁等字有意象相同之處，意義上並非沒有聯繫。

芛

【説文】《兮部》：「芛，驚辭也。从兮，旬聲。恂，芛或从心。」[20]101上

【疏釋】林義光《文源》：「芛非詞，本訓驚貌；兮，稽也，稽覈而後恂然驚。經傳皆以恂爲之。《禮記》：『瑟兮僩兮，恂慄也』，《莊子》：『衆狙見之，恂然而走。』」[116]405【按】此字存疑。

【故訓】《廣韻・準韻》：「芛，驚詞也。」[50]79下

語音分析

先，穌前切，齒音心紐。【心文，蘇前切（心先）】

狣，所臻切，齒音疏紐。【山眞，所臻切（山臻）】

燊，同狣。【郭同狣】

侁，同狣。【山文，所臻切（山臻）】

駪，同侁。【郭同侁】

筍，思允切，齒音心紐。【心眞，思尹切（心準）】

芛，同筍。【郭同筍】

此七字皆爲齒音，同類、雙聲。

《雜著》：「《説文》：『先，前進也。从儿，从屮。』穌前切。孳乳爲狣，進也；爲侁，行皃；爲駪，馬衆多皃；爲燊，盛皃；並所臻切。爲筍，竹胎也；爲芛，驚詞也；並思允切。竹胎出土，不數日輒挺立高數尺，長者乃至丈餘；

人見之而驚異，故謂之筍。筍與芎，音義固同原也。」[3]118

圖 4.4.1　先族關係圖

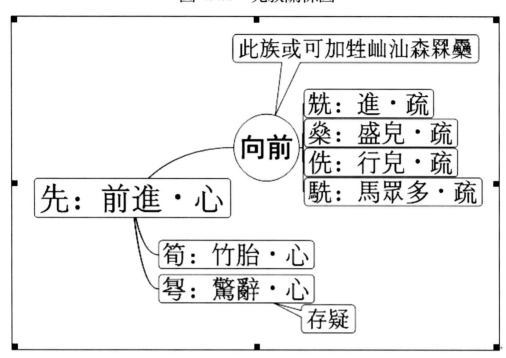

二、閃族

閃

【說文】《門部》：「閃，闚頭門中也。从人在門中。」[20]249 上

【故訓】《玉篇·門部》：「閃，闚頭門中也，或作睒。」[66]45 上

玄應《一切經音義》卷十一「閃詺」注引《說文》：「閃，闚頭兒也。」[65]122 下

《廣雅·釋詁三》：「覢，見也。」王念孫《疏證》：「是凡言閃者，皆暫見之義也。」[64]83 下【按】人闚頭門中則無久留之理，因之引申爲暫見、倏忽等義。

【約注】：「本書目部『睒，暫視兒』；見部『覢，暫見也』，並與閃音同義近，實即一語。」[2]2918

睒

【說文】《目部》：「睒，暫視兒。从目，炎聲。讀若白蓋謂之苫相似。」[20]71 下

【疏釋】朱駿聲《通訓定聲》:「睒,此字當為覢之或體。」[82]133下王筠《句讀》:「睒,與覢同。」[81]115下【按】從目、從見之字多通,亦多有或體。

【故訓】慧琳《一切經音義》卷九十一「睒奉」注引《古今正字》:「睒,暫視也。」[67]553下

慧琳《一切經音義》卷五十四「睒電」注引《倉頡篇》云:「睒,暫見也。」[67]225上《龍龕手鑒·目部》[89]420《廣韻·琰韻》[51]96上同慧琳《音義》。【按】暫視即暫見。桂馥《義證》:「暫視兒者,本書『覢,暫見也』。」[80]276上

【約注】:「見部『覢,暫見也』,與睒音義皆同,實即一字。」[2]795

覢

【說文】《見部》:「覢,暫見也。从見,炎聲。」[20]178上

【疏釋】段玉裁《注》:「覢,猝乍之見也。……按與目部之睒音義皆同。」[21]408下

【故訓】《廣雅·釋詁三》:「覢,見也。」王念孫《疏證》:「覢之言閃也。」[64]83下

玄應《一切經音義》卷十六「覢鑠」注引《說文》:「覢,暫見也,不定也。」[65]192上慧琳《一切經音義》卷六十四「覢鑠」注[67]329上同玄應《音義》。

【約注】:「覢、睒當即一字。覢之言倏也,謂倏忽之間,一見即已也。凡言閃電,當以覢為本字。本書門部:『閃,闚頭門中也。』義與此異,徒以音同通假耳。」[2]2116【按】此說與閃字下之說解異。或當以閃字下說解為正。

夾

【說文】《亦部》:「夾,盜竊褱物也。从亦有所持。俗謂蔽人俾夾是也。」[20]213下

【疏釋】徐灝《注箋》:「夾與閃音同義近。《門部》:『閃,闚頭門中也。』盜竊懷物,慮為人所見,行踪隱蔽謂之夾。古通作陝,亦作閃。」[49]530

【約注】:「夾之言覢也,覢者,暫見也。盜竊懷物者,舉動捷速,出人意外,未及諦視也。彼有所竊,則此有所失。夾、失雙聲,一語之轉耳。字之相反相成者,多從一聲而變,此類是已。」[2]2511【按】盜竊懷物與未及諦視,乃一事之兩方面,非一義也,此說存疑。

語音分析

閃，失冉切，齒音審紐。【書談，失冉切（書琰）】

睒，同閃。【郭同閃】

覢，同閃。【郭同閃】

夾，同閃。【郭同閃】

此四字皆齒音審紐，同類、雙聲。

《雜著》：「『閃，闚頭門中也。从人在門中。』失冉切。孳乳爲睒，暫視兒；爲覢，暫見也；爲夾，盜竊懷物也；並失冉切。盜竊懷物者，恒在短暫倏忽之間，出人不意而爲之也。」[3]118

圖 4.4.2　閃族關係圖

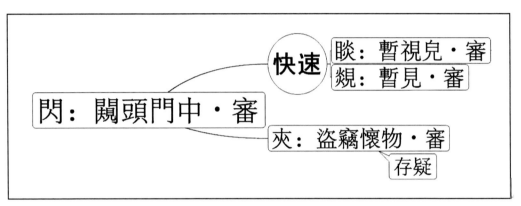

三、刪族

刪

【說文】《刀部》：「刪，剟也。从刀冊。冊，書也。」[20]92 上

【疏釋】徐鍇《繫傳》：「古以簡牘，故曰孔子刪《詩》《書》，言有所取捨也。」[85]50 下

【故訓】《玉篇‧刀部》：「刪，剟也。」[66]66 上慧琳《一切經音義》卷六十四「刪補」注同《玉篇》[67]331 下。

《漢書‧丙吉傳》：「刪去臣辭。」顏師古注：「刪，削也。」[74]1034 上【按】剟即削。《爾雅序》：「剟其瑕礫。」邢昺疏：「剟，削也。」[63]2567《說文‧刀部》：「剟，刊也。」[20]91 下

《廣韻‧刪韻》：「刪，除削也。」[51]35 上

《尚書序》:「遂乃定禮樂、明舊章、刪《詩》爲三百篇。」孔穎達疏:「就而減削曰刪。」[63]114

《漢書・刑法志》:「不若刪定律令。」顏師古注:「刪,刊也。」[74]389 上《說文・刀部》:「刊,剟也。」[20]91 下【按】《說文》刊、剟互訓,然則刪訓剟,亦即訓刊,顏注是也。

【約注】:「刪之本義爲刊削,故其字从刀。……削簡謂之刪,猶刈艸謂之芟也。二字雙聲,直一語耳。」[2]1066【按】此組或可加芟。

刷

【說文】《刀部》:「刷,刮也。从刀,㕚省聲。」[20]92 上

【故訓】慧琳《一切經音義》卷十七引玄應《一切經音義》「刷護」注引《考聲》云:「刷,刮也。」[67]473 上

《玉篇・刀部》:「刷,刷拭也。」[66]66 上《廣韻・鎋韻》[51]144 下同《玉篇》。

《爾雅・釋詁下》:「刷,清也。」郭璞注:「埽刷,所以爲潔清。」[69]18【按】刷拭、掃刷皆爲清潔物品之舉,《說文》所言「刮也」則指刮削,立刀刃於物以去表面之穢,《廣韻・鎋韻》:「刮,刮削。」[51]144 下二義事類同。

【約注】:「古之理髮器謂之刷,蓋即刷之本義。……今則通用刷爲㕚飾字,而㕚之本義廢矣。」[2]1069【按】刷爲刮,刪爲削,事類一。

媘

【說文】《女部》:「媘,減也。从女,省聲。」[20]263 下

【疏釋】段玉裁《注》:「媘、渻音義皆同。作『省』者,叚借字也,省行而媘、渻皆廢矣。」[21]623 上王筠《句讀》:「媘字與渻同,皆省之分別文也。」[81]500 下

【故訓】《廣韻・梗韻》:「媘,減也。」[51]91 上《廣雅・釋詁三》:「媘,少也。」[64]100 下

慧琳《一切經音義》卷八十一「逐媘」注:「《廣雅》云:『媘,少也。』鄭注《禮記》云『小減也』。」[67]483 上【按】小減即少減,即《廣雅》所云「少也」。《說文》:「渻,少減也。」[20]231 下鄭注、《說文》同訓。

【約注】:「媘字从女,其本義當謂人體之瘦減也。瘦、媘雙聲,語之轉

耳。」[2]3079【按】從女之字多可就人體而言。此組或可加瘦字。刪、刷之結果即減渻。

渻

【說文】《水部》:「渻,少減也。一曰水門。又水出丘前謂之渻丘。從水,省聲。」[20]231下

【疏釋】段玉裁《注》:「今減省之字當作渻,古今字也。」[21]551下王筠《句讀》:「渻與女部㛿同。」[81]433上【按】疑《說文》正文「少減」爲「水減」之訛。

【故訓】《玉篇·水部》:「渻,減也。」[66]71上

【約注】:「渻之言損也,謂有所損減也。渻、損雙聲,一語之轉耳。水少減謂之渻,猶人瘦減謂之㛿矣。」[2]2724

語音分析

刪,所姦切,齒音疏紐。【山元,所姦切(山刪)】

刷,所劣切,齒音疏紐。【山月,所劣切(山薛)】

㛿,所景切,齒音疏紐。【山耕,所景切(山梗)】

渻,息幷切,齒音心紐。【郭同㛿】

此數字皆爲齒音、送清,同類、同位。刪、刷與㛿雙聲;刪、刷、㛿(皆爲疏紐)與渻(心紐)旁紐雙聲。

《雜著》:「《說文》:『刪,剟也。從刀冊。冊,書也。』所姦切。孳乳爲刷,刮也,所劣切。爲㛿,減也,所景切。爲渻,少減也,息幷切。」[3]119【按】刪刷爲削之動作,㛿渻爲結果,四字皆有減義、某物少之義。

圖 4.4.3　刪族關係圖

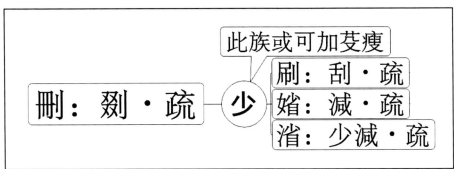

四、彡族

彡

【說文】《彡部》:「彡,毛飾畫文也。象形。」[20]184下

【疏釋】徐鍇《繫傳》:「彡,毛飾畫之文也。」[85]108上饒炯《部首訂》:「指事。本謂毛飾爲文曰彡,畫飾爲文亦曰彡,故从彡之字,或从毛取義或从畫取義不一。三之者,毛飾文飾之數無窮,因舉三以見其意。」[49]852《約注》:「毛飾畫文,當讀爲四事,非止二義也。謂凡从彡之字有屬毛者,須、髟是也;有屬飾者,鬱下云『彡其飾也』是也;有屬畫者,形下云『彡其畫也』是也;有屬文者,彪下云『彡象其文也』是也。」[2]2192【按】如影,彡象物影;彭,彡擬擊鼓之聲。彡之用甚多。

【故訓】《玉篇·彡部》[66]23下同《說文》。《廣韻·鹽韻》:「彡,毛飾。」[51]65上

㞢

【說文】《又部》:「㞢,拭也。从又持巾在尸下。」[20]64下

【疏釋】桂馥《義證》:「在尸下者,在屋下也。本書『屋』字云:『尸,象屋形。』……灑埽潔清之事,亦應於屋下執之。」[80]248上《約注》:「古人造字,近取諸身,故㞢字自以抹身爲本義也。」[2]699

【故訓】《玉篇·又部》[66]27下同《說文》。

慧琳《一切經音義》卷七十九「洒㞢」注引郭璞云:「㞢,掃刷也。」[67]464下《廣韻·薛韻》:「㞢,埽也。」[51]147下【按】拭即掃刷,亦即埽,其義一也。

桂馥《義證》:「《五經文字》:『㞢,飾也』。」[80]248上【按】拭、飾同音,其義相成。㞢即刷字〔註24〕,《廣韻·薛韻》[51]147下有之。

飾

【說文】《巾部》:「飾,㞢也。从巾、从人,食聲。讀若式。一曰襐飾。」[20]159下

【疏釋】段玉裁《注》:「飾、拭,古今字。」[21]360上【按】如此則飾、㞢

〔註24〕二字微別。刷从刀,㞢从又,此是不同。

互訓。

　　【故訓】《釋名・釋言語》：「飾，拭也。物穢者拭其上使明。」[100]57

　　【約注】：「飾以刷拭爲本義，凡物刷拭之後，則煥然一新，故飾美之義出焉。許云一曰㨾飾者，謂人之盛服有容〔註25〕亦名爲飾也。」[2]1885

<h2 style="text-align:center">修</h2>

　　【說文】《彡部》：「修，飾也。从彡，攸聲。」[20]185上

　　【疏釋】《約注》：「修字从彡，當以文飾爲本義。」[2]2193

　　【故訓】慧琳《一切經音義》卷二十五「熏修」注引《玉篇》：「修，治也，飾也。」[67]552下

　　《鹽鐵論・崇禮》：「飾几丈，修樽俎。」[49]159【按】飾、修並舉，修即飾也。

語音分析

　　彡，所銜切，齒音書紐。【山侵，所銜切（山銜）】

　　刷，所劣切，齒音書紐。【山月，所劣切（山薛）】

　　飾，賞隻切，齒音審紐。【書職，賞職切（書職）】

　　修，息流切，齒音心紐。【心幽，息流切（心尤）】

　　此數字皆爲齒音、送清，同類、同位。彡、刷同紐雙聲；彡、刷（審紐）與飾（疏紐）、修（心紐）爲旁紐雙聲。

　　《雜著》：「《說文》：『彡，毛飾畫文也。象形。』所銜切。孳乳爲刷，拭也，所劣切。爲飾，刷也，賞隻切。爲修，飾也，息流切。」[3]119【按】刷、飾、修皆是在彡字「飾」義項上孳乳而出。

圖 4.4.4　　族關係圖

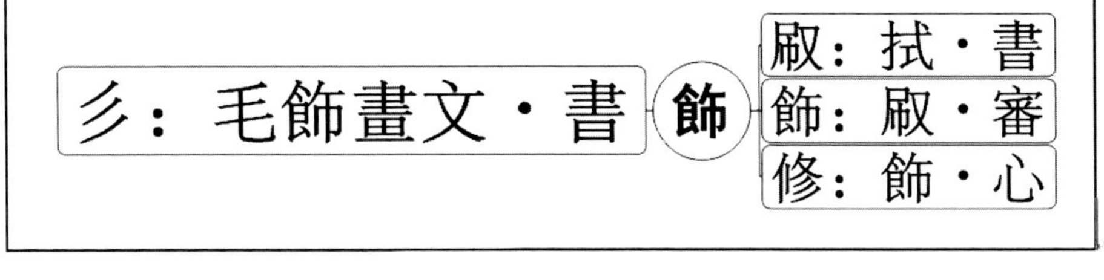

〔註25〕容，華師本作客，誤。今據中州本正。

五、歰族

歰

【說文】《止部》：「歰，不滑也。从四止。」[20]38上

【疏釋】唐蘭《殷墟文字記》：「歨象三足，歰象四足，本有周匝之意。《說文》訓『不滑』者，實後起之義也。」[49]1444【按】周匝與不滑，義相成，此其一。若無確證，四足相對有周匝之義，姑存其說可也，以爲定論不可也。🗝（乙二一一八）[49]4503，此甲文韋字，三足成周匝之形。🗝（林一・二九・二〇）[49]1444，此甲文歰字，不象周匝形。舉此二字爲例，旨在證明止之方向亦爲意義之組成，先民造字并非任意構形。

【故訓】《希麟音義》卷二「歰滑」注引《韻英》云：「歰，不通也。」[86]1185【按】不滑、不通事類同，僅程度大小不同而已。

《廣雅・釋詁三》：「歰，難也。」[64]101上

玄應《一切經音義》卷十八「歰滑」注：「歰，又作濇。」[65]208下

【約注】：「水部濇乃後起形聲字，而歰其初文也。从四止者，兩人之足也。……此篆从四止，兩兩相對，實會其意。」[2]381

濇

【說文】《水部》：「濇，不滑也。从水，嗇聲。」[20]231下

【疏釋】桂馥《義證》：「《一切經音義》七：『濇，古文歰，今作澀』。」[80]970下段玉裁《注》：「濇、歰二字雙聲同義。」[21]551上

【故訓】《玉篇・水部》[66]71上《廣韻・職韻》[51]155上《廣韻・緝韻》[51]156下同《說文》。

【約注】：「欠部：『歜，悲意。』謂鬱結於中，不能自解也。歜、濇並受聲義于歰耳。」[2]2721【按】嗇聲之字多有愛嗇、吝惜、不順之義，濇訓不滑，自然指有水之礙而不暢也。

歜

【說文】《欠部》：「歜，悲意。从欠，嗇聲。」[20]180上【按】从欠之字多可指人之精神、心理狀態，如欪[註26]、歡、欣、欲等字。歜从欠嗇聲訓悲意，

───────────────

[註26]《說文》：「欪，喜也。从欠，吉聲。」[20]179上

自然指心理之不暢、不順遂。

【故訓】《玉篇・欠部》[66]37下同《說文》。

《玄應音義》卷五「歔歔」注引《埤蒼》:「歔，恐懼也。」[65]59上慧琳《一切經音義》卷七十六「歔然」注引《考聲》:「歔，恐怖也。」[67]437上【按】悲、恐，皆狀人意之不順遂也。

【約注】:「歔之言歰也、濇也，謂心意壅滯不流利也。凡人遇悲傷或恐懼事，則內心鬱結莫申，故謂之歔。許訓悲意，而他書訓小怖，其爲鬱滯則一，故得兼二義。」[2]2138

轖

【說文】《車部》:「轖，車籍交錯也。从車，嗇聲。」[20]301下

【疏釋】桂馥《義證》:「籍當爲藉，錯當爲革。」[80]1264上《約注》頁:「唐寫本《玉篇》殘卷轖字下引《說文》，亦作『車藉交革也』，蓋許書原文如此。」[2]3508

【故訓】《文選・枚乘〈七發〉》:「中若結轖。」李善注引《說文》曰:「轖，車籍交革也。」[68]478上

《廣雅・釋詁二》:「繬、彌，合也。」王念孫《疏證》:「繬、轖、嗇並通。」[64]63上

《玉篇・車部》:「轖，車不行也。」[66]70上【按】車籍交錯所指爲車廂旁用皮革交錯纏縛的障蔽物，引申有不順滑義；車不行，指車行之不順，二義固相通也。

嗇

【說文】《嗇部》:「嗇，愛濇也。从來，從㐭。來者㐭而藏之，故田夫謂之嗇夫。」[20]111下【按】《說文》以濇訓嗇。

【疏釋】朱駿聲《通訓定聲》:「嗇，此字本訓當爲收穀，即穡之古文也。」[82]217下商承祚《殷墟文字類編》:「卜辭从田，與許書嗇之古文合……穡字《禮記》皆作嗇，此穡、嗇一字之明證矣。」[49]665如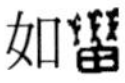（後下七・二）。

【故訓】《孟子・梁惠王上》「百姓皆以王爲愛也」趙岐注「愛，嗇也」孫奭疏引《釋文》云:「嗇，愛歰也。」[63]2670慧琳《一切經音義》卷五十五「嗇

然」注引《說文》云同孫奭疏[67]237上。【按】然則濇、澀同。

【約注】:「徐灝曰:『嗇即古穡字。……』舜徽按:徐說是也。甲文嗇字作𣆪作𣆪,從田,與許書所收古文之形合,本謂治田收穀之事也。甲文嗇字上從禾,從禾猶從來也。上已從禾,而復有從禾之穡;此猶皿部益字,上已從水,而復有從水之溢;皆後增體之重複無理者。」[2]1312

穡

【說文】《禾部》:「穡,穀可收曰穡。從禾,嗇聲。」[20]144上

【故訓】慧琳《一切經音義》卷七十二「稼穡」注引《說文》云:「禾可收曰穡,從禾,嗇聲。」[67]397下【按】可收之穀、禾為穡,引申之則收斂禾穀之動作亦曰穡。

《周禮·地官·遂師》:「巡其稼穡而移用其民,以救其時事。」賈公彥疏:「春種曰稼,秋斂曰穡。」[63]741

《詩·魏風·伐檀》「不稼不穡」毛傳:「種之曰稼,斂之曰穡。」[63]358【按】穡有秋收之義,多與稼字連言。

【約注】:「嗇字從來從㐭,即收穀之意。來即麥也。今穡又從禾,重複無理,信為後出字無疑。嗇字既為愛濇義所專,故別造從禾之穡以為稼穡字耳。」[2]1699

語音分析

澀,色立切,齒音疏紐。【山緝,色立切(山緝)】

濇,同澀。【山職,所力切(山職)】

轖,所力切,齒音疏紐。【郭同濇】

嗇,同轖。【郭同濇】

穡,同轖。【郭同濇】

歗,火力切,喉音曉紐。【郭同濇】

此數字皆為齒音疏紐、送清,同類、雙聲。

《雜著》:「《說文·止部》:『澀,不滑也。從四止。』色立切。孳乳為濇,不滑也,與澀同音。為歗,悲意;為轖,車藉交錯也;為嗇,愛濇也;為穡,穀可收也;並所力切。嗇、穡實即一字。穀可收,即㐭而藏之不使流散於外,

即愛嗇之義也。」[3]119

圖 4.4.5　歰族關係圖

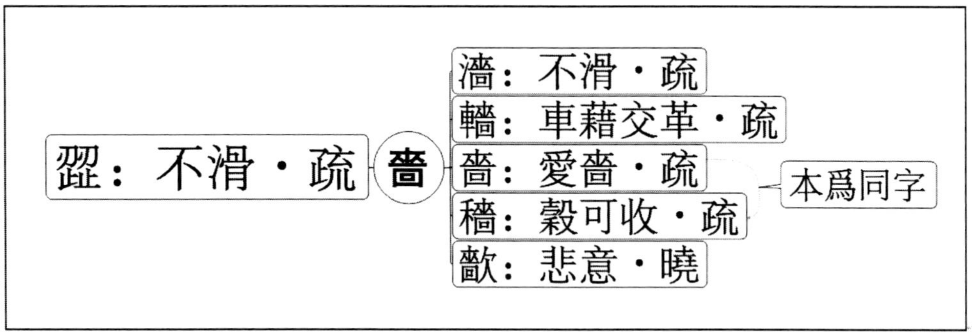

六、矢族

矢

【說文】《矢部》：「矢，弓弩矢也。从入，象鏑栝羽之形。」[20]110上

【疏釋】饒炯《部首訂》：「篆形上象鏑，中直象幹，下象栝，旁出象羽。說解云『从入』者誤矣。」[49]2580

【故訓】《方言》卷九：「箭，自關而東謂之矢。」[106]587

《論語·衛靈公》：「邦有道，如矢。邦無道，如矢。」邢昺疏：「矢，箭也。」[63]2517

《急就篇》卷三「弓弩箭矢鎧兜鍪」顏師古注：「以竹曰箭，以木曰矢。」[110]46

【用例】《易·繫辭下》：「弦木爲弧，剡木爲矢。」[63]87

【約注】：「甲文作🏹、🏹、🏹諸體，其形尤肖。此乃純象形字，許書但據小篆謂爲从入，非也[2]1292。」

菡

【說文】《艸部》：「菡，糞也。从艸，胃省。」[20]25下

【疏釋】徐鍇《繫傳》：「菡，今作矢，假借也。」[85]14上

【故訓】慧琳《一切經音義》卷四十五「鳥菡」注引《古今正字》同《說文》[67]128下。

《玉篇·艸部》：「菡，糞也。亦作矢，俗爲屎。」[66]53上

【約注】:「經傳子史中皆作矢，不作菌。許書說解中亦用借字，不用本字。……字亦作屎。」[2]235

徙

【說文】《辵部》:「辿（徙），迻也。从辵，止聲。祉，徙或从彳。屟，古文徙。」[20]40下

【故訓】《周禮·地官·比長》:「徙于國中及郊，則從而授之。」孫詒讓《正義》:「徙即辿之隸變。」[117]888

《廣雅·釋言》:「徙，移也。」[64]137上《玉篇·彳部》[66]38下同《廣雅》。

《爾雅·釋詁下》:「遷、運，徙也。」[69]18【按】詁訓所言，皆無訓徙爲屟者，存疑。

【約注】:「徙之古文作屟，今省作屎，與艸部之菌，實即一字。……《莊子·知北遊》『道在屎溺』，用本字也。《史記·廉頗傳》『頃之三遺矢矣』，用借字也。」[2]403

語音分析

矢，式視切，齒音審紐。【書脂，式視切（書旨）】

菌，同矢。【郭同矢】

徙，斯氏切，齒音心紐。【心支，斯氏切（心紙）】

此三字同爲齒音、送清，是旁紐雙聲、同類。

《雜著》:「《說文》:『矢，弓弩矢也。从入，象鏑栝羽之形。』式視切。矢乃具體象形字，證之金文（〔註27〕）甲文（〔註28〕）可知。《說文》但據小篆筆法，謂爲从入，非也。矢有直義速義，孳乳爲菌，糞也；从艸，胃省，與矢同音。糞之出直下而速，故古人即以矢爲菌也。又孳乳爲徙，迻也；古文作屟，斯氏切。今通作屎，即屟之變也。」[3]119【按】廉頗一飯三遺矢，矢是屟之假借，徐鍇明言之。人不拉稀時，屎非如箭也。徙古文作屟，疑有錯簡。此組同源詞當存疑。

關係圖略。

〔註27〕矢伯卣，錄自《漢語大字典》2580頁。

〔註28〕甲三一一七，錄自《漢語大字典》2580頁。

七、首族

首・百

【說文】《首部》：「首百同，古文百也。巛象髮，謂之鬊，鬊即巛也。」[20]184下《百部》：「百，頭也。象形。」[20]184上

【疏釋】《約注》首字下云：「百、𦥄皆象形，但繁省有異。」[2]2188【按】首即頭。

【故訓】《玉篇・百部》引《說文》云：「百，人頭也。」[66]17下

《公羊傳・莊公十二年》：「碎其首。」何休注：「首，頭。」[63]2233《莊子・天運》「行者踐其首脊」成玄英疏[103]512同何休注。

《爾雅・釋詁上》：「首，始也。」[69]3《易・比》「比之無首」李鼎祚《集解》引虞翻曰：「首，始也。」[118]147

【用例】《易・未濟》：「上九，有孚於飲酒，無咎，濡其首[63]73。」《老子》三十八章：「夫禮者，忠信之薄而亂之首。」[93]212

【約注】百字下云：「首、始雙聲，實即一語。始者，人之初生也。……始即生也，因之首亦謂之生。《方言》十三云：『人之初生謂之首。』是已。蓋造字之初，艸木之始爲生，象初出土之形；人之始爲首，象初出母胎形；此乃本義。……生與始、首，亦雙聲也。」[2]2185然則此族字可加入生。

顙

【說文】《頁部》：「顙，額也。从頁，桑聲。」[20]181下

【故訓】《廣雅・釋親》[64]202上同《說文》。慧琳《一切經音義》卷八十二「頓顙」注引《方言》同《說文》[67]486下。

《易・說卦》：「爲旳顙。」李鼎祚《集解》引虞翻曰：「顙，額也。」[118]708

《方言》卷十：「顂，顙也。中夏謂之顂，東齊謂之顙。」[106]690【按】依此則顂、顙互訓，其義一也。

《後漢書・杜篤傳》：「莫不祖跣稽顙。」李賢注引《方言》：「顙，額顙也。」[91]990下

《太玄・傒》：「天撲之顙。」范望注：「顙，頭也。」[49]4388

【約注】：「《儀禮・士喪禮》：『主人哭，拜稽顙。』鄭注云：『稽顙，頭觸

地。』鄭渾言之，乃稱頭也。」[2]2154【按】頭、顙渾言無別。

始

【說文】《女部》：「始，女之初也。从女，台聲。」[20]260下【按】从女之字亦可泛指男女，如奴字即是。女之初，亦即人之初。

【故訓】《呂氏春秋·本生》：「始生之者。」高誘注：「始，初也。」[101]21《素問·六節藏象論》「立端於始」王冰注[92]62同高注。

《禮記·祭義》：「教民反古復始。」孔穎達疏：「始，謂初始。」[63]1595

《論語·泰伯》：「師摯之始。」鄭注：「始猶首也。」[119]305【按】然則始、首互訓。

【約注】：「胎與始同从台聲，受義固同原也。」[2]3046【按】从肉从女之字多通。據《約注》，此族似可加胎字。

語音分析

首，書九切，齒音審紐。【書幽，書九切（書有）】

顙，蘇朗切，齒音心紐。【心陽，蘇朗切（心蕩）】

始，詩止切，齒音審紐。【書之，詩止切（書止）】

三字上古、中古聲紐皆無變。百（首）、始同爲審紐，故爲同類、雙聲。百（首）始與顙，審紐、心紐同爲齒音、送清，亦爲同類。

《雜著》：「《說文》：『百，頭也。象形。』書九切。古文作首，象上有髮也。孳乳爲顙，額也，穌朗切、爲始，妊之初也，詩止切。人初生時，首先出，故首有始義。」[3]119【按】顙與百析言有別，顙爲額頭，百爲頭；然二字統言則無分，如《儀禮·士喪禮》鄭注及《太玄》范望注所言。百（首）、顙本義爲頭，則其訓始者爲引申義。人生首先出，故先民以始爲首之引申義。《說文》訓始爲女之初，此處女指人言，即人之初也。此族似可加生、胎二字。

關係圖略。

八、手族

手

【說文】《手部》：「手，拳也。象形。」[20]250下

【疏釋】段玉裁《注》：「今人舒之爲手，卷之爲拳，其實一也，故以手與拳二篆互訓。」[21]593下

【故訓】《急就篇》卷三：「捲捥節爪拇指手。」顏師古注：「指總謂衆指也，及掌謂之手。」[110]45【按】此爲本義。

《詩·小雅·賓之初筵》：「賓載手仇，室人入又。」毛傳：「手，取也。」[63]485【按】此爲引申義。《逸周書·克殷》：「武王乃手太白以麾諸侯。」《史記·周本紀》：「武王持大白旗以麾諸侯。」[88]64下「手」作「持」。

《經義述聞·通說上·手》：「家大人曰：『手，持也。』《檀弓》『子手弓而可』，謂持弓也。又《吳世家》『專諸手匕首刺王僚』、《楚世家》『莊王自手旗左右麾軍』，義並與持同。」[120]731【按】此亦爲引申義。

【約注】：「手之言收也，謂以收取持握爲用也。因之以手持物亦曰手，莊公十二年《公羊傳》：『手劍而比之。』」[2]2932

叔

【說文】《又部》：「叔，拾也。从又，尗聲。汝南名收芌爲叔。村，叔或从寸。」[20]64下

【疏釋】徐鍇《繫傳》：「叔，收拾之也。」[85]37上郭沫若《兩周金文辭大系攷釋》：「叔字……以金文字形（𢒈〔註29〕）而言，實乃从又持戈以掘芌也。」【按】叔即以手勞作之義。

【故訓】《詩·豳風·七月》：「八月斷壺，九月叔苴。」毛傳：「叔，拾也。」[63]391

【約注】：「叔、拾、收三字雙聲。本書：『尗，豆也。象尗豆生之形也。』叔从尗聲，聲中固自有義。……其實收、叔二字音近，實即一語。」[2]703【按】張舜徽引許書尗字說解以說明叔字，與郭沫若同樣強調了叔字从又，即以手拾取之動作。

收

【說文】《攴部》：「收，捕也。从攴，丩聲。」[20]69上

【故訓】《戰國策·楚策三》：「楚王因收昭雎以取齊。」鮑彪注：「收，

〔註29〕叔卣，錄自《漢語大字典》396頁。

捕繫之也。」[73]542

慧琳《一切經音義》卷七十九「收拔」注引《考聲》:「收,拾也,捕也。」[67]462上

【約注】:「今語猶言拘捕,即收字本義。凡言收拾,則借收爲叔也。」[2]763【按】以其同族故相借也。

語音分析

手,書九切,齒音審紐。【書幽,書九切(書有)】

叔,式竹切,齒音審紐。【書覺,式竹切(書屋)】

收,式州切,齒音審紐。【書幽,式州切(書尤)】

三字同爲齒音審紐,同類、正轉。

《雜著》:「《說文》:『手,拳也。象形。』書九切。孳乳爲叔,拾也,式竹切。爲收,捕也,式州切。」[3]120【按】拾、捕,皆用手也,皆爲手之動作,故其音近、義通。

關係圖略。

九、戍族

戍

【說文】《戈部》:「戍,守邊也。从人持戈。」[20]266上

【故訓】《戰國策・西周策》「今王許戍三萬人與溫囿」鮑彪注同《說文》。[73]63

《詩・王風・揚之水》:「彼其之子,不與我戍申。」毛傳:「戍,守也。」[63]331《詩・小雅・采薇》序:「命將率,遣戍役。」鄭玄箋[63]413同毛傳。

《說文・丝部》「幾」字下云:「戍,兵守也。」[20]84上《公羊傳・莊公十七年》:「瀸,積也,眾殺戍者也。」何休注:「以兵守之曰戍。」[63]2234

【約注】:「許以守邊訓戍,戍守雙聲,語之轉耳。故守邊亦偁戍邊,衛守亦偁衛戍。」[2]3110

隃

【說文】《𨸏部》:「隃,北陵西隃雁門是也。从𨸏,俞聲。」[20]306上

【故訓】《爾雅·釋地》:「北陵西隃,雁門是也。」郭璞注:「即雁門山也。」[69]89

《穆天子傳》卷一:「甲午,天子西征,乃絕隃之關隥。」郭璞注:「疑此謂北陵西隃。西隃,雁門山也。」[49]4147

《玉篇·阜部》:「隃,北陵,在雁門山。」[66]86 下《廣韻·遇韻》:「隃,雁門。」[51]105 上

【約注】:「隃之言戍也,謂爲戍守重地也。雁門山在今山西省境,形勢雄勝,山巖峭拔,自古爲邊防所在,故謂之隃。隃戍同音,蓋以人言則爲戍,以地言則爲隃耳。」[2]3559

語音分析

戍,傷遇切,齒音審紐。【書侯,傷遇切(書遇)】

隃,同戍。【郭同戍】

二字音韻地位同。

《雜著》:「《說文》:『戍,守邊也。从人持戈。』傷遇切。孳乳爲隃,北陵西隃,雁門是也;與戍同音,實即一語。蓋以人言則爲戍,以地言則爲隃耳。」[3]120 【按】「隃」這一地名的產生,至遲在許慎的時代(似無甲金文字),而「戍」的產生在甲骨文時代(如 𠂤 [註30]、𢦏 [註31])。如不能證明地名隃也可能在甲骨文時代產生,則此條存疑。同源詞的產生,時代不能相差太遠。由字形分析,則戍从人持戈,可理解爲戍守義;隃从𠬪俞聲,其義與地理相關,爲地之空曠無人者,亦即需戍守之地。《說文·舟部》:「俞,空中木爲舟也。从亼,从舟,从巜。」[20]176 上【按】然則俞有空義,隃爲地之空曠無人者,腧爲肉中空無物之處,即祖國傳統醫學所謂腧穴者也。二字形義極近,尚需判斷是否可能同出一源。

關係圖略。

〔註30〕後下一三·五,錄自《漢語大字典》1398 頁。

〔註31〕令簋,錄自《漢語大字典》1398 頁。

十、四族

四

【説文】《四部》：「四，陰數也，象四分之形。」[2]307上

【故訓】《京氏易傳》卷下：「二四六八，陰之數。」[86]393

【約注】：「至於四字，乃呬之初文，與自字爲鼻之初文，其意正同。自與四實即一語，今讀自在從紐，四在心紐，古人聲寬，無此區別也。古金文四字作四作四，或作四作四，皆象鼻息下出之形。本書所收之四，其形尤肖。證之本書釆部㒸，古文作四，則自字與四字形又同矣。徒以四三音同，故先民恒借四爲三，如借壹貳叁之爲一二三耳。」[2]3572【按】此族可加自。

自

又見鼻族。

呬

【説文】《口部》：「呬，東夷謂息爲呬。」[20]31下

【故訓】《方言》卷二：「呬，息也。東齊曰呬。」[106]154

《爾雅・釋詁下》：「呬，息也。」郭璞注：「欷、殿、呬，皆氣息貌，今東齊呼息爲呬也。」[69]19《玉篇・口部》[66]21上《廣韻・至韻》[51]102上同《爾雅》。【按】然則可視呬爲四之增偏旁體。

【約注】：「呬乃四之後起增偏旁體。訓鼻息者，以四爲本字，説詳十四篇四部。」[2]303

息

【説文】《心部》：「息，喘也。从心，从自，自亦聲。」[20]217上

【疏釋】《約注》：「凡人疾息，則心气上衝，此息字所以从心。許以喘訓息，自專指疾息耳。」[2]2550

《文選・揚雄〈長楊賦〉》：「二十餘年矣，尚不敢惕息。」李善注引《説文》曰：「息，喘也。」[68]137下

《玉篇・心部》：「息，喘息也。」[66]33下《漢書・司馬遷傳》：「視徒隷則心惕息。」顏師古注[74]900下同《玉篇》。【按】喘息即呼吸。

語音分析

四，息利切，齒音心紐。【心質，息利切（心至）】

呬，虛器切，喉音曉紐。【曉質，虛器切（曉至）】

息，相即切，齒音心紐。【心職，相即切（心職）】

自，疾二切，齒音從紐。【從質，疾二切（從至）】

四、息同爲齒音心紐，同類、雙聲；呬與四、息同位（曉、心喉齒互轉）、變轉。

《雜著》：「𦫳爲四之古文，象鼻息下出之形。證之金文作𦥑，或作𦥮，其形皆肖也，息利切。孳乳爲呬，東夷謂息爲呬也，虛器切。爲息，喘也，相即切。」[3]120【按】由此，知張舜徽以四、自爲語根，由之孳乳而生呬、息。

關係圖略。

第五節　脣音類詞族

一、丏族

丏

【說文】《丏部》：「丏，不見也，象壅蔽之形。」[20]184 上

【疏釋】徐鍇繫傳：「丏，左右擁蔽，面不分也。」[85]108 上

【故訓】《玉篇・丏部》[66]80 下《廣韻・銑韻》[51]83 上同《說文》。

【約注】：「迷、丏雙聲，故得通假耳。捉迷者左右壅蔽，不能見物，丏實象之。此俗蓋所起甚早，故先民特造丏字以紀其事，今則專用借字迷而丏廢矣。見部：『覍，突前也。』與丏雙聲義同，實即一語。」[2]2187

《約注》宀字下云：「凡屋深者，則幽暗不易見物，故宀之爲言丏也。本書：『丏，不見也。象壅蔽之形。』語轉爲否，不見也；爲㝠，冥合也；爲䁵，冥也；爲冥，窈也；爲夢，不明也；爲覒，小見也。皆聲義俱近，語原一耳。其他尚多，不能悉數矣。自部之臱，與宀同音，故其義近。本部下文有寓篆，又爲臱之後增體。」[2]1766

面

【說文】《面部》：「面，顏前也。从𦣻，象人面形。」[20]184 上

【故訓】《書·顧命》:「大輅在賓階面,綴輅在阼階面。」孔安國傳:「面,前。」[63]239《儀禮·士冠禮》「贊者洗于房中,側酌醴,加柶覆之面葉」鄭玄注[63]952、《廣韻·線韻》[51]119上同孔傳。

【用例】《韓非子·觀行》:「古之人目短於自見,故以鏡觀面。」[94]479

【約注】:「面即皃之語轉,面之轉爲皃,猶冂之轉爲冃耳。蓋面之言丏也,謂不能自見也。人身惟不能自見其面耳。面、丏雙聲,實即一語。」[2]2186

皃

【說文】《皃部》:「皃,頌儀也。䫉,皃或从頁,豹省聲。貌,籀文皃从豹省。」[20]177上

【故訓】《玉篇·皃部》:「皃,容儀也。」[66]107下【按】容即頌,頌字籀文作額可證。故《廣雅·釋詁四》:「皃,容也。」[64]127下《集韻·覺韻》[51]152下同《廣雅》。

《玄應音義》卷十二「鬱皃」注:「皃,容皃也。」[86]1524

【約注】:「面、皃雙聲,固一物也。」[2]2102【按】皃即面,面不能自視,則皃亦不能自視,此則皃入此族之故也。

冕

【說文】《見部》:「冕,突前也。从見冂。」[20]178上

【疏釋】朱駿聲《通訓定聲》:「冕,从見从冂,會意,與冒略同。按,此字冂亦聲,讀如蒙者,聲之轉。」[82]54下王筠《句讀》:「冒冕一字,目見一意,古分今合。」[81]324下【按】从目从見之字多通。

【約注】:「段玉裁曰:『冕與冢音義略同。……』林義光曰:『冕从見冂,象人目有所蒙覆形。』舜徽按:……許以突前釋冕,謂目不見物,冒突而前也。」[2]2118

眜

【說文】《目部》:「眜,目不明也。从目,末聲。」[20]72上

【故訓】《玉篇》[66]19上同《說文》。

《廣韻·末韻》:「眜,目不正也。」[51]143上【按】目不正則必不如常人之

明，二義實相成。

【約注】：「李富孫曰：『眛疑與蔑通。』舜徽按：李說是也。人勞精困而目不明，則眛字本義也。」[2]804

眛

【說文】《目部》：「眛，目不明也。从目，未聲。」[20]73上

【故訓】《玉篇》[66]18下同《說文》。《廣韻·隊韻》：「眛，目暗。」[51]112上

【約注】：「眛之本義爲勞目無精，古與蔑通。眛之本義，蓋謂眛暗不曉事也。《淮南子·精神篇》：『故覺而若眛。』高注云：『眛，暗也；厭也。楚人謂厭爲眛，喻無知也。』《淮南》此處，乃用眛字本義。……本書日部昧下云：『一曰闇也。』眛昧受義同原，得相通假。」[2]818

【按】王引之《經義述聞·春秋名字解詁上》：「《說文·目部》前有眛字，目不明也；……後有眛字，目不正也。」「而今本目不明之眛，右畔誤寫本末之末，而音莫撥切；目不正之眛，右畔誤寫午未之未，而音莫佩切，『正』字又誤作『明』。所當互易者也。《玉篇》目不正之正，雖與今本《說文》同誤作明，而莫達切之音尙不誤。莫達與莫撥同，可據《廣韻》『眛，目不正也，莫撥切』以正之矣。」[120]535張舜徽未取此說，以其推斷理據尙不足也。

暓

【說文】《目部》：「暓，目不明也。从目，弗聲。」[20]73下

【故訓】《玉篇·目部》[66]19上《廣韻·未韻》[51]103下同《說文》。《廣韻·未韻》：「暓，目暓眛不明皃。」[51]143下

【約注】：「眒、暓、眛皆脣音字，語聲之轉也。」[2]828

瞢

【說文】《苜部》：「瞢，目不明也。从苜，从旬。旬，目數搖也。」[20]77下

【故訓】《玉篇·苜部》[66]20上同《說文》。

《文選·王褒〈洞簫賦〉》：「瞪瞢忘食。」李善注引《埤蒼》曰：「瞢，視不審諦也。」[68]246上

《玄應音義》卷九「瞢瞽」注引郭璞注《山海經》云：「瞢，盲也。」[65]110下

【約注】:「目部矕、眄、眜、眛、矇、瞢諸文,俱與此爲雙聲,而義並同,皆一語之轉也。」[2]880【按】此族可加眄。

蔑

【說文】《首部》:「蔑,勞目無精也。从首,人勞則蔑然,从戍。」[20]77 下【按】勞目無精則見削。《易‧剝》:「六二,剝牀以辨,蔑貞,凶。」孔穎達疏:「蔑,削也。……蔑謂微蔑,物之見削則微蔑也,故以蔑爲削。」[63]38

【疏釋】《約注》:「朱駿聲曰:『許說此字誤也。當云从首,伐聲。結字似戍耳。』舜徽按:……朱說近是。」[2]881

【故訓】《玉篇‧首部》[66]20 上同《說文》。

瞢

【說文】《目部》:「瞢,目眵也。从目,蔑省聲。」[20]73 上

【疏釋】段玉裁《注》改許書爲:「瞢,瞢兜,目眵也。」[21]134 上

玄應《一切經音義》卷十八「眼眵」注引《說文》:「瞢,瞢兜,眵也。今江南呼眵爲眵兜也。」[65]214 上

【約注】:「此字初但作蔑,曠瞢皆後增體也。首部『蔑,勞目無精也。』……與上文眜字聲義並近。蔑、末,語之轉也。」[2]817

昧

【說文】《日部》:「昧,昧爽,旦明也。从日,未聲。一曰闇也。」[20]137 下

【疏釋】王筠《釋例》:「昧爽之時,較日出時言之則爲闇,較雞鳴時言之則爲明,本是一義,不須區別。」[49]1497【按】此正是一名而含相反義之例也。

【故訓】《玉篇‧日部》:「昧,冥也。昧爽,旦也。」[66]76 上

《淮南子‧原道》:「而行之則昧。」高誘注:「昧,不明也。」[121]84【按】不明即冥。

《書‧仲虺之誥》:「兼弱攻昧,取亂侮亡。」孔穎達疏:「不明爲昧。」[63]161

慧琳《一切經音義》卷六「昧鈍」注引《韻英》:「昧,暗不明也。」[67]375 上

《廿二史考異‧史記五‧屈原賈生列傳》「殺其將唐昧」錢大昕按:「《呂氏春秋》作唐蔑。古文昧蔑通。」【按】是則昧、蔑同之證。

【用例】《左傳・僖公二十四年》：「耳不聽五聲之和爲聾，目不別五色之章爲昧。」[77]345【按】此處又專指目不明，與昧同。

【約注】：「且與且形近易譌，此處以作且明爲是。且明者，尚未全明之時，見物不甚分曉，因謂之昧，猶目不明謂之眜耳。許云『一日闇也』，義實相成矣。」[2]1625

顯

【說文】《頁部》：「顯，昧前也。从頁，㬎聲。讀若昧。」[20]182下

【疏釋】王筠《句讀》：「顯，蓋謂冒昧而直前也。」[81]332下

【約注】：「目部眛、眜、矇諸文，並與顯雙聲義近。」[2]2163【按】此族可加矇字。

睍

【按】字又作䁯。

【說文】《見部》：「睍，病人視也。从見，氐聲。讀若迷。」[20]178上

【疏釋】段玉裁《注》：「睍，蓋古本作䁯，民聲。讀若眠者，其音變；讀若迷者，雙聲合音也。唐人諱『民』，偏旁省一畫，多似『氏』字。始作『䁯』，繼又譌作『睍』，乃至正譌並存矣。」[21]409上朱駿聲《通訓定聲》：「睍，字亦作䁯。」[82]585上

【故訓】《玉篇・見部》[66]20上同《說文》，字作䁯。

迷

【說文】《辵部》：「迷，或也。从辵，米聲。」[20]41上

【疏釋】徐鍇《繫傳》：「迷，惑也。」[85]23下田吳炤《二徐箋異》：「大徐本作『或也』，小徐作『惑也』。炤按：或、惑古今字，宜從大徐。」《約注》：「宋本說解惑作或，蓋其文下有脫爛耳。」[2]415孫海波《卜辭文字小記》：「口象城形，从戈以守之，國之義也。」【按】如𢦔（前二・六・五）。或之本義爲守國，迷惑乃同音通假，增心旁以明心之惑亂也。

【故訓】《爾雅・釋言》：「迷，惑也。」[69]35《玉篇・辵部》[66]40上《廣韻・齊韻》[51]25上、《楚辭・九章・惜誦》「迷不知寵之門」王逸注同《爾雅》。

【約注】:「迷之爲字,始於迷失道路,故其字从辵。《韓非子·解老篇》所云:『凡失其所欲之路而妄行之則爲迷。』其本義也。」[2]415

盲

【說文】《目部》:「盲,目無牟子。从目,亡聲。」[20]73上

【疏釋】徐鍇《繫傳》:「盲,目無眸子。」[85]42上《玉篇·目部》[66]19上同《繫傳》。

【故訓】玄應《一切經音義》卷四「矇盲」注:「目無眸子曰盲[65]52上。」《廣韻·庚韻》:「盲,目無童子。」[51]52下【按】引申爲看不見。《漢書·杜欽傳》:「欽字子夏,少好經書,家富而目偏盲。」顏師古注:「盲,目無見也。」[74]879上《呂氏春秋·尊師》:「其見不若盲。」高誘注:「盲,無所見也。」[101]208《釋名·釋疾病》:「盲,茫也,茫茫無所見也。」[100]118

【約注】:「盲與矇本一語之轉,然析言之,亦自有別。……無牟子者,謂不見其瞳子也。」[2]824【按】參前矇字說解,此族似可加矇字。

𪏮

【說文】《冥部》:「𪏮,冥也。从冥,黽聲。讀若黽蛙之黽。」[20]141上

【故訓】《廣雅·釋詁四》[64]118下《玉篇·冥部》[66]80下同《說文》。

【約注】:「𪏮字訓冥,音武庚切,聲在微紐。古讀歸明,與冥雙聲,𪏮即冥之後增體也。此由方言偶異,遂變爲二形耳。」[2]1664

眯

【說文】《目部》:「眯,艸入目中也。从目,米聲。」[20]73上

【疏釋】段玉裁《注》:「《字林》云:『眯,物入眼爲病。』然則非獨艸也。」[21]134下《莊子·天運》:「播穅眯目,則天地四方易位矣。」成玄英疏:「夫播穅眯目,目暗,故不能辯東西。」[103]524

【故訓】《淮南子·繆稱》:「故若眯而撫。」高誘注:「眯,芥入目也。」[121]725

《玉篇·目部》:「眯,物入目中。《莊子》曰播糠眯目。」[66]19上《廣韻·薺韻》[51]77下同《玉篇》。

瞑

【說文】《目部》：「瞑，翕目也。从目、冥，冥亦聲。」[20]72下

【故訓】慧琳《一切經音義》卷四十七引玄應《一切經音義》「瞑目」注引《說文》：「瞑，目翕也。」[67]153上

慧琳《一切經音義》卷五十三「爲瞑」注引《考聲》：「瞑，閉目也。」[67]218上

【用例】《左傳・文公元年》：「丁未，王縊。謚之曰靈，不瞑；曰成，乃瞑。」[63]1837

【約注】：「瞑之言冥也，謂無所見也。許以翕目訓瞑，翕者合也，合目，則不能見物矣。」[2]815

冥

【說文】《冥部》：「冥，幽也。从日，从六，冖聲。」[20]141上

【故訓】慧琳《一切經音義》卷一百「窈冥」注引《文字典說》[67]614上、《廣韻・青韻》[51]56下同《說文》。

《文選・左思〈魏都賦〉》：「雷雨窈冥而未半。」李善注引《說文》曰：「冥，幽昧也。」[68]100下

《後漢書・張衡傳》：「踰厖濆於宕冥兮。」李賢注：「冥，幽冥也。」[91]780上

《玉篇・冥部》：「冥，窈也。」[66]80下《文選・張衡〈思玄賦〉》「踰厖鴻於宕冥兮」李善注引《說文》曰[68]222上、玄應《一切經音義》卷八「冥者」注[65]91下、慧琳《一切經音義》卷十二「諸冥」注引《毛詩傳》[67]427上同《玉篇》。

【約注】：「竊疑冥字初形，蓋本作𡨋，从日、入，冖聲。」[2]1663

𣊫

【說文】《日部》：「𣊫，日且昏時。从日，䜌聲。讀若新城䜌中。」[20]138下

【疏釋】段玉裁《注》：「𣊫，日且昏時。且，各本作旦，今正。昏訓冥，𣊫訓日且冥，則𣊫即𥁃也。」[21]305上徐灝《注箋》：「𣊫即晚之異文，其音輕重之殊耳。」

【故訓】《玉篇・日部》：「𣊫，日昏時。」[66]76下《廣韻・桓韻》：「𣊫，日

夕昏時。」[51]35上

【約注】：「蠻之言蠻也，莫色蒼茫，如目被翳，不能辯物之時也。蠻晚又一語之轉。」[2]1636

晚

【說文】《日部》：「晚，莫也。从日，免聲。」[20]138下

【故訓】《玉篇・日部》：「晚，暮也。」[66]76下《廣韻・阮部》[51]80下同《玉篇》。

【用例】《楚辭・九辯》：「白日晼晚其將入兮，明月銷鑠而減毀。」

【約注】：「晚在微紐，古讀歸明，與茻雙聲，實一語也。」[2]1635

茻

【說文】《茻部》：「莫，日且冥也。从日在茻中。」[20]27下【按】茻即莫。《龍龕手鑒・卄部》：「茻，俗。音莫。」[89]527《玉篇・茻部》：「茻，無也。今作莫。」[66]56上惠棟《讀說文記》：「當作茻亦聲。茻，今作莫，俗作暮。」

【疏釋】徐鍇《繫傳》：「莫，平野中望日且莫，將落，如在茻中也。」[85]15上

【故訓】慧琳《一切經音義》卷五十三「適莫」注引《韻英》云：「莫，日冥也。」[67]213下

【用例】《詩・齊風・東方未明》：「不能辰夜，不夙則莫。」[63]351《禮記・聘義》：「日莫人倦，齊莊正齊而不敢解惰。」[63]1693

【約注】：「莫之言沒也，謂日將下沒不得見也。」[2]256

否

【說文】《日部》：「否，不見也。从日，否省聲。」[20]139下

【疏釋】段玉裁《注》：「此字古籍中未見。其訓云『不見也』，則於从日無涉。其音云『否省聲』，則與自來相傳『密』音不合。」[21]308上

【故訓】《玉篇・日部》[66]76下同《說文》。

【約注】：「本書：『冥，幽也。』與否雙聲，受義同原。推之火不明為莫，勞目無精為蔑，皆一語之轉。」[2]1648【按】然則此族或可加莫。

語音分析

丏，彌兗切，脣音明紐。【明眞，彌殄切（明銑）】

面，彌箭切，脣音明紐。【明元，彌箭切（明線）】

皃，莫教切，脣音明紐。【明藥，莫教切（明效）】

冡，莫紅切〔註32〕，脣音明紐。【郭《手冊》未收】

眛，莫撥切，脣音明紐。【明月，莫撥切（明末）】

昧，莫佩切，脣音明紐。【明物，莫佩切（明隊）】

曹，普未切，脣音滂紐。【郭《手冊》未收】

懵，木空切，脣音明紐〔註33〕。【明蒸，莫中切（明東）】

蔑，莫結切，脣音明紐。【明月，莫結切（明屑）】

薔，同蔑。【明月，莫結切（明屑）】

昧，莫佩切，脣音明紐。【明物，莫佩切（明隊）】

顪，同昧。【曉物，《集韻》呼內切（曉隊）】

覒，莫分切，脣音明紐。【明脂，莫分切（明齊）】

迷，同覒。【明脂，莫分切（明齊）】

盲，武庚切，脣音微紐。【明陽，武庚切（明庚）】

矄，同盲。【明陽，《集韻》眉更切（明庚）】

眯，莫禮切，脣音明紐。【明脂，莫禮切（明薺）】

瞑，武延切，脣音微紐。【明耕，莫經切（明青）】

冥，莫經切，脣音明紐。【明耕，莫經切（明青）】

欒，洛官切，舌音來紐。【來元，落官切（來桓）】

晚，無遠切，脣音微紐。【明元，無遠切（明阮）】

茻，莫故切〔註34〕，脣音明紐。【明鐸，《說文》莫故切（明暮）】

否，美畢切，脣音明紐。【明質，《集韻》莫筆切（明質）】

由上述音韻地位看，除欒字爲舌音外皆爲脣音，則此數字皆同類、雙聲。欒與其他字亦屬脣舌相轉。

〔註32〕　《說文》178上又有亡莢切，脣音微紐。

〔註33〕　《廣韻》反切上字無木，有慕。木、慕皆屬脣音明紐，所以以木爲反切上字的字，亦當屬脣音明紐。

〔註34〕　《說文》27下又收慕各切，脣音明紐。

《雜著》:「《說文》:『丏，不見也。象壅蔽之形。』彌兗切。孳乳爲面，象人面形；人身惟不能自見其面耳，彌箭切。爲兒，兒上從白，亦象面形也，莫教切。爲覓，目不見物，冒突而前也，莫紅切。爲眛，莫撥切；爲眛，莫佩切；爲瞥，普末切；爲瞢，木空切；俱訓不明也。爲蔑，勞目少精也；爲瞢，目眵也；並莫結切。爲昧，闇也；爲顯，眛前也；並莫佩切。爲睍，病人視也；爲迷，惑也；並莫兮切。爲盲，目無眸子也；爲矊，冥也；並武庚切。爲睞，艸入目中也，莫禮切。爲瞑，翕目也，武延切。爲冥，窈也，莫經切。爲曫，日且昏時也，謨還切。爲晚，莫也，無還切。爲莫〔註35〕，日且冥也，慕各切。爲否，不見也，美畢切。」[3]140

圖 4.5.1　丏族關係圖

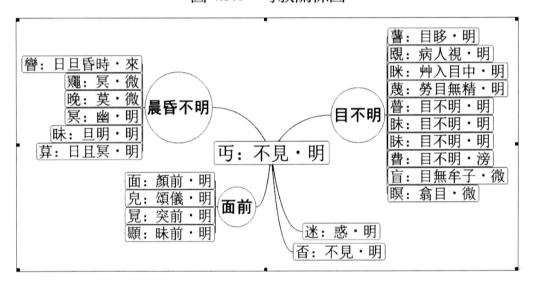

二、宀族

宀

【說文】《宀部》:「宀，交覆深屋也。象形。」[20]150上

【故訓】《玉篇》[66]44上同《說文》。《廣韻·仙韻》:「宀，深屋。」[51]39上《元包經傳·太陽》:「顛宀勹盈。」李江注:「宀，覆也。」[86]556

【約注】:「凡屋深者，則幽暗不易見物，故宀之爲言丏也。本書:『丏，

〔註35〕　《雜著》作茸，當是茸字之譌。《集韻·止韻》:「茸，胡茸，艸名，象耳也。」即今蒼耳。今正。

· 150 ·

不見也。象壅蔽之形。』語轉爲否，不見也；爲宎，冥合也；爲覭，冥也；爲冥，窈也；爲夢，不明也；爲覭，小見也。皆聲義俱近，語原一耳。其他尚多，不能悉數矣。自部之鼻，與宀同音，故其義近。本部下文有寫篆，又爲鼻之後增體。」[2]1766【按】然則宀組字與丏組字又有極近之同源關係。

鼻

【說文】《自部》：「鼻，宀宀不見也。」〔註36〕[20]74頁上

【疏釋】王筠《句讀》：「鼻，字與寫同。」[81]119下

【約注】：「竊謂此字本義，自謂所居深邃，冥不見物也。《集韻》一先鼻字下云：『謂人處深室。』是矣。上古穴居，穴即室也。說解『宀宀不見也』下，當云从穴从𠕄，自聲。𠕄即象穴之深邃。古讀自爲鼻，鼻从自聲而今讀武延切者，鼻鼻皆脣音字，語聲之轉耳。鼻字與宀音義俱同。本書宀下云：『交覆深屋也。』寫下云：『寫寫不見也。』寫寫即宀宀矣。蓋造字之初，鼻謂穴而宀謂屋，各有專屬，不相亂也。惟以鼻字筆繁，宀字形簡，孳乳之體，多从宀而不从鼻，而鼻之本義廢矣。宀部之寫，乃後起增偏旁體。」[2]833

寫

【說文】《宀部》：「寫寫不見也。一曰，寫寫不見省人。从宀，鼻聲。」[20]151上

【約注】：「凡屋深覆者，則幽暗不易見物，要當以宀爲初文，說詳部首。」[2]1779

宎

【說文】《宀部》：「宎，冥合也。从宀，丏聲。讀若《周書》『若藥不瞑眩』。」[20]151上

【疏釋】徐鍇《繫傳》：「宎與冥同義也。」〔註37〕[85]88上

【故訓】《玉篇》[66]44上同《說文》。

【約注】：「小徐謂宎與冥同義者，語原然也。說詳部首宀篆下。」[2]1785

〔註36〕《說文》作「鼻，宮不見也」，此處不用。

〔註37〕此本冥作宵，似誤。今據《故訓匯纂》[86]562正。

窻

【說文】《穴部》：「窻，北方謂地空，因以為土穴，爲窻戶。从穴，皿聲。讀若猛。」[20]152 上

【故訓】《玉篇》[66]47 下同《說文》。

《廣雅·釋宮》：「窻，窟也[64]209 下。」《廣韻·梗韻》：「窻，窻戶，土穴。」[51]91 上

【約注】：「窻即宀之雙聲語轉耳。亦取冥昧之義。」[2]1795

覆

【說文】《穴部》：「覆，地室也。从穴，復聲。」[20]152 上

【故訓】《玉篇》[66]47 下《廣韻·屋韻》[51]134 上同《說文》。《廣雅·釋宮》：「覆，窟也。」[64]209 下

【約注】：「凡上覆下則暗。覆與宀、窻俱屬脣音，受義正同。《廣雅·釋言》云：『窨，窋也。』又《釋宮》云：『窋，窟也。』窋亦覆之聲轉。」[2]1796
【按】此組似可加窋字。

密

【說文】《山部》：「密，山如堂者。从山，宓聲。」[20]190 下

【故訓】《爾雅·釋山》：「山如堂者，密。」郭璞注：「形似堂室者。」[69]99
《玉篇·山部》：「密，山形如堂。」[66]83 下

《禮記·樂記》：「使之陽而不散，陰而不密。」鄭玄注：「密之言閉也。」孔穎達疏：「密，閉也。陰主幽靜，失在閉塞。」[63]1535【按】山如堂則閉，二義實相成。

【用例】《尸子·綽子》：「松柏之鼠，不知堂密之有美樅。」

【約注】：「山之深者謂之密，猶屋之深者謂之宀，皆謂其陰暗也。凡屋深山深，皆蔽暗不易見物，故語轉爲丏，爲覭，爲否，爲瞑，爲瞢，爲矁，爲覞，爲昧，俱訓不見或不明也。聲義同原，惟字形有異耳。因之事之不見不明者，亦得謂之密。」[2]2254

廟

【說文】《广部》：「廟，尊先祖皃也。从广，朝聲。」[20]193 上

【約注】：「推原廟之得名，則實受聲義于宀，蓋謂屋之深暗者也。屋之深者謂之廟，猶山之深者謂之密耳，皆語聲之轉也。」[2]2282

語音分析

宀，武延切，脣音微紐。【明元，武延切（明仙）】

鼏，同宀。【郭《手冊》未收】

寫，同宀。【明元，《集韻》莫賢切（明先）】

宆，莫甸切，脣音明紐。【明眞，莫甸切（明霰）】

窊，武永切，脣音微紐。【明陽，武永切（明梗）】

覆，芳福切，脣音敷紐。【並覺，房六切（並屋）】

密，美畢切，脣音明紐。【明質，美筆切（明質）】

廟，眉召切，脣音明紐。【明宵，眉召切（明笑）】

宀、鼏、寫、宆、密、廟皆爲脣音明紐，是同紐雙聲；窊、覆與之爲同類、雙聲，由明轉微、轉敷是正轉。宀組字爲同類、雙聲、正轉。

《雜著》：「《說文》：『宀，交覆深屋也。象形。』武延切。凡屋深者，則幽暗不易見物，故宀與丏音義俱近也。孳乳爲鼏，爲寫，並訓不見，與宀同音，實一語耳。爲宆，冥合也，莫甸切。爲窊，土穴也，武永切。爲覆，地室也，芳福切。爲密，山如堂者也，美畢切。爲廟，祀神之室也，眉召切。祀神之室，亦深暗異常也。」[3]141

圖 4.5.2　族關係圖

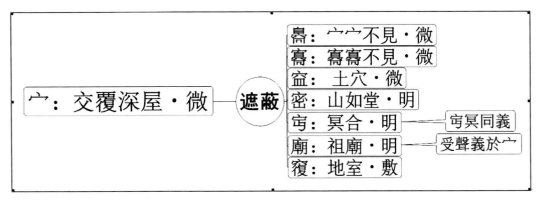

三、文族

文

【說文】《文部》：「文，錯畫也，象交文。」[20]185上【按】據甲金文字知，文本指人身上所繪或刺之花紋[52]32，如🧍（乙六八二〇反）、🧍（甲三九四〇）等[49]2169。其目的多爲區別族群或戰爭中敵我雙方，因引申有錯雜；因其又有裝飾作用，故又引申爲文采。

【疏釋】徐鍇《繫傳·文部》：「文，畫也。」[85]108下

【故訓】《說文·敘》：「故謂之文。」段玉裁《注》：「文，造畫也。」[21]754上

《禮記·月令》：「具飭衣裳，文繡有恒。」鄭玄注：「文謂畫也。」[63]1373

【約注】：「文之言分也，謂資此以分別萬物也。……文者，所以區辨萬物者也。本書《敘篇》：『見鳥獸蹄迒之迹，知分理可相別異也。』分理，猶文理耳。」[2]2197【按】據約注所示，知文有分別萬物之用，故份、黺、黼、黻、璑、珉、瑂、黟、駁、辯、虨、彪、豹皆有分別義。

份

【說文】《人部》：「份，文質僣也。从人，分聲。……彬，古文份。」[20]162下

【疏釋】徐鍇《繫傳》僣作備，并云：「份，文質相半也。」[85]95下

【約注】：「本書虍部：『虨，虎文彪也。从虍，彬聲。』亦兼从彬得義耳。又虎部：『彪，虎文也。从虎，彡象其文也。』與彬雙聲，語原皆同。」[2]1917【按】張舜徽認爲虨、彪與彬同原。

黺

【說文】《黹部》：「黺，袞衣山龍華蟲。黺，畫粉也。从黹，从粉省。」[20]161上【按】「从粉省」，亦即黺有粉、粉飾之義。

【故訓】《玉篇·黹部》：「黺，絑也。」〔註38〕[66]103上《廣韻·吻韻》：「黺，

〔註38〕絑或當爲綵之誤。

綵文。」[51]80 上

【約注】：「黺與黼、黻並雙聲義近，皆但狀其文采耳。」[2]1901

黼

【說文】《黹部》：「黼，白與黑相次文。从黹，甫聲。」[20]161 上

【故訓】《詩・小雅・采菽》：「又何予之？玄袞及黼。」毛傳：「白與黑謂之黼。」[63]489《書・益稷》「黼」字陸德明《釋文》同毛傳[75]39 上。

《禮記・郊特牲》：「臺門而旅樹，反坫，繡黼丹朱中衣。」孔穎達疏：「白與黑曰黼。」[63]1448

【用例】《周禮・考工記・畫繢》：「白與黑謂之黼，黑與青謂之黻。」[63]918

【約注】：「白與黑相間成文爲黼，猶白黑雜毛牛爲犆。黼與犆俱脣聲字，同類近轉，語固相通也。」[2]1900【按】此族可加犆。

黻

【說文】《黹部》：「黻，黑與青相次文。从黹，犮聲。」[20]161 上

【故訓】《文選・張衡〈思玄賦〉》：「襲溫恭之黻衣兮。」舊注：「黻，黼也。」[71]卷十五 4 下

《左傳・桓公二年》：「火龍黼黻，昭其文也。」杜預注：「黻，黑與青謂之黻，兩己相戾。」[63]1742

《爾雅・釋言》：「黻，彰也。」郭璞注：「黻，文如兩己相背。」[69]26

《詩・秦風・終南》：「黻衣繡裳。」毛傳：「黑與青謂之黻。」[63]373

【用例】《周禮・多官考工記・畫繢》：「白與黑謂之黼，黑與青謂之黻。」[63]918

【約注】：「黑與青相間成文爲黻，猶久雨青黑爲黴。黻與黴俱脣聲字，語相轉也。」[2]1901【按】黴見下。

珷

【說文】《玉部》：「珷，三彩玉也。从玉，英聲。」[20]10 下

【故訓】《玉篇・玉部》[66]6 下同《說文》。【按】玉三彩，亦即其色相次。

《周禮・夏官・弁師》：「瑉玉三彩。」鄭玄注引鄭司農云：「珷，惡玉名。」

【約注】：「武夫與美玉對言，其爲惡玉必矣。非所謂亞次之玉也。《禮記・

聘義》：『君子貴玉而賤碈。』鄭注云：『碈石似玉。』但言似玉，蓋石中之美者，而玉中之惡者也。」[2]49

珉

【說文】《玉部》：「珉，石之美者。从玉，民聲。」[20]13上

【故訓】慧琳《一切經音義》卷九十八「珉玉」注引鄭注《禮記》：「珉，石之似玉者。」[67]600下

《漢書·司馬相如傳》：「琳珉昆吾。」顏師古注引張揖曰：「珉，石之次玉者也。」[74]840下【按】石之次玉、似玉則美。

《文選·張衡〈西京賦〉》：「珊瑚、琳碧、瓀珉、璘彬。」張銑注：「琳碧瓀珉，皆玉石。」[71]卷二10上

【用例】《荀子·法行》：「雖有珉之雕雕，不若玉之章章。」

【約注】：「珉之言文也，謂其色駁雜多文也。」[2]79【按】珉謂石之美，可指形與色。故稱其色駁雜而美，並無不可。

瑂

【說文】《玉部》：「瑂，石之似玉者。从玉，眉聲，讀若眉。」[20]13上

【故訓】《玉篇·玉部》：「瑂，石似玉也。」[66]6下

【約注】：「石之青黑色者謂之瑂，猶物經久雨而呈青黑色者謂之黴耳。」[2]77【按】瑂从玉眉聲，自指石有眉毛之青黑色也。

黴

【說文】《黑部》：「黴，中久雨青黑。从黑，微省聲。」[20]211下【按】此字意義的重點在於青黑色。

【故訓】《廣雅·釋器》：「黴，黑也。」[64]272下【按】青黑亦黑也。

《玉篇·黑部》：「黴，黴敗也。」[66]82下【按】物黴敗則青黑，義實相成。物有青黑之色，則亦駁雜貌。

【約注】：「中猶傷也。中久雨青黑，謂凡物傷久雨而生黑斑點也。其甚者，紅綠白黃諸色雜出，因謂之黴，猶石之似玉者謂之瑂，石之美者謂之珉，三采玉謂之瑨耳。石之似玉而美者，皆有色呈於外，與物之生黴者，形相似也。黴、瑂、珉、瑨雙聲，語原一耳。」[2]2491

馼

【說文】《馬部》：「馼，馬赤鬣縞身，目若黃金，名曰馼。……从馬，从文，文亦聲。」[20]200 上

【故訓】《廣雅・釋獸》：「白馬朱鬣，馼。」[64]388 上【按】赤鬣縞身，白馬朱鬣，皆指其色之駁雜不一也。疑此字為駁字形譌。

駁

【說文】《馬部》：「駁，馬色不純。从馬，爻聲。」[20]199 下

【故訓】《爾雅・釋畜》：「騢白，駁。」陸德明《釋文》：「《字林》云：『駁，馬色不純也』。」[75]437 上【按】唐人引書，常誤以《說文》為《字林》。張舜徽每每言之。

【按】騢同騮，《集韻・尤韻》：「騮，《說文》：『赤馬黑毛尾也。』或作騢。」[51]62 上然，則騢有白色，亦為色之駁雜不一也。

【約注】：「本書文部：『辬，駁文也。』即今之斑字。與駁雙聲，一語之轉也。駁本馬色不純之名，因引申為凡不純之稱。」[2]2352

辬

【說文】《文部》：「辬，駁文也。从文，辡聲。」[20]185 上

【故訓】《廣雅・釋詁三》：「辬，文也。」[64]73 下

【約注】：「辬訓駁文，與駁雙聲，語原同也。推之牛黃白色為㸬，白黑雜毛為犖，馬面顙皆白為駹，黃白雜毛為駓，黃馬髮白色為驃，馬赤鬣縞身為馼，黃腹羊為羒，如熊黃白文為羆，似熊而黃黑色為貘，虎文為彪，亦謂之虨，似虎而圜文者為豹，三彩玉為珊，白與黑相次文為黼，黑與青相次文為黻，鬢髮半白為頒，目之白黑分為盼，皆與辬聲義並近。古人聲寬，雖紐位不同，然並屬脣音，受義固同原也。」[2]2198【按】然則此組可加㸬犖駹駓驃馼羒羆貘頒盼。

彪

【說文】《虍部》：「彪，虎文彪也。从虍，彬聲。」[20]103 上【按】虎文即黃白相間之色。

【故訓】《廣韻・眞韻》：「彪，虎文。」〔註39〕[51]29 下

〔註39〕此說解又見《廣韻》諄韻[51]30 上、山韻[51]36 上。

【約注】:「虨之言辯也,謂其文駁雜也。」[2]1211

彪

【說文】《虎部》:「彪,虎文也。从虎,彡象其文也。」[20]103 下

【故訓】《玉篇・虎部》[66]91 下同《說文》。

《廣雅・釋詁三》:「彪,文也。」[64]73 下【按】《廣雅》雖未明言虎文,然彪从虎,則指虎文無疑。

【約注】:「彪本義爲虎文,因引申爲一切文彩之稱。」[2]1215

豹

【說文】《豸部》:「豹,似虎,圜文。从豸,勺聲。」[20]198 上

【故訓】慧琳《一切經音義》卷二「虎豹」注引《說文》:「豹,似虎,團文,花黑而小於虎。」[67]332 上

《爾雅・釋獸》:「貘,白豹。」陸德明《釋文》:「《字林》云:『(豹)似虎,貝文。』。」[75]435 下【按】貝文亦如圜狀。

【約注】:「豹之言辯也;辯,駁文也。似虎而有圜文者謂之豹,猶虎文謂之彪,馬色不純謂之駁也。豹、辯、彪、駁並雙聲語轉,受義同原。」[2]2331豹之圜文亦即駁雜相間之態。

語音分析

文,無分切,脣音微紐。【明文,無分切(明文)】

份,府巾切,脣音非紐。【幫文,府巾切(幫眞)】

粉,方吻切,脣音非紐。【幫文,方吻切(幫吻)】

黼,方榘切,脣音非紐。【幫魚,方矩切(幫麌)】

黻,分勿切,脣音非紐。【幫月,分勿切(幫物)】

璑,武扶切,脣音微紐。【明魚,武夫切(明虞)】

珉,武巾切,脣音微紐。【明眞,武巾切(明眞)】

瑂,武悲切,脣音微紐。【明脂,武悲切(明脂)】

徽,同瑂。【明脂,武悲切(明脂)】

駁,無分切,脣音微紐。【明文,無分切(明文)】

駮，北角切，脣音幫紐。【幫藥，北角切（幫覺）】

辬，布還切，脣音幫紐。【幫元，布還切（幫刪）】

彪，同辬。【幫文，府巾切（幫眞）】

彪，甫州切，脣音非紐。【幫幽，甫烋切（幫幽）】

豹，北教切，脣音幫紐。【幫藥，北教切（幫効）】

此數字皆爲脣音，屬同類、雙聲。

《雜著》：「《說文》：『文，錯畫也。象交文。』無分切。增體爲彣，謂文飾也。孳乳爲份，文質備也，府巾切。爲馚，充〔註40〕衣上文采也，方吻切。爲黼，白與黑相次文也，方榘切。爲黻，黑與青相次文也，分勿切。爲珷，三彩玉也，武扶切。爲珉，石之美者，武巾切。爲瑂，石之似玉者；爲黴，久雨物變青黑色也，並武悲切。爲駁，馬赤鬛縞身目若黃金也，無分切。爲駮，馬色不純也，北角切。爲辬，駁文也；爲彪，虎文彪也，並布還切。爲彪，虎文也，甫舟切。爲豹，似虎而有圓文也，北教切。」[3]141【按】各字事類雖大不同，然皆有外表顏色駁雜之義。

圖 4.5.3　文族關係圖

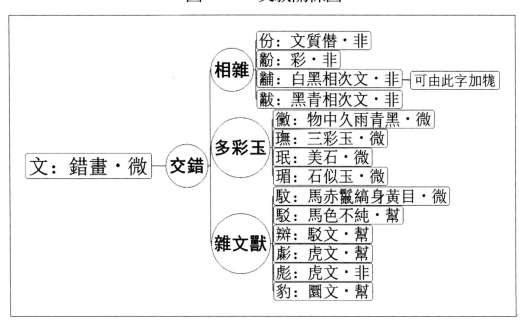

四、自族

鼻

【說文】《鼻部》：「鼻，引氣自畀也。从自畀。」[20]74下

【故訓】《急就篇》卷三：「鼻口脣舌齗牙齒。」顏師古注：「鼻，所以引氣也。」[110]94《素問‧陰陽應象大論》：「在竅爲鼻。」王冰注：「鼻，所以司嗅呼吸。」[92]40

【約注】：「鼻當从自畀聲。」[2]837【按】《說文》以爲鼻是會意字，張舜徽則認爲是形聲字。

自

【說文】《自部》：「自，鼻也。象鼻形。」[20]74上

【故訓】《玉篇‧自部》：「自，鼻也。」[66]18上

【約注】：「金文中自字作𦣹，或作𦣻，與小篆形近。蓋初文本但作𦣻，上象鼻，在口之上。其後作書者，引長口字兩畫向上，遂成爲𦣹矣。」[2]832

筆

【說文】《聿部》：「筆，秦謂之筆。从聿，从竹。」[20]65下

【故訓】《急就篇》卷四：「筆研籌筭膏火燭。」顏師古注：「筆，所以書也。」[110]142《集韻‧質韻》[51]153下同顏注。《禮記‧曲禮上》：「史載筆，士載言。」鄭玄注：「筆，謂書具之屬。」[63]1250

【約注】：「筆字自是晚出，當爲聿之或體；……筆之爲言丿也，謂其物戾而用之也。上文聿篆下云：『燕謂之弗。』則又義通於乀〔註41〕，亦取偏戾之意。」[2]712【按】故訓似乎沒有言及筆字「直」義者，然其爲物必直，音亦有與此族之字相近處。

眽

【說文】《目部》：「眽，直視也。从目，必聲。讀若詩云：泌彼泉水。」[20]71下

〔註41〕乀，《說文》265下：「乀，左戾也，从反丿，讀與弗同。」

【疏釋】《漢語大字典》：「必爲柲本字，從弋、從八，八代表戈矛等的穿孔，用以固定於柄上，抽象化爲必定的必，故另作柲。」[49]2268【按】因之，從必之字多有確定之義。下文佖，意指人之有定力、威儀；泌，急直之流亦有確定軌跡而不旁出。

【故訓】《玉篇・目部》：「𥆡，直視也。」[66]18 下

【約注】：「直視謂之𥆡，猶直流謂之泌也。《廣韻》云：『𥆡，惡視。』凡直視之狀，與瞋目近，故又可訓爲惡視，義實相因也。」[2]796

佖

【說文】《人部》：「佖，威儀也。從人，必聲。」[20]162 下

【疏釋】段玉裁《注》：「此當作『威儀媙嫚』也。《小雅・賓之初筵》曰：『威儀怭怭。』傳曰：『怭怭，媟嫚也。』許所據作『佖佖』，自奪『媟嫚』字，《韻會》《廣韻》徑注云『有威儀矣』。」[21]368 下《正字通・人部》：「佖，無威儀也。……佖訓『威儀』，與《詩》義反，此《說文》之誤。」

【故訓】《玉篇・人部》[66]12 上同《說文》。《廣韻・質韻》：「佖，有威儀也。」[51]138 下

【約注】：「《廣韻》以備訓佖，乃聲訓耳。佖之本義，蓋謂人精力充沛之狀，猶虙從必聲，訓爲虎兒也。推之二百爲皕，氣滿爲𤺄，馬飽爲馝，肥肉爲胇　，皆同聲同義，語原然也。」[2]1918【按】此族或可加皕𤺄馝胇。

泌

【說文】《水部》：「泌，俠流也。從水，必聲。」[20]229 下

【故訓】《玉篇・水部》：「泌，狹流也。」[66]72 上張文虎《舒藝室隨筆》可作參考：「《玉篇》作『狹流也』。《說文》無狹字，蓋皆『陝』之誤。《阜部》：『陝，隘也。』《玉篇》云：『陝，不廣也。亦作狹。』陝謂泉出石間甚偪側也。《上林賦》：『偪側泌瀄。』司馬彪注：『偪側，相近也；泌瀄，相楔也。』蓋偪側言其勢，泌瀄狀其流，正與陝流義相發。」[49]1595

《廣韻・質韻》：「泌，水浹流。」[51]138 下

【約注】：「俠有急直義，俠流者，急直之流也。直流謂之泌，猶直視謂之𥆡耳。」[2]2697

欂

【說文】《木部》：「欂，壁柱也。从木，薄省聲。」[20]120 上

【疏釋】段玉裁《注》：「壁柱謂附壁之柱，柱之小者。此與欂櫨之欂各字，《篇》《韻》皆兩存不混。」[21]254 上

【約注】：「欂之言比也，謂其與壁相比連也。」[2]1428【按】欂既爲柱，亦有直義。

碑

【說文】《石部》：「碑，豎石也。从石，卑聲。」[20]194 下

【疏釋】徐鍇《繫傳》：「碑，豎石紀功德。」[85]113 上慧琳《一切經音義》卷八十九「碑文」注：「碑者，刻石紀功也。」[67]543 上

【故訓】《水經注・溳水注》：「夫封者表有德，碑者頌有功。」

彈

【說文】《弓部》：「彈，躲也。从弓，畢聲。楚辭曰：弙弓彈曰。」[20]270 上

【疏釋】段玉裁《注》：「躲者，弓弩發於身而中於遠也，亦謂之彈。」[21]641 下

【故訓】《玉篇・弓部》：「彈，射也。」[66]65 上《廣韻・質韻》[51]138 下同《玉篇》。

【約注】：「本書隹部：『雊，繳射飛鳥也。』讀與職切，聲在喻紐。由喉轉脣，則爲彈矣。」[2]3155

雊

【說文】《隹部》：「雊，繳射飛鳥也。从隹，弋聲。」[20]77 上

【故訓】《廣韻・職韻》：「雊，繳射也。」[51]155 下《玉篇・隹部》：「雊，繳射飛鳥也。今作弋。」[66]93 下

【約注】：「趙宧光曰：『繳射縛取也。』……舜徽按：……趙氏縛取之說得之。蓋在喉爲雊，轉脣則爲彈矣。彈，射也。」[2]872

語音分析

鼻，父二切，脣音奉紐。【並質，毗至切（並至）】

自，疾二切，齒音從紐。【從質，疾二切（從至）】

筆，鄙密切，脣音幫紐。【幫物，鄙密切（幫質）】

眽，兵媚切，脣音幫紐。【幫質，兵媚切（幫至）】

佖，毗必切，脣音並紐。【並質，毗必切（並質）】

泌，兵媚切，脣音幫紐。【郭同眽】

榑，弼戟切，脣音並紐。【並鐸，弼戟切（並陌）】

碑，府眉切，脣音非紐。【幫支，彼為切（幫支）】

彈，卑吉切，脣音幫紐。【幫質，卑吉切（幫質）】

隹，與職切，喉音喻紐。【郭《手冊》未收】

　　鼻，脣音，自齒音，脣齒不相轉然奉紐、從紐同位。鼻隹脣喉相轉，自隹齒喉相轉，皆為雙聲。

　　《雜著》：「鼻字以自為初文。……孳乳為筆，所以書也。其為物直，故俗有筆直之語，鄙密切。為眽，直視也，兵媚切。為佖，威儀也，毗必切，謂其人直立而有威也。為泌，俠流也，兵媚切，謂其流疾而直也。為榑，壁柱也，弼戟切。為碑，豎石也，彼為切。〔註42〕為彈，射也，卑吉切。由脣轉喉，則為隹矣。」[3]142【按】此十字皆有直義，因自乃鼻之初文，故當為語根。

圖 4.5.4　自族關係圖

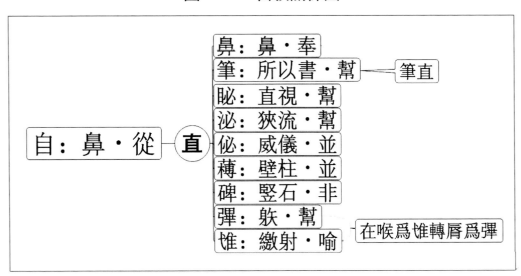

〔註42〕陳昌治本《說文》作府眉切。

五、美族

美

【說文】《羊部》:「美,甘也。从羊,从大。羊在六畜主給膳也,美與善同意。」[20]78下

【故訓】《玉篇・羊部》[66]89上同《說文》。

【用例】《孟子・盡心下》:「膾炙與羊棗孰美。」[63]2779

【約注】:「美从羊大而訓甘,本謂味之好也。」[2]890【按】由味之好引申而得形之好、色之好、質之好等,今語美字亦可形容各種狀態之好。

媄

【說文】《女部》:「媄,色好也。从女,从美,美亦聲。」[20]260下

【故訓】《廣韻・旨韻》:「《字樣》云,媄,顏色姝好也。」[51]71上

【用例】南朝梁蕭綸《車中見美人》:「語笑能嬌媄,行步絕逶迤。」[49]1068

【約注】:「媄字从女,本謂女色姝好也。自經傳皆以美爲之而媄廢矣。」[2]3047【按】此即美字意義的降格。

媚

【說文】《女部》:「媚,說也。从女,眉聲。」[20]260下

【疏釋】段玉裁《注》:「說,今悅字也。」[21]617下

【故訓】《國語・周語上》:「乃能媚於神而和於民矣。」韋昭注[76]21同《說文》。

《漢書・佞幸傳序》:「但以婉媚貴幸。」顏師古注:「媚,悅也。」[74]1223上《希麟音義》卷三「佞媚」注引《考聲》云同顏注。[86]532

【約注】:「下文:『媄,色好也。』與媚雙聲,實一語耳。許訓媚爲說,謂色好悅目也。女色好謂之媚,猶石之似玉者謂之瑂耳。」[2]3047

娓

【說文】《女部》:「娓,順也。从女,尾聲。讀若媚。」[20]262上【按】尾本義即尾巴,因有順從、依附之義。如𦥑(乙四二九三),象身體後有尾之形。娓从女尾聲,自會女子順從之義。

【故訓】《廣雅・釋詁一》：「娓，順也。」[64]9 上《廣韻・至韻》：「娓，從也。」[51]100 下【按】順者從也。

《詩・陳風・防有鵲巢》：「誰侜予美，心焉忉忉。」[63]378 陸德明《釋文》：「美，韓詩作娓，音尾。娓，美也。」[75]71 下《十駕齋養新錄》卷五：「娓，即美字。詩『誰侜予美』韓詩作娓。」《玉篇・女部》：「娓，美也。」[66]15 上

【約注】：「古聲微與尾通，故二字實一語。嬍字不見許書，即娓字也。娓、媄、媚皆語聲之轉，故娓讀若媚。」[2]3063

嬬

【說文】《女部》：「嬬，媚也。从女，無聲。」[20]260 下【按】無，《廣韻》微紐；眉，《廣韻》明紐；二字上古音又同紐，故嬬媚一字，聲符可互換。

【故訓】《廣韻・虞韻》：「嬬，嬬媚。」[51]75 上

【用例】《漢書・司馬相如傳上》引《上林賦》：「柔橈嫚嫚，嬬媚纖弱。」[74]849《舊唐書・魏徵傳》：「帝大笑曰：『人言魏徵舉動疏慢，我但覺嬬媚，適為此耳。』」[95]2549

【約注】：「嬬、媄亦雙聲也。女色好謂之嬬，猶三彩玉謂之珛耳。」[2]3047

每

【說文】《屮部》：「每，艸盛上出也。从屮，母聲。」[20]15 上【按】艸盛亦美之狀態。

【疏釋】段玉裁《注》：「每是艸盛，引申為凡盛。」[21]21 下

【故訓】《集韻・隊韻》[51]122 下同《說文》。

賁

【說文】《貝部》：「賁，飾也。」[20]130 上

【故訓】《詩・小雅・白駒》「皎皎白駒，賁然來思」毛傳[63]434、《玉篇・貝部》[66]97 下同《說文》。

《易・賁》：「賁亨。」鄭玄注：「賁，文飾也」。孔穎達疏：「賁，飾也。」[63]37

《易・序卦》：「賁者，飾也。」[63]96

《書‧湯誥》:「天命弗僭,賁若草木。」孔安國傳:「賁,飾也。言福善禍淫之道不差,天下惡除,煥然咸飾,若草木同華。」[63]162

【約注】:「色以交錯多彩爲美,賁之訓飾,猶辯訓駁文耳。賁、辯雙聲。」[2]1547

語音分析

美,無鄙切,脣音微紐。【明脂,無鄙切(明旨)】

媄,同美。【郭同美】

娓,無匪切,脣音微紐。【明微,無匪切(明尾)】

嬍,文甫切,脣音微紐。【明魚,文甫切(明䕯)】

每,武罪切,脣音微紐。【明之,武罪切(明賄)】

賁,彼義切,脣音幫紐。【幫文,彼義切(幫寘)】

媚,美祕切,脣音明紐。【明脂,明祕切(明至)】

前五字皆爲脣音微紐,同紐雙聲;此五字與賁、媚同爲脣音,亦同類、雙聲。

《雜著》:「美字本義,原謂味之美耳。增體爲媄,始謂色好;後乃通用美字以該眾善之稱。孶乳爲媚,悅也;美祕切。爲娓,順也;無匪切。爲嬍,媚也;文甫切。爲每,艸盛上出也;武罪切。爲賁,飾也;彼義切。」[3]142【按】美字爲味好;媄爲色好;媚爲心情好;娓爲順,讀若媚,即同媚之義;嬍即媚;每爲艸盛,即給人視覺上之美感、好感;賁爲飾,飾則掩醜,亦爲美也。七字雙聲,皆有好義,後六字同由美字孶乳,則七字同源、同族。

圖 4.5.5　美族關係圖

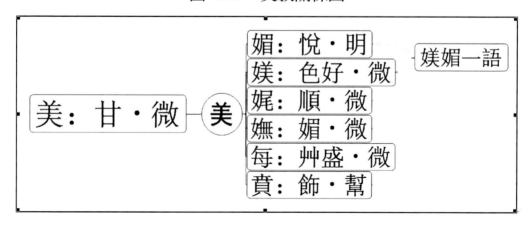

六、丰族

丰

【說文】《生部》：「丰，艸盛丰丰也。从生，上下達也。」[20]127下【按】字或作丰，《集韻·鐘韻》：「丰，或作丰。」[51]6下

【故訓】《文選·謝靈運〈於南山往北山經湖中瞻眺〉》：「解作竟何感，升長皆丰容。」張銑注：「丰，草盛也。」[71]卷二十二17上

《集韻·東韻》：「丰，丰茸，艸盛皃。」[51]5上

【約注】：「丰丰猶宋宋也。古無輕脣音，丰讀重脣，則與宋爲雙聲也。」[2]1519

豐

【說文】《豐部》：「豐，豆之豐滿者也。从豆，象形。一曰，鄉飲酒有豐侯者。」[20]103上

【用例】《書·高宗肜日》：「罔非天胤，典祀無豐于昵。」[63]176《左傳·桓公六年》：「絜粢豐盛。」[63]1750《淮南子·齊俗》：「故禮豐不足以効愛，而誠可以懷遠。」[121]779

【故訓】引申爲凡滿之稱。《廣雅·釋詁一》：「豐，滿也。」[64]11上

《文選·劉琨〈答盧諶詩〉》：「竿翠豐尋，逸珠盈椀。」李善注：「豐尋，言節長盈尋也。《說文》曰：『豐，滿也。』」[68]356下

【約注】：「以許書所收古文𧯮觀之，亦實爲象豐盛之形無疑。」[2]1205

寷

【說文】《宀部》：「寷，大屋也。从宀，豐聲。易曰：寷其屋。」[20]150上

【疏釋】朱駿聲《通訓定聲》：「按，此字亦後出，《易》諸家本皆作『豐其屋』，是也。」[82]57上《約注》：「此蓋漢代俗字，因《易》義而妄增偏旁者。」[2]1771【按】一字異形，可爲同族詞。

【故訓】《玉篇·宀部》：「寷，大屋也。」[66]44上《廣韻·東韻》[51]5下同《玉篇》。

麷

【說文】《麥部》：「麷，煮麥也。从麥，豐聲。讀若馮。」[20]112上

【故訓】《廣韻·東韻》[51]5 下同《說文》。

《儀禮·有司》：「麷蕡坐設於豆西。」鄭玄注：「麷，熬麥也。」[63]1207《荀子·富國》「若撥麷」楊倞注引《周禮》鄭云、《廣韻·送韻》[51]98 下同鄭注。

《玉篇·麥部》：「熬麥曰麷。」[66]59 上

《周禮·天官·籩人》「朝事之籩，其實麷、蕡、白、黑、型鹽、膴、鮑魚、鱐」，賈公彥疏：「麷，亦是熬煮之麥。」[63]671

【約注】：「古人言熬，猶今人言炒。」[2]1319【按】此言未知何所據。然或煮或炒，麥皆至於脹大。

饛

【說文】《食部》：「饛，盛器滿皃。从食，蒙聲。」[20]107 下【按】蒙有覆義。《方言》卷十二：「蒙，覆也。」[86]1962 因之，蒙亦有大於所覆之物之義。饛从食蒙聲，即會食器盛滿之義。

【故訓】《詩·小雅·大東》：「有饛簋飧，有捄棘匕。」毛傳：「饛，滿簋貌。」[63]460

【按】引申為凡滿之稱。《詩·小雅·大東》「有饛簋飧」陸德明《釋文》：「饛，滿也。」[75]83 下唐韓愈等《城南聯句》：「玄祇祉兆姓，黑秬饛豐盛。」《約注》：「今湖湘間猶謂器之盛物甚滿而溢出者曰饛，音轉如布紅切，讀入重脣，古之遺語也。」[2]1263

語音分析

半，敷容切，脣音敷紐。【滂東，敷容切（滂鍾）】

豐，敷戎切，脣音敷紐。【滂冬，敷隴切（滂東）】

豐，同豐。【滂冬，敷隴切（滂東）】

麷，同豐。【滂冬，敷隴切（滂東）】

饛，莫紅切，脣音明紐。【明東，莫紅切（明東）】

半、豐、豐、麷四字為同紐雙聲，饛字與前四字並為脣音，只清濁不同而已，為準雙聲，同類。

《雜著》：「（半）孳乳為豐，豆之豐滿者也；為豐，大屋也；為麷，炒米也；並敷戎切。米以乾炒，則脹大而質輕，較未炒之時加豐矣。又孳乳為饛，

盛器滿皃，莫紅切。」[3]142【按】半，艸盛；豐，豆盛滿物，祭祀器物盛滿物之貌；豐，大屋；麷，炒後脹大之米；䉺，器盛滿物，或爲豐之泛指；事類雖異，皆含滿、大之義。半、豐、豐、麷四字爲同紐雙聲，䉺與之爲準雙聲，音近。初民事簡，由艸盛之貌形成盛、大、滿等概念，事類日繁，則用之豆、屋、炒米、器物，則半爲語原而孳乳爲豐、豐、麷、䉺。故此數字當爲同族。

圖 4.5.6　半族關係圖

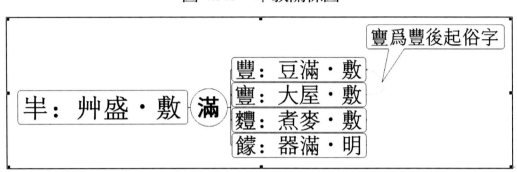

七、畐族

畐

【說文】《畐部》：「畐，滿也。从高省，象高厚之形。讀若伏。」[20]111下

【故訓】《玄應音義》卷十二「畐塞」注引《方言》同《說文》[65]138下。【按】畐本爲長頸、鼓腹、圜底器，如⊗（前四・二三・八），此物腹大多容，故引申可有滿義。

【約注】：‖本書金部：『鍑，如釜而大口者。从金，复聲。』而夊部复，从畐省聲。故鍑爲畐之後增體，自必以畐爲初文也。……畐大腹能多容，故以滿爲訓。其形本爲⊗，小篆變而爲畐，許君就篆立說，乃謂爲从高省矣。本義爲滿，因引申爲畐近、畐塞。」[2]1308【按】此族可加鍑。

富

【說文】《宀部》：「富，備也。一曰厚也。从宀，畐聲。」[20]150下

【故訓】《書・顧命下》：「昔君文武丕平富。」孫星衍《今古文注疏》：「富者，鄭注《禮記》云：『備也』。」[96]508

《禮記・曲禮下》：「大饗不問卜，不饒富。」鄭注：「富之言備也。備而已，

勿多於禮也。」[63]1270《禮記・表記》：「后稷之祀易富也。」鄭玄注：「富之言備也。」[63]1644

【約注】：「本書：『畐，滿也。从高省，象高厚之形。』是从畐聲者，聲亦兼義矣。」[2]1777【按】宀下有畐，指室內祭祀之備，即滿足所有條件也。富有乃引申義。

<h2 style="text-align:center">癵</h2>

【說文】《疒部》：「癵，滿也。从疒，龻聲。」[20]154下

【疏釋】朱駿聲《通訓定聲》：「癵，肝氣張滿之病。」[82]597上

【故訓】《龍龕手鑒・疒部》：「癵或作癵，《玉篇》云『氣滿也』。」[89]476

《玉篇・疒部》：「癵，氣滿也，《說文》作癵。」[66]46上

【約注】：「癵从龻聲，龻之言畐也。畐，滿也。从高省，象高厚之形。畐字古讀蓋與逼近，則畐、龻乃一語之轉耳。」[2]1827《說文・大部》：「龻，壯大也。」[20]215下《約注》龻字下云：「壯大乃其本義。……（癵）蓋為龻之後增體。」[2]2537【按】然則此組亦可加入龻字。

<h2 style="text-align:center">腹</h2>

【說文】《肉部》：「腹，厚也。从肉，复聲。」[20]87下【按】腹从肉复聲，會肉多之義。

【故訓】《詩・小雅・蓼莪》「出入腹我」毛傳[63]460、《爾雅・釋詁下》[69]14、《禮記・月令》「冰方盛，水澤腹堅，命取冰」鄭玄注[63]1384同《說文》。

【用例】《晏子春秋・問上九》：「不誅之則為亂，誅之則為人主所案據，腹而有之，此亦國之社鼠也。」[49]2097【按】「腹而有之」即厚而有之，大有、多有之義。

【約注】：「腹之聲義，蓋受諸畐。謂其外形厚滿而圓大也，猶釜之大口者稱鍑矣。」[2]1010【按】畐、腹同族。然腹、鍑同从复聲，皆有大義，此組可加鍑。

<h2 style="text-align:center">複</h2>

【說文】《衣部》：「複，重衣皃。从衣，复聲。一曰褚衣。」[20]171下【按】複从衣复聲，會疊衣之義。

【故訓】《玉篇・衣部》：「複，重衣也。」[66]104上《鹽鐵論・輕重》：「夏不失複。」張之象注同《玉篇》。[86]2071【按】重衣即如《釋名・釋衣服》所云：「有裏曰複，無裏曰禪。」

【用例】古樂府《孤兒行》：「冬無複襦，夏無單衣。」[49]3103《三國志・魏志・管寧傳》：「寧常著皂帽，布襦袴，布裙，隨時單複。」[97g71]150下

【約注】：「複之言畐也，謂其形制厚滿異於常衣也。《釋名・釋衣服》云：『有裏曰複，無裏曰禪。』然則今俗所稱夾衣，古謂之複，此本義也。」[2]2040【按】「複之言畐」可證二字之間同源關係。

饡

【說文】《䰜部》：「饡，吹聲沸也。从䰜，孛聲。」[20]63上【按】段注據各本改許書為「饡，炊釜饡溢也」[21]113上，保留許書所說「沸」之特點。

【疏釋】徐鍇《繫傳・䰜部》：「饡，吹釜溢也。」[85]36下

【約注】所記《說文》原文作「饡，吹釜溢也。从䰜，孛聲」，與宋本、《類篇》所引「炊釜溢也」、段注「炊釜饡溢也」皆不同。《約注》云：「饡之聲義實受諸宋，謂其盛滿勃起也[2]684。」《說文・宋部》：「宋，艸木盛宋宋然。」[20]127下

斛

【說文】《斗部》：「斛，量溢也。从斗，旁聲。」[20]300下【按】段玉裁《注》作「量旁溢也」[21]718下。

【故訓】《玉篇・斗部》[66]64上《廣韻・唐韻》[51]52上同《說文》。

朱駿聲《通訓定聲》：「斛，量米旁溢。」[82]928上

【約注】：「量溢謂之斛，猶水廣謂之滂耳。」[2]3492【按】斛、滂同从旁聲，皆有滿、溢義，當屬同族詞。

語音分析

畐，芳逼切，脣音敷紐。【滂職，芳逼切（滂職）】

富，方副切，脣音非紐。【幫職，方副切（幫宥）】

饡，平祕切，脣音並紐。【並質，《集韻》平祕切（並至）】

腹，方六切，脣音非紐。【幫覺，方六切（幫屋）】

複，同腹。【郭同腹】

𩲃，蒲沒切，脣音並紐。【並物，蒲沒切（並沒）】

斜，普郎切，脣音滂紐。【滂陽，普郎切（滂唐）】

此七字皆屬脣音，爲同類、雙聲。

《雜著》：「（畐）孳乳爲富，備也，一曰厚也；方副切。爲癟，滿也；平秘切。爲腹，厚也；爲複，重衣也；並方六切。爲𩲃，炊釜沸溢也；蒲沒切。爲斜，量旁溢也；普郎切。」[3]142【按】畐，滿也；富，備也，滿則備之有裕，二義實相成；癟，滿也；腹，厚也，與富一曰義同；複，重衣則有厚貌；𩲃，炊釜沸溢則有張大充滿貌；斜，量旁溢亦如炊釜沸溢；數字皆有滿義。幫紐、滂紐、並紐爲準雙聲。故此數字當爲同族。

圖 4.5.7　畐族關係圖

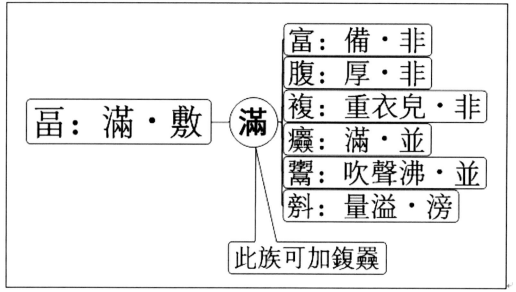

八、毋族

毋

【說文】《毋部》：「毋，止之也。从女有奸之者。」[20]265 上

【故訓】《禮記・曲禮上》：「毋不敬。」陸德明《釋文》：「《說文》云：『止之詞。』」[75]162

《玉篇・毋部》：「毋，莫也。今作無。」[66]107 上

【約注】：「毋字在金文中作 𣫭，作 𣎴，即母字也。小篆變而从一者，蓋自借爲禁止之詞以後，爲有別於父母之母，乃稍變其筆劃及音讀耳。古人言『毋』，猶今語俪『莫』，此種語詞，古無專字，大率借實字以爲之。母音近莫，故借爲禁止之詞也。」[2]3098【按】然則此組同族詞是在毋字借義基礎上系聯的。

侮

【說文】《人部》：「侮，傷也。」[2]166下【按】疑此傷字爲傷字之譌。《說文・人部》：「傷，輕也。从人，易聲。」[20]166下 而《說文・人部》：「傷，創也。从人，𥏻省聲。」[20]167下 分明是以刀矢等物造成人身之物理傷害，與輕侮義不相涉。

【故訓】《廣雅・釋詁三》：「侮，傷也。」[64]96下《玄應音義》卷一「侮慢」注引《說文》：「侮，傷也。」[65]6上

《廣雅・釋詁三》：「侮，輕也。」[64]76上《文選・陳琳〈爲袁紹檄豫州〉》「卑侮王室」呂向注同《廣雅》[71]卷四十四9。

【約注】：「本書心部：『懜，輕易也』，女部：『嫚，侮易也』。侮字聲在微紐，古讀歸明，與懜、嫚並雙聲。」[2]1977

武

【說文】《戈部》：「武，楚莊王曰：夫武，定功戢兵。故止戈爲武。」[20]266下

【疏釋】《約注》：「故止戈爲武之說，固非武之本義甚明。俞氏謂武、舞同字，其說是也。」[2]3115【按】《約注》及《雜著》之說稍有抵牾，待考。

【故訓】《左傳・宣公十二年》：「止戈爲武。」[63]1882《漢書・武五子傳贊》[74]911 同《左傳》。

《文選・張衡〈東京賦〉》：「既光厥武。」薛綜注：「止戈曰武。」[71]卷三10

語音分析

毋，武扶切，脣音微紐。【明魚，武夫切（明虞）】

侮，文甫切，脣音微紐。【明侯，文甫切（明麌）】

武，同侮。【明魚，文甫切（明麌）】

毋、侮、武三字同爲脣音微紐，同類、雙聲、正轉。

《雜著》:「（毋）孳乳爲侮，傷也，謂輕慢之也；爲武，止戈也，謂不易於動兵也；並文甫切。」[3]143【按】毋、武有止義，侮有輕蔑義，皆爲負、反的指向。

關係圖略。

九、巫族

巫

【說文】《巫部》:「巫，祝也。女能事無形以舞降神者也。象人兩褒舞形，與工同意。」[20]100上【按】有人據甲骨文立說，以爲巫字是交錯玉形，玉是古代巫師靈物，故以玉形代巫師。然推擬上古情態，巫行事時必以誇張肢體語言表達，此人所易見；許書又有巫字之釋，張舜徽依託許書以成說，極有道理。

舞

【說文】《舛部》:「舞，樂也。用足相背。从舛，無聲。」[20]113上

【故訓】《玉篇·舛部》:「舞，足相背也。」

【約注】:「古者巫以舞降神，故舞之聲義，自通於巫。二字雙聲，實即一語。」[2]1328【按】上古之人如何表達「舞」的概念？由人所習見之巫而孳乳出舞自是便捷的方法。

語音分析

巫，武扶切，脣音微紐。【明魚，武夫切（明虞）】

舞，文撫切，脣音微紐。【明魚，文甫切（明麌）】

巫、舞二字同爲脣音微紐，同類、雙聲、正轉。

《雜著》:「（巫）孳乳爲舞，樂也，用足相背；文撫切。」[3]143【按】巫之動作爲舞，因引申爲一切舞蹈。

關係圖略。

十、明族

明

【說文】《明部》:「朙，照也。从月，从囧。明，古文朙从日。」[20]141下【按】

《說文》以明爲古文，朙爲篆體正字，然二體並行甚早。《約注》：「金文甲文中明字，或从囧，或从日，知二體並行已舊。」[2]1673

【故訓】《爾雅·釋言》：「明，朗也。」[69]28

【用例】《易·繫辭下》：「日往則月來，月往則日來，日月相推而明生焉。」[63]87

【約注】：「初民之所謂明，蓋第指日月之光也。」[2]1673【按】張舜徽認爲明字本義即日月之光，照爲引申之義。有光則明，視可見物。

門

【說文】《門部》：「門，聞也。」[20]247下

【故訓】《玄應音義》卷十四「戶扇」注引《字書》：「一扇曰戶，兩扉曰門。」[65]164上

《荀子·大略》：「義有門。」楊倞注：「門，所以出入也。」《玉篇·門部》：「門，人所出入也。」[66]44下

【約注】：「聞字聲在微紐，古讀歸明，與門雙聲。許君以聞訓門，猶以護訓戶，皆聲訓也。古金文作𦥑作𠔼，甲文作𨳌作𨳈，皆象兩扇形。」[2]2902【按】則張舜徽以爲門字爲象形字，本義即屋室之門。

旻

【說文】《日部》：「旻，秋天也。从日，文聲。《虞書》曰：『仁閔覆下，則稱旻天。』」[20]137下【按】旻字下半爲文，實象人形；旻字即象人頭上有日，因有晴、天等義。

【故訓】《玉篇·日部》[66]76下《孟子·萬章上》「號泣于旻天」趙岐注[63]2733同《說文》。

《爾雅·釋天》：「秋爲旻天。」[69]75

【約注】：「旻之爲言明也，謂秋時天高清朗，異於春夏耳。『仁閔覆下』之說，乃漢世經生說書之辭。」[2]1623【按】可見旻、明聲義之關係。

炳

【說文】《火部》：「炳，明也。从火，丙聲。」[20]209下【按】直以明字爲訓。

【故訓】《後漢書·班固傳》「儀炳乎世宗」李賢注[91]598上、慧琳《一切經

音義》卷十二「炳著」注引《倉頡篇》同《説文》。[86]1349 希麟《一切經音義》卷四「炳曜」注引《説文》：「炳，煥明也。」[86]1349

慧琳《一切經音義》卷八十「炳然」注引《廣雅》：「炳，大明也。」[67]468 上【按】大明疑爲火明。同書卷十二「炳著」注引《考聲》：「炳，火明也。」[67]427 下

慧琳《一切經音義》卷三十六「炳現」注：「炳，光照明也。」[67]48 下

【約注】：「《玉篇》炳下云：『明著也。亦作昺。』蓋日與火皆光明昭著，故其字或从火，或从日。然皆增偏旁體，初文但作丙。」[2]2470【按】此組可加丙字。

語音分析

明，武兵切，脣音微紐。【明陽，武兵切（明庚）】

門，莫奔切，脣音明紐。【明文，莫奔切（明魂）】

昺，武巾切，脣音微紐。【明文，武巾切（明眞）】

炳，兵永切，脣音幫紐。【幫陽，兵永切（幫梗）】

明、門、昺、炳同爲脣音，同類、雙聲，明（朙）、門、昺是正轉，明（朙）、門、昺與炳亦爲正轉。

《雜著》：「明爲朙之古文，見於《説文》。太古未有宮室時，初民之所謂明，惟日月之光耳；武兵切。孳乳爲門，門開則光入矣；武兵切。爲昺，秋天最明爽也；武巾切。爲炳，明也；兵永切。」[3]143【按】此族中有疑問者，唯門字。然自有宮室，「門」之概念未必不與光、明相關。

圖 4.5.10 明族關係圖

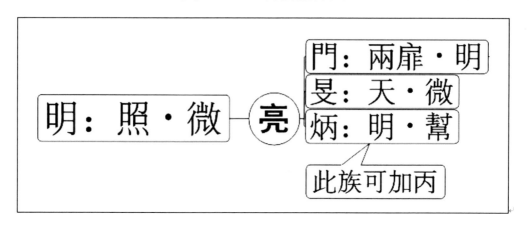

十一、步族

步

【說文】《步部》:「步,行也。」[20]38下【按】步字字形,由甲金文字可知,如𝆌（甲三八八）、𝆍（子且午尊）,象前後兩足之形,亦即今日所謂「兩步」。步與彳正相反。

【疏釋】《約注》:「古稱一舉足爲跬,再舉足爲步。」[2]383

【故訓】《詩·小雅·白華》「天步艱難」毛傳[63]496、《書·武成》「王朝步自周」孔安國傳[63]184、《禮記·少儀》「執轡然後步」[63]1512 及「末步爵不嘗羞」[63]1515 鄭玄注、《廣雅·釋詁一》[64]14上同《說文》。

《玉篇·步部》:「步,步行也。」[66]41上

《左傳·定公五年》:「改步改玉。」孔穎達疏:「步,謂行也。」[63]2139

《左傳·僖公三十三年》:「寡君聞吾子將步師出於敝邑。」[63]1833 陸德明《釋文》:「步,猶行也。」[75]238下

【用例】《國語·吳語》:「王乃步就王孫雒曰:『先之,圖之將若何?』」[76]546

跰

【說文】《足部》:「跰,蹈也。」[20]46下

【疏釋】徐灝《注箋》:「步、跰古今字。」

【故訓】《玉篇·足部》[66]27下《廣韻·鐸韻》[51]150上同《說文》。

【約注】:「跰即步之晚出俗體。……亦莫下加日作暮,益旁施水作溢之類是也。」[2]472【按】步已是足（二足相錯之態）,再加足則重複。

迣

【說文】《辵部》:「迣,行皃。从辵,市聲。」[20]39下

【故訓】《玉篇·辵部》:「迣,急走。」[66]40下《廣韻·末韻》[51]143上同《玉篇》。

【約注】:「本書足部:『跰,步行獵跋也。』犬部:『犮,走犬皃。从犬而丿之。曳其足則刺犮也。』跰、犮與迣,聲義同原。刺址、獵跋、刺犮,實即一語。皆言行走時兩足分張之狀。」[2]393

語音分析

步，薄故切，脣音並紐。【並鐸，蒲故切（並暮）】

跋，旁各切〔註43〕，脣音並紐。【並鐸，傍各切（並鐸）】

𨆏，蒲撥切，脣音並紐。【幫月，北末切（幫末）】

步、跋、𨆏同爲脣音並紐，同類、雙聲、正轉。

《雜著》：「《說文》：『步，行也。从止少相背。』薄故切。孳乳爲跋，蹈也；旁各切。爲𨆏，行皃；蒲撥切。」[3]143【按】步跋與𨆏皆指行走；上古音皆爲重脣音，是雙聲；由步孳乳跋、𨆏，則三字同源，可以確定。據《約注》𨆏字解說，此族可再加跟、癶二字。

關係圖略。

十二、便族

便

【說文】《人部》：「便，安也。人有不便，更之。从人、更。」[20]165上

【故訓】《戰國策・趙策一》「張孟談便厚以便名」鮑彪注[73]594、《漢書・馮野王傳》「賜告養病而私自便」顏師古注[74]1086 上、《廣雅・釋詁一》[64]12 下同《說文》。

《楚辭・大招》：「恣所便只。」王逸注：「便，猶安也。」[86]118《戰國策・楚策三》；「願王召所便習而䱷之。」鮑彪注：「便，所安者。」[73]541《墨子・天志》：「百姓皆得煖衣飽食，便寧無憂。」

【約注】：「便之言變也，事物以多變而日進。以新制代舊章，以良法代陋規，皆所謂變也。變則通，通則於人爲安矣。本書攴部：『變，更也。㪫，改也。』許以人㪫訓便，殆即此意。便字今讀聲在奉紐，古讀歸並，與平雙聲。今俗橫稱平安，即便安也。」[2]1954

變

【說文】《攴部》：「變，更也。從攴，䜌聲。」[20]68上《國語・晉語一》「闕而不變」韋昭注[76]263、《淮南子・原道》「通而不變」高誘注[121]62、《淮南子・

本經》「誨之不變」高誘注[121]603、《禮記・王制》「一成而不可變」鄭玄注[63]1344皆同《說文》。

【用例】《易・繫辭下》：「窮則變，變則通，通則久。」[63]86《宋史・王安石傳》：「變風俗，立法度，正當今之所急也。」[49]1481

【約注】：「變之言便也。事有不便，更易之而後能便也。變、便音同，語原一耳。」[2]753

語音分析

便，房連切，脣音奉紐。【並元，婢面切（並線）】

變，祕戀切，脣音幫紐。【幫元，彼眷切（幫線）】

便、變皆屬脣音，同類、雙聲、正轉。

《雜著》：「《說文》：『便，安也。人有不便，更之。从人更。』房連切。孳乳爲變，更也，更，改也；祕戀切。事物以多變而日進，以新制代舊章，以良法代陋規，皆所謂變也。變則通，通則於人爲安。人有不安，變之爲亟。便、變二字受義同原，聲音之道，達於政本矣。」[3]143【按】此二字是在抽象意義上發生的聯繫，天下萬事皆以變爲美，變則通，通則有便利安定可言。這正是《易・繫辭》「變則通，通則久」所要說明的道理。變則便，二字意義上的聯繫很深刻，非有融通的視角不能發現。如此二字同源、同族順理成章。

第五章　結　語

　　《約注》二百萬言是張舜徽數十年精力所萃，書成於人生艱難之時，內容深廣，大有裨於世人。而本文所論不能涵蓋《約注》的全貌要旨，如能有益於學林，則是再好不過。

　　張舜徽一生治學以讀書爲第一要務。《約注》序寫於一九七一年，自謂「入此歲來，已六十矣，然而撫圖書，飫飲食，自若也，讀書之志未減於昔」[2]4。今日讀張舜徽著作，始知學問基於讀書，必有中心、有系統地讀書，原始要終，浸潤其中，此可稱爲眞學問，亦不愧於學者之名。自二十世紀八十年代初張舜徽倡立歷史文獻學以來，時代轉換，社會巨變，學術及風氣亦隨之大變。探討張舜徽從歷史文獻學角度研究《說文》的豐碩成果，最重要的是要追尋他的治學精神，不以外物爍我，潛心靜氣從事眞正的學問。

　　張舜徽不以文字學家自居。他建立的學科是歷史文獻學，以辨章學術、考鏡源流爲特點。辨章學術是橫向的學術類別之辨析，考鏡源流是縱向的學術發展史之考察，其重點是對古代學術的全方位分析和研究，此種學術集版本、目錄、校勘、文字、音韻、訓詁於一身，此六者皆爲工具，會通熔鑄，貫通學術整體，方能探究古文獻要旨。故張舜徽治《說文》，與文字學專家不同，既爲文獻學所用，又由文獻學貫通，其中深蘊文獻學精神。本文第二章第二節探討《約注》中的歷史文獻學眼光及其成就，目的就是借此闡明張舜徽所倡立的歷史文

獻學在研究非史部文獻時的方法與特點。張舜徽小學研究最終目的是探究古代各類文獻中歷史和學術的豐富內涵，用以瞭解古代社會歷史全貌。就《約注》而言，其中飽含張舜徽的歷史文獻學精神，不當僅僅視爲文字學之作。以張舜徽的歷史文獻學精神來研治《說文》，在《約注》中可以看出許多地方已經超越文字學的內容，而擴大到歷史文獻學的領域。

本文第三章、第四章是關於張舜徽同族詞研究的理論分析和實例註釋研究部份。

作爲有立論的文章，首先是確定本文在何種意義上闡述問題。本文不是討論、辨析、發現詞源，而是在某一個範圍內討論字和字之間的親緣關係，因此選用「同族詞」這一基礎用語。關於詞源，一般是不能確定的，最多是找到一個模糊的源頭。

張舜徽有自己的一套語言文字學研究術語，第三章第一節簡要的介紹了這些術語。張舜徽對語原的認識非常深刻，認爲語原就是某些概念的最初發聲。原始人類生存有交流、感歎等需要，對應不同的需要就有不同的聲音來向同伴傳達。這最初的語言發音就是語根。上古之世人類語言簡陋，其發聲正如嬰兒學語，決定意義的主要是輔音，也就是聲紐（或聲母），今天的很多語言現象都可以解釋這一點。韻的地位是不能和聲相提並論的。因此，在探索上古漢語同族詞、同源詞的過程中，需要學會掌握雙聲的訣竅。

張舜徽的同族詞研究成果，主要集中在《約注》之中，而《聲系》則是對《約注》的一個整理和總結，兩部書需要參看，才能明白《約注》的主要工作何在。在《約注》中，同族詞的系聯是散見於每個字的訓釋之內的，如果不能掌握一定的線索則不容易歸納。本文第三章第二節所列諸如「語原同、聲義近」等術語，就是這樣的線索。而本文的附錄，就是與之相對應的部份（限於時間，尚有更多的術語有待總結）。這些術語，可以提示我們：張舜徽在何地系聯了哪些同族詞。同時，這些術語是訓詁學常用的，張舜徽的運用，也給我們做了很好的示範。比如「聲義受諸」，一個術語就揭示三方面的內容：字和字之間聲的聯繫、意義的聯繫、詞源的關係。這是典型的提示語原的地方。《約注》之中尚有許多術語有待開發。

張舜徽對詞義的分析，更有個特色，那就是引用今日風俗俚語物理等以證

字義，故訓並不是絕對依據。與此相關的，用字義以證古史、考明古代文化，更是處處在《約注》中體現，本章開頭所闡發的張舜徽文獻學視野已詳加論述。

　　張舜徽的語音學見解，與學界主流的觀點大相徑庭。這一點，不僅僅體現在對雙聲的運用之上，他對傳統觀點批判的繼承更為矚目。這主要是指戴震的《同類同位通轉表》和黃侃的《切語上字表》。加上五聲相轉之說，使語音分析的操作變得容易。當然，張舜徽在語音分析過程中並不是絕對不顧韻的關係，這一點也要注意。

　　本文第四部份是從《聲系》中選取四十餘組同族詞進行簡單的註釋和分析，結論是有部份字不當入該族，亦有部份字可以補入該族；大部份的詞族，系聯是可靠的。然而這只是《聲系》中的十分之一左右，對其餘十之八九，容待後續。

參考文獻

1. 王力，中國語言學史〔M〕，上海：復旦大學出版社，2006。

2. 張舜徽，說文解字約注〔M〕，武漢：華中師範大學出版社，2009。

3. 張舜徽，霜紅軒雜著〔M〕，武漢：華中師範大學出版社，2009。

4. 張舜徽，舊學輯存〔M〕，武漢：華中師範大學出版社，2009。

5. 張舜徽，訒庵學術講論集〔M〕，武漢：華中師範大學出版社，2008。

6. 張舜徽，張舜徽壯議軒日記〔M〕，北京：國家圖書館出版社，2010。

7. 許剛，張舜徽的漢代學術研究〔M〕，武漢：華中師範大學出版社，2009。

8. 劉夢溪，學兼四部的國學大師〔N〕，光明日報，2011-6-20（15）。

9. 萬獻初，章太炎的《說文》講授筆記及其文化闡釋〔J〕，中國典籍與文化，2001.1。

10. 姚孝遂，經學、小學與許慎〔G〕／說文解字研究第一輯，開封：河南大學出版社，1991。

11. 張三夕，張舜徽先生學述〔J〕，北京：中國文化，1990，2 期。

12. 劉韶軍，《說文解字約注》學術價值初探〔G〕／張舜徽學術研究第一輯.武漢：湖北人民出版社，2005。

13. 劉筱紅，張舜徽與清代學術史研究〔M〕，武漢：華中師範大學出版社，2008。

14. 周海霞，漢語同源詞研究歷史綜述〔J〕，安康學院學報，2007，19（4）。

15. 戴侗，六書故〔M〕，上海：上海社會科學院出版社，2006。

16. 孫雍長，訓詁原理〔M〕，北京：北京語文出版社，1997。

17. 沈兼士，廣韻聲系〔M〕，北京：中華書局，1985。

18. 徐志民，歐美語言學簡史〔M〕，上海：學林出版社，2005。

19. 歷代碑帖法書選編輯組，書譜〔M〕，北京：文物出版社，1995。

20. 許慎，説文解字〔M〕，北京：中華書局，1963。

21. 段玉裁，説文解字注〔M〕，上海：上海古籍出版社，1988。

22. 張舜徽，張舜徽學術論著選〔M〕，武漢：華中師範大學出版社，1997。

23. 張博，同源詞‧同族詞‧詞族〔J〕，固原師專學報，1991。

24. 章太炎，文始〔M〕，杭州：浙江圖書館校刊章氏叢書本，1919。

25. 沈兼士，沈兼士學術論文集〔M〕，北京：中華書局，1986。

26. 張世祿，漢語同源詞的孳乳〔J〕，揚州師院學報1980。

27. 王寧，訓詁學原理〔M〕，北京：中國國際廣播出版社，1996。

28. 于智榮，嚴謹完善的理論對同源詞系聯的重要指導作用〔J〕，東南大學學報（哲學社會科學版），2008，10（4）。

29. 任繼昉，漢語語源學〔M〕，重慶：重慶出版社，2004。

30. 裘錫圭，古代文史研究新探〔M〕，南京：江蘇古籍出版社，1992。

31. 王力，同源字典〔M〕，北京：商務印書館，1982。

32. 章太炎，國故論衡〔M〕，上海：上海古籍出版社，2003。

33. 殷寄明，聲符義概説〔J〕，黃山高等專科學校學報，2000，2（1）。

34. 齊佩瑢，訓詁學概論〔M〕，北京：中華書局，2004。

35. 張舜徽，鄭學叢著〔M〕，武漢：華中師範大學出版社，2005。

36. 郭在貽，訓詁學〔M〕，北京：中華書局2005。

37. 周大璞，訓詁學初稿〔M〕，武漢：武漢大學出版社2007。

38. 陸宗達、王寧，訓詁方法論〔M〕，北京：中國社會科學出版社，1983。

39. 張舜徽，説文解字導讀〔M〕，北京：中國國際廣播出版社，2008，

40. 王力，古代漢語第二冊〔M〕，北京：中華書局1981.617

41. 錢玄同，錢玄同文集（第五卷）〔M〕，北京：中國人民大學出版社，1999。

42. 孟蓬生，上古漢語同源詞語音關係研究〔M〕，北京：北京師範大學出版社，2001。

43. 江永，四聲切韻表〔M〕，廣文書局，1932。

44. 戴震，戴東原集〔M〕，上海：商務印書館，1929。

45. 何九盈，中國古代語言學史〔M〕，廣州：廣東教育出版社，2005。

46. 殷寄明，論同源詞的語音親緣關係類型〔J〕，復旦學報（社會科學版），1998，2。

47. 郭錫良，漢字古音手冊〔M〕，北京：商務印書館，2010。

48. 張舜徽，説文解字約注〔M〕，洛陽：中州書畫社，1983。

49. 漢語大字典編輯委員會：漢語大字典（八卷本）〔M〕，四川、湖北：辭書出版社，1986～1990。

50. 陳彭年等，廣韻〔M〕，南京：鳳凰出版傳媒集團，2008。

51. 丁度，集韻〔M〕／小學名著六種，北京：中華書局，1998。

52. 鄒曉麗，基礎漢字形義釋源〔M〕，北京：中華書局，2007。

53. 黃侃，黃侃國學文集〔M〕，北京：中華書局，2006。

54. 王波，張舜徽《説文解字約注》綜論〔D〕，銀川：寧夏大學人文學院中文系，2004。

55. 牛尚鵬，《説文解字約注》同源詞研究〔D〕，濟南：山東大學中文系，2009。

56. 蔣人傑，評《説文解字約注》〔J〕，辭書研究，1988，1。

57. 陶生魁，《説文解字約注》成就述略〔J〕，殷都學刊，2010，6。

58. 侯立睿，張舜徽《説文解字約注》的編輯思想〔J〕，編輯之友，2009，6。

59. 鄭連聰，張舜徽先生《説文解字》研究初探〔J〕，
    http://www.guoxue.com/wk/000371.htm。

60. 周國林，張舜徽學術文化隨筆〔M〕，北京：中國青年出版社，2001。

61. 唐七元，漢語方言同源詞研究〔D〕，上海：復旦大學中國語言文學系，2009。

62. 吳大澄，説文古籀補〔M〕，光緒戊戌年冬月重刊本

63. 阮元校刻，十三經注疏〔M〕，北京：中華書局，1980。

64. 王念孫，廣雅疏證〔M〕，南京：江蘇古籍出版社，2000。

65. 玄應，一切經音義〔M〕/續修四庫全書經部小學類 198，上海：上海古籍出版社，2002。

66. 顧野王，玉篇〔M〕/小學名著六種，北京：中華書局，1998。

67. 慧琳，一切經音義〔M〕/續修四庫全書經部小學類 196.197，上海：上海古籍出版社，2002。

68. 李善注，文選〔M〕，北京：中華書局，1977。

69. 周祖謨，爾雅校箋〔M〕，昆明：雲南人民出版社，2004。

70. 邢昺等，爾雅疏〔M〕/續修四庫全書經部小學類 185，上海：上海古籍出版社，2002。

71. 六臣注，文選〔M〕，上海涵芬樓藏宋刊本。

72. 王逸注，楚辭〔M〕，日本：江都書肆前川六左衛門發行，1750。

73. 劉向，戰國策〔M〕，上海：上海古籍出版社，1998。

74. 班固，前漢書（據 1936 年四部備要縮印本）〔M〕，北京：中華書局，1998。

75. 陸德明，經典釋文〔M〕，北京：中華書局，1983。

76. 徐元誥，國語集解〔M〕，北京：中華書局，2002。

77. 杜預，春秋左傳集解〔M〕，上海：上海人民出版社，1977。

78. 宋濂，篇海類編〔M〕/續修四庫全書經部小學類 229.230，上海：上海古籍出版社，2002。

79. 王琦等註，李賀詩歌集註〔M〕，上海：上海人民出版社，1977。

80. 桂馥，説文解字義證〔M〕，北京：中華書局，1987。

81. 王筠，説文解字句讀〔M〕，北京：中華書局，1988。

82. 朱駿聲，説文通訓定聲〔M〕，北京：中華書局，1984。

83. 朱熹，四書集注〔M〕，成都：巴蜀書社，1986。

84. 徐堅，初學記〔M〕，北京：中華書局，2004。

85. 徐鍇，説文繫傳〔M〕／説文解字四種，北京：中華書局，1998。

86. 宗福邦等，故訓匯纂〔M〕，北京：商務印書館，2003。

87. 黃侃，黃侃手批爾雅義疏〔M〕，北京：中華書局，2006。

88. 司馬遷，史記〔M〕，北京：中華書局，1998。

89. 釋行均，龍龕手鏡〔M〕，北京：中華書局，1985。

90. 司馬光，資治通鑒〔M〕，北京：中華書局，1956。

91. 范曄，後漢書〔M〕，北京：中華書局，1998。

92. 黃帝內經素問〔M〕，北京：人民衛生出版社，1996。

93. 陳鼓應，老子註譯及評介〔M〕，北京：中華書局，1984。

94. 陳奇猷，韓非子集釋〔M〕，上海：上海人民出版社，1974。

95. 劉昫，舊唐書〔M〕，北京：中華書局，1975。

96. 孫星衍，尚書今古文注疏〔M〕，北京：中華書局，1975。

97. 陳壽，三國志〔M〕，北京：中華書局，1998。

98. 胡承珙，小爾雅義證〔M〕／小學名著六種，北京：中華書局，1998。

99. 楊伯峻，列子集釋〔M〕，北京：中華書局，1979。

100. 劉熙，釋名〔M〕，四部叢刊本，上海涵芬樓借江南圖書館藏明嘉靖翻宋本影印。

101. 陳奇猷，呂氏春秋新校釋〔M〕，上海：上海古籍出版社，2002。

102. 彭鐸，潛夫論校正〔M〕，北京：中華書局，1985。

103. 郭慶藩，莊子集釋〔M〕，北京：中華書局，1961。

104. 司馬光等，類篇〔M〕，北京：中華書局，1984。

105. 阮元等，清經解·清經解續編〔M〕，上海：上海書局，1988。

106. 華學誠，揚雄方言校釋匯證〔M〕，北京：中華書局，2006。

107. 王利器，風俗通義校注〔M〕，北京：中華書局，1981。

108. 曹植，曹子建集〔M〕，四部叢刊本，上海涵芬樓借印江安傅氏雙鑑樓藏明活字本。

109. 章炳麟，新方言〔M〕，浙江圖書館校刊。

110. 顏師古，急就篇注〔M〕，四部叢刊續編經部，上海涵芬樓借海鹽張氏涉園藏明鈔本影印。

111. 俞樾，春在堂全書〔M〕，第二冊，南京：鳳凰出版社，2010。

112. 桂馥，札樸〔M〕，趙智海點校，北京：中華書局，1992。

113. 王先謙，荀子集釋〔M〕，北京：中華書局，1988。

114. 叢書集成新編〔M〕，109冊，臺北：新文豐出版公司。

115. 楊樹達，積微居小學述林〔M〕，北京：中華書局，1983。

116. 林義光，文源〔M〕，上海：中西書局，2012。

117. 孫詒讓，周禮正義〔M〕，北京：中華書局，1987。

118. 李道平，周易集解纂疏〔M〕，北京：中華書局，1994。

119. 劉寶楠，論語正義〔M〕，北京，中華書局，1990。

120. 王引之，經義過聞〔M〕，南京：鳳凰出版社，2000。

121. 何寧，淮南子集釋〔M〕，北京：中華書局，1998。

頁　碼	字　頭	同　　族　　詞
29	一	一抑冂冃匸乙壹壺壼鬱噎齸饐饐餀曷殪瘞慍熅醢薀
30	匸	匸謑匣柙谿廨襜袥
	乚	乚隱㲢翳医縶壹噎黔湮堙匽篕僾
	云	云沄澐霣縈蔶囩芸
	于	于余徐俆舒歈趣慁
31	幺	幺丝幽幼要麼杴柭秧紵襃約坳堅
	禾	禾藿委倭覶爐婉婗婠咊龢盉龤諧騔誠詥
	己	己可䈁哥歌曷訶既奇
32	㇌	㇌移䄷迻㢟攸旂游沿冶也迆匜搖榣敹飴廙歈灰譯驛
	厂	曳抴裔臾揄繹羃披引靭爰袁援緩
	七	七化匕換傀娲蠱
33	幻	幻諼讂譀僞誑
	吅	吅齛讙咺壎（塤）喤瑝鍠
	厂	厂户崖厓峃崿峨硪巖礦岸顏
	屳	屳頓偃稷戾順菮巑頑
34	回	回還運緷輼湋洄緯樟
	胃	胃澗圂溷
	囗	囗圍衛褘幃橐圓環
	肙	肙倚輢戾鳶因捆姻
	火	火燉焜煨爟炟熇鎬爑煛煒輝暉

	赫	赫黑黤縠虣鯱
35	日	日旰粵
	蒜	蒜咽嘔睍纓瘦瘄絑靯縊揗隘亾阤
36	尢	尢尣宛枉朌
	永	永羕衍演瀕戴詠遠羽
	㐪	㐪延蝘楹嫣艶胤融卤㮣絲
	予	予与賴損
37	雨	雨霣碩隕拡顚
	印	印归擘按敃擅
	炎	炎焱燅炳爛燴燿熠昱煜尋燡
	央	央膺肌揖
38	益	益溢優溲薏殷盈贏䑏猒裕
	杳㫃	杳㫃窅窈窔幽隂
	奄	奄俺揜廮䧅蔭蕩盫署
	鳥	鳥屋楃幄
39	冤	冤宛悄怨悒慍慇悠恊悥
	晶	晶杲皎曒炇㪍
	燕	燕晏薵驪㠠
40	焉	焉蔫煙鴙菸瘀
	安	安侒晏宴億瘱窫
	盫	盫惲餫恩忞媼嫗
	窨	窨暗瞦娃洼漥窒窞
41	臽	臽舂挹奴掐斡蠹
	逸	逸遺佚軼泆
	舁	舁輿舉揄諛與譽舁揚
	畏	畏威君
42	亞	亞詛惡蛩
	又	又右祐姷友
	丱	丱淵龝
	爰	爰瑗援媛暖轅
43	俞	俞籲窬庾斔窰畬
	喜	喜僖歕禧嫛訴欣忻憙嬞欹唏咥

	興	興翕懘
	㬎	㬎顯昕旭曉曉
44	亯	亯饗獻歆
	休	休歇
	卉虫	卉虫彙
	詈	詈犧犠牲
	轟	轟谼宏弘渾
45	靁	靁讄巂翽嘒
	寒	寒涵霝
	凶	凶兇詾
	弓	弓圅含馠嗛銜菡珨
	合	合袷詥會詁盇佮欱
46	劦	劦協勰協俠
	昪	昪晧暤顥灝鶴驊碼暀鼇犨㘝
	丸	丸環㡎窀瓛垸
	壺	壺瓠柧
	旻	旻奪暖親盰曤
47	眉	眉鰢鼾
	爻	爻肴殽筊
	号	号號諕
	皇	皇日煌晃旺鸘
48	垦	垦篁荒
	弦	弦趏胘伭慈嬭嬡譞趯懁
	後	後后
	旱	旱厚听
49	丁	丁苧踷胡湖喉猴
	夆	夆浲降�惶
	召	召呼嘑虖評歔嘘譃歊炊欥
	好	好燻孝耗攺
50	丨	丨棍昆捆緄輥褌囪先銑進晉奧遷躋僊眞逴復隊硋隤陊頓雁攆橐唾吐禿鬀鬏
51	骨冎	骨冎咕枯橭痁寡孤
52	果	果裹顆蓏菩蔞螺贏橄欖

	丯	丯割犕害
	朿	朿簡揀减蕭泔
	夨	夨夸奎胯綺跨過
53	丿	丿瘳厥鹹癥
	攴	攴筷刱膾匀銛劙缺犺肞玦突鱖抉蒛鈌
	巜	巜浯瀧決澮
	卢	卢櫱虉孹糵瓵鼺繢
54	毌	毌冠貫摜管筦輨絭關釭扛綱摜遺
	干	干迁奸菅訐刊槳戡或
	辛	辛愆遮遣譴詰訐
55	〈	〈涓酳
	弓	弓彊霽麐鱷鯨繮疆悰勃勁
	几	几尻処寄
	禾	禾稽卟兮軺訖吃極礙閡屆介畍
56	臾	臾匱匯
	旡	旡欨欬嘅慨
	兀	兀阢邎
	㕢	㕢隉圪轞堨
	厂	厂危匙巍隗
57	岳	岳顊屵嶭峨硪
	巾	巾撻墐
	斤	斤所釿
	狀	狀㹜狃鬨鬺虓
	丫	丫乖半舥咼
58	及	及汲牽期稘挈
	冂	冂迥复
	丌	丌基
	口	口釦䚄空窠
	凵	凵坎凷壙
59	艮	艮很詪恨根艱悍扞
	兼	兼縑咳垓佼胲毅痎偕价兗玠傀羥
	开	开肩斠榤杴

	亟	亟輆急伋恆
60	苟	苟敬謹憼儆警苞競邀
	戒	戒悈誡諴告誥教桰
	収	収拱巩棷恭龔供
	革	革諽改更愅
61	杲	杲皎皦炗斢
	兀	兀岡掆橿
	高	高崶嘜橋格
	光	光爌觀廣
	囧	囧景頴炅
62	韭龜	韭龜久九究尣竟趨竆籅
	軍	軍君郡羣宭帬困菌稇
	囬	囬燹粂裗絭捲拳趲鐢觠卷券倦虇圈鬈
63	交	交迖佼絞疛
	冓	冓遘購覯媾
	丩	丩彆糾朻較句鈎雊句冓圖笥軥翎疛竘虯叴斻
64	臼	臼匊鞠攫攫救摎
	丮	丮執厹拘
	睘	睘瞿臮奭矍獲懼趯玃躍衢臞
65	兆	兆簪蟲古鼓固鋼
	今	今唅噤牸捦鈙弇金緊鑒叺擎詟聲
	筋	筋笏堇
66	肩	肩堅豣麗龍掔覸
	繭	繭薫蘽襽鞕
	弓	弓躬躬宮
	圭	圭閨
	厶	厶肱厷股衷煇跪蛫
67	馭	馭御故偓
	亞	亞詿
	启	启啓啟開闓
	夰	夰敖臯傲嶅贅
68	气	气丂亏气欠欽譥欤

	靑	靑腔殼殼椌寬欯漱欯稞康歗涑
	桀	桀傑碣竭揭楬楬喬僑鐈鵁橋趫蹻撟驕
69	丘	丘虛區阤胠凵曲苗軀
	鬼	鬼怪傀顝娸諅欺忌惎彗記覬鬽
70	奇	奇怪踦猗觭徛掎騎麒倚
	屰	屰逆迎訝屰遻
	元	元兀顗願原芫薍
71	虐	虐瘧剈鷍蜼
	豙	豙毅忍忥虓虥
	魚	魚鱻漁曋喁衜語諙
72	圉	圉圄籞敔禦
	冰凝	冰凝銀垠齦齗屍
	斦	斦弨鈙
	臬	臬儀擬覾睨觬
	佀	佀嵒厰柰薿香嶷
73	广	广儼嚴籨陳廥甗
	卬	卬仰靮柳駉
	乂	乂午伍遇寓𫸩寤
	垚	垚堯顤獟驍趬翹蟯嶢僥
74	月	月外刖抈䐆明劓𮌂
	谷	谷榖
	峚	峚隙綌
75	呂秝連	呂秝連領肋朸泐防柖枂瑮逨遫瀧溇樓輪轑橑櫨歷砅駕例律倫腰臘聯鱻鱗鯉龍鄰閭里旅瀾淪羅罾
76	旦東丹	旦東丹形軕銅桐綎樞褻旍
77	丈	丈長腸場
	乃	乃卥訥訒芿訪𣏂仍扔
78	六	六尢僇邌逮
	丞	丞朵稵隋橢眈瞻珊紃狨蕤綏絭傪鬃錘唾
	它	它蛇鉈螭鱓鱔鼅蚺鮀
79	鹿	鹿麗隸麤邐逯
	少	少蹋踏踏踔踖騳躃圭馳碓碏舂

	丙	丙䛡猛猲猲
80	帶	帶條絰
	叕	叕惙輟翣輟綴茜織
	叀	叀嫥擅顓惴
	耑	耑株兜董暊
	卵	卵贏㼚苂蠃砢巒鑪顱盧虜魯蠃彈弘橢隋㬰膽
81	珏	珏整等㙟端褍
	壬	壬桯挺鋌婹莛筳斑侹週通
	二	二貳耳佴
82	自	自堆崔陮塝戴陶臺亶多竺篤
	晶	晶靐瓃欐矗藟譶
	叕	叕杝儷爾爽
83	厽	厽絫垒誄壘磊
	夂	夂致鞚抵推牴勘茱犁
	入	入內日袇㓨涅
84	霝	霝零雰落瀝醽滴楠淋漣
	而	而耐丹耏髯茸㯚鞘芮臑
	戀	戀圞亂敊麻吏理撩㼐撚煉瀨涷練鍊
	曼	曼孚酳斂攣掄斅摟攎
85	料	料量斁
	从	从兩两履緉輦儷
	流	流㐬㓚瀏㶒瀨潦霤瘤餾
	扁	扁欒漉漏
86	鼠	鼠鼶鼺鼲鼵鼭鼨
	翏	翏颸漻遼僚儵根狼稂闐睙縷㯶菉苅蓮陵陸
	龍	龍麟寵瓏蜦壟隴瀧籠
87	婁	婁鏤㪔屢簍籠㯠㯞等櫨囹牢闌筬籃㝩廔謬寮
	羅	羅麗罘罩
	耒	耒戾穎睞繄留㝩僂㣊縲撩
88	尞	尞亮燎潦璙鐐烈閃粦瞵珊
	利	利鎌鎦剹剆劵犁茉
	立	立䣕臨林羌
89	氐	氐柢底牴越邸槙墊䡆雁頓碓迒抵

	弄	弄倴
	日	日帝諦玓旳馰焯
	天	天顛槇頂頭題棟
90	翟	翟罩籗篧
	鳥	鳥蔦島
	登	登簦德陟隥
	㝵	㝵得悳
91	冬	冬凍殫
	鬥	鬥鬭築對儭當敵
	斗	斗料篼
	耴	耴貼耵輒緆
92	屯	屯趁邅駗驙楨
	兜	兜覨侞
	壴	壴邂駐豎尌樹侸
	窋	窋竅竇泏
	中	中衷忠珍
93	盩	盩豥豛椓琢斲斀斸礡斫殶扰
	卓	卓倬穛籗曓涿趠逴冢寵
	弢	弢韜團櫜櫜韥櫝匵
	夲	夲滔駋牿饕慆貪欿探撢湍駾飻夓
94	延	延挻梴
	闖	闖騁逞徎彨覾竀覔覘衝蚩
	彳亍	彳亍趧豖赽趄蹢躅跱躇踟躕跢跦躑躅騠蜘蛛
95	譶	譶沓誻謎讕
	龖	龖㒬
	弟	弟梯娣遞迭代姪
	兊	兊彖談詾
96	豆	豆梪匬鐙豋
	奪	奪敓脫隋褅鬌褫盜
	彖	彖捝豚逐遯遁逃
	田	田畋甸町汀
97	卣	卣艻絛稻稌櫜杓
	古	古宊涒

	隶	隶隸逮罶
	男	男農奴童僮
	宁	宁貯宔盨杼佇庤洔痔儲廚
98	斷	斷斵剚剮斀斀墜屠檮箾篶牏牘牒
	屍	屍屪咢亭定佚
	盥	盥寧甯
99	靁	靁沈霋
	夆	夆
	嵒	嵒晶讘
	广	广饕
100	示	示視諡
	悉	悉俫猜揣測檔娛
	羴	羴羶脡胜鮏臊鰷鱻鮮魦
101		左助勳耡借租贊牂
	叉	叉杈叡挕齷逪攝籍拓攠醋儳差齹縒籛齱
	戌	戌熄妻盡渫消霳霄燋㸓醮
	毳	毳脆臁荃蘳刋切莝剉
102	祘	祘蒜籌算
	泉	泉源盡次
	山	山生牲屾産
103	吅	吅頭哭哭奰侉簒全牷侎選詮
	戔	戔殘奴殮删芟剗憗
	齊	齊齏齏臍中妻劑儕嫸齰
104	宋	宋霽曩比㱐訾蓻紫壼
	夂	夂夋趌逡
	䏎	䏎愬邃㵎容浚
	晶	晶精旌曐腥姓彭瀞䫾清
105	畱	畱鼐齏尊毁鷥甀䱻
	兹	兹滓緇紫
	兓	兓梭陵㥄焌繒鐕
	子	子兹孳滋孜茡慈字
106	烕	烕殲㲃霙鐵櫼箋懺斬剪鬋鑯錢戩揃翦

	晉	晉縉進躋津駿遵循
	脊	脊蹐越迹踖桱接績緝
	宗	宗綜總噂諔傶尊叢藂㝮稯埁豵蓗
107	則	則節
	巛	巛烖灾　宰辛
	奏	奏走趡蚤
	羴	羴羶燋醮
	雀	雀爵小鸐鬈虈
108	艸	艸蒼翠青蔡茉蔥璁繱璁玈
	次	次茨茸髭
	夨	夨仄側厢輺
	止	止阯跖蹠桎指恓軹楮帶滯座
109	爪	爪叉瑤搔騷繅慅
	爪	爪掌
	正	正証止政整眐
110	支	支枝胑
	品	品眉戢潗噪纛積資積
	臥	臥眾仏蓁榛
	龠	龠集人戢鍱輯誏
	舟	舟州周椆匋
111	前	前履衛趣俴踐
	祝	祝冊訕詛
	占	占詹瞻
	制	制製織戴
	至	至鷙摯臺忮執駤
112	禹	禹俑稱
	朱	朱絑赭袾姝娛
	赤	赤熾烾赹庰柿佟廖姟
	吹	吹炊龠喘
113	囱	囱窗窗蔥廖聰鏓
	臭	臭殠觸醜坃
	束	束刺諫莿柬萩救策

	川	川穿啜歠竁
	昌	昌倡唱
114	叝	叝犓初
	爨	爨煇竄寢癳
	舀	舀插屆崻鉆察䜀
	刅	刅刜愴滄
115	冊	冊曹柵
	䇞	䇞族柞怍簎
	才	才材麨財裁
	巢	巢樔轈
116	士	士仕事
	小	小筱少尠佋霰飝霦粟秝籤孅纖楔
	析	析斯新薪碎瓶
	絲	絲總細緆線
	貨	貨瑣麨
117	梀橄	梀橄歡散饊瘶誓沙澌漸死縓槃釋捨弛彊失
	卂	卂迅速諫迻候
	西	西樓屖維
	枭	枭譟嘯歡
	尸	尸屍晨伸佟身攽設肆
118	爽	爽鯹挻疏梳
	囟	囟思想悉案
	森	森槮罧
	先	先兟侁駪燊筅笲
	閃	閃睒覢夾
119	刪	刪刷婚渻
	彡	彡攸飾修
	澀	澀濇歠轞嗇穡
	矢	矢菡徙
	首	首百纇始
120	手	手叔收
	戍	戍陓
	四	四呬息

121	夊	夊餅枡骿緁
	卑	卑脾陴婢庳埤猈鼙痺頿
122	伏	伏處頖府匍匐痛
	焚	焚棼璊虋虄橗盟礬紅虹燔鐇煩
	秉	秉柄棅把扮枸枹刉柲靶瓤幹
	辰	辰派紙稗衈脈覕覍眒
123	勹	勹包胞裹匀保孚緥袍匏庖炮
	片	片版牏楄牎扁篇牖
	止	止跟友跋跛癹
124	尃	尃貶罦覆仆僕廢債踣趙
	冖	冖被冢幏冪醭掤堋窐
	冃冃	冃冃幊幬幔輓幕冒覆㝯㝹
	佩	佩培鞞埤俾裨坿彼髲病
125	缶	缶博鉢盆餅
	匚	匚匪筐瑼
	朏	朏霸魄普袢
	般	般磐縈
126	殳	殳付界貶買賣貿
	畢	畢縪癉壁
	葡	葡備㯱祕愊
	品	品匹百皕佰輩
127	頻	頻顰瀕浦邊
	亡	亡通放望忘無
	𢍰	𢍰辯詖諞諎
	卜	卜支撲摽劋砭抃嚠䲊拀鋪
128	艸	艸莽蓁薈莎薄尨嘊牻駹
	平	平枰坪潤
	反	反匸返乏靫复復
	𠬝	𠬝服僕報郒
129	分	分副剖辨劈破鞁敗圮幡嶓崅剢皮朴枾朳䇸岎芬棼芳蕡苀皀餴聞
	朮	朮敝怵秫妭柴耄甌姅
130	方	方舫汸紡幅莆薄榑枋博誧溥專敷謗誹庌圃醩聙

	扶	扶立傍徬併賓儐佣房騑駙衬扶符
131	暴	暴爆烍烰稨糯
	弗	弗弭棐榀榜俌傅卹
	勿	勿矻敁勉憤懱悗忞務敏勸颭
	貝	貝鮂蚌批黿寶宗
132	市	市紱韍袚帗馺綔繴萆
	宋	宋孛艴娍炦炰辂鼟斾桻葆蕃芇芾每柈茇
133	華	華藩畚辦簸糞奎罷潘
	兆	兆攀絆樊趯曼蔓輓
133	毛糸末	毛糸末膜胈眉眇髦鬆瞙覒妹騄虋犛娓尾螟蛓靈蟲螽蜂溦濛霢霖辈塵扮坏萌萝芒苗蔽杪標杪枼麻葩米絲廖褊麴麩橃糜糵緬緢縣緝篨韜匼
134	本	本販丕犇甛孟伯頒誖瞕拇啍嶜飽醅伴伍羴体朋鎬馱驃獝
	本	鉦蠅肥胒帘幣肇鼓繕彮銹鈹帔秎橃龐橐
135	羈	羈飛燺僄嫖嘌慓趮皋翩嫡漂泛芝苹森飆飄瀑鏢鏃斿
	髟	髟鬢髮髭鬃髻鬗茇
	矛	矛茅袤衿裦癈邁
136	八	八穴半料胖判畔叛泮班糞攽倍北仳必別貧闢覃肺膀背髀臂髓
	旻	旻漫沐殁蘱墓麥麩
137	非	非飛騛飍趡跳趴
	阜	阜厚坋防墳
	丿乀	丿乀筆頓頎頗偏瘺蹁覐瞥瘵庋跛弊僻披袂彎糜剃拂擊撅耙捭排勃栟鏊潊婆驚沁燁烑畢沸渾汳蝙蝠憝忿
138	弁	弁覓冕鬌槃
	芇	芇繭滿瞞佯斜鏝縵
	匕	匕姚妣祉祂秕秄比牟坒疕編篦茸
139	由	由佛髴斐纇蘽鬱
	秝	秝藩籓簞壁廝屏庰俜箅
140	民	民萌人氓盹閩蠻
	采	采番瓣蟠斐盼瘢
	白	白包帛皤販辮紵蘇皅葩粺笨駂
	丏	丏面兒覓昩眛曹瞢蔑薈眛顯覎迷盲矊眯瞑冥彎晚萅否

141	宀	宀鼏寪寽盋覆密廟
	文	文份粉黼黻璑珉瑂黴駁駮辯虨彪豹
142	鼻	鼻自筆䏖佖泌磚碑彈雊
	美	美媄媚娓嫵每夤
	羋	羋豐壹豓饛
	畐	畐富瘺腹複鬹斛
143	毋	毋侮武
	巫	巫舞
	明	明盟門旻炳
	步	步蹠述
	便	便變

說明：此表收列了《漢語語原聲系》總結的詞族四百餘組。頁碼爲《霜紅軒雜著》頁碼。

附錄二　張舜徽所用反切上字表

喉

影　於央憶伊衣依憂一乙握謁紆挹烏哀安煙鷖愛・凡十九字

喻　余餘予夷以羊弋翼與營移悅・凡十二字

　爲　于羽雨雲云王韋永有遠榮爲洧筠・凡十四字

曉　呼荒虎馨火海呵香朽羲休況許興喜虛・凡十六字

匣　胡乎侯戶下黃何・凡七字

牙

見　居九俱舉規吉紀几古公過各格兼姑佳詭・凡十七字

溪　康枯牽空謙口楷客恪苦去丘墟祛詰窺羌欽傾起綺豈區驅・凡二十四字

羣　渠強求巨具臼衢其奇暨・凡十字

疑　疑魚牛語宜擬危玉五俄吾研遇虞愚・凡十五字

舌

端　多德得丁都當冬・凡七字

透　他託土吐通天台湯・凡八字

定　徒同特度杜唐堂田陀地・凡十字

泥　　奴乃諾內嬭那・凡六字

來　　來盧賴洛落勒力林呂良離里郎魯練・凡十五字

知　　知張豬徵中追陟卓竹・凡九字

徹　　抽癡楮褚丑恥敕・凡七字

澄　　除場池治持遲佇柱丈直宅・凡十一字

娘　　尼拏女・凡三字

日　　如汝儒人而仍兒耳・凡八字

齒

精　　將子資卽則借茲醉姊遵祖臧作・凡十三字

清　　倉蒼親遷取七青采醋麤麁千此雌・凡十四字

從　　才徂在前藏昨酢疾秦匠慈自情漸・凡十四字

心　　蘇素速桑相悉思司斯私雖辛息須胥先寫・凡十七字

邪　　徐祥詳辭辞似旬寺夕隨・凡十字

照　　之止章征諸煮支職正旨占脂・凡十二字

　莊　　莊爭阻鄒簪側仄・凡七字

穿　　昌尺赤充處叱春・凡七字

　初　　初楚創瘡測叉廁芻・凡八字

牀　　牀鋤鉏豺剗士仕崇查雛俟助・凡十二字

　神　　神乘食實・凡四字

審　　書舒傷商施失矢試式識賞詩釋始・凡十四字

　疏　　疏疎山沙砂生色數所史・凡十字

禪　　時殊嘗常蜀市植殖寔署臣承是氏視成・凡十六字

脣

幫　　邊布補伯百北博巴卑并鄙必彼兵筆陂畀・凡十七字

滂　　滂普匹譬披丕・凡六字

並　　蒲步裴薄白傍部平皮便毗弼婢・凡十三字

明　　明彌眉綿靡美莫慕模謨摸母・凡十二字

非　　方封分府甫・凡五字

敷　　敷孚妃撫芳峯拂・凡七字

奉　　房防縛附符苻扶馮浮父・凡十字

微　　無巫亡武文望・凡六字

說明：此表摘錄於《雜著》14 頁。《說文解字導讀》56 頁、《舊學輯存》122 頁亦有。
　　　《黃侃國學文集》199 頁有此表。

附錄三　之言統計

頁	字	《約注》按語
12	禠	徙
13	䪜	之爲言象
15	祇	止
21	袥	之爲言坼
25	礿	之爲言約
29	禰	籀
32	禖	之爲言媒
36	祳	䪜之言象
46	瑜	腴
49	珛	朽之爲言考
56	瑒	之爲言暢
59	珩	通作衡，衡之爲言橫
59	玦	之爲言決
60	瑞	之爲言專
60	瑱	之爲言塡
63	璱	冒之爲言蒙
68	琢	豰
69	珍	中。猶寶之言勹

頁	字	《約注》按語
74	珢	銀
76	瓐	顯
79	琨	混
79	珉	文
81	玓	旳
88	靈	之爲言良、令
103	菐	之爲言箑、翣
103	莆	之爲言甫、溥
115	苹	平
128	萬	之爲言榘
130	菅	干。茅之言矛
135	蒿	立
146	䕞	纍
153	藪	蓲
158	蔗	之爲言苞
160	芰	歧
163	萟	細

頁	字	《約注》按語
166	芳	之爲言錯
176	蔓	曼
182	萸	頓
188	莛	挺
189	葩	皅
193	蔆	疣
193	茮	甲
194	蔕	柢
196	薄	布
200	蔽	槁
201	苜	捘
203	芼	冃
209	蔡	榮
216	蘄	趨
216	芯	必
218	蓆	藉
226	莘	之爲言溓
227	蓴	之爲言團
228	葷	之爲言匕
231	芻	斷
232	堇	剉
232	菽	束
233	蔟	徐灝：蔟之言聚
233	苣	舉
235	麷	沒
237	蒜	之爲言祘
239	蔥	之爲言囪
244	蒙	冃
247	茗	迢
249	蘇	皤
256	莫	沒
268	宋	深
268	悉	細

頁	字	《約注》按語
276	捈	之爲言塗
277	犉	純
280	牷	全
283	犛	斄
284	犇	之爲言分
286	牼	之爲言脛
288	犛	攣之言蠻
293	吻	之爲言門
296	咺	皿
297	嶷	擬
300	嘆	鑱
309	君	之爲言威
322	周	之爲言舟
323	噎	墮
325	吃	禾
326	哽	之爲言梗
327	嘐	高
331	叱	斥
332	嘯	謞
332	唪	猝
335	嚴	嚴
335	呻	伸
338	哨	小
339	各	夂之言止
340	哀	愛
343	咆	暴
343	嗥	皋
345	啄	椓
348	㕣	頓
353	走	奏
354	赴	奏
359	趠	迺
361	趰	憲

頁	字	《約注》按語
	趯	寰
	趙	疫
362	趍	在待
366	趩	彳
368	趱	奉
369	趣	究
371	趫	脊
374	趄	換還
375	趲	辟
375	趣	耑
379	歷	秝
379	壁	瘅
380	奎	躡
389	迹	脊
391	徒	獨
399	遄	摶之爲言團
403	遞	弟
404	迻	乀
404	運	云
407	遣	辛
409	逦	旋
410	迟	攱
411	迤	移
412	遴	吝
417	道	換
419	遒	之爲言促
420	邇	尼
421	遮	阻
421	遾	延
425	迁	紆
426	道	蹈
427	远	行

頁	字	《約注》按語
	邊	趨
432	微	屝
432	徥	之爲言諟
439	徛	踦
441	乁	永
442	延	展
444	衢	眗
444	衛	囟
445	衙	魚
446	衛	口
449	齜	柴
452	齹	差
454	齾	櫱
455	齰	斫
455	鹹	歂
456	齳	徐灝：齳之言碎
459	齬	鋙
460	齷	座
461	猗	奇
466	踦	孤
467	躐	躐
468	篷	速
455	齰	斫
470	跧	踐
472	蹋	聑
472	躢	躢
474	躛	圍
478	蹢	搖
479	蹦	趨
480	蹐	脊
483	蹇	越
483	蹁	偏

頁	字	《約注》按語
484	跣	損
486	跰	之爲言腓
487	朔	之爲言欉
498	嚚	壬
514	古	之爲言久故、久之爲言舊
523	談	之爲言覃
523	謂	之爲言回
528	諷	風
529	讀	籀之爲言抽
530	諳	意
532	譬	比
536	闇	之爲言斷
539	訂	定
541	誓	插
542	謹	之爲言墐、慎之爲言填
542	訒	之爲言猶訒
545	諱	之爲言韋
558	詷	溥
564	譽	舁
566	訖	禾
568	謄	騰
570	譊	之爲言嚻
571	諛	揄
572	謾	之爲言蒙
575	誑	之爲言罔
576	訕	山
580	誖	之爲言背
596	譁	之爲言于
601	詔	集
602	詢	兒
602	訟	公
605	譖	之爲言侵

頁	字	《約注》按語
	讒	之爲言鑱
606	譴	辛
607	諫	束
615	謚	示
618	譯	迻
630	美	之爲言附
634	羃	抯
635	弆	以
640	孌	之爲言孄
645	要	幺
650	鞹	郭之爲言廓
651	鞄	之爲言勹
652	鞞	之爲言軍
653	鞼	續
653	鞶	之爲言盤
654	鞏	之爲言緊
658	鞠	之爲言曲
661	靴	之爲言繹
663	鞝	奄
665	鞳	管
666	轉	之爲言縛
666	輟	叕
667	鞿	茸
668	靳	紟之言禁
669	韇	之爲言匱
674	韣	之爲言窦
675	韔	之爲言層、增
675	韛	之爲言鋪也、布也
677	韇	之爲言歆
677	韏	㇀
712	筆	之爲言丿
713	聿	精

頁	字	《約注》按語
716	隸	僕之爲言附
729	殺	之爲言駿
740	皮	之爲言破
752	皵	之爲言闓也開也
753	變	便
756	救	求之爲言絿也糾
776	占	瞻
781	爽	之爲言疏
783	敻	迥
784	夐	圜
785	目	冃
786	睘	之爲言繯
787	矊	矊之爲言明
788	睗	喜
789	眥	之爲言章
790	暖	之爲言奐
	彎	之爲言冡
794	瞵	之爲言粦
800	睴	之爲言纏
802	睹	晵
806	督	之爲言猶佋
811	瞗	之爲言馳
815	瞑	冥
824	眵	落
825	瞯	坎
	瞀	兆
842	翰	之爲言倝
844	翛	攸
845	翄	革之言急
846	翍	逆
848	翾	之爲言還
854	翳	之爲言衣

頁	字	《約注》按語
859	雀	麻之爲言微
860	雗	之爲言倝
863	雛	之爲言㒱
865	雌	氏
866	雖	丞
885	羝	之爲言牴
	羘	之爲言奘
	羒	之爲言墳
886	羭	之爲言瑜
887	羯	犗之爲言割
892	羑	之爲言舊
908	鶱	細
917	鷄	之爲言拙
923	鷪	之爲言嚶
929	鶝	之爲言猶牴
930	鷩	之爲言劈
	鷂	之爲言搖、遙
932	鷐	之爲言猶晨
957	敖	夰
969	殟	之爲言薀
973	殣	之爲言饉
974	殨	觸
978	殬	之爲言闓也開也
984	髆	博
985	骈	并
987	髁	宋
	骱	舸之爲言柯
991	骾	之爲言梗
993	肉	柔
1000	胃	口
1001	腸	長
1003	肍	乙
1005	膀	之爲言旁

頁	字	《約注》按語
1008	臂	㇒
1010	臑	之爲言堆
1011	肤	之爲言決
1012	胯	之爲言夸
1013	肪	之爲言梗
1015	胤	之爲言引
1018	腊	之爲言稭
1018	朧	之爲言眻
1018	脉	之爲言緑
1019	攣	之爲言孿
1020	胗	之爲言參
1024	脁	之爲言珧
1028	腤	之爲言充
1029	胡	下
1032	脯	之爲言鋪、布
1034	脘	之爲言管
1035	膴	之爲言無
1036	腒	之爲言居
1036	肌	之爲言久、舊
1037	臞	之爲言瘦
1038	脙	之爲言俓
1040	腥	之爲言猶沙
1043	膹	之爲言墳
1044	戴	之爲言樴
1045	腌	淹
1047	膊	剥
1047	朘	掇
1047	奥	胏之言宋
1048	脂	貪
1050	羸	之爲言蓏
1054	筋	健
1055	剡	号

頁	字	《約注》按語
1056	剴	開
1063	副	判之爲言半
1064	剫	夸
1067	劙	犂
1068	剬	冐
1069	刷	刮之言髻
1072	刖	月之爲言闕
1072	刜	㇒
1073	劊	鑱
1073	刉	剸之爲言團
1078	刺	束
1082	耒	之爲言戾
1083	耕	巠之爲言莖
1089	簅	歮
1090	挈	挈
1090	觭	奇
1094	觰	之爲言奢
1095	觟	恡
1096	觜	束
1101	觷	搦
1102	鱛	鰀之言發，鱛之言掐
1106	簜	之爲言蕩
1107	薇	之爲言微
1108	筍	之爲言笋
1108	悥	之爲言胎
1110	簫	潃
1113	筵	坖
1113	籍	斄
1115	箈	叀
1117	箋	戕
1117	符	副
1119	筳	挺

頁	字	《約注》按語
1120	筶	薄之言迫
1121	簾	聯
1127	箆	比，筵之言希
1128	簍	之為言離婁
1130	箜	之為言洪
1131	簋	之為言規，簠之為言矩
1133	笢	屯
1134	篗	之為言便，轎之為言橋
1136	籱	卓
1138	箑	之為言捷
1140	篼	之為言兜
1142	簦	之為言登，繖之為言散
1147	笪	之為言撻
1149	箾	之為言稍
1152	籟	之為言屬
1152	篍	之為言要
1155	箏	之為言錚
1157	箅	落之言絡
1157	篧	之為言揜、暗
1159	篽	之為言圉
1167	巧	之為言考
1184	芎	侚
1193	螽	揪
1194	嘉	之為言加
1196	鼛	皋之為言高
1196	鼖	賁之為言墳
1197	鼙	之為言卑
1199	鼛	之為言戢
1203	登	之為言宛
1206	豔	之為言馣
1206	盧	之為言壺
1206	號	之為言枵

頁	字	《約注》按語
1207	盨	之為言貯
1211	彪	辯
1219	盌	盇
1233	彎	之為言幾
1237	丹	旦
1238	臚	之為言赫
1240	羍	之為言瑩
1248	㪚	之為言汎
1249	餴	之為言墳
1250	饐	蒸之為言升
1251	饙	橐之為言烘
1251	飴	迻
1252	饞	餹之為言搪
1254	餈	之為言糒
1261	釀	之為言攘
1265	餽	之為言捐
1269	饕	夲
1271	饉	疏之為言扶疏
1273	餓	之為言俄。飢之為言饑
1274	餕	之為言惙
1274	餧	之為言駊騀
1275	餗	之言微末
1276	僉	皆之為言諧
1277	今	之為言緊
1284	穀	之為言殼
1289	鹹	之為言湺
1289	鹺	之為言鎖
1290	缺	之為言夬
1291	罅	之為言華
1291	缿	口
1298	高	之為言頃
1313	來	夆之言鋒

頁	字	《約注》按語
1317	𣏢	之爲言覆
1318	𣏚	之爲言束
1320	𣙙	之爲言斃
1326	𡕍	之爲言蹲
1327	夒	之爲言饕
1333	䜌	係
1335	鞎	段
1336	轉	縛
1337	䡬	搹
1337	韓	斂
1342	干	夸
1343	桀	喬
1348	櫨	酢
1355	梫	之爲言侵
1358	樟	回
1358	楢	輶
1360	柍	幺
1361	格	膏
1361	椆	周
1362	椇	𧮫
1365	梭	栟之言并，梭之言總
1367	梓	子
1373	枇	比
1376	椵	瑕
1380	枸	之爲言句
1381	橿	彊
1382	棼	分
1390	棣	裻
1391	楝	諫
1392	櫔	旋
1402	柢	氏
1403	根	堅

頁	字	《約注》按語
1406	條	卤
1406	枝	微
1408	杕	夭之言幺
1409	梃	圣
1409	櫱	牲
1410	朵	木之言朵朵，山之言隋隋
1413	柾	允
1413	枎	専
1414	榴	颺
1414	槮	森
1415	梴	延
1417	橣	之爲言猶尼
1418	槙	屯
1419	柔	脜
1420	材	裁
1421	杲	高
1421	杳	下
1422	栽	植
1423	築	鬥
1425	模	摹
1425	桴	郛
1426	柱	樹
1426	楹	引
1427	楮	止
1428	槫	比
1429	梐	列
1430	橑	轑
1432	梠	呂
1437	楝	促
1437	幔	㒼
1438	楣	冝
1438	梱	橛之言圣

頁	字	《約注》按語
1442	櫜	橐
1444	桯	挺
1445	槭	口
1448	茉	鏵之言華
1450	欘	鉏
	櫡	钁
1452	柭	乀
1456	槺	洗
1459	椑	卑
1460	槌	椎
	栯	植
1462	槼	舉
	槃	繫
1464	杼	貯
1465	椱	之爲言腹
1466	棧	踐。棚之言冢
1468	梯	弟
	桊	卷
1469	樴	直
1470	柭	拔。棓之言掊
1471	柯	格
1471	棁	之爲言棳
1472	柄	秉
1478	柎	俯
1480	槧	斬
1485	柳	之爲言卬
1486	橋	喬
1487	梭	梢
1488	欚	蠡
1491	桄	光之言廣
	檇	椎
1492	柧	骨

頁	字	《約注》按語
1495	檽	短
1498	櫄	擂
1499	械	戒
1505	東	彤
1508	棼	之爲言分
1522	㽕	敷
	韡	煒
1523	曡	㬪
1525	礬	鉤
1527	鬃	修
1528	麭	包
1529	蘽	繭
1531	櫜	高
1533	囩	云
1534	圖	度
	圛	之言絡繹
1535	嚞	橐
1536	圈	卷
1538	圃	溥
1540	固	鼓
1542	貟	云
1550	贈	增
1551	賚	來
1552	貤	迻
1553	贏	盈
1554	賓	比
1559	賦	付
1561	購	遘
1562	賨	稯
1566	都	豬
1568	郊	交
	邸	氐

頁	字	《約注》按語
1581	邱	冡
1599	郖	包
1623	旻	之爲言明
1628	旳	灼
1629	晉	進
1633	旴	軌
1634	晥	逤
1634	暜	揆
1635	厊	矢
1636	㬪	疊
1644	曡	煥。安之言沠
1645	曬	灑
1650	旦	丹
1653	旐	召
1654	施	朵
1658	旓	幺
1661	旄	冒
1662	㫍	侶
1662	族	湊
1671	期	之言及、近
1676	夕	之爲言西
1677	夢	冥
1686	輹	口
1690	膈	幅
1694	鼏	凵
1702	稺	遲
1703	穧	蔑
1708	耗	之爲言冒
1709	穬	剛
1710	稗	辰
1716	案	按
1719	秄	齓

頁	字	《約注》按語
1720	稃	包
1720	穅	之爲言空
1722	稈	竿
1723	稠	冐
1726	穢	荒之言康
1730	稷	總
1730	秭	積
1731	秅	碩
1734	䵼	斂
1734	稗	卑
1736	䵮	撥
1738	糦	饎
1739	糗	屬
1742	糵	覈
1744	糈	細
1749	毇	毀。粺之言敗
1751	舂	撞
1751	舀	攴
1758	㲋	搏
1761	籤	纖。雚之言唯
1762	㡿	攴
1763	㡚	迭
1764	瓣	采。瓠之言囊
1765	瓢	蠡之言離
1766	宀	丏
1769	宦	臣
1771	宇	吁
1772	寏	環
1773	寫	偉
1773	康	康
1774	定	岪
1775	㝈	弸

頁	字	《約注》按語
1778	宗	勹
1780	寶	宗
1783	寫	卸
	宵	消
1785	寬	康、空
1786	寡	咼
	客	過
1787	寄	倚
	寠	窶
1788	害	妎
1791	宗	總
1792	宮	弓
1794	躬	身之爲言伸，躬之爲言弓
1795	窨	暗
1799	窬	窆
1802	窅	覃
1809	窒	罢、覆
1810	窄	厭
1817	疴	之爲言禍
1818	痛	匐
	瘽	勤
	瘨	顚、之爲言塡
1821	痒	辛
	瘷	捒
1822	痟	削
	疕	比
1825	癭	嬰
1826	瘺	漏
	瘀	鬱
1827	癭	㲱之言畐
	府	伏

頁	字	《約注》按語
1830	疽	沮
1831	疥	介
1832	痂	甲。疥之言介
1833	痁	阽
1834	痎	兼
	痔	庤
1835	痿	萎
	痹	丿
1837	痏	毀
	癉	劃
1838	瘻	膿
1839	痤	之爲言頸
	瘦	縮
1840	疢	經
1841	痞	閉
	疻	颭
1842	疷	泜、坻
1843	疫	運
1845	痼	固
	瘥	差
1846	瘉	愈
1859	醫	籈
1860	罧	森。扈之爲言圍
1861	羅	絡
1862	羉	孨
	罟	之爲言縛
	罩	之爲言樘
1864	罝	阻
1866	罥	縈
1873	幅	畐
1874	幘	仄
1875	帕	峻

頁	字	《約注》按語
	帔	丕
	常	長
	帬	軍
1879	帷	囗
1880	帎	尚
1880	幯	屑
1882	幖	表
1883	幡	敷
1884	幭	烕
1884	幝	繹
1886	幬	囗
1886	裇	卷
1888	幘	賣
1890	布	溥
1890	嶓	袷
1891	嵫	弦
1891	帑	冃
1891	幬	冂
1894	帛	白
1894	錦	金
1895	白	勹
1900	黸	盧
1901	辥	萃
1908	俅	裘
1913	倩	壻之言胥
1914	儇	慧
1916	佳	高
1919	儷	焱
1920	儺	偄
1922	侗	侹
1924	健	腱
1927	任	丕

頁	字	《約注》按語
1928	倬	卓
1928	侹	挺
1935	待	滯
1935	儲	宁
1936	儐	比
1937	儕	齊
1938	倫	侖
1938	侔	帯
1939	傅	扶
1941	依	㫃
1941	佴	貳
1945	侁	駪
1947	伍	參之言參雜也，伍之言交乂
1947	什	恀
1949	傆	原
1952	儀	臬
1954	便	變
1955	優	憂
1956	儉	絜
1958	俾	卑
1959	倲	睽
1960	傳	馳
1961	价	奔
1961	仔	孶
1965	偽	益
1967	儂	舊
1968	俯	兜
1975	儳	齹
1975	佚	遺
1977	傲	技
1979	僵	堅，彊
1982	伏	覆

頁	字	《約注》按語
	例	類
1983	伐	拔
	俘	捕
1984	傴	區
1985	僂	簍
1989	倦	卷
1991	佋	昭。穆之言冥
1994	對	對
2000	㘝	柔
2004	惢	備
2005	冀	幾，近
2008	胒	胹
2009	聚	集
2014	臥	俄
	監	見
2015	身	伸。躬之言弓
2016	軀	詘
	肩	衣，乀
2019	裁	材
2022	袤	暴
2023	襱	裹
	襋	頸
2024	襮	辯
	裘	殹
2025	褋	繰
	袷	交
	褘	圍
2028	袍	包
	襺	繭
2032	裯	等
2034	袂	丿
2039	褍	端

頁	字	《約注》按語
2040	複	畐
2042	裔	抴
2043	袁	永
2047	被	宀
2049	衷	中
2050	雜	麤
2051	裕	餘
	襃	匕
2057	裹	果
	褰	約
2066	耄	毛之言曰
2069	毛	麻
2073	尸	馳
2075	尻	究
2078	辰	伏之言覆
2080	屋	烏
2082	尺	識
2086	履	之為言从
2088	屛	徐
2089	舟	周
2090	船	順
2091	舳	軸
	艫	顱
2092	舠	扤
2096	航	行
2098	兒	柔、弱
2099	允	愿
2101	競	勁
2104	兆	馨之言鼓
2109	覷	透
2110	覝	瞵
2111	觀	爟

頁	字	《約注》按語
2112	覨	表,浮
2113	頫	睬
2115	覽	侯
2116	覵	候
2117	覿	奔
2118	覦	悠
2120	覬	敷
2123	覰	燿
2125	歠	纍
2127	歓	余
2129	款	空
2130	歌	高、亢。詠之言永
2138	歜	澀、濇
2138	歗	瀟
2143	欨	䱐
2145	歁	康之爲言空
2146	歠	啜
2148	旡	禾
2152	顏	崖
2155	領	戶
2156	頟	馗
2156	頤	根
2157	頷	含
2157	領	呂
2163	頤	峨
2164	顬	棱
2167 2169	頌	起
	顧	眮
	轔	零
2170	頗	覆
	頓	牴
2172	顒	瞳

頁	字	《約注》按語
2173	顥	皓
2174	穎	靖
2180	煩	燔
2182	頣	佹
2183	顛	欺
2186	面	丏
2186	靦	聑
2187	靤	哺
2190	須	纖
2191	頢	虯
2197	文	分
2201	髟	曼
2201	髮	卷
2202	鬟	縣
2203	髳	冒
2204	鬋	烌
2205	髮	埤
2206	髯	坿
2209	鬈	順
2215	卪	節
2217	卬	比
2218	卻	析
2220	陜	奏
2227	旬	循
2227	匃	興
2228	匋	究
2228	匑	覆
2229	包	之爲言勹
2235	髟	彌
2236	鬽	虖
2237	覽	祈
2239	甶	覆

頁	字	《約注》按語
2245	島	壔壔
2252	岡	亢
2255	隋	山之言隋隋，木之言朵朵，器之言橢橢
2255	棧	嶄
2257	嵾	磊
2257	辠	崔
2259	弟	㇏
2260	嵍	冃
2265	崔	皀
2270	廡	憮
2270	庖	炮
2271	廚	貯
2273	庾	俞
2274	廛	躔
2277	底	氐
2280	廙	移
2280	雁	隤
2282	庰	陁
2283	厰	興
2289	厔	緊
2289	厎	敷
2293	丸	還
2299	礫	粒
2300	磧	積
2305	磬	曲
2308	礦	纊
2309	碏	躇
2312	隸	橄
2313	彌	絲
2313	鉄	疊
2317	豕	弛。彘之言滯，豬之言舒

頁	字	《約注》按語
2320	豣	堅、健
2321	毅	痍
2324	豕	亍
2327	彙	口、圜
2331	豹	辯
2334	玃	攫
2335	豻	岸
2335	貂	彫
2337	貍	薶
2337	貒	腯
2343	馬	繯
2343	駒	劈
2347	騅	佳
2348	驕	脽
2350	驃	漂
2350	駓	斐
2351	騬	岸
2352	騂	、
2353	驪	窀
2355	驥	伋
2355	駿	峻
2360	駜	胇
2360	駧	炯
2362	騫	摩
2362	騎	奇
2363	騑	非
2363	驂	之言參差
2364	駙	坿
2366	駋	蹈
2368	駸	進
2369	馮	奔
2369	駔	躐

頁	字	《約注》按語
2371	馳	直
	鶩	務
2372	騁	徎
	駃	踶
2373	驚	敬、謹
2374	駭	戒
	騫	蹇
2375	馴	循
2376	騒	劋
2377	駋	髻
	罼	憲
2379	驛	㇏
2380	駔	銍
2383	贏	臝
	驢	𩫖
2385	驫	飆
2391	麗	堅
	麒	𤰞
2393	麋	羣
2395	麚	趣
2396	麝	射
2399	㲋	辵
	毚	棧
2400	㲋	麤
	兔	挩
2402	㸎	趯
2402	莧	環
2404	獀	筳
2407	狂	丶
2408	臭	覷
	猎	簉
2409	默	嘆

頁	字	《約注》按語
	猝	促
2411	獠	嘷
2412	㺵	創
2413	獢	縮
2414	獷	剛
	獘	獘
2415	猰	餂
2416	狎	挾
	狃	徠
2417	猛	揭
2418	獂	懁
	倏	篒
	狟	組
2419	狾	暴
	猲	䟗
2421	玃	翼
2422	獵	迾
	獠	燎
	狩	搜
2423	臭	觸
2424	獘	踣
2425	犴	岢
	狱	泄
2426	狂	彊
2429	狙	覰
2431	狛	㧢
	獌	曼
2432	猵	扁
2436	㹣	坋
2437	鼶	㠭
	鼩	碩
2438	鼶	奚

頁	字	《約注》按語
2438	膒	趣
2442	熊	引
2443	炟	黚
2448	燀	燀夑之言丿乀
2449	烰	浮
2450	熮	尞
2451	熲	炯
2452	爤	敷
2453	燋	焦
2454	炭	黗
2456	煤	甚
2457	煇	闛
2458	熹	熙
2459	炮	包
2460	燂	逼
2461	焠	推
	爛	剡
2462	麘	灓
2463	灸	瓹
	灼	斫
	煉	剡
2464	燭	照
	熜	總
2466	煤	離
2469	煙	壓
	焆	甄
	熅	蕰
2470	燿	通
2471	煒	暉
	烙	熾
2472	煇	揮
2473	煌	晄

頁	字	《約注》按語
2474	炫	睍
2475	熱	爇
2476	炅	炯
	炕	抗
2477	焅	枯
2478	爞	光
2480	熙	晞
2481	炎	爆
2483	燊	閔
2485	黚	殬
	爒	奸
2492	朥	炱
2493	黖	域
2498	熒	螢
2501	秞	彤
2506	查	完
2507	宍	窒
2509	夆	夒
	契	挈
2511	夾	覡
2512	奭	硈
2516	夒	口
2518	旭	躍
2525	報	剝
	籀	究
2529	靹	阮
2532	夰	昂
	界	暎
2539	扶	傍
2541	端	峏
	溥	剬
2543	竭	揭

頁	字	《約注》按語
2545	誄	佛
	誻	趌
2546	普	復
2548	思	絲
2549	慮	矞
2551	意	壹
2553	忠	中
	懇	睦
2557	忼	亢
2558	悃	稇
	愊	逼
2559	憭	燎
2559	恔	皎
2561	恕	紓
2569	意	益
2571	懼	眲
2572	恃	恃
	悟	晤
	憮	撫
2578	慆	夲
	怕	慕
2581	憸	孅
2589	懝	礙
2591	憿	潒
2592	憜	陊
2593	忘	亡
2595	憧	衝
	悝	虧
2596	恑	鬼
2602	悁	冤
	憿	戾
2603	怨	冤
	惱	薀

頁	字	《約注》按語
2604	怖	烌
2606	悔	誨
	愊	、
	快	姎
2607	憤	墳
2609	怛	癉
2611	悠	殷
2614	悁	隕
	協	勰
	价	礙
	羔	羡
2615	惴	喘
	恓	炳
2616	惔	燂
	惙	惢
2617	悩	坎
2618	悴	萃
2618	慭	勢
	忓	歙
2619	悄	陗
	慽	蹙
	悥	幽
2621	悼	掉
2624	蓺	止
2625	憊	敗
2626	憨	叔。媿之言虧
	憐	聯
2628	懲	澂
2631	河	鰕
2634	浙	折
2635	湔	揃
2687	淮	湍

頁	字	《約注》按語
2690	汗	淺
2691	漠	莫
	海	駭
2693	衍	乁
2694	滔	夲
2695	漦	竢
2698	泫	玄
	滮	暴
2699	瀏	綠
2704	潏	矞
2705	波	簸
2706	澐	云
	瀾	連
2709	湋	口
2710	濔	反
2711	洶	興
	涌	搐
2714	溶	盈、溢
2716	潤	口
2717	淀	圓
2719	泙	濱
2722	潰	壞
2723	沴	戾
2723	滞	倚
2724	渻	損
2725	潺	緆
2726	渴	陰
2728	涘	竢
2729	汻	評
	氾	究
2734	潢	沆
	湖	下
2735	汱	枝

頁	字	《約注》按語
	洫	瀹
	溝	冓
2736	渠	距
	濫	隒
2737	澗	間
2739	決	撅
2740	汪	科
2741	潽	促
2742	津	進
	溯	萃
	橫	行
2743	泭	浮、漂
	渡	徒
2745	泳	運
	潛	岢
2746	淦	間
2747	砅	歷
2749	湮	隱
	汑	內、匿
	沒	否
2751	淂	奄
2755	涿	豖
2756	滈	浩
2760	浞	犖
2761	洽	匃、迨
2762	瀌	漂
	泐	列
2763	泜	遲
2764	漸	儳
2766	湆	气
2767	洿	窊
2771	潢	奮

頁	字	《約注》按語
2773	洦	及
	澳	燠
2778	瀾	爛
2779	潑	屚
2780	淰	歛
	濼	籬
2782	洒	価
2783	湑	去
2784	液	乀
	汁	濈
2785	渴	猑
2789	沐	昆
2791	汲	絜
	淋	霝
2792	瀫	換
2794	瀅	冡
2795	濶	延
2796	渾	凍
2797	濽	散
2798	汗	渙
2800	減	柬
2801	泮	破
2809	粼	吝
2812	邕	壅
2813	侃	衎
	州	之言猶舟
2814	泉	蕁
2815	蠹	循
2816	永	乆
2817	衇	沒
2819	縒	羲
2820	容	浚

頁	字	《約注》按語
2821	仌	併
2823	冬	凍
2823	冶	乁
2826	靁	絫
2829	䨻	槃
2830	霰	散
	雹	剝
2832	䴲	纖
	霙	烕
2833	霂	塵
2834	雷	寒
2839	霚	鼆
	霾	昧
2840	霜	冡
2843	雲	奄
2846	鱒	之言猶禛
2852	鰷	條
2854	鮋	幽
2855	鰻	曼
2856	魾	丕
2858	鰖	遒
2860	鮀	團
2861	鱄	竎
2862	鱖	劈
2865	鰸	曲
2867	鮮	鱻
2869	鮫	高
2870	鱨	勃
	鱗	聯
	鮏	鱻
2871	鮨	薶
2872	鮐	傅

頁	字	《約注》按語
2874	魟	剛
2875	鮚	堅
2882	龜	堅
2882	龘	弱
2883	龏	异
2888	孔	涳
2891	至	鷙
2901	戾	隱
2903	闠	口
2903	閎	宏
2904	閨	圭
2904	闟	蹋
2905	閑	閑
2905	閤	櫩
2906	闌	回
2906	闉	擁
2907	開	弁
2907	閉	會
2908	閤	合
2908	國	域
2909	閻	違
2910	間	薟
2915	關	丱
2915	闐	寘
2917	闖	亂
2919	覷	看
2920	闞	騁
2920	耳	貳
2923	聊	謬
2924	聖	聲
2925	職	志
2925	聒	湉

頁	字	《約注》按語
2926	瞜	霤
2926	聞	分
2927	聾	嫠
2928	聵	闒
2929	耿	徹
2929	職	割
2930	麈	媟
2932	手	收
2933	指	之爲言枝
2934	擘	宛
2934	攕	纖
2935	掣	削
2936	攘	挈
2936	擅	抑
2938	撿	斂
2939	拲	拱
2940	推	退
2940	排	八
2941	抵	牴
2942	扶	俌
2943	摺	折
2945	搏	縛
2945	據	攫
2946	拊	撫
2947	撃	斂
2952	掾	援
2952	拍	支
2954	掄	侖
2955	擇	擢
2955	捉	促
2955	搕	阤
2956	揣	攽

頁	字	《約注》按語
2957	扺	抵
	捽	萃
	撮	最
2958	挼	培
2959	撍	隱
2960	抵	振、賑
2961	挏	動
2962	招	爪
2963	揣	測
2967	摘	折
2969	摺	折
2971	披	俾、弼
2974	揚	易
2977	撟	高
	攤	隱
2980	損	渻
	失	馳
2981	挹	抑
2982	扔	乃
2984	拒	絚
2984	搐	縮
2987	挺	壬
	揀	柬
2988	擘	礷
2990	擺	丿
2993	撝	陸
2994	技	奇
2995	搏	團
2996	捄	鞠
2997	掩	隱
3001	抨	平
3003	扱	又

頁	字	《約注》按語
	撲	攴
3004	扚	摳
3005	捭	擘
3006	摼	臤
3007	擊	罄
3008	扞	閑
3009	挂	界
3013	揫	奏
3014	摩	揮
3015	捷	疌
3016	搜	叔、收
	換	幻
3017	巫	丫
	觠	節、接
3021	姞	吉
3025	嫁	駕
3026	姻	因
3030	婗	嶷
3033	威	畏
3034	妣	媲
3035	娣	弟，姒之言始
3038	奼	赤
3039	妭	孛
3042	娥	硪
3044	婕	疌
	嬮	余
3044	霊	櫺
	嫽	憭
3045	娴	孎
3046	娃	媮
	姛	佴
3048	嬌	丞

頁	字	《約注》按語
	姝	朱
3050	姣	喬
3051	嬧	畫
	娙	莖
3052	嬌	閡
3053	婉	夗
	敏	徔
3054	孅	纖
3058	嬗	赳
3059	嫙	圓
	齎	齊
3061	婺	矜
3062	娶	叡
	娛	惆
3063	孎	趨
3064	婧	壓
	嫥	顓
3065	嬐	先
3071	姼	儵
3072	娉	匹
	媟	趉
3073	變	聯
3074	嫠	憨
	妎	害
3077	姻	怙
	妨	防
3078	娋	削
3080	姡	乏
	婥	佚
3081	嫛	憨
	嬉	遮

頁	字	《約注》按語
3083	娃	窊
3084	嬶	黑
	娍	跋
3085	媁	韋
3086	玆	弦
3087	媈	插
	嬬	頭
3088	嬱	深
3090	嬈	撓
3092	嫯	蟆
3093	娮	偑
3094	媕	揜
	嬯	亂
3095	姘	并
	姅	判
3096	婥	淖
3097	魄	虧
3106	甄	乀
3108	戕	閑
3110	戰	爭
3112	戳	絕
	戕	倉
3114	戳	剪
3116	戙	品
3120	琴	之爲言緊
3121	瑟	之爲言捨
3129	匧	狹
3131	匲	籢之言數
3132	匩	倉
	匴	泆
	匬	籔
3133	匱	寶

· 231 ·

頁	字	《約注》按語
	匣	医
3139	甄	桼
	薁	冃
3140	甌	增
3142	甕	宛
3145	瓵	乃
	㽎	含
3146	瓹	半
3149	弧	瓠
3150	彏	絲
3151	彊	勃
3152	彎	宛
	引	㐄
	弙	紆
3154	彀	句
	彉	廓
3155	彈	投
3156	弴	臬
3157	盭	敿之言拂
3159	孫	夐
3161	繭	葉
3162	繅	搔
	繹	抴
	緒	敘
3165	紙	底
	繫	敫
3166	織	制
3167	紝	任
	綜	宗
	絡	摟
3168	緯	回
	繷	運
	續	尾

頁	字	《約注》按語
3169	統	通
	紀	掎
3170	繼	弜
3171	絕	戡
3172	續	賡之爲言更
3173	纘	闡
3174	紓	舒
3176	縒	差
3178	紊	文
3179	纍	拘
	約	幺
	纏	躔
3180	繯	環、還
3181	辮	辦
	結	堅
	絹	固
3183	紙	林
3184	紈	晃
3185	縑	集
3186	絹	煒
	綺	攱
3189	縞	杲
3191	縵	萬
3192	繪	會
3194	縹	漂
3195	纁	熏
3204	紘	弘
3205	纓	蒜
3206	緄	丨
	紳	夐
	綬	受
3211	紟	緊
	縩	剝

頁	字	《約注》按語
3212	繑	喬
	緵	勺
	縛	總
3214	緎	越
3215	綱	丑
3216	縜	圓
3217	線	纖
	縫	逢
	緁	切
3218	袟	趯
	緥	蹙之言縮
3220	縭	離
	緱	句
3221	徽	揮
3228	繮	彊
3229	纇	頪
3230	縼	旋
3233	緊	堅
3236	綌	拊
3239	紵	枲
3244	綡	繃
3245	絜	結
3246	繧	薀
3248	縊	嗌
3250	繳	敫
3255	縢	騰
3256	螾	弋引
	蠁	響，禹之言瑀
3258	蜮	裹
	蛕	回
3261	蠲	脱
	蟣	幾

頁	字	《約注》按語
3264	戠	刺
3279	蟺	嬗
3290	蛤	合
	蜃	盛
3296	蜠	跪
3297	蟀	啐
3300	蝙	丿乀
3302	虹	紅
3304	蟊	趨
	螽	眾
3306	蠭	鋒
3307	蠱	洄
3309	蠹	翦
3310	蟲	動
3312	蠹	屰
3313	風	分
3316	颮	埻
	颶	口
3323	鼅	鼅鼄之言躑躅、踟躕
3324	卵	裸
3325	齁	斷
3327	亘	旋
3328	地	履、底，天之言顛、頂
3330	堄	晤
3333	塙	摧
	墩	敲
	壚	黸
3334	埴	殖
3336	墫	總
3337	坺	溢
3338	垣	口
3339	墶	繚

頁	字	《約注》按語
3340	圬	曼
	堪	坎
3341	坫	奠
3342	塗	冡
3343	墍	企
	墀	遲
	墼	級
3344	坌	分
	埽	少。束之言減
3345	坻	止
3347	壎	吅
3348	墊	徙
3349	垸	丸
	型	印
3350	墍	時
3351	墉	容
	壔	疊
3352	坻	滯
3354	埤	培
3356	墁	施
3359	墠	繕
	埒	斥
3361	堊	隱
3362	墢	闢、開
3365	坋	粉
	埃	籛
3366	坥	垠
3367	垤	疊
3368	塵	隱
3370	墓	沒
3371	壟	隆
	場	長

頁	字	《約注》按語
3374	堇	筋、緊
	艱	堅
3375	里	秝
	釐	勞
3378	疃	燎
3379	畬	舒
	暛	柔
3380	晦	裹
3382	畦	蹊
	畹	宛
	畔	判
	畛	屆
3385	畯	俊
3389	巤	炭
3394	務	敄
3397	勝	伸
3398	劈	發之言廢
3400	勘	扺
3401	勸	趨
	券	卷
	勤	鈙
	勐	涌
3404	劾	覈
3407	金	緊
3408	銀	冰
3409	鈏	引
	銅	衃
	鏈	聯
3413	銷	燒
3415	鎔	頌
	鋏	夾
3420	鑒	曰

頁	字	《約注》按語
3421	鐭	奠
3422	鎬	熇
	鑣	燠
3424	鐎	焦
	鋗	焆
3427	鎣	瑩
	鐵	烕
3429	鯱	提
3431	錡	齮
3432	鍼	殑
3433	鈕	紐
3434	鏨	劖
3435	銛	纖
	銳	湛
3436	鏊	厂
3437	鏺	撥
	鈯	毀
3438	鉏	除
3439	鍥	栔
	鉊	昭
	銍	挃
3441	鉗	拑
	鈦	締
	鐕	殑
3442	鏝	蔺
3448	鉦	正
3449	鐃	嘵
	鑮	博
3451	鎛	駮
3456	鋋	纖
3458	鏱	違
	鐏	僔

頁	字	《約注》按語
3459	鏑	謫
3460	釬	斁
3461	釭	貫
3462	釳	掀
3464	鐊	揚
3465	銜	含
	鑣	勹
3466	釣	卤
3467	鏊	制
3469	鋪	抪
	鐉	遷
3471	鉻	落
3481	䶤	勮
3484	斲	琢
3486	斷	段
3487	斗	到
3489	斞	俞
3490	斡	掮
3491	斢	擢
3494	矛	冃
3498	輜	仄
3499	軿	屏
3500	輶	攸
3503	輯	亼
3508	轖	藉之爲言席
3509	轐	伏、附
3511	輮	煣
3515	輻	副
3517	輂	暴
3519	軜	納
	衝	轉
3521	軷	撥

頁	字	《約注》按語
3523	輖	稠
3524	軋	壓
3525	軼	逸
3528	簞	圓
3530	輇	全
3531	軝	底
	轃	紾
3532	輂	居
	輦	聯
3533	輓	兆
	輾	渙
3534	轟	宏
3538	皀	厚
3539	陰	隱
3541	陝	廢
3544	陗	削
3546	隰	淫
3549	陊	毀
3551	隤	寶
3553	附	坿
3554	阢	兀
3555	隩	奧
3559	隃	戍
	阮	梱
3560	陪	高
3564	阼	𠂇
	陛	匕
3565	際	接
	陪	培
3566	隩	仍
3567	陚	區

頁	字	《約注》按語
	陲	㳑
3579	禽	鈙
3581	禹	于
3592	辜	罟
3596	子	茲
3597	孕	朕
3598	字	慈
3599	季	幾
3600	孟	猛
	孳	滋
3608	寅	引
3615	神	延、衍
3617	酴	家
3618	醞	蕰
3620	醹	乳
3621	酎	稠
3623	醰	甘
3624	酺	怫
3626	酌	引
	醻	讎
3627	酣	甘
3630	醟	盈
3631	醒	經
	醫	隱
3632	茜	浚
3634	酏	飴
3635	醬	漿
3636	醋	㱮
	醳	苾
3637	醇	涼

說明：此表頁碼爲《約注》頁碼。

附錄四　雙聲統計

頁	字	《約注》按語
5	吏	理
10	禮	履
15	袛	袛振震雙聲語轉
17	祕	閉
29	祈	求
36	禓	唐
37	禍	禍害一語之轉
44	璙	琳琊
48	璐	瑓
53	璜	弧
53	琮	聚
66	瓅	從栗聲，乃以雙聲借栗爲呂
70	玲	玲瓏雙聲語轉
71	玎	玲
78	玫	沒字古讀得以雙聲轉爲明
93	琂	聲轉爲倩
96	阶	梴

頁	字	《約注》按語
101	艸	艸蒼荣翠青皆雙聲語轉
101	蓏	語轉爲果臝、過臝、過钄
105	萠	梁萠雙聲一語之轉
114	蘘	菖蒲與蒪苴聲之轉
114	蘆	蘆菔語轉爲羅服又轉爲萊菔
115	茟	萍
116	蕢	蕢與芐萍雙聲語轉
117	營	宮弓雙聲
120	蘪	蘪蕪雙聲
121	萹	芢蓄旁紐雙聲
127	葆	綠
129	薏	英
135	菩	菩之轉爲葳猶軍之轉爲圍
140	黄	土即菟之語轉
141	夢	句又轉爲區
144	葛	當
144	薁	燕薁即嬰薁語轉

頁	字	《約注》按語
150	苞	苞藨一語之轉，芭即苞之語轉
153	菙	菙與勒語之轉
154	苦	苦蔞、果蠃皆語聲之轉
	葑	蔓與蕪聲之轉
155	葦	葦以雙聲義通於箭
159	蔫	蘦
169	蒲	蝥
171	菻	林藁語之轉
172	芍	蒲薺、茲姑即脖臍、茨菰語音之轉
174	藕	聲之轉
176	莖	藉
177	葟	葟葛雙聲一語之轉
178	稀	芙
192	蔬	繭
194	蔕	當即蔕之雙聲語轉
	荄	根荄雙聲一語之轉
197	荠	荠薐雙聲一語之轉
201	莦	捘
	芮	茸芮雙聲一語之轉
203	芼	芼覆蔓冒一語之轉
	蒼	蒼艸青雙聲語之轉
204	苗	語轉爲毛
206	荒	荒與蕆語之轉
207	落	零
209	蔡	艸
210	筏	筏肺旆芾皆語聲之轉
	茶	艸
211	薄	雙聲通假
215	茉	黎
219	芰	刪
222	苦	繳傘苦雙聲語轉

頁	字	《約注》按語
223	荃	荃脆雙聲語之轉
226	葦	湯即羹之語轉
227	茜	語轉則爲貼矣音轉爲積
232	莝	聲轉爲摧
231	芻	初
	茭	稈槁雙聲語轉
240	莎	莎隨、鎬佚雙聲
243	萊	蒙即蔓之語轉，萊釐亦雙聲
244	菜	廲
248	萱	蘇萱雙聲疑皆茻之語轉
	茆	肇
250	葆	葆苞一語之轉
251	蕃	蕪
256	茻	聲轉爲蕪蔓茂莓荒漠
268	番	番采聲近實一語之轉
270	叛	叛半反語音之轉
271	牡	牡之與父、牝之與母俱一語之轉
272	犅	公與犅雙聲一語之轉
	特	特騰雙聲語之轉
273	犢	犢之轉爲牭猶瀆之轉爲溝
275	牭	牸
276	犖	醪
	特	特犌固一語之轉
279	牷	牷牲雙聲語之轉
281	牢	牢圈雙聲語轉
283	犂	茉
284	犕	犕獨雙聲一語之轉
286	犀	虎
288	犖	犖獵雙聲一語之轉
	犧	獻

頁	字	《約注》按語
293	喉	喉即咽之語轉
294	嗌	咽即嗌之語轉
298	咀	藉
298	嚌	咀
303	唾	唾吐雙聲一語之轉
304	嘘	欨
305	唱	嘅
308	吾	吾語轉爲卬
312	唏	咥
315	呷	吸
318	嘯	譟
319	启	開
323	嘔	即喉字之聲轉
324	呪	趉
324	喊	歛
335	囈	囈吟雙聲一語之轉
341	喎	喎乖語聲之轉
342	嗾	族、瑣皆嗾之聲轉
344	呝	呝喔一語之轉
346	嘆	喟
350	嚴	广
350	哭	哭詻雙聲義近
353	走	奏
353	趨	走之語轉
354	趣	趨
357	趯	趁
357	趙	趬
359	趄	蹡
360	趣	趨
361	趫	趯
363	趍	趡

頁	字	《約注》按語
368	趣	赴
370	趙	彳亍語轉爲蹢躅、峙踞、踟躕、跢跦
370	趚	跨跼即趡趚之聲轉
375	趣	疛
376	赶	赶即揭之語轉
378	峙	峙踞雙聲，與蹢躅、趙趄、踟躕、跢跦皆語聲之轉
386	正	正止雙聲語轉
387	是	時
389	辵	彳亍語轉爲峙踞，又語轉爲踵踱
397	逾	逾迆雙聲一語之轉
400	速	迅速雙聲，速即迅之語轉
401	迒	邁覲與迒雙聲乃一語之轉
401	遇	迎
402	遻	遇遻雙聲語轉
403	迪	道
407	邋	旅
408	遲	積
409	遼	遼遲一語之轉
409	逈	逈邊一語之轉
410	迟	迟攱雙聲，迟曲雙聲連語
413	達	迭
414	迭	達
420	遷	遷邐雙聲一語之轉
421	遏	遏按雙聲一語之轉
421	邅	垣
422	迾	迾語轉爲厲
423	邊	連
427	远	行

頁	字	《約注》按語
428	德	陟得
429	徥	狃
433	徸	徉
434	後	衝踐崀
435	待	等即待之語轉
440	亍	豕
444	衙	衙窱雙聲語轉
451	齟	齟齬·齫齳語轉
454	齮	齧
455	齜	齻
458	齗	齗即創之語轉
460	齳	齯
462	殊	齟
464	跖	止
466	踏	跊
467	蹦	躔
471	躡	躐
472	蹈	蹋
473	踔	蹈
	蹣	踶
477	踔	趒踔之與赴趴又一語之轉
480	踢	跌
487	跀	檻
	跉	跉蹁一語之轉
497	扁	扁榜語之轉，扁版雙聲一語之轉
500	囂	冊
504	㐨	㐨孳乳爲逆，語轉爲迎
	谷	谷腭一語之轉
507	只	只語轉爲底、的
508	商	乃語轉爲商

頁	字	《約注》按語
518	劦	特劦語之轉
521	譻	譻譻一語之轉
530	㖓	快
537	謨	謀
558	詡	誧即詡之語轉
561	設	敂設雙聲，一語之轉
562	誧	誧俌傅雙聲相轉
567	訝	御
569	訥	難
574	譁	讓
576	課	詿
577	謗	謗方誹誣毀敗皆古雙聲
586	訮	冊
587	譬	比
609	詘	詰
612	讕	謱
620	競	彊
625	妾	臣與童聲之轉
627	業	鱙
631	羮	美
633	奐	七
634	睪	抴繹
636	戒	警
637	龔	恭
641	冀	恭
646	農	男
650	鞠	鞠革一聲之轉
654	鞏	緊
658	韶	遼
661	秘	歷鹿雙聲連語
663	靶	靶棟秉一語之轉
668	靲	靲紟綦一聲之轉

頁	字	《約注》按語
670	韉	鞘
671	靾	靾緌雙聲語轉，嬰靾聲之轉
675	韛	韛即鍑之語轉
682	鬠	鬠麋鬠雙聲，蔑末一語之轉
690	闒	闒劣弱泥一語之轉
692	閿	閿誾雙聲一語之轉
701	秉	把
703	叔	收拾
723	散	空雙聲一語之轉
727	段	鑄即椎之語轉
746	敄	敄啟敏勉皆一語之轉
753	改	更
756	敵	敵對當等皆一語之轉
758	赦	赦捨一語之轉
758	攺	摸即攺之語轉
759	敉	與攺爲一語之轉
763	攽	攽敏雙聲一語之轉
777	甫	夫
778	庸	用
780	枈	藩
781	爽	疏
787	縣	明
792	瓝	皅
794	眊	蒙一語之轉
804	辬	辬瞀販一語之轉
808	瞀	晤
815	瞑	眠一語之轉
817	薯	蔑末語之轉
820	睞	睞盧語之轉
821	睩	睞盧一語之轉
823	眅	覒雙聲一語之轉

頁	字	《約注》按語
824	盲	盲矇一語之轉
828	盼	奚
828	瞺	眒昧瞺語聲之轉
833	矞	語聲之轉
843	翡	語轉爲火
843	翠	艸雙聲語轉則爲翠矣
846	翩	猴
851	翔	翱翔、遨遊語轉
851	翽	霾雙聲一語之轉
853	翲	纛幢翲皆一語之轉
864	雕	敦雕一語之轉
867	雁	雁鴱一語之轉
868	雒	驪鸕爐
874	肇	翚
880	瞢	瞢眊昧昧雙聲一語之轉
888	翟	鵲
888	摯	嶷埶雙聲
896	霾	翽
901	鵡	鸛
901	鳩	鶻鵃、鷗鳩語聲之轉
901	鷗	鴿鳩、斑鳩語聲之轉
904	鴟	曷盍旵皆語聲之轉
908	鳩	鸓蒙一語之轉
909	鵜	鸛
910	鴷	軀
911	鶹	離
911	鸛	乃難雙聲
918	鵱	婁
918	鵝	鴈
919	雁	鵝
919	鶩	鳧鵝鴈
922	鵊	蔑即沒之語轉
924	鵯	鵑

頁	字	《約注》按語
926	鵜	淘河即鵜胡語轉
930	鶂	鶃
	鷺	鸚
950	幼	幺
	丝	丝幺雙聲一語之轉
964	叡	𡱝
	叡	耕
977	殫	冬
978	殲	族𡻕聲轉銼鑢
980	死	死澌索消一語之轉
983	𣬠	𣬠別𣬠俱雙聲
985	髀	臂
987	骼	𩨗
988	髖	跪
991	骼	骨
994	肌	肌即筋之語轉
995	臚	皮
996	𦜇	頤
1002	肪	板即肪之聲轉
1003	肛	肛𦜼雙聲一語之轉
1005	𦙶	肋膋
	肋	由雙聲語轉借力爲呂
1006	胲	膴胲
1008	臂	榜
1012	胯	股
	股	肱
1023	臘	獵臘一語之轉
1024	膢	臘膢雙聲一語之轉
1031	膫	膫胉雙聲一語之轉
1032	脯	脯薄一語之轉
1033	膞	膞㬬雙聲一語之轉
1035	胥	相

頁	字	《約注》按語
1039	臊	胜臊雙聲一語之轉
1052	肎	可
1055	剈	刜剈皆把之語轉
1057	剮	剖
	利	鎌利雙聲一語之轉
1058	初	剢
1061	刊	切
1063	剖	剖判副辨俱雙聲字，皆半之語轉
1064	判	劈
1066	删	芟
	劈	破
1067	剝	離裂雙聲
1068	劀	刮
1071	剉	挫摧折並雙聲
1073	剌	截剌一語之轉
1077	劍	破即剖之語轉
1081	契	契齗刮一語之轉
1082	耒	戾
1091	䑾	淵畏雙聲
1093	舩	扛
1095	舳	ㄚ舳雙聲語轉
	輅	骨骼雙聲
1106	筱	小
1109	節	則
1110	籅	蘲篋筐皆一語之轉
1112	篇	扁榜雙聲
1124	籔	縮籔皆聲轉
	箅	蔽
1127	箅	箅比、筵梳古皆雙聲
1130	筓	羅絡亦一語之轉
1134	箱	梃雙聲一語之轉
1135	篍	篍籠一語之轉

頁	字	《約注》按語
1136	籬	籬翟罩雙聲
	箇	竿
1138	籠	等
1139	簝	籠簝雙聲一語之轉
1142	簦	斗與登一語之轉
1144	筴	筴筮一語之轉
1158	籭	籭廩箖雙聲
1160	算	算數選異皆一語之轉
1161	籓	藩
1163	畀	賦
1182	奇	怪
1183	哥	翠雙聲一語之轉
1185	義	義欸婗雙聲
1194	鼓	郭鼓雙聲一語之轉
1201	豆	荳轉爲豆
1211	彪	他書閩作斑者皆雙聲通假
1213	虓	昂
1214	虩	竊淺二字雙聲
1215	彪	雙聲連語則爲彪炳
	虓	毅
	虓	虓虓雙聲一語之轉
1217	虒	犀
	虦	狀虦雙聲一語之轉
1221	盍	灰賄雙聲
1226	盦	署
1229	揭	去
1237	丹	旦
1239	青	青蒼一語之轉
1248	㯱	汛
1253	餅	粑
1254	饙	糒

頁	字	《約注》按語
1267	餃	餃餞餲雙聲
1269	饕	貪
	飻	饕
1270	餞	餲
	饐	餞
	餲	餲饞饐雙聲
1271	饉	疏薪語之轉
1274	餕	駿騃雙聲連語
1277	今	今急雙聲一語之轉
1283	糴	糴糶雙聲一語之轉
	仝	工貫雙聲
1284	穀	彊
1286	餢	餢甌缶三字雙聲
1287	甖	甖瓮罌雙聲
1291	罄	罄罊雙聲一語之轉
1306	筥	筥即燉之語轉
1311	亶	多亶雙聲一語之轉
1316	麥	薐
1317	麮	麥
	麧	覈
1318	麬	麬末穅勃皆語聲之轉
1321	复	复返雙聲一語之轉
1326	夓	夂
1327	夔	魁乃魑之語轉
1328	舞	巫
1331	韠	韠敝雙聲一語之轉
1333	韝	刡
1335	鞎	帖
1337	韓	敦
1339	翠	哥
1343	桀	喬
1347	柚	條

頁	字	《約注》按語
1348	棃	樆
1350	梅	某每雙聲
1352	柰	如
	李	吏
1356	棠	棠杜雙聲一語之轉
1363	椋	椋郎來皆雙聲
1373	枇	杷
1375	樏	棃羅雙聲
1377	檳	枡
1378	檕	樲柔
	杝	杝即棃之語轉
1379	棣	李
	栘	栘棣雙聲一語之轉
1385	欒	欒蘭雙聲一語之轉
1389	檆	檆桔堅雙聲
1397	檽	薆盬
	樅	樅松語之轉
1401	某	雙聲語轉
1404	末	杪末聲之轉
	果	敤
1405	榛	莁
1408	枭	枭柔弱雙聲
	槙	天聲轉而別造顛頂
1409	標	表
1410	杪	杪末芒秒雙聲
	朵	朵稬瞻貼耽雙聲
1411	欄	高
1414	椮	參差爲雙聲連語
1415	橚	椮
	朳	特朳雙聲一語之轉
1416	格	高挌格雙聲
1417	枯	槀枯雙聲語之轉

頁	字	《約注》按語
1418	樸	樸坯肧雙聲
	槙	屯
1420	朸	朸力理雙聲
1421	榑	榑桑直扶疏之語轉
1422	栽	栽植雙聲語之轉
1424	構	蓋
1425	桴	泭枹桴雙聲
	棟	中
1426	楹	戴
1427	楮	楮止雙聲一語之轉
1432	楣	欂
	柖	語轉爲櫨
1433	欂	欂棍一語之轉
1435	櫨	樓
1436	櫨	櫨
1438	根	淵
	榰	楣
1439	楯	坎即限之聲轉
1441	楔	櫼楔一語之轉
1447	柣	柧柣聲之轉
1450	櫼	櫼櫪皆鉏之語轉
	楗	楗礎皆钁之語轉
1456	槤	盆槃語之轉
1457	枓	斗登語轉
1465	核	械
1467	栫	涔
1470	枚	枚棓雙聲語之轉
1471	柯	柯格雙聲一語之轉
1473	柲	柲柄雙聲一語之轉
1474	榜	榜輔聲之轉
	檄	檄撟聲之轉
1479	椌	青

頁	字	《約注》按語
1487	橃	橃筏桴泭一語之轉
1490	橫	杠即橫之聲轉
1492	朾	打即朾之語轉
1495	檮	檮斷短一語之轉
	析	斯析雙聲語之轉
1496	棍	梡棍雙聲，混蛋即棍頭之語轉
	楄	部
1497	牒	牒即版之語轉
1500	梏	械梏雙聲一語之轉
1501	檻	檻櫳牢乃一語之轉
	櫳	牢
1502	棺	關
1504	棐	棐輔雙聲又轉為榜
1505	柬	動
1506	林	立
	無	森
1511	叒	榑桑直扶疏之語轉
1515	賣	買賣一語之轉
	糶	糴糶一語之轉
1516	朱	雙聲通假
1519	丰	朱
	產	生
1521	丞	聲轉為朵
1526	甹	甮
1529	葉	撚子即葉之聲轉
1530	槖	聲轉
1532	圜	圜囗圓皆雙聲字
1533	團	聲轉為欒
1537	囿	園
1538	圃	苗圃一語之轉
1539	囹	囹牢雙聲一語之轉
1543	貝	甲介聲之轉

頁	字	《約注》按語
1547	賁	辯
1548	贊	贊佐雙聲一語之轉
1549	貧	貸
1551	賆	畀
	賮	釐
1553	賴	利賴雙聲，聊即賴之語轉
	負	背負聲之轉
1556	質	抵當雙聲
1557	貿	貿買雙聲一語之轉
1558	販	盤乃販之語轉
1560	貧	貧分聲之轉
	賃	語轉
1563	賏	恭
1564	邦	封
1567	鄰	鄰連雙聲，語轉為里
1568	鄙	邊
1569	邘	勺
1579	部	旱聲轉為部
1608	郎	郎即男之語轉
1617	邨	村邨聲之轉
1624	時	是
1627	晤	遻
1629	旭	旭昕曉
1630	啓	開
1634	暑	規
1635	晚	莫
	昏	昏晚莫雙聲語轉
1636	曫	曫晚一語之轉
1637	晳	暗淡語聲之轉
	暗	奄
1643	暴	矗

頁	字	《約注》按語
	喝	餲饐喝雙聲一語之轉
1644	曬	煥
1645	暴	博
1646	晞	熹
1648	否	冥否雙聲，莫薆皆一語之轉
	晐	昆
1649	昕	纁
1657	㫊	招
1661	旇	靡
1662	旅	魯
1665	曡	凡有小義者若粟秀細屑瑣碎孅纖之類皆與星雙聲義近
1669	朏	朏普袢雙聲
	霸	朏
1671	肭	內
1680	多	曡一語之轉
1681	夙	傀
1685	衸	衸马雙聲一語之轉
1689	片	判
1690	版	方
	牖	判
1691	牏	版牏雙聲一語之轉
1697	彔	轉語
1703	穆	穟穆一語之轉
1704	私	私瑣居纖細雙聲
1705	齋	稷
1706	稯	稯稷齋
1707	秜	稻秜雙聲一語之轉
1708	穰	占即穰之聲轉
	秏	枵
1713	稴	約

頁	字	《約注》按語
1710	秜	秜穭稆離旅來雙聲語轉
1714	秠	稃秠雙聲一語之轉
1718	秩	曡
1720	穯	穬穯雙聲一語之轉
	穬	空殼穬一語之轉
1721	糕	糕即稾之語轉
	稭	稭稈雙聲一語之轉
1722	稾	稾稈雙聲一語之轉
	秕	秕敗聲轉
1725	稔	年
1726	稟	稻
1730	稷	總
	秭	積秭積稷雙聲語轉
1735	黏	黏
1737	馨	馨香雙聲一語之轉，馨香即芬芳之聲轉
	米	米毛麻糸末一語之轉
1739	糦	齊即糦之聲轉
1742	粔	糜
1745	糧	粒
	糗	糗麫雙聲一語之轉
1750	糳	同類相轉
1751	臿	夂
	舀	聲轉爲篸
1759	耑	天
1762	瓜	果
1764	瓝	羊即瓝之語轉
1765	瓠	瓢
1766	宀	語轉爲否
	家	凥
1769	宦	闇
	奧	宦

頁	字	《約注》按語
1773	康	空康語之轉
1774	寔	定
1775	宓	弭
1775	奊	億
1775	宴	宴安雙聲，晏侒俱一語之轉
1784	寑	竄
1786	寡	鰥寡雙聲語轉
1786	客	過
1787	寄	几語轉爲寄
1789	索	索搜雙聲一語之轉
1789	宄	宄姦雙聲一語之轉
1790	竅	竅竄雙聲一語之轉
1790	宕	洞
1791	宧	庌
1791	宗	宗祖雙聲一語之轉
1796	複	袌亦複之聲轉
1798	寮	寮廫一語之轉
1799	窠	窠即空之語轉
1801	竅	空孔雙聲，竅孔雙聲
1801	空	竅
1803	窌	覆窌爲古雙聲
1804	窺	覽
1805	窰	躲即窰之語轉
1807	窮	極
1808	窔	窅
1808	窱	杳窱猶窈窕，語聲之轉
1809	竈	穿
1809	窆	窆堋封雙聲語轉
1812	寐	瞑眠
1813	癏	黏
1819	瘼	毛病即瘼之語轉

頁	字	《約注》按語
1824	疛	交丩雙聲一語之轉
1824	癰	瞖癰雙聲一語之轉
1824	癬	散
1825	瘖	蒜
1827	癲	畐龞一語之轉
1830	癯	瘦
1831	癬	徙
1832	痂	疥介甲痂雙聲
1832	癘	癘癩疝雙聲
1837	癇	疛
1838	瘌	癩
1839	疸	動
1839	瘦	消亦縮之語轉
1841	瘍	聲轉
1844	癙	理鬲雙聲
1845	癆	痢癆雙聲一語之轉
1846	痕	瘢痕雙聲語之轉
1847	冠	絭
1849	青	康青雙聲一語之轉
1850	冕	冃冕雙聲一語之轉
1851	冒	迷冒雙聲語之轉
1854	㒳	宀蠻一語之轉
1855	网	冂
1855	罨	罯
1856	罭	冂
1856	罬	纍
1857	罙	网
1859	罟	眾
1859	罶	傌
1861	罠	网
1864	羉	网
1866	罾	罨

頁	字	《約注》按語
	罼	朧絡語之轉
1871	帔	幅
	韌	袒
1872	幣	帛
1873	幅	布
1875	帔	襦
1879	帳	張
	幕	宀冃冡幔幕一語之轉
1880	帾	㡓
1881	帴	纖
1884	纖	纖宀冡冃幠雙聲語轉
1885	幠	幠聲轉為荒
1887	縢	袋即縢之聲轉
1888	幱	崩即幱之聲轉
	帽	歠
1896	晳	斯
	皤	白
1897	皅	皅即白之語轉
1901	皣	皣皪皸雙聲
1903	人	㝅厥人雙聲語轉
1909	儒	柔
1910	傑	健傑雙聲，傑勞一語之轉
1911	伉	伉健強一語之轉，侃伉雙聲
1913	倩	粲倩雙聲，效粲倩一語之轉
1915	傑	奕容傑雙聲，榣旎移傑一語之轉
1916	佳	价
	佼	玠橌佼一語之轉
1917	傀	佼
	偉	傀
	份	彪彪份雙聲

頁	字	《約注》按語
1918	僚	粮良僚雙聲
1919	儵	僚儵雙聲一語之轉
1922	侗	從侗雙聲一語之轉
	佶	佶健倞雙聲一語之轉
1923	俣	仡
1924	健	傑
	倞	勍競倞雙聲
1925	儼	仰
1926	俚	聊賴俚一語之轉
1928	從	從為氏之語轉
1929	佣	陪佣雙聲，扶伴雙聲，扶佣雙聲
1930	傭	斺徎覍騁徭役傭雙聲
1935	侍	待
	儲	儲宁侍雙聲
	備	愁
1937	儕	齊
1938	伜	帠伜雙聲，萴瞞伜雙聲
	偕	佫偕雙聲驍麗雙聲
1939	俱	偕
1940	俌	弼棐輔比俌一語之轉
1941	依	倚
	仍	因依倚雙聲
	佴	貳
1942	侍	伹
1944	付	貿買販賣付俱脣聲字
1945	侁	駪甡森屾燊侁雙聲
1947	佰	保
1948	佸	會
	㪁	妙
1952	代	迭代雙聲一語之轉
	儀	臬

頁	字	《約注》按語
1953	傍	並
1954	便	平
1958	俾	派即俾之聲轉
1959	僾	安
	伶	弄
1960	傳	馳
1961	价	佳
1963	然	儒懦偄然雙聲
1966	偏	半
1969	佀	小
1970	佻	偷
	僻	偏
1971	侈	襜袳侈雙聲
1974	俳	娭俳雙聲語轉
1975	儳	龘
	佚	遺
1977	侮	懷嫚侮
1979	僨	敗覆賁焚僨雙聲
	僵	僨仆僵雙聲
1980	仆	覆
1981	備	痛
1982	促	催
	例	類
1983	伐	敗
1984	但	但聲轉爲第徒特
1985	僂	留
	僇	遷趗聊僇雙聲
1986	仳	片木辰判剖劈仳雙聲
1987	倠	嫫斐倠一語之轉
1988	僔	計緃簪榛綜總稯雜辭鄧諏秭僔雙聲
1990	偶	耦俄偶雙聲通假

頁	字	《約注》按語
1991	偋	屛
1993	僰	僰爲擺之聲轉
1996	眞	精
1999	乇	七
	攱	頃
	頃	圣
2000	𡕭	柔
	印	仰
2004	比	𡘋竝比雙聲
2007	虘	一聲之轉
2008	仈	嚴
2009	聚	集
2011	徵	召
2013	量	料量雙聲一語之轉
2015	𦟀	𦟀即㜪之語轉
	身	屓舒身雙聲
2016	軀	詘
2017	殷	殹
2020	襄	丹
	裷	羽
2023	褾	裹
	褛	頸
2024	褗	辯
	衽	褸衽一語之轉
2024	𧙓	殴印按茵熨雙聲
2025	褚	纊
2027	襲	袴
2031	衹	裯
2032	襤	褸爛襤雙聲
	裕	牏
	禱	等
2034	褻	圓環紃鏇褻雙聲

頁	字	《約注》按語
2036	袉	襗袉筩筩宕竇隤雙聲
2037	裾	袌
2038	襃	袺
2039	襡	祐
	裛	博裛雙聲一語之轉
2041	褆	襠轉爲褆，耑轉爲題
	襘	茸毷髶雙聲
2042	裔	胤
2043	袁	永
	褕	短
2045	褧	稝朵褧雙聲
2048	袒	日入雙聲
	褻	私
2050	神	補
	袢	普
	襍	人
2051	裕	餘
	襃	匕
2052	袓	厖厐袓雙聲
2054	贏	果轉爲裸猶瓜轉爲蓏
	裎	但
2055	裼	但
	袞	淀
2057	襄	約
2058	裋	襡
	褔	緼
	褐	褔
2059	裺	褊
2060	卒	崭箋縋卒雙聲
2061	被	市
2062	襚	賚
	衶	釘
2068	孝	好

頁	字	《約注》按語
2069	毛	語轉爲眉髳
2070	毨	茸苒髶鞊毨雙聲
	毦	豪毦雙聲一語之轉
	毪	選毪、豪毦雙聲
2071	氈	蓁璊橫玟氈雙聲
2072	氍	鴛鸕絥髮氍雙聲
2077	戹	氃奭柔爍腬胴蒬蟥錄壤穰戹雙聲
2078	戽	蒙戽雙聲一語之轉
2079	屠	隋
2081	屏	蔽
	層	昨堅茨坒雙聲語轉
2084	尾	微
2086	履	祿禮从履雙聲
2087	屨	婁
2089	俞	假借取之雙聲者多
2090	船	順
	彤	騁徎竀竇
2092	刅	魶
	艘	臻
2093	朕	北庫朕雙聲
2094	服	輔
2095	方	比竝方雙聲
2096	斻	行橫划斻雙聲
2097	兀	元兀雙聲，兀邍一語之轉
2098	兒	蒬蒻甃鮞壤蹂雙聲語轉
2099	允	愿
2100	兄	吸噓鮇義歊欼兄雙聲
2102	兂	鐵
	皃	面
2104	兜	鞮
2105	兟	屾甡森駪汕桑雙聲

頁	字	《約注》按語
2106	禿	鬝鬎禿雙聲
2107	穨	鬚
2109	覶	秉穎覶雙聲
2109	覼	婉覦、嬿覶一語之轉，覼縷雙聲
2110	親	覼
2110	覵	盱矆
2110	覝	瞵
2111	覘	眄
2111	覲	見
2112	覽	覝
2113	槻	睽槻雙聲一語之轉
2114	覞	覞溟麻毛糸眉萌苗芒秒末杪娛眇廖筱麫緬緗螟蝥騾驫辇淼濛霢霖塵霾瞑雙聲
2115	覰	迓
2115	覺	侯
2117	覴	碰即語轉
2118	艦	覘闞艦雙聲
2118	冥	冥摸語轉
2119	覬	饮
2119	覛	欲
2119	覿	騁癡覿雙聲語轉
2120	覷	敫
2120	覶	鷟鱒覶雙聲
2121	親	語轉爲戚
2121	覲	勤
2122	覝	暗瞀覝雙聲一語之轉，覝盷雙聲
2122	覷	宀丏覷雙聲
2124	覿	休歇覿雙聲
2124	欠	气欠雙聲一語之轉

頁	字	《約注》按語
2125	欽	欠
2125	欯	唏
2123	覬	默
2126	欥	嘘休欥雙聲
2127	歑	趣
2127	歆	歙
2127	歇	休歇雙聲語轉
2128	歡	叩嚚讙歡雙聲
2128	欣	憙
2129	款	澉歎歉歐款雙聲
2130	欲	養臽欲雙聲
2131	歈	哇歐歈雙聲
2131	歔	欨
2132	歟	夷
2132	欻	歔歊
2133	歃	遖
2136	歇	赤歇雙聲語之轉
2137	澉	款
2137	歅	嗷
2139	歔	啐
2140	歉	啐歃歉雙聲
2140	欲	饗
2141	欲	呷
2141	歐	噎
2142	歔	哐唏歔雙聲
2142	歙	歟
2143	欫	憝
2145	歉	康空雙聲一語之轉，欯澉歘寬窠壙空雙聲
2145	欺	虧欺雙聲語之轉
2146	歆	饗
2146	歇	喝
2147	羨	次

頁	字	《約注》按語
2148	旡	格即旡之雙聲語轉
2152	顏	額
	頌	樣頌雙聲語轉
2154	顚	兀元顚雙聲語轉
	顛	頂
	頂	丁鼎頂雙聲
2153	碩	碩顓語轉爲髑髏
2155	題	頭題雙聲一語之轉
	頟	顏
2157	顬	胡嗛顬雙聲語轉
	頸	亢頸、剛勁雙聲相轉
	領	呂
2158	項	項即亢之語轉
2159	顋	穎
	頦	痎頦頦雙聲
	頜	雙聲相轉
2160	頠	頢
2161	顖	暉
2162	願	顡
2163	顯	昧昧曚顯雙聲
2164	顲	臝戀顲雙聲
	頛	謰憐聇頛雙聲
2165	顆	塊
2166	頷	黃
	頯	頵
2167	頠	起徛企頠雙聲
	頭	聲轉
	顧	眤
2169	頣	點即低之語轉
2170	頓	頓牴庢碪雙聲
2174	頪	靖
2175	顗	頠

頁	字	《約注》按語
2176	顋	空顋雙聲一語之轉
	頜	顋
2178	魁	頃魁雙聲語之轉，咼頯亦一語之轉
	頗	頦
	頄	搖榣踃頄雙聲
2179	顫	招欒戰顫雙聲
	顑	頜
2180	煩	焚煩雙聲
2181	纇	聵
	類	魯穎雙聲語之轉
2183	纇	龠
2185	百	始生百雙聲
2186	面	丏
2187	丏	迷覓丏雙聲
2188	詣	稽轉爲叩猶禾轉爲万，擊轉爲攷
2190	須	胡顑雙聲
2191	頵	宋頵雙聲語之轉
	頯	半
2192	彡	畫繪績雙聲
2193	參	眾衆詹讔聱譻雙聲
2194	彫	追
2195	髟	糸毛麻髟一語之轉
2196	彥	言
2197	斐	分
2198	辡	駁
	嫠	鑠
2201	髳	趯邁髳雙聲
	鬒	纂
2202	髦	髮即毛之語轉，眉鬚毛雙聲
	鬗	髟

頁	字	《約注》按語
2204	纛	鑑
2206	鬆	巴即鬆之語轉
2207	鬢	跪
2207	髯	介吉雙聲，佶价、齰齡一語之轉
2208	鬢	儀釋嫠鑑纛鬢雙聲
2208	髵	仿佛曹髵雙聲
2209	髻	濃獶錐髻雙聲
2209	鬐	隊阤鬐雙聲，隕陊積鬃鬐雙聲
2209	髯	顧領顧髯雙聲
2210	鬍	薙禿鬍雙聲
2211	鬐	仿佛髳鬐雙聲
2213	听	唬听雙聲語之轉
2214	厄	觶鍾雙聲一語之轉
2216	令	良
2218	劭	上善劭雙聲
2218	厄	科厄猶果贏，聲轉爲瓜蓏、菩蔞橄欖
2219	卸	宿卸雙聲一語之轉，寫卸雙聲
2220	卩	卪
2221	卩	印卩雙聲一語之轉，印卩按摩雙聲
2221	色	面
2221	艴	炈
2223	辟	辟法雙聲語聲之轉
2225	勹	勹語轉爲抱
2225	匊	疴
2225	匍	爬匍雙聲語轉
2225	匐	匍
2226	菊	鞠攫菊雙聲
2227	勼	勼保抱一語之轉
2230	匏	瓢爲匏之聲轉

頁	字	《約注》按語
2232	鬼	歸
2233	魄	霸
2234	魅	离
2234	魖	耗枵魖雙聲
2235	彪	彌彪雙聲一語之轉
2236	魑	虖嘑魑雙聲
2237	飄	呶
2238	醜	臭
2239	甶	覆
2240	禺	母猴爲沐猴、獼猴語之轉
2240	篡	搶篡爲語轉
2241	嶷	籲
2241	嵬	兀遶嵬雙聲
2243	山	生產
2243	嶽	鷽鳶駃蟀嶽語聲之轉
2244	岱	大岱雙聲
2245	崑	墻到崑雙聲
2247	嶷	岑嶷雙聲，釆嶷一語之轉
2248	巇	巇辟語轉爲嵯峨
2249	辟	巇辟語轉爲嵯峨、崒危、崔嵬
2251	嶅	磈垚嶅雙聲
2252	岡	亢
2253	岑	塹鑱岑雙聲
2253	釜	岑釜語轉
2253	崒	翠微、巇辟、嵯峨、崔嵬並與崒危語聲之轉
2253	巒	巑贏顚巒雙聲
2254	密	密宁語轉爲丙鼏否暝曹羆覒昧
2255	棧	塹鑱棧雙聲
2256	崛	局碣崛雙聲
2256	巖	屵岸厓崖巖雙聲
2257	嵒	高
2258	嵯	崔

頁	字	《約注》按語
	峨	崔嵬、巇巀、嶃嵒、岸嶜、岑峇、巉巖皆與嵯峨爲語聲之轉
	崝	漼
2260	嶢	高
	岊	崒
	嶨	嶽
2261	崇	岑崇雙聲一語之轉
2264	岸	梧
	崖	岸崖雙聲語轉
2267	庤	序庤雙聲
2268	盧	旅
	庭	轉爲廳
2269	庀	僅
2270	廡	廊廡語轉
2271	廚	貯
2273	庚	困庚雙聲一語之轉
	庰	蔽
2274	塵	踐塵一語之轉
	庋	環爲庋語轉
2276	廉	廉即棱之語轉
2277	庢	窒縶庢雙聲
	廫	安宴廫雙聲一語之轉
2278	庇	蔽庇雙聲一語之轉
2279	庤	儲偫庤雙聲一語之轉
2280	廙	移園驛廙雙聲
	廔	麗廔雙聲語轉爲玲瓏
	庱	氐頓硩庱雙聲語之轉，顚庱雙聲
2281	廢	乀廢雙聲一語之轉
	庮	蕕
2282	廟	皃
	庰	陂
2283	庣	庨移闓庣雙聲
	廞	興

頁	字	《約注》按語
2284	厓	厓羛與崟巘等爲語聲之轉
2287	厥	膾厥雙聲一語之轉，骪骳、裓繪並一語之轉
	廠	礛
2288	厤	厲
	厬	孅纖厬雙聲
2289	庌	磿庌雙聲一語之轉
2292	厭	抑按厭雙聲
	厃	仰
2293	庽	庽轉爲窩
2295	餝	傾頃攱餝雙聲，荷儋餝一聲之轉
2296	碭	瑒
2297	礜	蟫蟩礜雙聲
2298	礛	礛廠一語之轉，礛廠厬雙聲
2299	礫	粒
2300	碩	隕霣碩雙聲
2301	硈	戨挈攷砓硈雙聲
2303	磿	玲磿雙聲一語之轉
2304	塹	砧窅塹雙聲
	确	碻
2305	磽	磬
	硪	巖
	礐	曲
2307	破	判
2308	礜	厲
2309	磋	研
	硾	擣
2310	硯	凝硯雙聲語之轉
3211	磊	品壵磊雙聲一語之轉
	長	丈

頁	字	《約注》按語
2312	肆	㪔
2313	䌛	絲䌛雙聲一語之轉
2313	紩	毒
2314	勿	敄務勿雙聲
2315		蒮茆茸甕腺袶穰雓戻脂鬐頓壞鍒染尤雙聲
2316	而	
2317	耏	能
2318	㲉	庢垎㲉雙聲語轉
2319	㩐	稷綜總㩐雙聲語轉
2320	豭	豻
2321	獮	殺
2321	㹜	砍歁歠欵㹜雙聲
2322	狙	狙即豬之語轉
2324	豕	丁
2324	豲	欪豲雙聲一語之轉
2326	㹇	乾䡅㹇雙聲
2329	羂	㩧羂雙聲語之轉
2330	豸	蟲雙聲語轉
2331	豹	辯㿎駁豹雙聲語轉
2332	貏	驪騰貏雙聲語轉
2335	犴	鴈駿犴雙聲語轉
2336	狙	貁雙聲一語之轉
2337	貍	貓即貍之語轉
2337	貒	脂貒雙聲語之轉
2339	易	乀
2341	豫	忝
2342	馬	武
2342	驚	駁
2343	馬	凡讀音之變以雙聲爲多
2343	駒	麤
2345	驪	雜癯驪雙聲
2346	駾	竊即淺之語轉

頁	字	《約注》按語
	驑	駱
2347	駱	驑駱一語之轉
2348	駰	驪駰雙聲語轉
2348	驄	青驄雙聲一語之轉
2348	驕	脽
2351	騯	顏顙騯雙聲語轉
2352	駁	辯駁雙聲語轉
2353	驒	暗驒雙聲語轉
2353	騽	舄
2356	驕	駒
2357	騋	龍騋雙聲一語之轉
2358	驗	駉儼廣驗雙聲
2358	儁	豨儁雙聲語轉
2359	駥	鷔彊驤駥雙聲
2363	骿	竝比扶骿雙聲語轉
2366	篤	頓
2366	駿	彊
2366	駌	余趣駌雙聲
2369	騃	起圪騃雙聲
2370	駒	遁
2370	飍	馮
2371	馳	直
2371	駕	肋珠駕雙聲
2372	駾	湍駾雙聲一語之轉
2373	騂	猲
2374	駐	株
2375	駗	驙
2376	驁	躓窒憲驁雙聲
2376	驪	趲驪雙聲語之轉
2376	騤	剴騤雙聲語稍轉
2377	騷	歡騷雙聲語之轉
2380	騰	駧
2381	駥	燊俶駥狁牲屾森棽雙聲

頁	字	《約注》按語
2383	騤	驫菸濛蜹騤雙聲語轉
2384	駤	駄
2384	騎	駼
2386	麃	多
2387	麢	豺麗貅貜驍鮫麢雙聲
2388	鹿	旅
2389	麌	貅驍麗麌雙聲
2389	麟	騤龍麟雙聲語轉
2389	麏	兒鮞麏雙聲
2390	麈	纖小星散麈雙聲
2393	麤	麢
2396	麗	駤
2396	麠	麤
2397	麗	鹿旅麗雙聲一語之轉
2398	麆	麠麆雙聲語轉
2398	麤	錯
2401	逸	佚軼遺斁逸雙聲
2401	冤	宛
2401	娩	臑儒襦覷濡孺娩雙聲，娩轉為嬬
2404	猨	狩猨雙聲一語之轉
2405	尨	毛即尨之語轉
2405	狡	狡即狗之語轉
2407	獫	獫鬣一語之轉
2408	猗	闍
2409	默	瞞默雙聲語之轉
2410	猩	獮獑猩雙聲語相轉
2411	㺢	閃㺢雙聲一語之轉，㺢狦雙聲
2412	㺒	牂
2412	㹢	創
2412	狦	猧
2412	狠	齦
2413	獦	獦為潑之聲轉
2413	狋	听㹂狀狋雙聲語相轉

頁	字	《約注》按語
2415	獳	怒
2417	猛	馬
2419	狒	暴
2419	㺊	銀㺊雙聲，齧㹜狀㺊一語之轉
2421	獨	特獨雙聲一語之轉
2422	獠	獵
2422	狩	㹤
2424	獒	踏
2424	獻	言獻雙聲，鬳儀雙聲
2425	狙	撓
2426	類	例
2428	猶	闡發雙聲之理
2429	狙	猝
2430	㹭	狡狗㹭雙聲
2431	狐	豹
2432	獺	鉆
2433	狀	齧狀雙聲，狠㹜㹢㺊雙聲一語之轉
2433	獄	司
2434	獄	犴獄雙聲語之轉
2436	貖	貔
2436	貔	斑貔一語之轉
2441	貜	猴貜雙聲一語之轉
2441	能	男雙聲語之轉
2442	熊	焱
2443	炟	炮
2445	燹	希燹雙聲相轉，貚燹雙聲
2445	焌	熜
2445	燎	亮燎雙聲一語之轉
2446	爇	然爇雙聲一語之轉
2447	燔	燔即焚之語轉

頁	字	《約注》按語
	燒	篴條燒雙聲
2449	烝	眾
2452	爚	燿
2455	灰	七灰雙聲語轉
	煨	衺煨雙聲語之轉
2457	燀	闡
	炊	燀炊雙聲一語之轉
2458	齌	疾齌雙聲一語之轉
	熹	晞
2459	衺	煨衺雙聲一語之轉，溫衺雙聲
2461	爆	卜爆雙聲語轉
	爤	剡爤雙聲一語之轉
2462	尉	抑按尉雙聲
2464	燭	照燭雙聲一語之轉，焯燭雙聲
2465	炪	耋炪雙聲一語之轉
2467	爂	飛
2468	爨	熷爨雙聲一語之轉
2469	煙	滃煙雙聲語之轉
2472	熠	燿
	燿	爚熠煜燿一語之轉
2473	煌	晄
	焜	煌焜雙聲語之轉
	炯	光
2474	爓	焱爓燄烎燿煜爚炎雙聲
	炫	睍
2479	燗	澡樵燗雙聲
2480	熙	興
2481	燄	爓燄皆炎之語轉
	烎	烎爲炎之語轉
	熸	流熸雙聲語之轉
2482	煔	煔即燒之語轉

頁	字	《約注》按語
2483	粦	鬼怪粦雙聲
2484	黸	以雙聲借旅爲盧
	黯	黤
2485	黳	黶
	黕	點
	黬	箴占雙聲
2486	黲	淺黲雙聲一語之轉
	黤	黤乃黯之語轉
2487	黗	黭
2488	黮	黶
	纂	羨芻纂雙聲
2490	默	頓厓默雙聲
2491	黴	瑂
2494	黰	炭
2499	燊	屾森侁兟甡駪汕罧燊一語之轉
2501	赧	赫赧雙聲語之轉，昫赧雙聲
2502	赮	烎
	赪	檉疢赪雙聲
2504	赫	火赫雙聲一語之轉
2505	奎	胯奎雙聲，夸跨綺皆一語之轉
2506	夸	奎夸雙聲一語之轉
2508	奃	吳俁奃雙聲
	奄	都奄雙聲語之轉
2509	奔	奔聲轉爲廢
2510	夷	弋
2511	夾	失
2514	喬	高喬語稍轉
	奄	翢莖陘鋞奄雙聲
2516	絞	交ㄐ絞雙聲一語之轉

頁	字	《約注》按語
2518	燗	燗尬雙聲
2519	灼	耒賴了灼雙聲
2521	壹	壅鬱即壹壹之語轉
2521	壹	乙
2523	罪	引羉繹罪雙聲
2524	圉	獄馭圉雙聲
2524	鷙	毅狡椓鷙雙聲
2526	韇	單朵眈韇雙聲
2527	亢	頸亢雙聲一語之轉
2529	奏	奏作雙聲，奏語轉為走趨
2533	奡	畁
2535	臭	縞皎皦臭雙聲語之轉
2535	奚	係
2536	奭	癱奭聲轉
2537	奰	俺奄奰雙聲
2538	夫	甫夫雙聲一語之轉
2539	夶	竝夶雙聲語之轉
2539	立	尪秚立一語之轉
2540	埭	臨埭皆立之語轉
2540	竴	竴語轉為崔竹壋箐亶雙聲
2541	竦	肅竦雙聲一語之轉
2542	竫	定亭雙聲
2542	竘	巧竘雙聲語轉
2544	嬴	儱
2544	竣	竄
2545	婢	罷
2546	竝	傍夶竝雙聲一語之轉
2546	普	復普雙聲一語之轉
2547	囟	析
2547	巤	巤語轉為鬣巤罍
2548	恖	囟心想恖雙聲
2549	慮	詧

頁	字	《約注》按語
	心	小星粟線絲纖細心雙聲
2550	情	靜
2551	意	音
2551	恉	志
2553	愨	潅壙愨一語之轉，謙愨雙聲
2553	顙	穆
2554	快	可
2554	愿	快
2554	念	黏
2555	憲	趨
2556	憛	遲
2557	惇	管惇並白之語轉
2557	慨	忼
2558	慧	慧惠轉為快
2559	癒	億
2560	忠	忠
2560	恬	憺恢恬雙聲
2561	恭	敬
2561	恕	舒紓恕雙聲
2562	慈	字
2563	恩	恩恖昷雙聲
2564	廳	闊廳雙聲一語之轉
2565	慕	愍懼慕一語之轉
2567	忱	諶誠忱雙聲
2568	惟	粵
2569	憴	興憴雙聲一語之轉
2569	意	益
2570	憀	憭賴憀雙聲
2570	悆	愨
2573	忢	恩
2573	慰	慍

頁	字	《約注》按語
2574	鷥	語轉
2575	慔	勉慔雙聲一語之轉
2578	壓	瘱壓雙聲一語之轉
2579	忓	恆憕忓雙聲
2582	惷	悝
2584	懦	弱柔懦雙聲一語之轉
2585	恀	弱
	怚	悆
	悒	憂悒雙聲一語之轉
2586	惔	愉
2587	愉	怡愉雙聲一語之轉
2588	懁	語轉爲藐
2589	愫	猜
	懝	頪
2590	忮	駊鸃忮雙聲
	悍	騂騜悍雙聲
2591	怪	怪轉爲奇，鬼轉爲怪
	怠	惰
2592	慫	挐
2593	念	忽
2594	恣	縱恣雙聲語之轉
2596	懱	盼
2602	悁	怨悁雙聲一語之轉，悁憂雙聲
2603	怨	冤怨雙聲一語之轉
	憝	懟
	慍	悶薀慍一語之轉
2604	怖	炦怖雙聲一語之轉
2605	忍	气狋虓號一語之轉
	憭	恨
2606	快	怨快雙聲語之轉
2608	悵	惆悵雙聲一語之轉
	懬	欿

頁	字	《約注》按語
2610	悽	慘悽雙聲一語之轉
	恫	痛
	惻	愴惻雙聲一語之轉
2612	慅	譟
2615	慇	憤
2620	患	毌關雙聲
	恇	怯恐恇雙聲
2621	懾	慴熱懾雙聲
	悼	憚
2623	恀	恨
2624	愽	語轉
	熱	慴懾熱雙聲
2625	憪	語轉
	惎	忌
2626	忙	慙忙雙聲一語之轉
2627	潓	瀧瀘霤潓潓雙聲
2627	忍	能耐忍雙聲
	惆	慔
2628	恖	橄
2629	縈	蕤緌縈雙聲
2634	沱	條
	浙	制
2638	涂	道
2643	浪	瀾
2645	澇	潦
2658	油	腴
	濆	汩
2668	濮	普即濮之語轉
2670	濕	土
2676	溉	灌溉雙聲一語之轉
2687	淹	湍
2690	汧	淺
	澥	郭旁雙聲

頁	字	《約注》按語
2692	灂	淹
2693	濱	胤
2694	滔	饕駋滔雙聲
2694	混	鯤鵾輥混雙聲語之轉
2696	演	延
2698	淲	飇瀑猋馮淲雙聲
2699	瀏	綠瀏雙聲一語之轉
2700	滂	溥滂雙聲一語之轉
2700	滲	廖飂稂閬滲雙聲語轉
2701	泚	清
2702	浩	沆
2704	滕	跳浩滕雙聲
2706	瀾	連
2706	淪	瀾
2708	濫	淋
2708	泓	絳
2709	測	揣
2709	湍	駃
2711	洽	諜
2710	激	墼
2710	瀑	灣
2714	洌	瀏洌雙聲一語之轉
2714	溶	盈溢溶雙聲
2716	溷	渾混溷雙聲
2717	淈	淆
2717	灌	清灌雙聲一語之轉
2718	瀰	滿
2719	泏	窋窾窞泏雙聲
2720	滿	語轉
2722	瀸	浸瀸語轉
2722	潰	壞潰雙聲語之轉
2724	湝	損湝雙聲一語之轉
2727	瀨	㱿

頁	字	《約注》按語
2728	瀆	瀕
2730	沚	渚沚雙聲一語之轉
2730	澩	叢
2732	溪	聲相轉
2732	澤	泥淖澤雙聲語之轉
2733	窪	洼窊雙聲
2736	瀆	溝獨
2736	濫	淪
2737	澗	溝澗雙聲語轉
2737	澳	隈
2740	爨	漏爨雙聲一語之轉
2740	注	枓
2742	橫	斻行橫雙聲
2743	沜	方沜雙聲語相轉
2743	渡	徒
2744	沿	緣
2745	泳	運
2745	潛	𣶒潛雙聲語之轉
2746	淦	間
2747	砅	歷鴷砅秝雙聲
2748	湊	造
2748	湛	覃
2749	伙	內匧伙雙聲
2751	渻	決潏渻雙聲
2750	溾	溾轉爲揾，依轉爲隱，哀轉爲慇
2750	決	潏
2753	湆	䖕
2756	滈	浩
2756	漊	瀧漊雙聲一語之轉
2757	濛	溟
2758	潯	潤
2759	濈	渥

頁	字	《約注》按語
2760	渥	漚渥雙聲語之轉
2761	濃	醲獳衊茸髶鞲濃雙聲
2762	溓	凜溓雙聲一語之轉
2763	澝	洼
	泜	澝泜雙聲一語之轉
2764	瀧	狢
	潶	索
	汽	威盡
	涸	狢涸雙聲一語之轉
2765	淯	漸
	渴	窠渴雙聲語之轉
2766	澽	康穜、康空、歉歈、寬康雙聲
	湮	水
	湆	气
2767	洿	窊
	浼	巉巇浼雙聲
2768	污	淤
2769	潤	柔叹潤雙聲
2770	泏	脂睞泏雙聲一語之轉
2771	淖	玭泚湆淖雙聲
	瀞	妌
2772	濊	泧濊與拭滅雙聲轉語
2773	澳	煴曡澳雙聲
2774	汧	澳
2775	汰	淘即汰之語轉
2776	淅	語轉
2777	瀝	漉
2778	潘	普潘雙聲，波播聲之轉
2779	潲	溲潲語轉
	淤	污
	滓	緇

頁	字	《約注》按語
2780	淰	敥
2781	漀	傾罄漀雙聲
2782	洏	洇
2783	涒	厶吐涒雙聲
2784	液	乁
	汁	溦
2786	洒	峻汛洗洒雙聲
	滌	盪
	潎	汁
2787	潘	汁
	洇	洏
2788	漱	厭漱雙聲一語之轉
2789	沐	昦
	沬	沐沬雙聲一語之轉
2790	浴	養搐浴雙聲，浴瀹雙聲語轉
2791	淋	霝
2792	渫	宣散渫雙聲
	瀚	換瀚雙聲語之轉
	濯	滌
2793	涷	洒
2794	瀧	語轉為槾枥
	染	濡
2795	泰	丳
2796	瓚	湔瓚雙聲一語之轉
2798	涕	洟唾涕雙聲相轉
2799	涷	鍊涷疢吏理撩瘵攡嵒雙聲
	灡	議灡雙聲一語之轉，疑灡雙聲
2801	泮	破
2803	汨	景
2806	㮰	「趍厲雙聲」
2809	〈〈	「活瀹雙聲一語之轉」

頁	字	《約注》按語
	粼	吝遴雙聲，瀏洌雙聲
2810	川	穿
2811	𤲢	惑
2813	侃	衍
2817	𧗸	沒𧗸雙聲語之轉
2818	谷	溝
	谿	罄谿雙聲語之轉
2819	豅	謬豅雙聲一語之轉
2820	㕑	青
2823	冶	乀
2824	冷	癛
	涵	寒
2825	凓	癛凓雙聲一語之轉
	瀨	「賴列雙聲」
2826	雨	霣碩隕顛抎雨雙聲
2827	霣	雨雲霣雙聲
2828	霆	挺
	電	霆
2829	震	振戰震雙聲
	雪	洒
2830	霄	霓
	霰	散
2831	零	零霝雙聲一語之轉
	霹	愍霹雙聲語之轉
2832	霢	溟濛、螟蛉、霢霂雙聲
	霴	纖霴雙聲一語之轉
2833	霃	塵
	霖	霖即霖之語轉
2834	霖	霖
	霮	罨
2837	霽	濟宋雙聲
	霩	開即霩之語轉
2836	霂	濡

頁	字	《約注》按語
	霤	流
	扇	婁
2839	霾	昧
2840	霓	齧
2843	雲	運
	霒	会奄雙聲一語之轉
2845	鰕	兒鰕雙聲語轉
2846	鱉	鱗
2848	鯍	鱛鯍一語之轉
2849	鰥	寡語轉爲鰥，緜鰥雙聲
	鯉	鯉龍鱗雙聲
2851	鮦	箭
	鱻	驪
	鏤	鰜鯉鏤雙聲語之轉
2852	鰜	鏤
	鯫	鲂鯫雙聲一語之轉
2853	鲂	鯿
2855	鰻	回
2857	鱏	淫
2858	鯎	鰥鯎雙聲一語之轉
2860	鮀	團鮀雙聲一語之轉
2861	鯑	大
2862	鱥	劈歷鱥雙聲
	鯸	雛䍹鯸雙聲一語之轉
2865	鰸	曲鰸雙聲語之轉
2867	鮮	鮏
2868	鯯	既則鯯雙聲
	鮐	佗
2869	鰒	鮑
2870	鱗	聯
2871	鰾	鮏
	鰲	菹鰲雙聲語之轉
2872	鮙	傅

頁	字	《約注》按語
2873	鮻	雙聲爲訓
	鰝	鰕鰝雙聲語之轉
2874	魶	蚌魶雙聲語之轉
2881	龍	鱗
	竉	龍
2884	嚭	分嚭雙聲語之轉
2888	乳	孺
2890	不	不即飛之語轉
2892	臻	至
	墼	駛
	臺	持
2894	西	遷
2896	鹹	銜
2899	戶	護
2900	厄	隘
2902	門	聞
2904	閣	腳即閣之語轉
2905	閑	閒
	閭	里閭雙聲一語之轉
2906	闠	回闠雙聲語之轉
2907	閇	會
2908	闔	合
2909	闊	違
2910	闡	袳闡雙聲語之轉
	闓	開
	閜	歔
2911	閘	閡
	閟	閉
2912	闤	閎
2913	闔	閘
2914	閉	閟
2915	閘	闠
2919	覘	看
2920	闒	徉疊騯闒雙聲

頁	字	《約注》按語
	耴	聑
2922	耿	炯耿雙聲一語之轉
2923	聊	賴俚聊雙聲語轉
2924	聖	聲
2928	聉	聵聉雙聲語轉，頊聉雙聲
2925	聽	通
	聆	欞籟聆雙聲語轉
	職	志
2927	聲	婁聲雙聲語之轉
2931	聃	耴
	臣	頤養雙聲
2933	指	止
2936	攘	挈
	揖	厭擪肕揖雙聲
2939	搯	抽
2940	搙	擠搙雙聲語之轉
	排	比
2941	拉	劘拉雙聲一語之轉
2942	持	提
2945	搏	迫
	據	攫
2946	抻	語轉爲挑
	拊	撫
2947	押	摸押語之轉
	擥	斂
	撖	理雙聲語轉
2948	握	搤
	揮	提
	把	秉把雙聲一語之轉
2950	捨	釋捨雙聲一語之轉，敚捨雙聲
	擪	擪即抑之語轉，抑按擪雙聲
2951	按	抑

頁	字	《約注》按語
	控	扣控雙聲語之轉
	揗	順
2952	拊	掊
2953	撩	理雙聲語之轉，料撩雙聲
2954	揄	例
2955	擇	擢
2956	揃	戩
2957	批	抵
2960	抵	紾
2961	㧙	抹即㧙之語轉
2963	揣	測
2964	投	丟投語轉
2965	扴	刮扴雙聲語之轉
2966	抉	掐抉雙聲語之轉
	擾	撓
2970	摟	斂
	扷	隕霣碩顆雙聲
2971	撺	扯撺語轉
2972	掉	奪掉雙聲語轉
	搯	搖搯雙聲一語之轉
2976	振	抍
	扛	關貫扛絲雙聲
2977	攤	隱
	擩	染
2978	揄	引
	擘	跰
2979	拚	拍即拊之語轉
	擅	諶忱雙聲語之轉
2980	損	渻
2983	掇	窞
2986	搳	搳即拔之語轉
	撾	殳撾雙聲一語之轉

頁	字	《約注》按語
2987	攣	連
	摟	束
2989	搦	橈
2990	挹	拂
2991	撞	杖
2992	抲	撝
2993	捄	撝
2994	掎	奇掎雙聲語之轉
	摹	捪
2995	搭	韜搭語之轉
2996	捄	鞠
	拮	拮据、撠挶皆雙聲連語
3000	摎	絞
2998	摡	語轉
	揩	浚
	播	布
3001	挍	遴
3003	扱	叉扱雙聲語之轉
3004	擊	敲擊雙聲一語之轉
	扚	摍扚雙聲一語之轉
	抶	笞
3006	摧	敲
3008	扞	戰
	抗	扞抗雙聲語之轉
	捕	搏捕聲之轉
3009	撚	蹂
	挂	格即挂之語轉
3010	扺	引
3011	攎	斂
3012	挐	拏
	搵	沒搵一語之轉
	搒	掤
	挌	擊

頁	字	《約注》按語
3014	掤	鞞
	摩	揮
3015	扣	控
3017	㢏	丫踏趏迹踏桱績㢏雙聲
	脊	節接積脊雙聲
3019	女	孃
3024	媒	謀
3027	婦	服
3028	妃	匹配妃雙聲
	媲	妃
3029	嬾	震振屬嬾雙聲
3030	嫛	嬰
3031	母	牧母雙聲一語之轉
3032	媼	嫗
	姐	左
3034	姊	姐
	妹	末騾驠濛娼妹雙聲
3036	姪	娣
3038	姆	語轉
3039	妭	孛
3045	㜝	語轉
	�	孎
3046	妊	媮妊雙聲語之轉
	効	改効雙聲一語之轉
3047	媚	媄
	嫵	媄
3048	媰	好媰雙聲一語之轉
3050	娩	嬭
3051	媎	眇
	婠	婏婉
3053	敏	偱
	嫣	豔嫣語之轉
	姍	枲

頁	字	《約注》按語
3054	嬽	姛嬽雙聲語之轉
	媆	「嬰娈雙聲」
3055	委	倭
3059	妧	姢
3061	婺	侮
3062	娛	愲
3063	娓	媄媚娓皆語聲之轉
3064	媇	姍婑媇雙聲
3065	如	若如雙聲語之轉
3066	嬪	服婦嬪雙聲
3067	晏	「日入雙聲」
3071	効	傪効雙聲語之轉
3072	婊	僇
3076	嫪	戀嫪雙聲語之轉
3077	姿	齎
3078	妄	語轉
	媮	佻
	妏	姻
	娸	語轉
3079	妯	怕悼妯雙聲
	婋	瘦婋雙聲語之轉
3080	婷	伀
3081	嫛	語稍轉
	嬉	遮
	嬙	嬲儽嬙雙聲
3082	娿	婷娿、陰娿雙聲連語
	妍	傿
3085	娷	疾
3086	嫚	懷嫚雙聲一語之轉
3089	婁	彔
3090	妭	姀
3091	嫛	惟妶嫛雙聲

頁	字	《約注》按語
	姍	姍乃嫐之語轉
3092	媒	母
	婓	趑婓、趀由語轉
3094	姪	逸
3098	毋	無勿毋雙聲相轉
3100	丿	彎彆僻丿雙聲
3101	乂	不
	乀	乀即丿之語轉
3103	也	也即乀之語轉
3107	戎	人戎一語之轉
3108	幹	斡
3109	戛	幹
3110	戍	守戍雙聲語之轉
3111	戝	呈秩戝雙聲
3112	戳	絕
	戔	刊戔雙聲語之轉
	戮	鐳
3113	戩	演衍乆延永兼雙聲
	戕	宰
3114	戣	戥
3118	我	吾卬我雙聲
3121	瑟	琴瑟乃緊鬆語轉
3122	亡	無
3124	無	毋
3125	匃	干
3126	匃	溜匃雙聲語轉
3127	匿	隱
	医	医為乀之語轉
3131	匴	籔
	匩	匚匩雙聲一語之轉
3132	匴	匜
3134	匯	回

頁	字	《約注》按語
3135	曲	凵
3136	甐	甾
3139	甍	瓦甍雙聲一語之轉
3140	瓵	缽瓵為語轉
3143	甄	瓶
	瓿	瓿甄雙聲一語之轉
3144	甃	蕺椒甃雙聲語轉
3145	甈	躃甈雙聲一語之轉
3147	甯	「敦彫雙聲」
3148	弭	末弭雙聲語之轉
3151	張	張弛、緊鬆雙聲
	彊	緊彊雙聲語之轉
3152	彎	貫關彎雙聲，宛彎一語之轉
3153	弢	韜弢雙聲一語之轉
3154	彀	句
3155	彈	投
	發	彈
3161	糸	米末毛麻苗
3163	緬	緬即緜之語轉
	絹	素絹雙聲語之轉
3164	緒	顥緒雙聲語之轉
3165	維	西維雙聲語轉
3166	經	綱經雙聲語轉
	織	制
3167	絡	摟
3168	緷	緯緷雙聲語之轉
3170	類	瘻槮鑸類雙聲
	紿	紿即則之語轉，紿斷雙聲語之轉
3174	繰	繞
3175	紆	枉縈紆雙聲
	緯	結緯雙聲語之轉

頁	字	《約注》按語
	纖	細
3173	纘	椯纂纘雙聲
	緌	幝
3176	綃	緬氂綃一語之轉，苗萌芒雙聲
3178	總	綜嵸稯緵宗總雙聲
3181	結	堅結雙聲語轉
	絹	結雙聲語轉
3182	縛	語轉
3183	絅	拘絅絅雙聲
	給	繼給雙聲語之轉
3184	綝	彤覘賮騁闖綝雙聲
	紈	晃
3186	綃	鬐綃雙聲語之轉
3188	綈	褆
	練	爛練雙聲語之轉
3191	縵	語轉
	繡	修
3197	綪	茜
3198	綖	綪
	紫	茲
3200	緇	滓
3202	綟	綠綟雙聲一語之轉
	紑	皅
3205	纓	綦
	紾	纓
3206	綬	紹
3207	組	緟
3209	綸	緄綸雙聲語之轉
3210	緺	緩
	總	總緆總雙聲一語之轉
3215	繼	系繼雙聲語之轉
3217	紇	語轉

頁	字	《約注》按語
3219	彙	秝
3222	絭	褊
3224	縈	央
3226	編	比編雙聲語之轉
3229	絆	樊
3232	綆	綰綆雙聲語之轉
3233	繁	糾
	檗	畢
3234	縉	緬縣縉雙聲
3237	繫	語聲之轉
3238	績	縙
	纖	縷
3240	絟	荃
3242	緆	細
3244	緶	辮
	紂	倗幫雙聲
3245	緉	履
	繆	茂林繆雙聲語轉
3246	綢	綢繆、纏綿雙聲，稠鬐綢雙聲
3251	纃	綟縡纃雙聲
	縗	組
3252	絲	貫
3257	繭	蠶繭雙聲一語之轉
3266	蚚	強蚚雙聲一語之轉
3267	蚣	扁蚣雙聲語之轉
	螻	語轉
3269	蛄	蟊螻雙聲語之轉
3271	蟷	不過即莫貈語轉
3272	蛸	蜱蟭螵蛸一語之轉
3273	蟅	蛍乃強之語轉
3278	蛨	春黍即蛨蛸語轉

頁	字	《約注》按語
3282	蟧	渠略即蛂蜋語轉
3283	蜡	莘
3284	蝢	蒏𧉪蝢雙聲語轉
3285	蚩	徎騁蚩雙聲語轉
3285	螫	腴螫雙聲語之轉
3286	蛻	釋
3286	螫	㮣
3287	蛟	鮫驍驕蛟雙聲語轉
3288	螭	龍
3291	蠦	蚌蠦雙聲一語之轉
3292	蝓	蜒蚰即虒蝓語轉
3297	蛧	方良即蛧蜽語轉
3298	蟦	裔
3299	蚉	蚉爲空之語轉
3301	蝱	蝱即蠻之語轉
3308	䖵	蟲
3308	蟲	闡明雙聲之理
3310	蟲	動肜蟲雙聲
3310	蠱	螟蠱雙聲一語之轉
3317	颮	烈厲雙聲相轉
3319	黽	勉
3320	鼈	介甲語之轉
3320	鼋	願
3324	卵	裸卵雙聲語之轉
3330	垓	兼垓雙聲一語之轉
3330	堨	晤堨雙聲語轉
3331	坶	牧
3331	坡	阪坡語之轉
3333	墩	塙墩雙聲一語之轉
3334	墿	鮮
3334	垚	磊垚雙聲語轉
3336	堛	堛乃璞之語轉

頁	字	《約注》按語
	塖	櫼塖雙聲語轉
3337	坺	暴坺雙聲一語之轉
3338	圪	㟪巁仡圪雙聲
3339	堨	甋
3340	埒	類
3340	堀	堪
3341	堂	陶臺堂語之轉，殿堂雙聲
3341	垛	堆垛雙聲語轉
3346	堤	堵
3352	坻	滯遟坻雙聲語轉
3354	坿	埤
3355	垍	㯺
3356	埱	初俶埱雙聲
3356	堅	一語之轉
3358	垻	柵
3358	垠	咢岸垠雙聲
3357	壃	惇箽竺毒壃𦤺雙聲
3362	壙	阬壙雙聲語之轉
3362	毀	隓
3363	坷	坎
3364	块	壇暍块雙聲一語之轉
3364	塵	塵即霾之語轉
3364	墣	堁
3365	垺	坋垺雙聲一語之轉
3365	塈	块埃塈雙聲一語之轉
3366	墥	塈
3366	坏	肧樸墣堛坏雙聲
3368	瘞	隱瘞雙聲語之轉
3369	堋	封窆堋語轉
3370	墓	沒貘墓雙聲
3371	壠	陵
3371	壇	堂陶臺壇語之轉

頁	字	《約注》按語
3372	坏	池
3373	垚	高垚聲之轉
3374	艱	堅
3375	里	秜里雙聲語之轉，鄰即里之語轉
3377	町	田町一語之轉
	畹	睬壤畹雙聲一語之轉
3378	疇	兆疇雙聲一語之轉
	嘷	燎嘷雙聲語之轉
3380	嗟	籬嗟雙聲語之轉
3381	畿	近
3382	阰	境
3383	阬	阰
	畛	障
3384	略	理瘵吏略雙聲
3385	當	鬥當雙聲語轉
	嶙	轢
3386	畾	里畾語轉
	疃	町
3388	畺	竟界畺雙聲
3390	甦	黃甦雙聲語之轉
	男	農
3392	勳	闇
3393	勑	勞勑雙聲語之轉
3396	勉	敏啟敃忞恖悗勉雙聲，黽勉、密勿、蠠沒、亹亹、沒沒雙聲
3400	勘	肆
3403	勃	排勃雙聲語之轉
	劫	夾
3404	募	受
3405	劦	勰
3408	銀	冰銀雙聲語之轉

頁	字	《約注》按語
3409	銅	彤
3410	鍇	語轉
3411	銑	纖犀銑雙聲
3412	鏗	堅根艱鏗雙聲
	鑣	軆鑣雙聲，剺劙犁一語之轉
3413	鍊	湅練煉鍊礜雙聲
3417	銒	莖脛銒雙聲語轉
3418	鑑	鏡鑑一語之轉
3426	鉛	舀鉛雙聲語之轉
3427	鐵	鑐
	錠	鐙錠雙聲語之轉
3429	鏇	圓
3431	錡	鬴
3432	鈹	鉈秕鈹雙聲
	鍫	鍫即鍬之語轉
3433	銎	空孔銎雙聲
3434	鑴	鐵
3436	錢	戕
3443	鑢	理鑢雙聲語轉
3453	錚	鎗錚語之轉
3454	鐔	栖
	鏌	鏌鋣聲轉爲鏝胡
3455	鏢	標藨杪秒鏢雙聲
3459	鎧	鎧即介之聲轉
3461	釭	鍋錕釭一語之轉
3462	銛	掀
3463	鑾	鈴鑾雙聲一語之轉
3466	鈇	斧
3468	銦	拇阹銦雙聲語轉
	銀	銀鑣聲轉爲朏臏
3469	鋪	拊

頁	字	《約注》按語
3470	釥	叉
	鍣	弢韜鍣雙聲
3472	鐂	戮
3473	鍲	鍲爲隱之語轉
3474	鎕	鎕銻雙聲連語
3475	鐅	朵穑鐅雙聲語轉
	鈍	錭
3480	且	苴
3482	斧	鈇
	斨	筐
3484	斸	斫
3485	斯	析
3486	新	斯新雙聲一語之轉
3489	料	量料雙聲語之轉
3491	斟	枓勺斟雙聲語之轉，汁斟雙聲語轉
3492	斴	斢斴雙聲語之轉
3493	斣	對斣雙聲語轉
3494	升	升登語轉
3496	矠	戮矠一語之轉
3500	輶	軺輶雙聲語之轉
3504	軾	攝
3505	較	軥較雙聲語之轉
3509	軫	枕軫雙聲語之轉
3511	轋	轋即縛之語轉
3515	轑	橑肋朸輪雙聲
3520	載	茲則載聲轉
3522	轙	屵硪峨兀轙雙聲語轉
	轄	齘轄雙聲語轉
3524	轢	蹸疄轢雙聲語轉
3527	軫	齝剞掎觭軫雙聲語轉
3529	輪	櫳闌欞龔輪雙聲

頁	字	《約注》按語
3530	輗	軏輗雙聲一語之轉
3532	輂	儕輂雙聲語轉
3534	斬	斮斫斬雙聲
	輔	榜輔語聲之轉，棐輔雙聲
3536	峕	陧嶷圪轙峕雙聲語之轉
	官	工
3538	陵	隆陵雙聲一語之轉
3539	隸	混翬隸雙聲
3540	陸	陵陸雙聲語之轉
	阿	隈阿雙聲語轉
3541	阪	陂
3543	阻	遮阻雙聲語之轉
	阭	隕阭雙聲語轉
3544	隥	等
3547	隤	隊陊磙庢頓丨隤雙聲
3548	隕	磒霣抎隕一語之轉
3551	阬	塏壙阬雙聲相轉
	防	坋防雙聲語之轉
3549	阤	陊
3552	隄	隚隄一語之轉
3553	陘	刑
	附	俾髮病彼附雙聲語轉
	阺	𠂤
3554	陎	崖陎雙聲語之轉
	阸	嗌隘戹阸雙聲語轉
3555	障	阻
	隱	湮瘞緊霒壇医㞣隱雙聲語轉
3556	隈	隩
	𨸏	𠙴
3560	阠	定阠語之轉
3565	隙	紟隙雙聲相轉

頁	字	《約注》按語
3568	淪	零落霝䨍淪雙聲相轉
3574	亞	雙聲
3576	六	邐迆僇雙聲
3581	鬱	費費、狒狒皆聲近而轉
3586	尤	異尤雙聲一語之轉
3592	皋	自
3593	辭	理亂辭雙聲
3605	育	養育雙聲語之轉
3599	孿	連孿雙聲語之轉，綌孿雙聲相轉
	孺	乳兒孺雙聲
	季	璣磯蟣季雙聲
3603	孑	揭碣傑雙聲語轉
	孒	糜乒蠡孒雙聲語轉，孑孒雙聲連語
3604	孨	叀
	香	嶷香雙聲語轉
3608	寅	演戭濱蟎胤寅雙聲語轉
3615	艸	引延衍艸雙聲語轉
3616	曳	與曳雙聲語之轉
3617	酨	徽即酨之語轉
3618	酓	颮酓語之轉
3619	醽	漉瀝濾醽雙聲語轉
3621	醞	翁醞雙聲語之轉
3623	醶	溓醶雙聲語轉
	醬	甘

頁	字	《約注》按語
3633	醨	涼㵤㳈醨雙聲語轉
	釄	斳釄雙聲語之轉
3637	醇	醨醇雙聲語之轉
3631	醫	瘞翳緊医翳壹醫雙聲語轉

說明：此表頁碼為《約注》頁碼。